www.bbulmedia.com

이
남자, 나
만 바라본다

# 이 남자,
# 나만
# 바라본다

초판 1쇄 찍음 2016년 8월 29일
초판 1쇄 펴냄 2016년 9월 2일

지은이 | 우하신
펴낸이 | 정 필
펴낸곳 | **(주)뿔미디어**

기획 · 편집 | 김수정

출판등록 | 2002년 9월 11일 (제1081-1-132호)
주소 | 경기도 부천시 원미구 소향로 17, 303(두성프라자)
전화 | 032)651-6513 / 팩스 | 032)651-6094
E-mail | dahyangs@naver.com
블로그 | http://blog.naver.com/dahyangs
홈페이지 | http://bbulmedia.com

**값 9,000원**
ISBN 979-11-315-7368-6 03810

DAHYANG
ROMANCE
STORY

이
남
자,
나
만
바라본다

우하신 장편 소설

# contents

prologue

뒤 세계에 발을 들이댄 자들은 많았다. 영역 다툼은 밤에 잠을 자고 일어나 숨을 쉬는 것만큼 흔한 일상이었으니까.

다만…….

이정인은 하얀 종이에 적힌 글들을 보다 피식, 웃으며 종이 뭉텅이를 탁자에 던졌다.

그와 동시에 맞은편에 앉아 있던 남자의 무표정한 눈동자가 종이 뭉텅이로 향했다. 그 뒤에 서 있던 비서의 시선은 소파에 느긋한 표정으로 앉아 있는 남자에게 향했다. 고 비서는 기억을 더듬어 남자가 이정인이라는 이름을 가진 것도 기억해 냈다.

남자치고는 왜소한 몸짓과 주먹만 한 작은 얼굴에 눈과 코와 입술이 오목조목 다 들어가 있었다. 차가운 얼굴은 아닌데 딱히, 누군가에게 관심을 바라지도 않는 무심한 얼굴이 묘한 느낌을 만들었다. 게다가 호리호리하게 생겨서 전체적으로 가는 선이 한 대 툭, 때리면 바닥에 엎어지게 생겼는데 이상하리만큼 우리를 바라보는 그의 눈은 고요했다.

너무 빤히 쳐다봤던 걸까.

앞머리를 후, 입김으로 허공에 날린 이정인과 눈이 마주쳤다.

"음? 나한테 관심 있나?"

"예……?"

고 비서가 한발 늦게 답했다.

"눈빛이 뜨겁길래."

헛, 숨을 들이켜는 고 비서의 얼굴이 하얗게 질렸다. 무슨 소리냐며 말을 더듬던 그는 결국 침묵을 택했다. 당혹스러워하는 고 비서의 반응에 작게 웃은 이정인은 바꾼 지 얼마 안 된 소파에 몸을 푹 기대며 정면을 응시했다.

고목처럼 서 있는 고 비서의 앞에 앉은 남자는 은은한 빛이 감도는 회색 슈트를 입고 있었다. 전체적으로 차가워 보이는 남자와 잘 어울리는 색상이라 생각했다. 만지면 손이 베일 것처럼 날카로운 셔츠 깃.

이정인은 다시 눈동자만 위로 쓱, 올렸다.

딱히, 말이라는 단어를 입에 담지 않은 얼굴이 제법 괜찮았다. 결 좋은 흑발과 뚜렷한 이목구비. 천으로 겹겹이 감싸도 숨겨지지 않는 넓은 어깨와 균형 잡힌 몸매에 동우가 '대단한 얼굴이네.'라고 중얼거릴 정도였으니까.

한눈에 봐도 밝은 곳을 사뿐히 걸어 다녀야 할 이런 남자가 왜 이곳까지 발걸음을 한 걸까. 귀티가 흐르는 남자의 품행에 철호가 고개를 갸웃, 하는 것도 당연했다.

간혹 자신들의 손을 더럽히기 싫어하는 이들이 찾아오곤 했지만, 그쪽으로 일을 확실하게 처리해 주는 전문 조직이 있었다. 해서, 우리에게 오는 이는 대부분 중상층 정도.

딱히, 불만은 없다.

큰 건, 특히 재벌들과 엮일수록 어려운 의뢰를 수행해야 하니까. 목숨을 내놓아야 할 정도의 의뢰도 빈번하게 들어온다고 귓등으로 들었던 적이 있다. 물론, 돈에 환장한 놈들이야 물불 안 가린다고 하지만.

이정인은 팔짱을 둘렀던 손을 자연스럽게 내려 느슨하게 깍지를 꼈다.

확실히 의외였다. 티브이에도 여러 번 얼굴을 비친 남우기업 하 전무가 직접 찾아올 줄은.

카지노, 라는 단어가 적힌 종이를 쑥, 훑으며 가볍게 물었다.

"몇 살이죠?"

하 전무의 눈이 가늘어졌다.

"스물여섯입니다."

하 전무에게 몇 번 의뢰를 받았던 놈들의 말이 맞았다. 아랫사람에게도 꼬박꼬박 존댓말을 쓰는 상사라니.

"음, 내가 세 살 더 많으니까 말 놔도 되지? 격식 차리는 거 갑갑해하는 성질이라."

상대방은 감정을 밖으로 드러내진 않았지만 느낄 수 있었다. 이정인을 보는 눈빛이 탐탁지 않음을.

많이 변했구나. 어릴 적, 잠깐 스쳐 지나간 인연이라 말 몇 마디 못 나눠 봤지만 저런 성격이었던가, 싶을 정도로.

"아직도 눈 오면 우나?"

넌지시 던진 질문에 돌아온 건 하 전무의 서늘한 눈빛이었다.

"아, 실례. 눈이 펑펑 오던 날 눈물 훔치던 애가 생각나서 말이야."

신고 있는 구두 앞을 바닥에 탁탁, 부딪치며 이정인은 마저 말을 이었다.

"꼭, 너랑 닮았거든."

풀어질 줄 모르는 하 전무의 차가운 기운에 이정인은 짧게 혀를 찼다. 괜한 이야기를 꺼냈구나 싶어 쭉 뻗은 늘씬한 다리를 꼬는데.

"그런 식으로 거래하는 줄은 몰랐군요."

하 전무가 입술 끝을 끌어당겼다.

"당신 추억 팔이에 저는 빼 주시겠습니까. 전 그쪽, 아니니까."

"그쪽?"

잠깐의 생각도 할 가치가 없었다. 갈색 구두를 신고 있는 발끝에서 쭉 올라와 타이트하게 맞춘 남색 슈트. 그 안을 살포시 감싼 흰색 베스트. 앞 단추 두 개를 풀어헤친 셔츠 위로는 옅은 갈색빛을 띠고 있는 짧은 머리카락.

아무리 봐도 남자로 보였다. 우락부락한 남자들과는 확연하게 다른 턱선이라든가, 아담한 몸은 예외겠지만. 이정인은 압박 붕대로 감싼 가슴을 손가락으로 쓸어내리며 짧게 웃었다.

"소문대로네요."

하 전무가 꼿꼿한 자세로 말했다.

"어떤 소문이 돌았는지 궁금하네."

"오물 묻은 구두도 핥을 정도로 가벼운 사람이라더군요."

"뭐? 이 새끼가!"

하 전무의 말이 끝나기 무섭게 앞으로 달려들려는 철호를 향해 이정인이 고개를 저었다. 그 자리에서 멈춘 철호가 씩씩거리며 하 전무를 노려보며 소리쳤다.

"말리지 마세요! 저 주둥이 비틀어야 속이 풀릴 테니까!"

"됐어."

이정인은 철호의 외침을 가볍게 넘겼다. 뒤에 서 있던 동우가 철호를 가뿐히 뒤로 잡아당겼다. 동우의 힘에 눌린 철호의 숨소리가 거칠게 나돌아 다닌다.

"너, 오늘 운 좋은 줄 알아라."

눈을 부릅뜬 철호는 20대 초반답게 혈기왕성했다. 성욕이든 기쁨이든 슬픔이든 분노든 모든 감정에. 저것만 고친다면 괜찮을 텐데. 덜 여물어서겠지.

철호가 잠잠해지자 이번에는 동우가 한마디 거들었다.

"단장님."

"응."

"저도 철호 말에 일리는 있다고 봅니다."

평소 애늙은이 소리를 듣는 동우도 하 전무의 말에 화가 났는지 얇은 입술을 안으로 말며 조용히 화를 삭이고 있었다. 이정인은 옆에 서 있는 동우를 올려다보며 씩, 웃었다.

"화내지 마. 얼굴 못생겨져."

"……단장님."

동우가 못마땅한 얼굴로 이정인을 내려 봤다. 그 시선을 넘긴 이정인이 턱을 긁적이며 올해 네가 몇이지? 물었다.

"스물일곱입니다."

"하 전무보단 네가 한 살 더 많아."

"······아, 예."

그런데요? 이 물음이 입 밖으로 터질 것 같아 동우는 입술에 힘을 주었다.

"하 전무, 우리보다 어리잖아. 스물여섯이면 치기 어린 나이지. 상대방에게 말실수도 할 수 있는 나이고. 우리 같은 서민이야 학창 시절에나 잠깐 그렇다 치지만 금수저 물고 태어난 이들은 지금이 딱 세상이 다 내 것으로 보일 나이잖아."

이정인은 동우의 팔을 토닥였다.

"한 살 많은 네가 이해해."

"풉."

동우에게 붙들려 있던 철호가 웃는 동시에 하 전무의 얼굴에 표정이 드러났다. 처음으로 내비친 감정은 어이없음, 그리고 불쾌감. 그 감정을 뒤에 서 있던 고 비서도 느낀 건지 하 전무의 눈치를 보기 시작했다.

"전무님. 다른 곳으로 가시죠."

처음 이곳에 올 때부터 못마땅했던 고 비서가 가져온 서류를 가방에 챙길 때였다.

"그래서, 거래는 거절입니까."

"전무님! 상종할 인간들이 아닙니다."

서로 감정이 상하면 이를 부득 갈며 저 문을 열고 나가는 사람이 많았다. 말을 받았으니 말로 돌려주었다. 철호나 동우가 나서지 않아도 하 전무에게 한마디 해 줄 생각이었으니까.

그 말을 듣고도 거래를 하자는 건 공은 공이고 사는 사라는 건가. 이정인은 탁자에 던져 놓은 종이를 손가락으로 툭툭, 두드렸다.

"이번에 정부에서 창조경제를 내세워 카지노 사업을 모집한다는 이야기는 들었지. 5천억 이상 투자할 경우만 사업 허가를 내준다던데."

문제는 단 한 곳만 카지노 설립 허가권을 내준다는 거겠지만. 이정인의 고개가 옆으로 기울어졌다. 규모가 큰 기업은 남우기업 말고도 세네 곳은 더 있었다. 빠르게 셈을 마친 이정인이 종이 끝에서 시선을 거둬들였다.

"세 곳이나 막을 자신, 없는데. 어떡하지?"

이정인이 거절을 내비치자 하 전무가 손가락 하나를 폈다.

"삼주와 가화는 참여하지 않을 겁니다."

"한 곳만 막으면 된다는 건가?"

"그렇습니다."

"그 단, 한 곳이 설마 노루는 아니겠지."

"잘 아시는군요. 노루만 막아 주면 사례는 섭섭지 않게 하겠습니다."

이정인은 난감한 얼굴로 표정을 굳혔다. 노루기업의 바탕은 조폭이다. 멀쩡한 양복 입고 건실한 기업에 다니고 있지만, 실상은 거대한 조폭 집단. 해서, 이 바닥에서도 웬만하면 노루기업에 관련된 의뢰는 받지 않는다. 되레 보복당할 수 있으니까.

"이거 어쩌지? 벌써 죽고 싶진 않아서."

굳이, 피를 묻혀 가며 노루를 상대하고 싶지 않았다. 웬만하면 좋게 좋게 가자는 주의였기 때문에 사서 적을 만들 필요는 없다는 판단이 들었다.

"아, 겁먹어서 그러는 건 아니니까 오해 말고."

이정인이 넉살스럽게 말하며 자리에서 일어섰다. 거절의 뜻을 내비치자 잠자코 듣고만 있던 하 전무가 천천히 일어섰다. 흡사, 표범이 사냥하듯 웅크리고 있다가 느릿하게 일어나는 것 같은 느낌에 이정인이 팔짱을 끼고 막 입을 연 그를 응시했다.

"불나방이 필요합니다."

"필요하겠지."

카지노 수익이 상상을 초월하니까. 그걸 따내기 위해서 누군가는 방패가 되어 희생해야겠지. 이정인은 고개를 끄덕였다.

"그 불나방, 그쪽이 해 줬으면 좋겠는데."

"난 아직 더 살고 싶다니까."

귀찮은 기색으로 손을 내젓는 이정인을 내려다본 하 전무는 안주머니에서 꺼낸 명함을 이정인 포켓 주머니에 밀어 넣었다.

"생각 바뀌면 연락 주세요."

"필요 없다니……."

겉옷 주머니에서 꺼낸 명함을 돌려주려던 이정인의 손길을 하 전무가 막았다.

"필요할 겁니다. 분명히."

굳이 명함을 손에 꽉, 쥐여 준 하 전무의 의도를 며칠 지나지 않아 알게 되었다.

획!

시원하게 쭉 뻗은 주먹을 그대로 잡아 뒤로 꺾자 남자의 비명이 조용한 밤거리를 찢어 놨다.

"아아아아악!"

잡고 있는 손에 힘을 주자 우득, 뼈가 뒤틀리는 소리를 내며 주저앉았다. 그대로 바닥에 내팽개치자 쿵, 묵직한 소리와 함께 남자가 데루루루 굴러가는 걸 보며 입에 고인 핏물을 뱉어 냈다.

벌써 여섯 번째. 이틀에 한 번 꼴로 벌떼처럼 달려드는 통에 숨이 턱까지 차올랐다.

"망할."

하 전무란 놈이 왔다 간 뒤부터 엉망으로 꼬이기 시작했다. 이름도 모를 한 덩치 하는 남자들이 하루가 멀다고 달려들자 피곤이 극도로 몰려들었다. 하 전무가 뒤로 손을 썼다고밖에 볼 수 없는 상황. 돈에 굶주린 놈들에게 손을 뻗은 거야 상관할 바가 아니지만, 그 표적이 자신이라면 그대로 방치할 수도 없는데.

지긋한 두통에 이정인은 저도 모르게 눈을 찌푸렸다.

이러다 언제 한번 크게 다치겠다, 생각하며 일어선 그녀의 발목을 누군가 턱, 잡았다. 밑으로 끌어당기는 악력에 순식간에 바닥에 몸이 뒹굴었다. 그녀의 배 위로 올라탄 남자가 주먹을 쥐고 복부에 힘을 가했다.

"커억!"

젠장. 그제 맞았던 곳에 충격이 가해지자 몸뚱이가 징, 하고 울렸다. 그대로 발을 뻗어 위에 올라탄 놈의 가슴팍을 힘껏 차 버렸다.

"으윽!"

가슴팍을 잡고 뒹구는 남자의 배를 힘껏 밟았다. 몇 초간 움찔거리던 남자의 몸이 이내 추욱 늘어진 걸 보고 나서야 바닥에 주저앉았다. 어스름한 골목은 인적이 드물었다. 차가운 밤공기에 열을 식히며 볼록한 주머니에서 휴대폰을 꺼냈다.

온몸에 남은 기운이 모두 발끝으로 쏟아져 버린 느낌. 손 하나 까딱할 힘이 없다. 숨을 내쉴 때마다 배가 뒤틀리자 애써 폈던 미간이 다시 좁아지는데 시야에 장신의 남자가 걸렸다.

이정인은 남자에게 초점을 맞추기 위해 눈가를 좁혔다. 그러자 좀 더 명확하게 남자의 모습이 보였다. 벽에 등을 기대고 서서 담배를 입에 문 남자의 얼굴이 어스름한 가로등 불빛에 번져 나오는 순간 이정인은 피식, 웃었다.

"어이."

소음이 사라진 공간에 그녀의 목소리가 크게 울렸다.

언뜻 남자와 눈이 마주친 것 같았다. 이정인은 있는 힘을 끌어모아 다시 불렀다.

"어이, 하 전무."

이번에는 또렷이 들렸는지 밤 그늘에 숨어 있던 남자가 모습을 드러냈다.

"뒤에서 나쁜 짓이나 하다니. 너무…… 쿨럭, 한걸……?"

매캐한 냄새가 그녀의 시야를 가렸다. 담배 끝을 입에 문 그가 가볍게 쭈그리고 앉았다. 접힌 허벅지 근육이 팽창하며 단단해졌다. 힘껏 내려쳐도 무너지지 않을 것 같은 성이 난 허벅지에서 시선을 들어 올리는 순간 눈이 마주쳤다. 두 뼘 정도의 거리에서 시선이 같아진 그가 빠르게 이정인을 훑었다.

전봇대에 간신히 기대고 있는 이정인의 상태는 잘해 봐야 양호한 정도. 남자치고는 예쁘장하다고 고 비서가 말했던 입술이 찢어져 있었다.

"제법이네요, 당신."

아담한 체구에 가벼운 체중. 바람 불면 날아가진 않더라도 어지럽게 흔들릴 것처럼 생긴 이정인의 실력은 꽤, 쓸 만했다. 처음 봤을 땐 저 외모로 어떻게 그 자리에 있는 걸까, 하던 의구심이 완벽하게 걷어질 만큼.

입에 문 담배를 툭, 뱉어 매끄러운 검정 구두로 짓누른 하 전무가 손을 내밀었다. 그녀는 거절하지 않고 그 손을 잡고 일어섰다.

"집까지 바래다주겠습니다."

"병 주고 약 주고 할 거면 둘 다 주지 마. 사양하마."

이정인은 귀찮다는 듯 손을 휘휘, 내저었다. 지저분해진 셔츠를 대충 털다 겉옷을 벗어 어깨에 걸쳤다. 비명을 지르는 다리를 질질 끌며 걸어가던 그녀가 문득 자리에 멈췄다. 하우인은 그 자리에 서서 이정인의 뒷모습을 물끄러미 응시했다.

"생각해 봤는데. 불나방 말이야. 그거."

이정인이 바닥에 축 늘어져 있는 남자를 발끝으로 가리켰다.

"얘는 어때? 적극 추천하마."

자신의 주먹에 제대로 맞고도 몇 번이나 일어서는 집념을 높이 사 한 말이었다. 이정인이 고개만 돌려 진지한 눈빛으로 의중을 떠보자 그가 입술 끝을 끌어당겼다.

"싫습니다."

깔끔한 거절에 화낼 기운도 없었다. 왜, 하필 나일까. 이렇게까지 나를 압박하면서 불나방이 되라는 이유가 뭘까. 꼬리에 꼬리를 무는 의문점에 마음이 가라앉았다.

"이정인 씨도 알다시피 노루기업이라면 지레 겁부터 먹습니다. 보복을 두려워하는 거죠."

"그걸 알면서도 의뢰를 하려는 하 전무도 참, 못됐네."

"누군간 해야 하니까요. 모두에게 똑같은 제안을 했죠. 그때, 그들 표정이 어땠을까요."

하우인의 눈동자가 허공에 방치됐다.

그때 일을 떠올리는 듯 그의 동공이 짜증을 내비쳤다. 그 눈빛은 순식간에 사라졌지만.

"무섭다고 소리 지르는 사람 반, 얼굴이 하얗게 질려 말도 제대로 못 하는 사람 반."

좁아진 동공이 다시 크게 확장되며 시선이 이정인의 얼굴에 꽂혔다.

"유일하게 겁먹지 않은 사람은 이정인 씨, 당신뿐입니다."

"어, 그래?"

무심히 대꾸한 이정인은 자신의 팔을 내려다봤다. 지끈거리며 열을 내뿜던 살이 부어오르자 근처 담벼락에 어깨를 기대며 숨을 골랐다.

"그런데 어쩌지? 나 지금 하 전무 말에 겁먹은 것 같은데."

저벅저벅, 구두 굽이 땅을 밟는 소리가 몇 번 들리는가 싶더니 이내 멈춰 선 그가 손을 뻗었다. 그는 고개를 담벼락에 기대고 있던 이정인의 턱을 부드럽게 감싸 올렸다.

"정말, 겁먹었어요?"

"그래. 심장이 벌렁벌렁하네."

"거짓말."

턱을 감싼 손에 힘이 들어가자 이정인의 미간이 좁아졌다.

"겁먹었으면 진작 도망갔을 겁니다. 이렇게."

그가 눈짓으로 바닥에 널브러진 남자들을 가리켰다.

"덤벼들 게 아니라."

"……끈질기구나."

한참 만에야 대꾸한 그녀가 한숨을 내쉬며 주머니를 뒤졌다. 바지 안쪽 주머니를 헤집던 이정인이 원하는 걸 찾았는지 방치된 그의 다른 손에 살포시 던졌다.

"이거, 이젠 필요 없겠어."

하우인의 눈동자가 밑으로 미끄러졌다. 손바닥에는 구겨진 종이 덩어리가 있었다. 자신의 이름과 회사명이 적힌 종이가.

● ◐ ○

탁탁탁.

손끝으로 일정하게 테이블을 두드리는 소리가 멈추자 문 앞에 서 있던 고 비서가 하우인의 옆에 섰다. 구겨진 명함을 응시하는 새까만 시선. 그는 고 비서의 존재에 그렇다 할 말을 꺼내지 않았다.

호텔 물품 계약 건 때문에 결재 사인을 받으러 방에 들어온 고 비서의 시선이 테이블 위에 방치된 종이에 떨어졌다. 중요한 사람이 아니라면 남자는 함부로 자신의 명함을 주는 일이 없었다.

그의 명함을 받는 사람은 소수.

그렇기 때문에 빳빳했을 명함이 구겨진 채로 남자의 손에 다시 돌아오는 일은 처음이었다.

누가, 그에게 이런 짓을 한 걸까?

빠르게 머리를 굴리던 고 비서의 기억에 예쁘장하게 생긴 사내가 떠올랐다. 창백한 얼굴로 느슨한 미소를 띠던 남자.

"주세요."

등받이에 몸을 기댄 그가 손을 까닥였다. 고 비서는 품에 파묻힌 검은색 파일을 펼쳐 그가 사인하기 좋은 자세로 허리를 굽혔다.

그가 빠르게 내용을 훑은 뒤 안주머니에서 꺼낸 펜으로 서명란에 쓱, 휘갈겼다.

"나가 보세요."

안쪽 주머니에 도로 펜을 집어넣은 하우인의 말이 떨어지기 무섭게 결재 파일을 들고 나가려던 고 비서가 다시 그의 옆에 섰다. 할 말이 있는 듯 머뭇거리는 고 비서의 행동이 하우인의 시선 끝에 걸렸다. 느긋하게 위로 올라간 검은 눈동자가 고 비서의 얼굴에 닿았다.

"전무님. 버릴까요?"

엉망으로 구겨진 명함이 거슬려서 내뱉은 말에 하우인이 건조하게 웃었다.

"이런 명함 본 적 있어요?"

구겨진 종이를 손가락 사이에 넣고 흔들었다. 고 비서의 시선도 따라 흔들렸다.

"내가 준 명함이 구겨진 걸 본 적이 없어서. 신기하네요."

이정인이라는 사내가 그의 제안을 끝내 거절한 걸까. 그렇지 않고서야 명함이 구겨진 채로 돌아왔을 리는 없을 텐데. 빠르게 다음 접촉자를 물색하던 고 비서는 이내 의아한 표정을 지었다.

구겨진 명함을 휴지통에 버린 그가 의자에 걸쳐 놓은 겉옷을 들고 일어섰다.

"오늘 스케줄은 없습니다."

1시간 전에 마지막 일정을 끝마쳤을 텐데? 파일을 옆구리에 낀 채 재빨리 패드를 켰다. 언제든 스케줄은 변동 가능했기에 자신도 모르는 사이에 누락된 일이 있는지 살펴봤지만, 특별히 문제 되는 점을 찾지 못했다.

"갈 곳이 있습니다."

재킷 버튼을 잠근 그의 말에 고 비서가 앞서가 문을 열어 주며 고개를 갸웃했다.

"어디를……?"

개인적인 용무라도 있는 건가? 벽시계가 7시를 가리켰다. 저녁을 거른 그가 간단하게 끼니를 때우러 간다고는 보이지 않았다. 왜냐면 서랍에서 꺼낸 서류를 든 채였으니까. 그 종이 뭉텅이는 이정인이 탁자에 던졌던 계약서와 동일했다.

벌써 다른 접촉자를 물색한 건가?

엘리베이터를 타고 지하 주차장으로 내려가 주차된 검은색 자동차 뒷문을 열었다. 가볍게 뒷좌석에 탄 그를 확인하고 문을 닫은 뒤 재빨리 운전석에 올라탄 고 비서는 시동을 걸며 백미러에 시선을 주었다.

"어디로 갈까요?"

"손가락 술집으로 가세요."

하우인은 뒷좌석에 등을 기댄 채 창밖 풍경을 무심히 보았다. 남자의 얼굴을 백미러로 확인하던 고 비서는 손가락 술집이란 말에 의아한 눈빛을 보냈다. 손가락 술집은 그의 제안을 거절한 이정인이 운영하는 술집이었다. 유명세를 치른 건 특이한 가게 이름 때문이 아니다.

거긴…… 여자들에게 환장한 남자들이 가는 술집 아닌가?

고급 술집인 만큼 회원제로 운영되고 있었지만 공공연하게 뻐근한 아랫도리를 달래 주러 간다고 말할 정도니까.

하 전무가 성욕이 강했던가?

지난 5년간 옆에서 지켜봤을 땐, 담백한 편이었다. 한 번도 여자와의 관계에 관련된 일로 뒤처리를 해 준 일이 없었으니까. 아니, 담백한 편이라고 정의하기도 힘들었다. 하 전무 집에 들락날락하는 여자는커녕, 주위에 여자 자체가 없었다. 워낙 여자에게 관심이 없는 하 전무에게 오죽하면 거기에 이상 있는 게 아니냐는 소문까지 돌았을까.

그런 남자가 술집에 가자고 하다니. 계약서를 챙기는 것도 그렇고 아무래도…….

"그자를 만나러 가나요?"

핸들을 부드럽게 돌리며 고 비서가 물었다.

"이정인 씨를 말하는 거라면 맞습니다."

절대 하지 않을 것 같더니, 결국은 설득을 하신 건가? 신호등이 빨간색으로 바뀌자 속도를 줄였다.

"그때 보았던 기세로는 이쪽과 손을 잡지 않을 것 같았는데요."

"뒤로 손 좀 썼습니다."

그가 백미러를 향해 건조하게 대꾸했다. 고 비서는 더는 묻지 않았다. 그 뒤, 라는 게 결코 좋은 뜻이 담긴 말이 아니라는 걸 알았으니까.

신호등이 초록색으로 바뀌자 자동차가 시원하게 도로를 쭉 뻗어 갔다. 도착 지점까지 5분 남았다는 내비게이션 화면을 보며 속도에 박차를 가하는데 뒤에서 낮은 물음이 던져졌다.

"아직입니까."

"아, 네. 손이 닿는 곳에 의뢰하긴 했습니다만 워낙 오래된 일이라 쉽지는 않을 거라고 합니다."

"그렇군요."

핸들을 잡고 있는 고 비서의 손이 땀으로 축축해졌다. 벌써 5년째다. 그는 어떤 여자를 찾고 있었다. 누군가 그려 준 앳된 여자. 주먹만 한 얼굴에 강아지 눈매. 새초롬한 입술과 짧은 단발머리.

잘 보아야 열여섯 살 정도로 보이는 아이의 눈은 날카로웠다. 순한 눈매에 어울리지 않는 눈동자. 그래서일까? 예쁘장하게 생긴 아이의 이미지가 차가워 보이는 건.

5년 전 아이의 얼굴이 그려진 종이를 건네던 그의 얼굴을 기억하고 있다. 그저 수많은 일 중 하나라는 듯 찾아보라며 건조하게 말했지만, 그 건조함 속에 숨겨진 열기를 보았다.

그건 우연이었다.

평소와 같이 일을 끝내고 집으로 돌아온 날, 내일 일정이 들어 있는 패드를 회사에 두고 왔다는 걸 깨달은 건 집에서 저녁을 먹고 난 뒤였다. 어차피 내일 일정은 머릿속에 다 외우고 있으니 아침 일찍 출근해도 됐지만, 만약에라도 일정이 변경된다면 즉시 패드를 켜서 다음 날 일정과 조율해야 했다.

그럴 일은 극히 드물었지만, 혹시 모를 상황에 운동복 차림 그대로 회사에 들어갔다가 문 사이로 새어 나오는 불빛에 저도 모르게 문 앞으로 걸어갔다.

그 방이 하 전무의 방이라는 걸 깨닫는 순간 그냥 지나치려고 했지만 그러지 못했던 건 문 사이로 보이는 그의 모습 때문에.

스탠드 불빛에 겨우 의존하던 방 안에서 그는 가죽 지갑을 빤히 응시하고 있었다. 숨소리조차 내지 않고 오랫동안 바라보던 그가 돌연 고개를 숙였다. 반으로 갈라진 차가운 지갑에 눈을 감은 채 입술을 묻은 그의 모습에 하마터면 소리를 낼 뻔했다.

그의 지갑 한편을 차지한 여자. 누군지 모를 리 없었다. 아마, 5년 전보다 훨씬 전부터 그 여자를 찾고 있었을 거라는 생각이 스쳤다.

내비게이션 화면에 도착이란 빨간 글자가 깜빡였다. 고 비서가 왼쪽으로 핸들을 돌리자 자동차가 매끄럽게 길가 쪽으로 붙었다. 고 비서는 자동차 시동을 끄며 백미러를 힐끗 보았다.

"도착했습니다."

고동색 목재로 된 간판. 줄지어 늘어선 고급 자동차들. 문 앞을 지키고 선 장정 여러 명이 일일이 들어오는 사람들을 확인하고 있었다.


"나가 봐도 괜찮아."

붕대를 감고 있는 이정인의 손가락을 못마땅한 눈으로 바라보던 철호가 맞은편에 앉은 하 전무를 노려봤다. 적의가 느껴지는 시선에 하 전무 옆에 앉아 있던 고 비서의 눈매도 사나워졌다.

"여기 있겠습니다."

제 옆을 지키고 앉아 있는 철호의 입이 부루퉁하게 나왔다. 그녀는 붕대가 감긴 손가락을 바라보다 슬쩍 웃었다. 밤마다 상처가 하나씩 늘어나 있는 얼굴을 본 철호를 말리느라 애를 먹었다.

당장 하 전무의 회사로 달려가겠다는 이것을 어찌해야 하나, 싶다가도 대일밴드를 사 와 다친 곳에 붙여 주는 행동에 웃음이 나오기도 했다.

철호의 마음을 모르는 건 아니다. 지켜야 할 상사가 얼굴이 쥐어 터진 채로 왔으니 얼마나 속상했을까. 손을 들어 철호의 어깨를 토닥토닥, 달래 주자 사나운 철호의 기운이 조금 누그러졌다.

"우선, 나가 봐. 필요하면 부르도록 하지."

부드럽지만 단호한 그녀의 음성에 머뭇거리던 철호가 하 전무를 노려보며 룸에서 나갔다. 철호를 내보낸 이유는 하나였다. 아직, 감정을 조절하지 못하는 철호가 하 전무에게 달려들기라도 하면 안 되니까.

지난밤 그에게 턱을 잡혔을 때 손쉽게 빠져나오지 못했다. 턱을 쥐어 잡는 악력이 상당했다. 그 힘이 우연이 아니라면 철호는 하 전무의 상대가 되지 못했다.

"여기에 사인을 하면 되는 건가?"

이정인은 테이블에 던져진 서류를 손가락으로 툭툭, 치며 물었다.

"네."

고 비서가 그녀의 손에 펜을 쥐여 주었다. 순순히 사인하자 하 전무가 팔짱을 끼며 물었다.

"조금 더 버틸 줄 알았는데 말입니다."

조금 더 버티는 게 뭔가.

정말 싫었다면 목에 칼이 들어와도 하지 않았을 거다. 그날 밤 그 말만 꺼내지 않았어도.


'이수환 씨가 꽤 탐내던 겁니다.'


그가 노 대표 소유의 외식 업체를 들먹였다. 처음엔 왜 그러나 싶었지만 곧이어 들리는 이수환이란 세 글자에 고개를 들어야 했다.

'이수환 씨가 외식 사업에 공을 들이고 있는 게 하루 이틀 이야기는 아니지만 매번 말아먹었죠. 인지도 없는 브랜드보단 차라리 노 대표가 운영하는 외식 업체를 인수하는 게 빠를 겁니다.'

남자는 당연하다는 듯 노 대표의 파멸을 입에 담았다. 자신만만한 그 모습을 물끄러미 보다 노 대표의 가게를 올려다봤다.

'언제까지 술집만 운영할 순 없잖습니까?'

남자는 여유롭게 웃었다.

결국, 그 말에 넘어가 버렸다.

"이러나저러나 결국 하 전무 손을 잡아야 하는 거라면 빨리 끝내는 게 낫지. 여기, 너무 아프거든?"

이정인은 붕대 감은 새끼손가락을 까딱였다.

"겁쟁이로는 안 보이는데."

"내가 말 안 했나? 하 전무한테 얻어터진 뒤로 겁쟁이 된 거. 아, 앞으로도 계속 겁먹을 생각이니까 무리한 의뢰는 하지 않았으면 좋겠어."

겁먹었다고 하기엔 가벼운 말투에 하우인이 건조하게 웃으며 그게 겁먹은 말투입니까? 묻자 이정인이 느슨한 미소를 지었다. 그 묘한 미소에 고 비서는 은테 안경을 추켜올렸다. 소파에 몸을 묻고 다리를 꼰 채 한 손으로 술잔을 이리저리 흔들며 나른한 미소를 띠는 그는 꼭, 한량 같았다.

느슨한 입술이 열렸다.

"카지노 사업권 못 따내게 노루만 막아 달라, 이건데. 결국, 노루파에게 얻어터지게 생겼네. 꽤, 아프겠는걸?"

엄살을 떠는 이정인의 말투에도 하우인은 무표정으로 대꾸했다.

"사례는 섭섭지 않게 해 드리죠. 아니면, 따로 원하는 거라도 있습니까?"

"사례는 됐어."

이정인은 손을 내저었다.

"네? 됐다니요?"

더 큰 걸 바라는 건가? 고 비서가 의아한 목소리로 물었다.

"이번 의뢰 끝나면 다시는 찾아오지 마. 귀찮은 일에 연루되는 거 안 좋아하거든."

"진심입니까?"

"그래."

"후회할 텐데요. 나는 사례를 꽤, 후하게 하는 편입니다."

차가운 시선이 그녀에게 꽂혔다. 발끝부터 느리게 올라오는 눈동자와 마주쳤다. 고요하지만 상대방의 마음을 헤집어 놓는 날카로운 눈빛에 그녀는 저도 모르게 짧게 웃었다.

항상 저런 식으로 상대방의 말을 확인하는 걸까, 그렇다고 하기엔 찰나의 짧은 시간이라지만 그를 감싼 위압감이 이쪽을 찌그러트릴 기세다. 누구도 방해하지 못할 것 같은 몇 분이 더디게 흘렀을까.

자신을 살피는 하 전무의 눈길이 이내 거둬졌다. 칼날 같은 시선이라니, 표정 한번 살벌하네. 이번 의뢰만 끝나면 다시는 엮이지 말아야겠다, 생각하는데 아까부터 이쪽을 힐끔거리며 쳐다보는 여자가 있었다.

짧은 미니스커트에 가슴을 드러낸 여자들과는 달리 단정한 원피스를 입은 그녀는 간혹, 이쪽을 보며 얼굴을 붉히기도 했다. 잊고 있었다. 항상 술자리에 따라오는 여자들 세 명. 대게 남자들은 술만 마시러 이곳에 오는 경우는 드물었으니까.

다른 점이라면 평소와 같이 콧소리를 내며 남자들 옆에 가지 않는 점이랄까? 아무래도 하 전무의 위압감에 서로 눈치만 살피고 있었던 듯싶었다.

술잔을 흔든 이정인이 지나가는 말로 물었다.

"저 여자, 어때?"

하우인의 고개가 이정인이 눈짓하는 방향으로 돌아갔다. 그곳에 수줍게 앉아 있던 여자가 자신과 눈이 마주치자 부끄러운 듯 시선을 밑으로 내렸다. 그가 다시 고개를 바로 했다.

"별론가?"

아무 말이 없자 긍정으로 받아들인 이정인이 슬쩍 웃었다.

"꽤, 눈이 높네? 저 정도면 괜찮은 편인데."

"그렇게 괜찮으면 이정인 씨가 보듬어 주시죠."

하 전무가 자리에서 일어서자 서류를 챙긴 고 비서도 따라 일어섰다. 손잡이를 잡아 문을 열어젖힌 남자의 등에 대고 물었다.

"벌써 가려고?"

"여기 더 있을 이유가 있습니까?"

"뭐, 그러네."

빈 술잔에 술을 따르는 것과 동시에 문이 닫히는 소리가 들렸다. 호박빛 색을 띄는 술을 한 모금 마시는데 망연자실한 여자들이 눈에 들어왔다.

"그렇게 마음에 들었나? 저 남자가."

방금 하 전무가 사라진 문을 턱 끝으로 가리켰다.

"그럼요. 근사하잖아요. 언제 또 와요?"

"글쎄, 아마 안 오지 않을까?"

여길 싫어하는 것 같으니까.

여자들은 실망감을 감추지 못한 채 룸 밖으로 나갔다. 한순간에 찾아온 적막함이 마음에 들었다. 다리를 테이블 위에 걸쳐 놓은 채 술잔을 흔들었다. 몽롱한 술의 색에 취해 한 모금 마시니 알싸한 향이 몸속으로 깊이 퍼져 나갔다.

기분 좋은 취기에 고개를 까닥까닥하던 중 시야에 검은색 물체가 잡혔다. 허리를 숙여 바닥에 떨어진 지갑을 주웠다. 가죽 재질의 부드러운 지갑. 누구 지갑일까, 생각할 필요는 없었다. 하 전무나, 고 비서. 둘 중 하나겠지.

지갑을 슬쩍 펼쳤다.

"음?"

그녀는 고개를 갸웃했다. 짧은 단발머리. 창백한 얼굴. 굳게 다문 얇실한 입술. 한겨울 무표정한 여자의 얼굴이 자신을 바라보고 있었다.

사진이 아니라 누군가 실제와 비슷하게 그림을 그려 놓은 여자의 얼굴을 조금 더 자세히 바라보기 위해 고개를 굽힐 때였다.

"주세요."

순식간에 손에 쥐고 있던 지갑이 사라졌다. 그녀의 눈동자가 위로 올라갔다. 휙, 낚아채듯 빼앗아 간 고 비서가 지갑을 펼쳤다. 앳된 여자의 그림은 그대로 있었다. 다행이다, 생각하며 돌아설 때였다.

"그 여자는 누구?"

이정인의 물음에 고 비서의 어깨가 딱딱하게 굳었다.

"알 필요 없습니다."

"그래?"

"네."

"매우 궁금하다고 해도?"

"그렇습니다."

끈질긴 이정인의 물음에 짜증스러운 시선을 보낸 고 비서의 눈동자가 그녀의 다음 말에 크게 떠졌다.

"내가 그 여자를 안다고 해도?"

"그렇……! 뭐라고 했습니까?"

열던 문도 내팽개치고 이쪽으로 돌진해 오는 고 비서의 눈빛이 심상치 않았다. 이정인은 저도 모르게 한 발짝 물러서며 슬쩍 웃었다.

"이 여자를 아세요? 정말 알아요? 어디 살고 있어요?"

성난 코뿔소처럼 밀어붙이는 고 비서의 행동에 이정인은 손을 들어 그의 가슴을 가볍게 밀어 내며 미안한 눈빛으로 대꾸했다.

"농담인데."

"……!"

"화났나?"

"가까이 다가오지 마세요."

이정인을 노려보던 고 비서가 씩씩거리며 룸 밖으로 나갔다. 고 비서가 나간 문을 멀찍이 떨어져서 응시하던 이정인의 눈에 의문이 차올랐다. 지갑 속에서 무표정한 얼굴로 자신을 뚫어져라 바라보던 아이.

아무리 생각해 봐도 그 여자는.

"난데?"


"여기 있습니다."

지갑을 건넨 고 비서가 운전석에 앉아 시동을 켰다. 줄지어 주차된 자동차 사이를 빠져나가 큰 도로에 들어설 때까지도 그는 한참이나 지갑에서 시선을 떼지 못했다. 마치, 혼자 시간이 정지된 사람처럼 미동조차 하지 않던 그가 첫 번째 신호등에 걸려 자동차가 멈추고 나서야 손에 들고 있던 지갑을 안쪽 주머니에 넣었다.

만약, 저 지갑을 찾지 못했다면 어땠을까. 생각하던 고 비서는 이내 고개를 내저었다.

"어디 있었습니까?"

지갑의 출처를 묻는 물음에 고 비서는 자연스럽게 대꾸했다.

"이정인 씨가 가지고 있었습니다."

이렇게 말하니 이정인이 몰래 훔친 것 같은 어감이 들어 고 비서는 말을 덧붙였다.

"지갑이 바닥에 떨어져 있던 걸 주웠나 봅니다."

"그렇군요."

신호등 불빛이 초록색으로 바뀌었다. 가볍게 액셀을 밟으며 전방을 주시하던 고 비서는 잠시 머뭇거리다 입을 열었다.

"그 여자, 말입니다."

괜한 말을 꺼내는 게 아닐까 싶어 핸들을 꽉 움켜잡는데 용케도 그 여자, 가 자신이 찾고 있는 여자라는 걸 알아들은 하우인의 눈동자가 고 비서의 뒤통수로 향했다.

"그 여자가 왜요."

숨기려고 했지만 숨길 수 없는 감정이 드러났다. 미세한 흥분. 도대체 그 여자가 그에게 무엇이기에 무표정한 감정을 드러내게 하는 걸까.

"고 비서님. 말씀하세요."

재촉하는 그의 시선에 뒤통수가 따가웠다. 좀처럼 움직이지 않던 남자가 상체를 앞으로 숙이며 무언의 압박을 가하자 고 비서는 남몰래 한숨을 삭였다. 괜히 입방정을 떨었구나.

"별 내용은 아닙니다. 그게 좀 마음에 걸리는 게 있어서요."

"의뢰한 곳에서 단서라도 찾은 겁니까?"

"그게 아니라 이상한 말을 들어서요."

사람을 상대하다 보면 감이라는 게 존재했다. 특히나 하 전무처럼 일반 사람들보다 상대적으로 많은 사람을 만날 경우에는 같이 따라다니다 보면 그쪽으로 더 감이 발달한다고 해야 하나? 상대방이 어떤 흑심을 품었는지 세세한 것까지는 알지 못해도 웃으면서 뒤로 다른 생각을 한다거나 정말로 호의로 웃는 미소라든가.

어느 날부터 구분을 할 수 있게 됐다. 그래서였다. 이정인의 말이 명치에 딱 걸려 내려오지 못하는 건.

"그 여자분을 안다고 해서 다그치니까 바로 발 빼며 농담이라고 하는데 물론, 원래 가벼운 사람이라 정말 농담일 수는 있습니다만……."

"누가."

"이정인 씨입니다."

뒤돌아보지 않아도 알 수 있었다. 이정인이란 이름을 혀끝에 담자마자 헛웃음을 들이켜며 굽혔던 상체를 뒤로 물렸으니까. 그 행동에 함축된 의미는 하나였다. 너, 제정신이냐?

"이정인 씨, 사람 우습게 보는 재주가 있네요. 아니면, 고 비서가 나를 우습게 본 거든가."

"전무님. 저는 그럴 의도가……!"

"운전하세요."

단단히 화가 난 음성에 뒤돌아보려던 고 비서는 결국 정면을 응시했다. 차마, 그가 어떤 표정인지 백미러로 보지 못할 정도로 공기가 차가웠다. 괜히 입방정을 떨었구나, 싶었다.

'내가 그 여자를 안다고 해도?'

이정인의 목소리가 환청처럼 들렸다. 분명 그 눈빛, 거짓말을 입에 담는 얼굴이 아니야.

'농담인데. 화났나?'

5년 동안 찾던 여자의 단서조차 잡지 못했다. 해서 고 비서가 저도 모르게 강하게 밀어붙이자 화들짝 놀라 금세 발을 빼 버렸다. 그건 마치 어떤 위협을 직감적으로 감지하고 재빠르게 물러서는 행동처럼 보였다. 고 비서는 핸들을 부드럽게 돌리며 생각에 잠겼다.

이정인.

이정인.

이정인.

뒤를 캐 볼까.

초저녁 여름은 옅은 바람이 절실할 정도로 더웠다. 에어컨 바람 세기를 강하게 돌려놓고 소파에 궁둥이를 붙이는데 석상같이 꼿꼿이 서 있는 남자가 눈에 밟혔다. 오랜만에 멋지게 차려입은 검은색 슈트가 아까울 정도로 얼굴이 굳어 있었다.

"가게가 생각대로 안 돌아가나 보지?"

시원한 물을 한 모금 마신 이정인이 물었다.

"하 전무와 계약이라니요."

20분 동안 문 앞에서 고목나무처럼 서 있다 겨우 한 첫말이었다. 새로 개업한 가게를 맡겨 요새 얼굴조차 보기 힘들었던 동우가 부랴부랴 이곳까지 뛰어들어 온 이유를 모르는 건 아니지만, 더는 그 문제에 대해 거론하고 싶지 않았다. 이미 지나간 일이기도 했고. 그런 뜻에서 그녀는 가볍게 대꾸했다.

"음, 그렇게 됐어."

"얼굴에 난 상처, 하 전무 짓 아닙니까."

철호야 다독다독 달래면 됐지만 동우는 그리 만만한 성정이 아니었다.

골치 아프다. 적당히 유하게 살아야 이 세계에서 살아남는다는 걸 알 텐데도 동우는 그녀가 다치는 것을 보지 못했다. 그녀에게 작은 상처라도 생기면 그렇게 만든 사람을 찾아내 배로 되갚아 주곤 했으니까.

하지만, 상대는 하 전무.

괜한 일로 피를 보고 싶지 않았다.

"글쎄."

이정인은 턱을 긁적였다. 대충 넘어가자, 이 뜻을 알아차린 동우

의 얼굴이 딱딱하게 굳었다. 5초를 그 자세로 있었을까? 동우는 그
녀의 맞은편에 앉았다. 이정인이 물끄러미 바라보자 시선을 느낀
동우가 눈을 맞추며 또박또박 말을 꺼냈다.

"그렇게 넘어갈 생각 마세요. 밤마다 저희 못 오게 막으신 이유,
다 압니다. 알고도 모른 척한 겁니다."

"그래?"

"예. 단장님 선에서 마무리 지으실 걸 아니까 지켜만 본 겁니다."

동우의 시선 끝에 붕대를 감은 이정인의 새끼손가락이 잡혔다.
풀어질 줄 모르는 얼굴을 보며 이정인은 소리 없이 짧게 웃었다.

"그러게, 나도 그러려고 했는데 어쩌다 보니 이렇게 돼 버렸네."

아플 텐데. 다치면 아프지 않은 사람은 없다. 하물며, 단장은 여
자다. 비록 겉은 남자의 모습을 하고 있더라도…….

"주세요."

동우가 투박한 손을 내밀었다.

"어떤 걸 줄까? 아, 그래. 작년에 담근 술 좀 나눠 줄까? 숙성이
잘돼서 솜사탕처럼 달콤한 맛이 난다던데."

"계약서 주십시오."

"……."

"돌려 드리고 오겠습니다."

반듯하게 내밀어진 두 손. 원하는 걸 손에 넣기까지는 묵직한 바
위처럼 조금도 물러설 기미가 없었다. 흠, 소리를 낸 이정인의 눈
가가 느슨하게 풀렸다.

"동우가 내 밑에 들어온 지 몇 년이나 됐으려나?"

"8년 됐습니다."

"그래, 스무 살의 동우는 순수했지. 세상 물정 모른다는 말을 너에게 써야 하는 문장이 아닌가 싶을 정도였으니까. 애늙은이처럼 철이 일찍 들었어도 내 눈에는 참 예뻐 보였는데."

"……."

"동우야."

"네."

"고집부리면 못써."

앞으로 내밀어진 두 손이 움찔, 떨렸다. 고개를 뒤로 젖히고 있던 이정인이 상체를 앞으로 숙였다. 가는 손가락으로 투박하게 오므리고 있는 손을 살포시 밀었다. 동우의 손이 동글게 말아져 가볍게 주먹을 쥔 형태가 되었다.

"바쁘지 않나? 개업한 지 일주일 된 가게면 한창 정신없을 시간인데."

옴짝달싹 머뭇거리던 입술이 결국은 네, 라는 말을 흘렸다.

천천히 자리에서 일어서 문으로 걸어가는 동우의 발걸음이 점점 더 느려지더니 이내 문손잡이를 잡고 멈춰 섰다. 동우의 마음을 모르는 건 아니다만. 얼음이 형태도 없이 녹아 버린 물로 입술을 축인 그녀는 어쩔 수 없다는 듯 입을 열었다.

"사람은 몇 종류로 나눌 수 있을까."

문손잡이를 잡은 채 고개를 돌린 동우가 입을 열었다.

"착한 놈, 나쁜 놈이죠."

"나도 그런 줄 알았거든? 겪어 보니 그게 아냐. 착한 놈은 우리와 부딪칠 일이 없고 나쁜 놈은 피해 버리면 그만이지만 그 두 종류에 속하지 않는 사람도 있더라."

"어떤 사람을 말씀하시는 건가요?"

"죽어도 만나지 말아야 하는 사람 같은 거. 우회적으로 말하면 상대하지 말아야 할 사람이랄까?"

"……."

"하 전무가 그런 놈이야. 그러니까 너는 상대하지 마."

소파에 몸을 묻은 이정인의 눈매가 나른하게 접혔다.

"진심으로 상대하면 골치 아파지니까."

● ◑ ○

옅은 갈색 머리카락이 눈가를 덮쳐 왔다. 후, 하고 입김으로 날려 보내자 맞은편에 앉아 있던 남태영이 손을 뻗어 시야를 방해하는 이정인의 머리카락을 넘겨 주었다.

"앞머리 많이 길었다. 다듬어야겠는데?"

부드러운 눈웃음에 마음이 편안해졌다.

점심시간이라 테이블 자리가 꽉 찼다. 주위를 둘러보니 대부분 가족과 연인들뿐. 그사이 주문한 음식들이 차례대로 테이블을 빼곡히 채워 갔다. 너무 많이 시킨 것 아니냐고 묻자 남태영은 그저 웃었다. 평범한 미소도 남태영이 웃으면 주위가 시원해졌다.

"이맘때쯤이면 바쁘지 않던가?"

이정인은 나이프로 자른 스테이크를 입에 가져가며 물었다.

"바빠. 눈코 뜰 새 없이 바빠."

"그렇게 바쁜데 한가하게 나랑 밥 먹고 있으면 안 되는 거 아니야?"

"괜찮아. 불알친구나 마찬가지인 이정인하고 밥 먹겠다는데 이 정도 시간쯤이야."

"고마워서 눈물을 흘려야 하나?"

옅게 웃으며 샐러드 접시에 포크를 찍었다. 친구라면 유일하다시피 한 남태영과의 식사는 언제나 재밌고 유쾌했다. 요즘 회사 일이 힘든지 가벼운 투정에 가볍게 고개를 끄덕이며 스테이크를 먹은 뒤 후식으로 나온 아이스크림을 한 술 크게 떴다.

이야기는 어느덧 과거까지 거슬러 올라갔다. 어른이 되고서부턴 마음대로 할 수 있는 게 늘어났지만 그만큼 어깨가 무거워졌다던 남태영의 시선이 허공에 붕 떴다.

"고등학교 때가 좋았지."

"그렇지."

남태영 말에 동의했다.

"지금에서야 말하는 건데 너 처음 봤을 때 친구들끼리 내기한 거 알아?"

"남잔지, 여잔지 내기한 걸 말하는 건가."

간혹, 장난이 지나친 아이들은 화장실 앞에 서서 그녀가 남자 화장실에 가는지 여자 화장실에 가는지 지켜보고 있었다.

"옷차림이나 머리 스타일은 남잔데 예쁘게 생겨서 그랬어."

"음, 그래?"

그녀는 대수롭지 않게 대꾸했다.

"어. 너무 예쁘게 생겨서."

"지금은 아니잖아."

"아냐, 너 지금도 예뻐."

"빈말, 고맙게 받으면 되지?"

"진짜야. 넌, 거울도 안 봐?"

"너무 띄워 주지 마. 진짠 줄 아니까."

이정인의 새초롬한 눈이 반달로 접혔다. 느슨한 눈웃음에 남태영이 자못 심각한 어투로 말했다.

"너, 그렇게 웃지 마. 큰일 난다."

"음?"

"너는 웃으면 야시시해서 남자들 다 넘어온다?"

정말이야, 시원스러운 눈동자가 반짝, 빛을 내고 있었다. 물론, 자신이 여자라는 걸 알 경우지만 대개는 예쁘장하게 생긴 남자로 보였다. 이정인은 노란색 샤베트를 반으로 가르며 대꾸했다.

"안 넘어오는 남자도 있을걸."

"설마. 그보다 아버지는 잘 계시지?"

"잘 계시겠지."

"아, 외국 나가셨다고 했던가?"

지나가듯 들었던 소식을 입에 담자 이정인이 가볍게 고개를 끄덕였다.

"걱정되시겠다."

"무슨 걱정?"

"이렇게 예쁜 딸 두고 외국에서 마음 편히 계시겠어?"

남태영이 웃으면서 말했다.

"글쎄."

"무슨 뜻이야?"

"자식으로나 생각은 하실지."

"······."

"농담이야."

한순간 당황한 얼굴을 보니 너무 갔나 싶었다. 마저 남은 샤베트를 입에 넣는데 정신을 차린 남태영이 어색하게 웃었다.

"너는 무슨 농담을 진짜처럼 하냐."

"그러게."

"너 연기해도 되겠······ 응? 왜 그래?"

뒤통수가 따가웠다. 본능적으로 고개를 돌리자 바로 옆 테이블에서 식사를 하는 젊은 남자와 눈이 마주쳤다. 남자가 그녀를 보고 다시 시선을 옮겨 남태영을 보더니 보일 듯 말 듯 웃었다. 보기 좋은 미소는 아니었다.

"왜? 아는 사람이라도 있어?"

남태영이 고개를 돌리려고 했다.

"아냐. 다 먹었으면 그만 일어날까?"

재빨리 계산하려고 했으나 남태영이 먼저였다. 매번 이런 식으로 계산하면 안 볼 거라고 했더니 다음에는 꼭 밥 사 달라는 말을 남긴 뒤 자리를 먼저 떴다. 지하 주차장으로 바로 내려갈까, 하다가 1층 화장실에 들어갔다. 남자 화장실은 한적했다. 수도꼭지 밑에 손을 대고 있으니 차가운 물이 손가락 구석구석 적셔 주었다.

거치대에 걸쳐진 물비누를 손바닥에 짠 뒤 거품이 일어날 정도로 비비는데 쏴아아, 옆에서 물소리가 들렸다. 손을 씻느라 고개를 굽힌 시야에 매끄러운 검은색 구두가 보였다. 뽀득 소리가 날 정도로 손바닥을 마찰하여 손을 씻은 뒤 허공에 두어 번 탈탈 털며 거울을 보는데 옆에서 손을 씻고 있던 남자와 눈이 마주쳤다.

"남태영이 잘생기긴 잘생겼죠."

그녀에게서 등을 돌린 하우인이 벽에 걸린 핸드타월을 한 장 뽑아 손에 묻은 물기를 닦아 냈다.

"눈이 가니 마음도 갈 테고. 여자도 눈 돌아가는데 남자라고 그러지 말란 법은 없으니까요."

아, 남자라고.

무뚝뚝한 말투에 담긴 뼈 있는 말에 이정인은 피식, 웃었다.

"하 전무, 그런 헛소리 하면 못써."

"남태영을 바라보는 이정인 씨 눈빛이 상당히 이상합니다."

그랬던가.

남태영 앞에만 서면 무방비해진다. 마음이 편안해져서 사소한 말도 스스럼없이 꺼내곤 했다. 그 사실을, 알고 있었지만, 그 모습을 하 전무가 봤을 거라곤 상상하지 못했다.

"곧 유부남 될 사람입니다."

딱딱한 어투에 이정인은 멍하니 의미 없이 손을 위아래로 흔들었다. 그러다, 그가 한 말의 의미를 깨닫고는 피식, 웃음을 흘렸다. 남태영에 대한 감정을 오해하는 이들이 가끔 있었다. 타인에게 자신만의 공간을 허락하지 않는 그녀의 성격을 알고 있기 때문이다.

"이정인 씨와는……."

그가 말을 늘어트리며 이정인을 위아래로 훑었다.

"다른 세계 사람이랄까."

알고 있어. 그렇게 친절하게 알려 주지 않아도. 남우기업 회장 아들이 결혼한다는 소식은 신문 1면을 뒤덮었다. 길 가다 몇 번 봤다. 신문지 안에서 활짝 웃고 있는 남태영의 여자를.

고등학교 여름방학이었을까? 남태영의 배경을 알게 된 건. 평범한 아이들과 서슴없이 잘 어울렸던 남태영을 남우기업 아들이라고 생각했던 사람은 없었다. 몸에서 흐르는 귀티야 부모가 돈 좀 있나 보다, 정도였지 어느 기업의 아들이라고는 생각도 안 했으니까. 어린 시절 추억에서 그녀를 건져 올린 건 하우인의 목소리였다.

"내일 노루 대표 만나러 갈 겁니다."

"그래?"

"준비하고 계세요. 약속 장소와 시간은 문자 보내겠습니다."

알았다는 뜻으로 이정인이 손을 흔들며 돌아섰다. 종잇장처럼 흔들리는 손가락 끝을 따라 움직이던 하우인의 눈동자가 좁아졌다. 물기가 증발한 손으로 턱을 매만졌다.

들으려고 들은 건 아니지만 분명, 둘의 대화에 이상한 점이 있었다.

'이렇게 예쁜…… 마음 편히…… 계시겠어?'

'글쎄.'

'무슨 뜻이야.'

'자식으로나 생각은 하실지.'

'……'

'농담이야.'

장난스러운 말투와 달리 농담이라고 말한 이정인의 눈빛. 정말, 농담이었을까?

'이상한 말을 들어서요.'

얼마 전 고 비서가 했던 말이 떠올랐다.

'그 여자분을 안다고 해서 바로 다그치니까 농담이라면서 발 빼는데…….'

고 비서의 목소리가 환청이 되어 귓가를 들쑤셨다.

'농담이야.'

아무 말 하지 못하고 얼어 있는 남태영을 보며 내뱉은 말.

'농담이야.'

'농담이야.'

'농담이야.'

왜, 그의 귀에는 그 반대로 들렸을까.

"농담, 자주 하나 봅니다."

화장실을 나가려던 이정인이 무슨 소리냐며 고개를 돌렸다. 밤안개처럼 고요한 눈동자를 응시하며 말을 이었다.

"고 비서에게 이상한 소리를 들어서 말입니다."

"글쎄? 딱히 고 비서에게 이상한 말 한 기억은 없는 걸로 아는데."

지갑 속 여자를 찾는다는 걸 직감적으로 알았다. 이정인은 주머니에 손을 찔러 넣으며 자연스럽게 어깨를 으쓱이려는데 눈앞에 검은색 물체가 튀어나왔다.

"……!"

펼쳐진 지갑. 그 안에 자신을 바라보는 아이.

"압니까?"

"……"

기습 공격에 순간 말문이 막혔다.

"아는군요."

자신을 살펴보는 하우인의 눈동자를 본 순간 직감했다. 어떤 변명도 통하지 않을 거라는 걸. 차가운 눈빛에 서린 건조함이 비늘처럼 벗겨졌다. 무슨 이유에선지 모르겠지만, 난감한데? 좋은 예감이 들지는 않았다.

"무슨 억하심정이 있어서 그 여자를 찾는 건지 모르겠는데."

이정인은 턱을 긁적였다.

"이미 죽은 여자야. 그러니까…… 윽!"

쾅!

멱살이 잡힌 채로 순식간에 벽에 던져졌다. 차가운 벽에 닿은 등이 욱신거리자 이정인의 미간이 좁아졌다. 젠장, 상처가 아물지도 않았는데.

"죽었다고……?"

"그래, 죽었…… 큭!"

그가 멱살을 잡은 손에 힘을 주었다. 핏줄이 튀어나올 정도로 붉어진 팔뚝을 향해 그대로 팔꿈치를 내리꽂았다. 멱살을 움켜쥔 손이 힘없이 밑으로 내려간 틈을 타 재빠르게 그의 손아귀에서 벗어났다.

"하악, 하아, 하아."

붉어진 목을 손바닥으로 문지르는 이정인의 숨소리가 거칠어졌다.

도대체 내가 하 전무에게 잘못한 게 뭐지?

곰곰이 생각해 봐도 눈보라가 몰아치는 겨울, 어린 하 전무를 온몸을 던져 구해 준 기억밖에 없다. 게다가 어린 그와 같이 있었던 시간은 고작해야 30분 남짓. 첫 만남에서 그를 기억해 낸 건 어린 그의 모습이 강렬했기 때문이다. 볼도 얼얼하게 만들어 버리는 차가운 겨울, 그렇다 할 감정 없이 무표정한 얼굴로 우는 아이는 처음 봤으니까.

● ◐ ○

[저녁 7시. 비밀의 화원. 6번 방.]

화면을 보다가 주머니에 넣었다. 30분 남짓한 거리를 20분 만에 도착한 철호가 운전석에서 내려 뒷좌석 문을 열어 주었다.

"여기서 대기하고 있을래?"

"네? 하지만 단장님."

뒤따라오던 철호가 문 앞에 서 있는 남자들을 눈짓했다.

"여긴 노루파 가게입니다."

"불미스러운 일 일어나진 않을 거야."

"그래도……!"

"옆에 달린 게 있으면 이야기하기 불편해."

차에 들어가 있으라고 눈짓하자 결국 고개를 숙이고는 돌아섰다. 그녀의 얼굴은 이미 알려져 있었기에 들어가는 데는 아무런 제재도 받지 않았으나 머리를 위로 땋아 올린 고운 여성이 뒤따라오며 물었다.

"어떻게 오셨습니까?"

"6번 방이라던데."

"아, 네. 이쪽으로."

2층으로 올라가 맨 끝 쪽 방문을 열어 준 그녀가 정중하게 고개를 숙이고 사라졌다. 대게 이런 곳은 분위기가 어두웠다. 은은한 조명이 룸 안을 밝히고 있다고 해도 특유의 묘하게 가라앉은 분위기는 그대로니까.

문을 닫고 룸 안으로 들어선 이정인은 걸음을 멈추었다. 힐끗, 손목시계를 내려다보았다. 약속 시각보다 15분 먼저 도착했는데. 그런데 그녀보다 더 일찍 도착한 사람이 있었다.

"……."

"……."

잠시간, 어색한 침묵이 흘렀다. 어제 화장실에서 충격을 받은 듯한 하 전무를 내버려 두고 나오지 말았어야 했다. 하지만 그 상황에서 계속 그의 눈앞에 띄었다가는 큰 화를 당할 것 같은 느낌이 들었다. 이상하게 뒷골이 서늘해지는 느낌인지라 애써 떨치기 위해 고개를 내저으며 하 전무를 향해 눈매를 접었다.

"생각보다 괜찮은 얼굴인걸?"

맞은편에 앉을까, 하다가 옆에 앉았다. 노 대표와 나란히 앉고 싶은 생각은 없으니까. 물론, 하 전무 옆에 앉고 싶은 생각도 없지만.

테이블에 세팅된 술잔에 물을 따라 한 모금 마신 이정인은 노 대표가 올 때까지 이대로 침묵을 고수할 생각이었다. 이 일만 끝나면 곧장 집으로 달려가 차가운 물로 샤워한 뒤 세상 모르게 잠을 잘 생각이었다. 해서, 고개를 반대편으로 돌린 채 느긋하게 주위를 둘러볼 때였다.

"이야기해 줄 수 있습니까."

낮은 음성에 그녀의 고개가 하우인 쪽으로 돌아갔다. 그늘진 옆모습은 어제 그녀의 멱살을 잡았다고 생각되지 않을 정도로 고요했다. 물로 혓바닥을 적신 이정인이 모른 척 물었다.

"무슨 얘기?"

"그 여자."

겨우 밀어 낸 단어처럼 건조한 입술이 다시 열렸다.

"그 여자, 말입니다. 뭐든 좋으니까 다."

위태위태해 보이던 어제와는 다른 감정의 눈동자와 마주치자 그녀는 난감한 표정으로 슬쩍, 시선을 피했다. 도대체 무슨 생각인지 짐작이 가지 않았다. 한참 침묵을 지키던 그녀는 이내, 어쩔 수 없다는 듯 입을 열었다.

"잠깐 한 달 정도 머문 중학교가 있었는데 거기서 봤지."

거짓말을 던진 입술의 떨림. 마른침으로 입술을 훑은 다음 다시, 입을 떼어 내기까지 머리에 수만 가지 생각이 지나갔지만 이내 말을 이었다.

"음, 그 뒤로는 나도 전학을 가서. 우연히 중학교 때 동창을 만났는데 병으로 죽었다더군. 무슨 병인지는 몰라. 관심 없었으니까."

"그게, 답니까?"

"그게 다지."

가슴을 헤집어 놓는 날카로운 눈동자가 그녀를 주시했다. 등골이 서늘했다. 매번 느끼는 거지만 저런 식으로 사람을 볼 때면 그 시선을 받아치기가 벅찼다. 애써 시선을 비껴 나가려고 할 때쯤, 그의 눈빛이 어둡게 출렁였다.

괜히 가슴이 철렁했다.

거짓말이 들켰을까 봐. 때마침 룸 안으로 들어온 노 대표가 아니었다면 그 눈빛에 갇혀 옴짝달싹 못 하지 않았을까?

"이게 누구야? 손가락파 이 단장 아닌가?"

노 대표가 알은체하며 맞은편에 앉았다.

화이트 톤의 슈트를 입은 노 대표는 안 본 사이에 배가 남산만 하게 불렀다. 잠겨진 단추가 목이 졸린 표정으로 애처롭게 낑낑거리는 것 같아 안쓰러울 지경이었다.

"못 보던 사이에 굴러가게 생겼어."

술로 목을 축이던 노 대표가 그녀의 말에 멈칫, 하더니 이정인을 노려봤다.

"여전해. 사람 안 가리고 나불대는 혓바닥."

"노 대표만 할까?"

느슨하게 풀어진 이정인의 입매에 노 대표는 두툼한 입술을 끌어 올리며 이정인을 빠르게 훑었다.

하 전무가 이 단장과 함께 이곳에 올 거라는 걸 미리 언질을 주긴 했지만, 진짜 같이 나타날 줄은 몰랐다. 왜냐면, 아무리 봐도 하 전무가 데리고 다닐 만한 인물이 아니었다.

우선, 이정인은 원체 남의 말을 잘 듣는 성격이 아니었고 예쁘장한 얼굴과는 다르게 실실 웃으며 사람 속을 뒤집어 놓을 때가 한두 번이 아니었다. 그럼에도 불구하고 한낱 뒤에서나 뒹구는 애송이라 치부하며 무시할 수 있던 건 자기 분수를 아는 건지, 아니면 귀찮은 일을 싫어하는 낙천적인 성격인지는 몰라도 웬만하면 자기 영역에서 나오는 일이 드물었기 때문이다. 그래서, 부딪치는 일도 드물었다.

그렇다고 하더라도 하 전무와 이 단장의 조합은 신경을 건드릴 만큼 이상했다.

"이 단장이 왜 하 전무와 같이 나타난 거지?"

머리를 굴려도 결론에 도달할 수 없어 묻는 노 대표의 물음에 이정인이 대수롭지 않게 대꾸했다.

"글쎄?"

답해 줄 생각이 없는지 다리를 꼬고 앉아 두 손에 깍지를 끼는 이정인을 보며 노 대표는 혀를 쯧, 찼다. 길 가다 마주치기 싫은 사람이 있다면 망설이지 않고 이정인을 뽑을 것이다. 건성건성 답하는 말투나 가벼운 행동은 보는 사람의 주먹을 불렀다.

저절로 찡그려지는 이마를 손바닥으로 쓸어내린 노 대표는 새침한 이 단장의 표정을 따라 하며 말을 흘렸다.

"이수환 씨 요새 통, 안 보여?"

이수환, 이라는 이름에 허공에 까딱이던 발이 멈추었다. 이정인의 갈색 눈동자가 노 대표의 얼굴로 미끄러졌다.

"남의 아버지를 궁금해하는 이유를 모르겠네."

"이상한 소문이 돌아서 말이야."

재밌는 이야기를 들려주는 장사꾼처럼 고약한 미소를 띤 노 대표가 상체를 앞으로 굽혔다.

"이 단장이 곧 그 자리에서 물러날 거라나?"

이정인의 입술이 자잘한 웃음으로 흐트러졌다.

웃어? 그 자리에서 쫓겨난다는 건데 웃어? 노 대표의 미간이 좁아졌다. 이정인의 미소에 표정 관리가 힘들어졌다.

"친자식이 아니라서 그런가 보지."

일부러 속을 긁어 대는 노 대표의 말을 가볍게 넘기며 입술을 느슨하게 푸는데 뺨에 하우인의 시선이 느껴졌다.

"아, 입양이라고 했지? 그러니까 잘 좀 하지 그랬어."

끝까지 속을 긁어 보기 위해 아등바등하는 모습이 우스워 웃음을 흘렸다.

"이만큼 잘 보였으면 됐지. 안 그래?"

도발에 넘어오지 않자 포기한 노 대표가 하 전무 쪽으로 고개를 틀었다.

"하 전무가 여기까지 행차하시고 놀랐습니다."

"그래요?"

"예. 이런 곳 안 좋아하시는 걸로 압니다."

노 대표가 직접 일어나더니 하 전무의 술잔에 술을 따라 주었다. 굽신거리는 노 대표를 본 적이 있던가? 어느 정도 성공한 그에게 오히려 굽신거리는 자들이 많았다. 이정인은 두꺼운 뱃살에 두 손을 공손히 모으며 자신의 기분을 읊조리는 노 대표를 올려다봤다.

"섭섭합니다. 리조트 계약 건은 저희에게 양보할 줄 알았는데 굳이 다 싸잡아 드시고."

"저한테 섭섭할 일은 아니죠."

그는 노 대표가 따라 준 술잔을 손가락으로 톡, 치며 말했다.

"그럼 누구에게 섭섭해야 합니까?"

"남 회장에게 가서 말하세요. 나는 시키는 대로 할 뿐이니까."

남 회장이라는 말에 노 대표는 끙, 앓는 소리를 내더니 이내 화제를 돌렸다. 이미 지나간 일로 더 물고 늘어져 봐야 득이 될 게 없다는 판단이 섰다.

"여기까지 올 수 있었던 것도 하 전무 덕분이라고 생각합니다. 한낱 바닥에서 뒹굴던 무식한 놈이 멀쩡한 회사 갖게 해 주신 것도. 크게 성장할 수 있도록 도와주신 것도 고맙게 생각하고 있습니다만."

자리에 앉은 노 대표가 슬쩍 그의 눈치를 보더니 이내 말을 이었다.

"아파트 건설 공사 건도 저희가 양보한 거 기억나십니까?"

"납니다."

"호텔 매각 건도 저희, 충분히 참여할 수 있었습니다. 연예 기획사가 생각보다 돈 융통이 잘되는 곳이니까요. 그런데도 욕심내지 않았습니다."

"그랬습니까?"

모르겠다는 어투로 대꾸한 하우인이 노 대표의 입을 응시했다.

"예. 그래서 드리는 말씀인데 이번 카지노 건만 저희에게 밀어주시면 다른 것은 모두 포기하겠습니다. 그러니까……!"

"그건, 곤란합니다."

하우인이 노 대표의 말을 저지했다.

"남 회장이 카지노 건, 이쪽으로 가져오길 원하고 있으니까."

"그럼 여기 찾아오신 이유가……!"

노 대표의 눈에 실망감이 드러났다.

"포기하시죠."

"……."

"싫습니까?"

차갑게 가라앉은 그의 눈빛에 노 대표는 저도 모르게 눈을 부릅떴다. 그런 노 대표를 본 순간 이정인은 직감했다. 노 대표가 카지

노 건 때문에 하 전무와 등을 지겠구나. 이 자리는 노 대표의 마음을 떠보기 위해 부른 자리라기보다는…….

이정인의 눈이 가늘어졌다.

노 대표가 순순히 물러날 사람이 아니라는 걸 아니까 그녀를 찾아왔다는 소린데. 그럼 이 자리는 도대체 왜 마련한 걸까?

"카지노 건만, 그것만 저희에게 양보해 주세요. 어려운 일 아니잖습니까."

부릅뜬 눈을 풀지 않으며 노 대표가 말했다.

"처음 만났을 때 노 대표가 내게 말했었죠. 이 바닥에서 가장 성공한 사람이 되고 싶다고."

"그랬죠."

노 대표가 고개를 끄덕였다.

"그래서, 성공하게 해 드렸지 않습니까? 이 바닥에서 이 정도 규모의 술집 가지려면 노 대표 나이로는 어림도 없습니다."

"그건, 정말 감사하게 생각하고 있습니다."

"그렇게 가지고도 연예 기획사 차리고 싶다길래 이쪽에서 뒷받침해 준 걸로 압니다."

"그것도 감사하고 있어요. 당연히."

허리를 굽신거리는 노 대표를 응시하는 하우인의 얼굴에 표정이 사라졌다. 술잔을 든 탄탄한 팔 근육이 노 대표 쪽으로 움직였다.

"노 대표님."

"네."

"내가 어디까지 키워 줘야 합니까? 애새끼도 아니고."

"……!"

노 대표가 감정을 누르며 지그시 어금니를 깨물었다. 이정인은 그 둘에게서 살짝 떨어졌다. 어떤 상황이 일어날진 모르지만 제 몸 하나는 지킬 수 있는 적당한 거리를 재며 오른손에 힘을 주었다 뺐다, 주먹을 쥐었다, 폈다를 반복하며 상황을 주시하는데 노 대표가 격양된 목소리로 그를 불렀다.

"하 전무!"

쾅.

술잔이 노 대표 손에서 박살이 났다. 살갗을 파고든 자잘한 유리 조각을 손으로 움켜쥔 노 대표의 몸이 부르르 떨렸다.

"이정인 씨, 일어나세요."

손에 든 술잔을 여유롭게 테이블에 내려 둔 하우인이 자리에서 일어섰다. 그녀도 자리에서 일어났다.

"이제 보니 둘이 손이라도 잡았나 보지?"

노 대표의 눈이 형형하게 빛났다.

"남우기업이 못 하는 더러운 일 뒤처리해 준 게 누군데 이제 와서 그런 소리를 지껄여!"

핏대를 올리는 노 대표의 입술이 엉망으로 떨리고 있었다. 그 와중에 하우인은 미련 없이 룸 밖으로 나갔다. 이정인도 노 대표의 충혈된 눈에서 고개를 돌린 뒤 룸 밖으로 나갔다.

아아아악!

벽에 술병 던지는 둔탁한 소리가 들리자 밖에 대기 중이던 남자들이 노 대표가 있는 방 안으로 우르르 들어갔다.

가게 밖으로 나가자 자동차 안에서 대기 중이던 철호의 옆모습이 보였다. 밖으로 뛰쳐나오려는 철호를 향해 손을 내저었다.

"일부러 화나게 한 것 같은데?"

고개를 젖혀 노을 지는 하늘을 보며 물었다.

"저렇게 날뛰는 꼴을 보니 조만간 이정인 씨 찾아와 한바탕할 겁니다."

"그러겠지."

어디로 쳐들어올지 모르니 당분간 가게 휴업을 해야 하나 고민하는데 희미한 담배 냄새가 났다.

"잠시면 됩니다."

후, 그의 입에 머물던 담배 연기가 새빨간 노을을 흩트렸다.

"이정인 씨가 노 대표의 시선만 돌려 주면 됩니다. 다른 곳에는 신경 쓰지 못하게."

"그사이에 나 죽으면 노래나 불러 줘. 그, 제목이 뭐더라? 울면 안 돼 울면 안 돼 그 노래로."

담배를 휘감던 그의 손가락이 멈칫했다. 이내, 담배 끝을 깊게 빨아들인 하우인의 시선이 느릿하게 밑으로 향했다.

"그 노래, 좋아합니까?"

"동요는 그 노래밖에 몰라."

"아아, 저도 그 노래 꽤, 좋아합니다. 누군가 제게 불러 준 노래라서."

옅은 갈색 머리카락이 노을빛에 부서져 세상과 섞여 묘한 색채를 뿜어내는 것을 감상하던 하우인의 입술이 담배 끝을 빨아 당기자 볼이 홀쭉해졌다.

마음이 휘휘했다.

귀 청소를 한번 해야 하나, 고 비서는 진지하게 고민했다. 그렇지 않고서야 5년 동안 여자를 찾던 일을 그만두라니. 그러나 뒷좌석에 올라탄 남자의 입에서는 같은 말이 반복됐다.

"저번에 부탁했던 일 그만해도 됩니다."

이유를 묻고 싶은데 좀처럼 틈을 내주지 않는 하우인을 백미러로 힐끗, 훔쳐본 고 비서의 입이 달싹거리는 순간이었다.

"죽었다고 하더군요. 그 여자."

"예?!"

한순간 운전 중인 사실도 잊을 만큼 놀랐다. 다른 날보다 천천히 액셀을 밟으며 머리를 굴리던 고 비서가 신호에 걸리자 브레이크를 밟으며 소리쳤다.

"누가 그런, 아! 이정인 씨가 그랬나요? 역시."

이정인이 농담이라며 발을 빼는 모습이 명치에 걸리더라니, 그 여자를 알고 있었던 것이다. 고 비서는 조수석에 놓아둔 서류 봉투를 곁눈질했다. 이정인에 관해 뒤 좀 밟았는데 영, 찜찜했다. 이걸 말해야 하나, 그냥 입 다물고 있어야 하나, 고민하는 사이 자동차 속도는 점점 느려졌다. 그걸 하우인도 알고 있었다. 창밖 풍경을 눈에 모조리 다 쓸어 담을 수 있을 정도로 느려진 속도에도 그는 가죽 지갑만 움켜쥐고 있었다.

손바닥을 감싸는 차가운 질감.

그 속에 꼭꼭 숨겨 둔 여자를 차마, 버릴 수가 없었다. 하우인의 눈가에 짓무른 그리움은 곪아 터져 방향을 잃었다. 머리 꼭대기로 뜨거운 게 몰렸다. 터질 것 같은 열기에 창가에 이마를 대고서 눈을 감았을까.

"저기, 전무님."

고 비서가 그를 불렀다.

"이런 말씀드려도 되는지 모르겠는데 말입니다. 제가 이정인 씨 뒷조사 좀 했는데. 아, 다른 뜻이 있어서 그런 것은 아니고 전무님이 찾는 그 여자분을 왠지 아는 눈치라서 이렇게 된 건데 좀 이상해서요."

창가에 고개를 기대고 있던 하우인의 시선이 고 비서의 뒤통수로 향했다.

"이정인 뒷조사?"

"예."

"어떻게 이상합니까?"

"다요. 전부 다 이상합니다."

한 손으로 운전대를 잡은 고 비서가 조수석에 던져 놓았던 서류 봉투를 뒤로 넘겼다. 하우인이 서류 봉투를 열어 내용물을 확인하는 걸 보며 고 비서가 간략하게 설명했다.

"손가락과 이수환 밑에는 외동아들 이정인 씨 한 명이잖습니까? 그런데 이수환 밑으로 이정인이라는 이름이 두 개 있습니다. 더 이상한 건 한 명은 남자, 다른 한 명은 여잡니다. 이수환 밑에 딸이 있다는 소리는 들어 본 적이 없는데."

서류를 넘기는 하우인의 눈동자가 좁아졌다.

'친자식이 아니라서 그런가 보지.'

노 대표의 도발에 대꾸한 이정인의 차분한 목소리가 생각났다.

"남들 중학교 다닐 시기에도 3년 동안 홈스쿨링 한 걸로 나와 있고, 고등학교 때부터 학교를 다시 다녔다고 나오고 게다가……."

"홈스쿨?"

"예, 뒤로 두 장만 더 넘기시면 있습니다."

휙휙, 종이가 거칠게 넘어갔다.


학력

— 중학교(홈스쿨)

— 수완 고등학교


그 뒤로 몇 장 더 넘겨 봤지만 이렇다 할 만한 정보는 없었다.

'잠깐, 한 달 정도 머문 중학교가 있었는데 거기서 봤지.'

마지막 장을 쥐고 있는 손에 힘이 들어갔다.

'음, 그 뒤로는 나도 전학을 가서. 우연히 중학교 때 동창을 만났는데 병으로 죽었다더군.'

다시 앞으로 종이를 넘겼다. 선명하게 들어오는 단어를 혀끝으로 굴렸다.

"홈스쿨."

'우연히 중학교 때 동창을 만났는데.'

'중학교 때.'

'중학교 때.'

"하."

하우인의 입술로 바람이 새 나갔다.

"제일 이해가 안 가는 건, 이수환 딸 이정인 말입니다. 정보가 하나도 없습니다. 어디에서 태어났는지 어느 학교에 다녔는지 지금은 어디에 사는지. 깨끗해요."

익숙한 아파트가 보이자 어두운 밤이 내려앉은 곳 깊숙이 자동차를 세운 고 비서가 물었다.

"더 조사해 볼까요?"

서류를 고 비서에게 건넨 하우인이 고개를 한 번 끄덕이며 자동차에서 내렸다.


테이블에 올린 늘씬한 두 다리를 내린 이정인의 눈동자가 창밖으로 향했다. 한창 소란스러워야 할 저녁이 쥐 죽은 듯 조용했다. 1층으로 내려가 상황을 보고 올라온 철호가 머리를 긁적였다.

"노루파 쳐들어온다는 정보, 확실한 거죠?"

"아마도? 노 대표 열 많이 받았거든. 가게 당분간 휴업한다고 전달했지?"

"네. 최소한의 인원 빼고는 가게에 남아 있는 사람은 없습니다."

"잘했어. 저녁은 먹었고?"

"아, 네."

한 발짝 늦게 답한 철호의 답에 이정인이 지갑에서 지폐를 꺼내 흔들었다.

"밥은 먹고 다녀야지."

"단장님. 저도 돈 있어요."

"무안하게 이럴 거야?"

팔랑팔랑, 흔들리는 지폐를 두 손으로 공손히 받은 철호가 멋쩍은 듯 웃었다. 어서 배 채우고 오라는 말에 돌아선 그가 갑자기 생각난 게 있는지 다시 몸을 돌렸다.

"저, 단장님. 이상한 소리를 들었는데 그 하 전무 말이에요."

"하 전무?"

"네. 몇 년 전부터 어떤 여자 찾나 보던데요?"

일이 년도 아니고 오랫동안 특정한 누군가를 찾다 보면 대부분이 바닥에 소문이 날 수밖에 없었다. 그 여자, 누군지 우리가 먼저 찾아볼까요? 라고 말하는 반짝이는 눈동자를 향해 이정인이 손을 내저었다.

"알아보지 마. 시간 낭비야."

"예? 하지만 하 전무가 그렇게 찾는 거 보면 뭔가 있지 않을까요?"

"아무것도 없어."

"털면 먼지라도 나올 것 같은데."

"털어도 아무것도 안 나오니까 쓸데없는 곳에 시간 낭비 하지 마."

단호한 그녀의 말에 알았다고 대꾸한 철호가 문을 열고 나가지 못했던 건 문 앞에 서서 노크를 하려던 자세 그대로 멈춘 고 비서 때문이었다.

"단장님."

고 비서를 마주 보며 철호가 이정인을 불렀다.

"응."

"불청객 왔는데요."

불청객이란 소리에 이정인의 눈동자가 철호의 뒤통수로 향했다. 시야에 잡힌 고 비서가 철호를 밀치고 안으로 들어오고 있었다. 그 뒤로 남색 슈트를 입은 하 전무가 있었다. 처음과 달리 하 전무는 강압적으로 무언갈 요구하지는 않았다.

딱히, 위협을 가하는 것도 아니었고. 해서, 저녁 먹고 오라며 철호를 밑으로 내보낸 뒤 소파에 앉았다.

시간은 저녁 7시. 따로 할 말이 있는 건가? 싶어 앉아 있는데 뜨겁게 끓인 차가 밑바닥을 드러낼 때까지 그는 한마디도 꺼내지 않았다.

벌써, 30분이 지났다.

노루파가 쳐들어왔나, 뭐 이런 상황을 보러 온 건가 싶었는데 그건 아닌 것 같았다. 도를 닦는 것도 아니고 그 자세 그대로 앉아 있었더니 찌뿌드드한 어깨를 손바닥으로 두어 번 탁탁, 두드리다가 빤히 응시하는 시선에 결국 참지 못하고 그를 불렀다.

"하 전무?"

"말씀하세요."

"내 얼굴에 뭐가 묻기라도 했던가?"

물론, 얼굴에 아무것도 묻지 않았다는 걸 알고도 물었다. 일부러 손가락으로 자신의 뺨을 누르는 이정인의 행동에 하우인의 눈매가 접혔다.

"부담을 주려던 의도는 아니었습니다."

시선을 거둬들이나 싶더니 다시 눈을 맞춰 오는 행동에 이정인의 눈이 가늘어졌다. 마치, 무엇을 알아내기 위해 달콤한 미끼를 던지는 사람처럼 보였으니까. 언제 노루파가 들이닥칠지 몰라 뜬눈으로 밤을 지샌 이정인은 한껏 피곤함을 드러냈다.

"할 말 있어서 온 거 아니었나?"

"지나가던 길에 들렀습니다."

그가 손도 대지 않은 찻잔을 들었다.

"차도 얻어 마실 겸 해서요."

처음 그대로 줄지 않은 양. 그의 손에 찰랑대는 맑은 차를 본 이정인이 다리를 꼬았다.

"흐음, 거짓말을 그런 식으로 할 줄은 몰랐는데?"

"거짓말해 본 적, 있습니까?"

"그다지, 특별한 경우가 아니라면 안 하지."

특별한 경우라.

"그렇군요."

까만 눈동자가 정면을 응시했다. 이상한 점은 없는지 살폈지만 피곤해 보이는 기색 외에 다른 점을 찾지는 못했다. 하우인은 들고 있던 찻잔을 손가락으로 깊숙이 감쌌다.

"저는 거짓말을 하는 경우는 두 가지로 봅니다. 하나는 자신의 이익을 위해 어쩔 수 없이 거짓말을 할 때. 다른 하나는."

탁.

들고 있던 찻잔을 내려놓는 하우인의 눈빛이 날카로웠다.

"상대방에게 들키지 말아야 할 무언가를 필사적으로 숨기려 할 때."

"……."

감정을 억누르는 건 아닌 것 같고, 그렇다고 화를 내는 것도 아닌데. 오묘한 하우인의 행동에 이정인의 고개가 옆으로 기울어졌다.

"하 전무, 그런 표정으로 말하니까 무서운걸?"

얇실한 이정인의 입술이 호선을 그리며 올라갔다.

"무서우라고 한 말은 아닙니다."

찻잔 손잡이를 잡은 그가 우러날 대로 우러난 차를 단숨에 입에 털어 넣었다.

"차, 잘 마셨습니다."

그가 일어나자 소파가 덜컹, 흔들렸다. 차분한 걸음으로 문을 열고 나서는 하우인의 뒤를 고 비서가 뒤따라갔다.

탁.

문이 닫히고 찾아온 정적에 잠식된 의식을 억지로 끄집어 올린 이정인의 시야에 덩그러니 남은 찻잔이 들어왔다.

"이상한 놈이라니까."

한동안 하 전무는 얼굴을 내비치지 않았다. 단지, 주위를 감시하는 남자들이 생겼을 뿐. 창틀에 기댄 몸을 떼어 내는데 창밖을 내다보던 철호의 눈꼬리가 매섭게 올라갔다.

"저것들은 뭡니까."

가게 주위로 빙 둘러싼 낯선 남자들을 말하는 거라면.

"하 전무네 아이들."

"예? 그럼 우리 감시하는, 이런 썅!"

"일일이 열 받지 마. 너만 피곤해져."

간이 옷장을 열어 대충 셔츠 하나를 꺼내 흔들었다. 옷 갈아입을 거니 나가 달라는 무언의 재촉을 알아들은 철호가 고개를 숙이고 밖으로 나갔다. 낮과 밤의 어중간한 경계선을 보여 주는 창문을 보다 걸음을 옮겨 블라인드를 내렸다.

소파에서 쪽잠을 자느라 구겨진 셔츠를 벗고 옷장에서 꺼낸 푸른색 셔츠를 들었다가, 도로 내려놓았다. 가슴을 감싼 붕대 사이로 튀어나온 살. 붕대를 풀어 봉긋한 가슴을 손바닥으로 최대한 꾹, 누른 뒤 붕대를 감는데 벌컥, 문이 열렸다.

"단장…… 엇, 죄송합니다."

깊숙이 허리를 굽히고 다급히 나가려는 동우를 보며 이정인이 대수롭지 않게 물었다.

"나가려고?"

"……네."

"새삼스럽게 무슨."

가슴을 꽁꽁 싸맨 붕대를 마무리하고 푸른색 셔츠를 걸쳐 입었다.

"나가 있겠습니다. 다 입으시면 불러 주십시오."

"됐어, 그리고 너 지금 얼굴 빨개져서 나가면 밖에 대기 중인 애들이 이상하게 본다?"

"……."

"쟤들은 나 남자로 알고 있을 거 아냐."

마지막 단추를 잠근 뒤 의자에 접어 둔 재킷을 몸에 걸치며 1층으로 내려갔다. 한발 앞서 걸어간 동우는 재빨리 뒷좌석 문을 열었다. 이정인이 올라타는 걸 보고 문을 닫은 뒤 운전석에 올라타 시동을 걸었다. 자동차가 대로변에 진입했을 때, 뒷좌석에 앉아 있던 이정인이 자신을 불렀다.

"동우야."

"네."

"따돌려야겠다."

동우는 자신의 뒤를 쫓는 하얀색 자동차를 어떻게 해야 할까, 생각하며 속도를 천천히 줄였다. 뒤따라오던 자동차도 속도를 천천히 줄이는 것을 확인한 다음에서야 재빨리 골목길로 커브를 틀었다.

끼이이익!

아스팔트에 긁히는 타이어 소리와 함께 두 번째 골목길에서 핸들을 힘껏 꺾는데 사이드미러로 하얀색 자동차가 보였다.

끈질기기는.

짧게 혀를 찬 동우가 몇 번 더 골목길을 가로질렀지만, 상대도 만만치 않은지 눈앞에서 사라질 듯 사라질 듯, 사라지지 않고 끝내 쫓아오고 있었다.

"동우야."

"네."

"저들이 커브 도는 사이에 빨간 벽돌집 앞에 차 세워야겠다."

"네? 하지만 비밀의 화원까지는……."

"여기서 걸으면 10분밖에 안 걸릴걸? 계속 골목만 빙빙 돌 순 없으니까."

"알겠습니다."

적정 수준으로 가던 중 커브 길이 보이자 동우가 속력을 올렸다.

끼끼, 끼이이익!

급하게 돌아선 자동차의 무게가 한쪽으로 쏠리는 것과 동시에 자동차에서 내린 이정인이 골목길로 사라졌다. 그사이 끼끼이이이익! 뒤따라온 하얀색 자동차가 커브를 도는 소리가 들리자 동우는 정차했던 차를 출발시켰다. 조금 전과는 다르게 여유 있고 느긋한 속도로 자동차가 대로변으로 빠져나가고 있었다.

노 대표가 은밀하게 접촉해 왔다.

처들어와서 깽판을 부릴 줄 알았던 노 대표는 의외의 수를 썼다. 오늘 저녁에 단둘이 만나 할 말이 있다며 다시 만날 것을 청했다. 물론, 어떤 수인지는 너무 빤히 읽혔지만 우선 가 보기로 했다. 주먹을 쓰지 않고 말로 노 대표의 시선을 돌릴 수 있다면 그것 나름대로 괜찮은 방법이었다.

"이러다 이 단장 얼굴 외우겠어?"

먼저 술을 마셨는지 코가 붉어진 그를 응시하며 맞은편에 앉았다.

"이 단장도 술 한잔하지?"

자리에서 일어선 그가 빈 잔에 술을 따르려는 걸 손을 뻗어 저지했다.

"술은 됐고, 본론부터 듣고 싶은데."

"아, 그래. 본론."

철퍼덕, 자리에 주저앉은 그의 한쪽 손에 붕대가 감겨 있었다. 시선을 느낀 건지 노 대표가 붕대 감은 손을 눈앞에서 흔들었다.

"어때?"

"어떻긴. 제 성질 못 이겨서 다친 손을 보고 무슨 생각이 들어야 하는 건가."

새침한 그녀의 말에 껄껄, 웃던 노 대표의 표정이 단숨에 굳어졌다. 그는 술 한 모금을 마신 뒤 차갑게 가라앉은 목소리를 끄집어냈다.

"이 단장은 알고 있지?"

"뭐를?"

"하 전무, 도대체 무슨 짓 꾸미는 건지. 알고 있을 것 아냐."

"알면?"

"나랑 손잡는 건 어때?"

"푸읍."

노 대표의 얼굴에서 점차 웃음기가 사라졌다.

"……웃어?"

"상식적으로 생각해 봐. 하 전무와 노 대표. 둘 중 한 명을 선택하라면 누굴 선택할까? 뻔한 답이 나와 있는데 다 아는 사람이 왜 그럴까."

노 대표와 손을 잡는다?

갈등이 안 되는 건 아니었으나 이내 마음을 접었다. 이 바닥에서 노 대표의 인간성이라든가, 약속 따위라든가, 밑바닥이니까. 지금 저 입에서 흘러나온 말도 믿을 수가 없었다. 그런 면에서는 차라리 하 전무가 나았다.

일만 깔끔히 처리해 주면 귀찮게 한다거나, 한 입으로 두 말 한다거나 하는 일은 없었다고 하니까. 게다가 이렇게 노 대표의 시선만 이쪽으로 돌려 주면 되는 일이었다. 굳이 노 대표와 손을 잡아 하 전무를 배척하고 나아가 남우기업까지 적으로 돌리고 싶은 마음은 추호도 없었다.

물론, 노 대표가 업고 있는 조폭들과의 마찰은 어쩔 수 없지만, 이 바닥에서 그런 부딪침 정도야 어느 정도 시간이 지나고 재정비하면 가라앉을 테고.

"노 대표."

상체를 깊숙이 숙인 이정인은 그와 눈을 맞췄다.

"당신, 하 전무한테 잡아먹힐 수 있어. 그러니까 조용히 카지노 건 내놓고 편히 살아."

"이 단장."

"욕심이 화를 부른다는 말을 가슴에 새기며 살 때도 되지 않았나?"

느긋하게 웃으며 자리에서 일어서는데 비틀린 음성이 귀를 쑤셨다.

"남우기업. 좋지, 청렴한 기업 이미지에 꼬박꼬박 불우 이웃 기부에, 천사 기업이라고 소문이 자자하지. 그런데, 남 회장도 그럴까?"

"무슨 소리야."

"남 회장의 사생활이 추잡하다는 거 모르는 사람도 있던가? 언론에 뿌리면 한동안 타격은 받겠지."

순간, 남태영이 떠올랐다.

해맑은 미소와 톡 쏘는 청량한 눈빛이 눈앞에 아른거리자 애써 고개를 내저으며 떨쳐 냈다.

"그러니까 남 회장 사모님도 일찍 이혼한 거 아니겠어?"

더는 듣기 싫었다. 그대로 문을 열고 룸 밖으로 나가는데 등 뒤로 성난 음성이 들렸다.

"이대로 가면 이 단장, 후회할 거야."

"노 대표. 진짜 후회가 뭔지도 모르면서 함부로 말하지 마."

문손잡이를 잡은 채 말을 밀어 내는 이정인의 목소리가 건조했다.

"후회해 본 적도 없는 사람이."

짧은 시간 동안 있었다고 생각했는데 체감 시간은 10분인데 나오니 30분이 훌쩍 지나 있었다. 계속 술을 마시며 느리게 이야기했던 노 대표 때문일지도. 동우에게 데리러 오라고 할까, 하다가 대로변으로 발길을 옮겼다. 이곳에서 집까지의 거리가 짧아서 동우를 불러 기다리느니 차라리 택시를 타는 게 낫겠다는 생각이 들었다.

택시를 타기 위해 손을 흔들려는데 주머니에서 좀처럼 울릴 일 없는 문자 소리가 들렸다.

[노선 바꿔 타기로 한 겁니까?]

하 전무였다.

결국, 동우가 뒤를 밟혔구나 생각하는데 다시 문자가 한 통 왔다.

[사람 보는 눈 좀 길러야겠습니다.]

"풋."

노 대표와 단둘이 만난 일이 신경에 거슬린 모양이었다. 아니면 자신이 붙여 준 남자들을 따돌린 게 거슬렸든지. 그때, 문자가 다시 왔다.

[웃을 일이 아닐 텐데요.]

어디서 보고 있는 건가. 이정인의 고개가 돌아갔다. 주위를 살피는데 그녀 앞에 자동차 한 대가 부드럽게 멈췄다. 반쯤 열린 창문으로 남자의 익숙한 옆모습이 보였다. 그와 동시에 손에 든 휴대폰이 징, 울렸다.

[타세요.]

우선, 이곳에서 자신의 가게에 마련된 집까지의 거리가 짧아서 동우를 부르지 않고 뒷좌석에 올라탔는데, 문이 닫히자마자 서류를 보고 있던 하우인의 날카로운 시선이 그녀에게 옮겨 왔다.

"급하다고 짐승 손을 잡을 만큼 머리가 없는 것 같진 않았는데 말입니다."

"너무 겁주지 마. 아직 안 갈아탔으니까."

몸에 힘을 뺀 채 뒷좌석에 파묻히다시피 기대고 있던 이정인이 문득, 생각난 사람처럼 말했다.

"안 물어보나?"

"무엇을요."

그는 여전히 서류를 들춰 보고 있었다.

"노 대표하고 어떤 이야기가 오갔는지. 궁금할 거 아냐."

서류를 훑던 눈매가 반달로 접혔다.

"궁금하지 않습니다."

"음, 그래?"

그것 때문에 나를 자동차에 태운 게 아니었나?

의아한 시선을 보내자 그가 건조한 말투로 대꾸했다.

"뻔한 대화였을 겁니다. 굳이 궁금해할 이유가 없는 그런 대화들."

실제로도 뻔한 대화였다. 비밀의 화원에 가기 전부터 어느 정도 예상한 말이었으니까. 이정인은 오른손으로 턱을 괬다. 그사이 창 밖으로 익숙한 풍경이 보이는가 싶더니 자동차가 속도를 줄였다.

"도착했습니다."

고 비서가 백미러를 힐끗 보며 말했다.

전체적으로 고동색 나무 재질의 네모난 건물 사이로 보이는 낯익은 남자들. 여긴, 그녀의 가게이자 집이었다.

"도착했으면 내리세요."

도대체 이게 무슨 상황인가 싶어 머뭇거리는 이정인의 등을 하우인이 손가락으로 지그시 밀어 냈다. 그가 닿은 등이 간지럽다.

"바쁩니다. 내리세요."

운전석에 앉아 있던 고 비서가 자동차 밖으로 나온 뒤 재빨리 뒷좌석 문을 열었다.

"바쁘면 그냥 내버려 두지 이건, 또 무슨 짓이신가."

쭉 뻗은 얇은 다리가 자동차 밖으로 나왔다. 차에서 내린 이정인이 하우인을 내려 보았다.

"궁금해서 태웠습니다."

"궁금?"

"이정인 씨가 궁금한 게 아니라, 이정인 씨가 숨기고 있는 비밀이 궁금하달까."

"……."

"충분한 답이 됐습니까?"

휙.

종이 넘어가는 소리와 동시에 하우인이 고 비서를 불렀다.

"고 비서."

"네."

"문, 닫으세요."

탁.

말이 끝나기 무섭게 문을 닫고 운전석으로 가려는 고 비서를 붙잡았다.

"어이, 고 비서."

바쁘다는 말이 거짓은 아닌지 고 비서는 계속 휴대폰으로 시간을 체크했다.

"뭐, 하나만 물어봐도 될까?"

이정인의 물음에 고 비서가 빨리 물어보세요, 답하며 운전석 문 손잡이를 잡았다.

"하 전무가 찾고 있던 그 여자 말이야."

문손잡이를 잡고 있는 손이 멈칫, 했다. 그 모습을 응시하던 이정인이 고개를 옆으로 기울였다.

"왜 찾는 거야? 혹, 무슨 잘못이라도 했나 보지?"

그렇게 바쁜 사람이 자신을 감시하기 위해 업체에서 고용한 사람들을 보내고 직접 집까지 바래다주는 것 자체가 이상한 일이라는 걸 충분히 알고 있었다. 그 중심에는 이미 자신의 입으로 죽었다고 말한 그 여자, 가 있었고.

"그 여자, 정말 죽었어요?"

고 비서가 이정인을 빤히 바라보며 물었다.

"그래."

"거짓말하면 엉덩이에 뿔 나는 거 아세요?"

"고 비서, 농담 참 재미없게 하네."

손을 흔들며 돌아서는데 고 비서의 입에서 이상한 단어가 나왔다.

"첫사랑."

"응?"

"……인 것 같아요."

"음?"

"그 여자, 하 전무님 첫사랑인 것 같다고요."

"푸흡! 아, 미안미안. 너무 황당한 이야기를 들어서."

나름 고심해서 한 말에 웃음을 던진 그녀를 언짢은 기색으로 바라보던 고 비서가 운전석에 올라탔다.

살다 보니 별 이상한 말도 다 듣는구나. 이정인은 웃음이 터지려는 입술을 단단히 붙잡고 가게 계단으로 올라갔다.


드르륵.

블라인드를 걷어 내는 소리가 거칠었다.

"단장님. 두고 보실 겁니까?"

창밖으로 가게 주위를 주시하던 철호가 못마땅한 표정을 드러냈다.

"지금은 있는 게 나아. 언제 노루파가 쳐들어올지도 모르는 상황이고."

"비리비리하게 생겨서 힘쓸 줄 알겠어요? 등 뒤에 숨어서 살려 달라고만 안 해도 다행이죠."

"자세히 안 봤구나?"

소파에 비스듬히 기대앉은 이정인의 다정한 목소리에도 철호는 불만스럽게 창밖을 노려봤다.

"관심도 없어요, 쟤들. 단지 신경에 거슬릴 뿐이죠."

"기본은 할 거야. 자기 몸 하나쯤은 지킬 수 있을걸?"

우락부락한 몸태가 아니라 힘을 못 쓸 것 같다는 건 잘못된 시선이었다. 다부진 체격은 아니더라도 지나치며 본 남자들은 잘 단련된 몸이었다. 더군다나 태양이 내리쬐는 날씨에 몇 시간 동안이나 바른 자세를 유지하고 있는 정신력 또한 잘 교육된 자세랄까. 특별히 물어보지는 않았지만 알 수 있었다. 하 전무를 경호하던 이들 중 일부라는 걸.

창밖을 내려다보던 시선을 거두어들인 철호가 그녀를 향해 고개를 돌렸다.

"도대체 우리를 감시하는 이유가 뭐예요?"

"나도 그게 궁금해."

처음에는 노루파가 언제 쳐들어오는지 상황 보고만 하는 줄 알았는데 그런 것치고는 숫자가 많았다. 더군다나 동우나 철호와 함께 나갔다가 각자의 볼일로 헤어져야 할 때 동우의 뒤를 감시하는 자는 드물었다.

"다른 이유가 있을 수도 있고."

이정인은 턱을 긁적였다.

"그게 뭔데요?"

"예를 들면, 나를 감시하려는 이유라든가?"

말로 내뱉고 나자 진짜 그럴지도 모르겠다는 생각이 들었다. 어렴풋이 하 전무가 찾는다는 그 여자, 때문일지도 모르겠다는 생각이 들었다. 이미 죽은 사람이라고 말을 했으나 믿지 않는 건가?

그 여자를 찾을 단서라고는 자신밖에 없다는 걸 본능적으로 알아차린 그의 촉에 박수를 보내고 싶지만 일 이외에 따로 얽히고 싶은 마음은 없었다.

"예에? 단장님을요?"

"그래."

"저것들이 미쳤나!"

"흥분하지 마. 얼굴 망가져."

취향 차이랄까, 그녀의 눈이 맞은편에 서 있는 철호에게 향했다. 자칫 인상을 날카롭게 만들 수 있는 짧은 스포츠머리에도 불구하고 철호가 웃을 때마다 보여 주는 볼우물은 꽤나 귀여웠다. 동글동글하고 귀여운 미소. 남태영도 그런 미소를 가지고 있었다.

선해 보이는 인상을 좋아했다. 싱그럽고 풋풋하면서도 가식적이지 않은. 그런 의미에서 하 전무는…….

손을 뻗어 달력을 넘겼다. 두어 장 넘기자 숫자에 큼지막한 동그라미가 쳐져 있었다. 그 숫자를 손가락으로 두드리며 철호를 올려봤다.

"10일 뒤라고 했지?"

"아, 네. 보스께서 10일 뒤 귀국하기로 해서 동우 형님이 모시러 가기로 했습니다."

"어수선할 때 와서 마음 편치 않을까 걱정이네."

심란한 마음을 그대로 담은 눈동자가 밑으로 떨어진다. 아무렇지 않은 얼굴로 앉아 있지만 아버지의 눈 밖에 나기 싫어하는 그녀의 마음을 모를 리 없다. 자세를 반듯이 한 철호가 자신에게 다짐하듯 말했다.

"잘 단속하겠습니다."

"음, 그런 말 들으니 듬직한걸?"

강아지처럼 순한 그녀의 눈매가 곱게 접혔다. 만지면 사르르 녹아 버리는 눈처럼 고운 눈매가 딱딱하게 굳어지는 걸 본 적이 있다. 가끔, 아니 요새는 자주.

"……괜찮으신 거죠."

"뭐가?"

낮게 가라앉은 철호의 목소리에 이정인이 가볍게 대꾸했다. 그녀의 옆에 서서 입만 벙긋거리던 철호는 이내 고개를 내저었다.

"그…… 아닙니다."

머뭇거리는 입술을 빤히 바라보는 그녀의 시선에 철호는 가게 주위를 한 바퀴 돌아보고 와야겠다며 고개를 숙이고 돌아섰다.

"철호야."

"네."

반듯한 얼굴이 그녀를 향해 돌아섰다. 철호가 왜, 그녀를 걱정하는지 모를 리 없다. 귀국하면 이곳을 먼저 찾아올 아버지. 가게가 잘 돌아가는지 눈으로 적당히 둘러본 뒤 다시 발걸음을 끊겠지. 언제나 그랬듯이.

"열 손가락 중 유난히 깨물면 아픈 손가락이 있어."

누구에게나 하나쯤 있겠지만.

"내게 아버지는 그래, 아픈 손가락이랄까."

"……."

"요즘 이상한 소문 때문에 그래?"

이정인이 단장 자리에서 물러날 거라는 소문은 예전부터 간간이 들려왔다. 귀찮아서 내버려 뒀더니 사라지는가 했는데 다시 공공연하게 퍼지고 있었다. 혹시나 싶어 물어봤는데 문손잡이를 잡고 있던 철호의 눈동자가 흔들렸다. 미세한 변화였지만 알아차린 그녀의 차분한 눈빛에 철호가 힘겹게 입을 떼어 냈다.

"……단장님도 알고 계셨습니까?"

"뭐, 일단 나도 귀가 달린 사람인지라."

"보고 안 하려고 그런 게 아니라…… 보고할 가치도 없다고 판단했습니다."

"그랬어?"

"네."

철호가 어금니에 힘을 꽉 주어 답했다.

"철호는 잘할 거야. 급한 성질만 죽이면."

"왜, 그렇게 말씀하세요?"

"음?"

"금방…… 금방 떠나 버릴 사람처럼 왜 그러세요."

흔들리는 철호의 눈동자에 불안한 감정이 드러났다. 금방이라도 울 것처럼 한껏 일그러트린 얼굴에 말하지 말까, 생각을 안 한 건 아니었으나 이내 고개를 내저었다. 언젠간 알아야 한다면 미리 알아서 나쁠 게 없다고 생각했으니까.

"단장 자리에서 물러날 수 있냐는 그 소문, 사실이 되면 그대로 따를 생각이니까."

"단장님!"

"작게 불러도 다 들려. 나 아직 귀 멀쩡하다?"

가늘게 웃는 새침한 눈매에는 화난 그를 타이르려는 따뜻한 애정이 담겨 있었다. 철호는 저도 모르게 주먹을 꽉 쥐었다.

단장님, 당신은 어떻게 이 상황에서 나를 더 걱정하는 눈빛을 보낼 수 있습니까?

단장 자리에서 물러난다는 것. 그건, 그녀가 아버지에게 버림받는다는 것. 비밀에 부쳐졌지만 쉬쉬해도 결국 새어 나가는 비밀이 있다.

그녀의 경우에는 보스의 친자식이 아니라는 것.

하지만 이 모든 것보다 더 걱정되는 건 보스를 향한 그녀의 따뜻한 마음. 자신을 길러 준 남자에 대한 최소한의 도리로 인한 정이 아니었다. 정말 자신의 아버지를 향한 자식의 마음. 그 마음은 헤아릴 수 없을 만큼 깊었다.

"이곳, 이렇게 커지기까지 단장님이 밤낮 안 가리고 일에 매달려서라는 거 모두 다 압니다."

그러니까 이곳에서 단장님이 물러날 이유는 없어요.

뒷말은 꺼내지 않았지만, 그녀에게 충분한 의미 전달이 됐는지 그녀가 슬쩍 미소를 지었다.

"네 말도 틀린 말은 아니지. 내 20대 청춘을 고스란히 바친 곳이기도 하니까. 다시 돌아가서 하라고 하면 못 할 거야. 꽤, 힘들었거든. 아, 그렇다고 후회한다는 건 아니고."

뻐근하게 뭉친 어깨를 두드리다가 소파 팔걸이 뒤로 고개를 젖혔다.

세월이 묻은 나무 전등. 오래된 거라 바꾸라고 했지만, 저것만은 바꾸지 못했다. 당시, 손재주가 없던 그녀를 대신해서 낡은 서랍에서 전등을 꺼내 교체해 주었던 그 밤. 이정인은 아직도 기억하고 있다.

처음으로 베풀어 준 친절.

당신 밑에 있으면서 매번 생각했다. 당신이 나를 데려온 이유를. 그 이유를 알게 되었을 때, 나를 내려다보던 당신의 슬픔을 이해하려고 했다. 왜냐면, 당신의 눈동자는 애정을 줄 방향을 잃어버린 채 차게 식어 있었으니까.

가장 소중한 사람이 죽는다는 건 무슨 기분일까. 당신의 슬픔에 동참해 보려고 했다.

'나를 쉽게 데려왔듯 쉽게 버리실 건가요.'

입 밖으로 토해 내지 못한 말이 가슴에 걸려 내려오지 못했다.

당신은 끝끝내 당신의 슬픔에 나를 끼워 주지 않았다. 당신에게 나는 불청객이다. 당신의 아들과 비슷한 얼굴을 가진 완벽한 불청객. 애정을 쏟으려고 했으나 결국 내게서 등 돌리고 만 당신을 나는 아직도 그리워하고 있다.

'아버지.'

낯선 단어를 가슴 깊이 심어 주고 멀어진 사람.

'아버지.'

그럼에도 불구하고 끝내 나를 버리지 못한 사람.

'아버지.'

앞으로도 나는 당신의 아들로 살고 싶다.

그러니까.

"욕심부리지 않을 생각이야."

"언제 한번 식사 대접할게요."

음식점이 줄지어 있는 건물 앞에서 연보라색 드레스를 입은 여자가 손을 내밀어 악수를 청했다. 전체적으로 앳된 얼굴과는 다르게 눈빛은 탐욕스러웠다. 현재 남 회장이 만나는 여자. 노 대표가 데리고 다니는 신인 배우이기도 했다.

"손, 부끄러워지려고 해요."

그녀가 눈웃음을 지으며 쭉 뻗은 손을 흔들었다. 악수하기 전까지 끈질기게 따라붙을 것 같아 가볍게 손을 마주 잡던 하우인의 눈빛이 차가워졌다. 손등을 끈적끈적하게 쓸어내리는 그녀의 손길.

그의 시선이 느리게 밑으로 떨어졌다. 눈매를 곱게 접으며 애가 닳았다는 느낌을 노골적으로 드러내는 그녀의 행동이 그의 눈에 보이는 순간 피식, 웃음이 새어 나갔다.

"어머, 웃은 거죠?"

오랜만에 남 회장과의 식사 자리에 우연히 마주친 척 합석하는 그녀의 행동에 남 회장은 기가 막힌다는 얼굴이었지만 깜찍한 짓을 한다며 넘어가 주었다는 것을 모를 리 없을 텐데.

식사가 끝나고 잠시 남 회장이 자리를 비운 사이 추파를 보내는 여자의 도톰한 입술이 열렸다.

"남우기업에 잘생긴 직원이 있다더니 그 소문이 사실이었네요."

남 회장의 안목이 싸구려 취향이라는 걸 알고는 있었지만.

"언제 한번 식사 같이 해요. 네?"

이건 아니지 않나.

탁, 그녀의 손에 잡힌 손을 빼내며 담배를 꺼내 물었다. 순식간에 사라진 온기에 그녀가 입을 샐쭉 내밀었다. 고 비서가 도로 갓길에 세운 자동차 앞에서 대기 중이었다. 평소라면 이쪽으로 달려와 다음 일정을 읊었을 그이지만 오늘 일정은 남 회장과의 저녁 식사가 끝이었다. 눈짓으로 금방 간다는 뜻을 전한 뒤 느릿하게 미끄러진 시선으로 그녀를 내려다봤다. 눈이 마주치자 여자가 속눈썹을 파르르 떨며 그를 올려다봤다.

나 떨려요.

눈이 마주치니까 부끄러워요.

그 모든 게, 아주 자연스러웠다. 사랑에 빠진 순진한 여자를 연기하는 그녀를 감상했다.

"회장님이 잘해 줘요?"

"잘해 주죠. 밤일은 조금 힘이 부치는 것 같긴 하지만."

자신에게 달라붙으려는 여자의 마음을 읽었다. 남 회장과의 관계를 유지하면서 팔팔한 남자와 밤을 보내고 싶다, 라. 그것도 만나고 있는 상대의 직원과?

간도 크군.

"다음에 같이 식사는 못 할 것 같은데."

담배 끝을 태우는 붉은빛에서 연기가 뿌옇게 흩날릴 무렵 여자가 방금 식사를 마친 레스토랑을 가리켰다.

"이런 곳 안 좋아해요? 아니면 우리 집에 올래요? 나 요리 잘해요."

은근한 눈빛을 보내는 그녀의 시선이 밑으로 내려가더니 하우인의 앞섶을 보며 마른침을 삼켰다.

"아아, 저는 특별히 음식을 가리지는 않습니다만 사람은 가리는 편입니다."

입에 담배를 문 채 말하는 그의 목소리가 어눌하게 뭉개졌다. 끝이 타다 남은 담배를 바닥에 버린 하우인이 그녀를 내려다보며 건조하게 말했다.

"당신 너무 천박해."

"······!"

"내가 봤던 여자 중 최고야."

여자의 얼굴이 수치심으로 붉어졌다. 분노를 참고 있는 눈동자 아래로 턱 끝이 덜덜 떨렸다.

그대로 몸을 돌린 그가 뒷좌석에 올라타자 뒷문을 닫은 고 비서가 운전대를 잡았다. 시동을 켜는데 우두커니 서 있는 여자 곁으로 다가가는 남 회장이 보였다. 언제 그랬냐는 듯 남 회장을 보며 방긋, 웃어 주는 여자. 조금 전까지만 해도 하 전무에게 야살스러운 눈빛을 보내던 여자가 맞나 싶을 정도였다.

무서운 여자.

고 비서가 쯧, 혀를 차며 운전대를 잡자 차가 부드럽게 앞으로 나아갔다.

"집으로 갈까요?"

고 비서가 백미러로 그를 보며 물었다. 오늘 스케줄은 남 회장과의 저녁 식사로 끝이 났다. 그러나 내일 열릴 파티에 참석하기 위해서는 집에 가서 쉬는 편이 좋을 것 같다는 판단이 들었다.

굳이 얼굴만 내밀면 되는 사람들과는 달리 남 회장 주최로 열리는 파티이기 때문에 모든 걸 총괄한 하 전무가 이리저리 불려 다니며 신경 써야 할 일들이 많았으니까. 단순히 남 회장의 재력을 과시하는 파티는 아니었다. 대부분 그곳에서 모인 사람들과 친분을 쌓았고 더 나아가 비즈니스에까지 영향을 미쳤으니까.

"집으로 가죠."

고 비서의 물음에 답하면서도 하우인의 시선은 좀처럼 밑에서 떠나지 못했다. 도로 한복판을 시원하게 빠져나가는 자동차의 속도와 함께 창밖 풍경이 으깨졌다. 그는 결국 보고 있던 서류를 덮고 창문에 머리를 기댔다.

마주 잡았던 손에서 짙은 향수 냄새가 신경을 예민하게 들쑤셨다. 안쪽 재킷에서 손수건을 꺼내 거칠게 손등을 닦아 냈다. 손등이 발갛게 부풀어 올라도 가시지 않는 텁텁함. 재빨리 지갑을 찾았다.

열린 지갑에 코를 박고 숨을 내쉬었다. 답답했던 가슴을 시린 바람이 관통하는 것 같은 시원함. 마음이 진정되지 않을 때 그는 지갑 속 여자를 보면 안정을 느꼈다.

버려진 나를 구해 준 여자.

이 여자를 만나고 싶다. 그저 소박한 바람이라고 생각했다.


'음, 남자는 우는 거 아냐.'


슬퍼서 눈물을 흘린 건 아니었다. 처음 느껴 본 따뜻한 감정. 자신을 내려다보는 순한 눈매에 곤란함이 드러났다. 주위를 두리번거리던 여자는 이내 그의 손을 잡아 주었다. 눈물을 그치라는 따뜻한 손길. 그러나 우는 아이를 달래 본 적이 없었던 건지 잡은 그의 손만 꼼지락거리던 여자의 위로는 어설펐다.

눈물은 하늘에서 쏟아지는 눈처럼 불어났다. 그치려고 했으나 그치지 못했다. 당혹스러워하는 여자는 결국 그의 옆에 철퍼덕 주저앉았다. 그 옆에서 빨리 돌아가야 한다는 남자의 재촉이 들렸다.


'오래는 못 있어. 좀 바쁘거든.'

멋쩍게 웃은 여자가 몇 번 망설이는가 싶더니 노래를 불렀다.

'울면 안 돼. 울면 안 돼. 산타할아버지는 우는 아이에겐 사탕을 안 주신대.'
'산타할아버지는 알고 계신대. 누가 우는 앤지 안 우는 애인지. 오늘 밤에 다녀가신대.'

여자는 자신이 부른 노래의 가사가 이상하다는 것을 눈치챘으나 굳이 정정하지는 않았다. 가사를 제대로 모르는 게 분명했다. 어설픈 노래를 부르고 자리를 떴다면 살면서 그 여자를 잊어버렸을 텐데.

'울음 그쳤네?'

다행이라며 머리를 흩트려 준 여자의 입술에 묻은 뜨거운 온기. 저 따뜻함을 가지고 싶다. 손을 들어 여자의 입술을 긁었다. 추위에 바싹 마른 입술에서 웃음이 새어 나왔다.

'간지러운걸?'

불을 지핀 난로에 둘러싸였다고 착각하게 만들어 주던 웃음을 그친 여자가 소매를 걷어 손목시계를 보더니 자리에서 일어났다. 다급해져서 여자의 옷을 잡고 혀끝에 맴도는 아무 말이나 던졌다.

'따뜻한 온기를 가지고 싶어.'

무슨 말인지 몰라 고개를 갸웃한 여자는 곧 의미를 알아차렸다
는 듯 짧게 웃었다.

'따뜻한 사람이 되고 싶구나?'

의미가 미묘하게 엇나갔다. 그런 사람이 되고 싶은 게 아니
라…….
여자는 다시 시간을 확인했다.

'따뜻한 사람, 될 수 있을 거야.'

순한 눈매가 부드럽게 접혔다.

'그렇게 되지 못하면?'
'음, 그럼 내가 믿어 줄까?'

차갑게 굳은 양 볼이 손바닥으로 감싸였다. 손바닥에 닿은 뺨이
꽤, 차가울 텐데 여자는 내색하지 않고 눈을 맞추며 힘주어 말했
다.

'네가 괜찮은 남자가 될 거라는 확신.'

빛이 퍼졌다.

눈조차 뜰 수 없을 정도로 눈부신 빛이 그녀 주위로 끝없이 퍼져 나가고 있었다. 그 빛이 그의 가슴을 뚫고 지나갔다. 욱신거리는 통증이 점차 빨라지더니 천지를 뒤흔들 정도로 거세졌다. 창밖을 내다보던 의미 없는 그의 시선이 과거에 멈췄다.

아직도 눈이 오는 날이면 그 여자가 생각이 난다. 매번 돌아오는 차가운 겨울이면 그 생각이 더 짙어졌다. 제어할 수 없을 정도로 달려 나간 감정이 온몸으로 퍼지자 하우인은 무릎에 올려놓은 손을 주먹 쥐었다. 머리끝까지 몰려 터질 것 같은 감정에 숨을 골랐다. 펄펄 끓는 심장에 알 수 없는 미약한 통증이 뿌리내렸다.


'이미 죽은 여자야.'


흔들리는 눈빛을 애써 감춘 이정인의 입술을 쥐어뜯어서라도 그 여자를 내놓으라고 윽박지르고 싶었던 마음을 알까.

"이정인 씨 말입니다."

그의 속마음을 읽기라도 한 듯 고 비서가 이정인에 대해 말을 이었다.

"남자 이정인 씨는 손가락파 단장인데 여자 이정인 씨는…… 행방이 묘연합니다. 심지어 죽었다는 이야기도 있어서……."

보고를 하면서도 고 비서는 난감했다.

"죽었다?"

하우인이 의문스러운 목소리로 되물었다.

"그것도 소문입니다."

"그게 끝?"

"아, 예. 워낙 이렇다 할 정보가 없었습니다."

차마, 다시 조사해 볼까요? 라는 말을 꺼내지 못했다. 어차피 조사해도 지금 이 수준에서 맴돌 거라는 걸 알았다. 집요하게 뒤를 조사했지만 누가 일부러 지워 버린 것처럼 깨끗해서 흔한 단서 하나 잡을 수도 없었다. 답답함에 앞만 응시하는데 뜻밖의 말이 귓속으로 들어왔다.

"입양하면 기록에 남는다던데."

"예, 그렇죠."

대꾸하면서도 고 비서의 눈에 의아함이 차올랐다.

"조사해 보세요."

"입양 기관을요?"

"친자식이 아니라더군요."

빨간불이 켜지자 자동차를 세운 고 비서가 참지 못하고 뒤를 돌아보며 물었다.

"누구를……?"

"이정인."

"……!"

고 비서의 눈이 커졌다. 이정인이 손가락파의 친자식이 아니라고? 이정인 뒷조사를 할 때도 듣지 못했던 말이었다. 떡 벌어진 턱을 겨우 수습하며 앞을 응시하는데 고 비서의 뒤통수로 차가운 말이 들렸다.

"샅샅이 조사해 보세요. 분명, 뭔가 나올 테니까."

"알겠습니다."

이정인이라는 이름 하나로 수많은 입양 기관을 알아보려면 며칠 동안 잠자기는 틀렸구나. 재빨리 머릿속에 입력된 스케줄을 조율하는데 하우인이 노 대표는 어떻게 됐냐고 물었다.

"아직입니다."

손가락 가게 밑에 대기 중인 남자들에게서는 그렇다 할 특별한 연락은 없었다.

"그래요?"

잠잠한 노 대표의 행동이 몹시 수상하다는 음성이었다.

"네. 이정인 씨도 특별히 누군가와 따로 접촉하지는 않은 모양입니다."

한두 명이면 될 텐데, 굳이 과도한 숫자를 가게 앞에 대기시킨 이유를 고 비서는 어렴풋이 알 것 같았다. 이정인이 죽었다고 말한 그 여자. 물론, 이쪽에서는 그 말을 전혀 믿지 않았지만, 그 여자와의 연결 고리라고는 이정인밖에 없었다. 아니, 이정인이 최초였다.

그런데 저렇게 거짓말을 하며 모르쇠로 일관하고 있으니 이정인을 감시하기 위해 대기조인 남자들의 숫자를 늘린 것이다.

별다른 소득은 없었지만.

통통통.

작은 손에서 벗어난 공이 바닥을 박차고 굴러가더니 이내 철문 밖으로 튕겨 나갔다. 잠시 머뭇거리던 아이는 굴러가는 공을 따라 철문 밖으로 뛰쳐나갔다.

아이의 걸음으로 열심히 뛰어도 달려나간 공을 따라잡기가 쉽지 않았다. 가파른 경사를 엎어질 듯 뛰어가던 아이의 걸음이 잠시 느려졌다. 아이는 데구루루, 굴러가던 공이 낯선 남자의 발끝에 멈춘 것을 확인한 뒤 곧장 그 앞으로 달려갔다.

한참 높이 올려다봐야 하는 남자는 그의 앞으로 달려온 아이를 보고 눈을 크게 떴다. 마치, 믿기지 않는 일을 마주한 사람처럼 한동안 움직이지 못하던 남자가 아이의 시선을 따라갔다. 발끝에 걸린 물체. 동그란 것을 줍자 아이의 눈동자도 따라 올라왔다.

"아저씨, 내 공이야."

아이가 손을 쭉 뻗었다.

"너 이름이 뭐니?"

목이 빠져라 고개를 젖힌 아이와 눈높이를 맞추기 위해 남자는 자리에 쭈그려 앉았다.

"내 공. 내 공."

남자가 공을 줄 생각을 안 하자 불안한 건지 아이가 발을 동동 굴렀다.

"자, 공."

공을 건네주자마자 빼앗듯 품에 안은 아이는 그제야 남자의 얼굴을 쳐다보았다. 큰 키에 각진 얼굴. 더군다나 눈썹 위에 일자로 난 흉터에 경계의 눈빛을 보내며 슬금슬금 뒤로 물러나던 아이는 남자의 다음 말에 자리에서 멈췄다.

"아저씨 아들하고 얼굴이 비슷하게 생겨서 그래."

"아저씨…… 아들?"

"응. 아저씨 아들."

통통통.

공을 바닥에 튀기던 아이는 잠시 머뭇거리는가 싶더니 작게 자신의 이름을 밝혔다.

"내 이름은…… 이정인."

"……!"

남자의 눈시울이 붉어졌다. 눈에 고인 눈물을 삼키자 남자의 앞에 쭈그려 앉은 아이가 물었다.

"아저씨. 왜 울어?"

"아저씨 아들이랑…… 이름이 같아서."

"아저씨 아들은 어디 있는데?"

"저기."

남자의 손가락이 하늘을 가리켰다.

"하늘에 있어."

"우와 그렇게 멀리 있어?"

공을 품에 안은 아이의 고개가 뒤로 젖혀졌다.

"아저씨 아들 할래?"

하늘을 빤히 응시하던 아이의 고개가 정면으로 떨어졌다.

"아저씨. 나는 여자야."

"그래도 내 아들, 할래?"

아이의 앞으로 내밀어진 커다란 손. 그 손을 잡는 순간 아이의 품에 안고 있던 공이 옆으로 빠져 굴러갔지만 아이는 더는 공을 쫓으러 가지 않았다. 공이 가파른 내리막길을 굴러가 담벼락 사이로 모습을 감출 때…… 세상이 흔들렸다.

언뜻 하늘에서 익숙한 목소리가 떨어졌다. 그 소리가 주위를 집어삼키는 순간, 팟! 이정인의 눈이 떠졌다.

익숙한 천장. 가게 사무실인가. 잠에 묻힌 눈두덩이에 힘을 주며 힘겹게 뜨는데 낯익은 얼굴이 보였다.

"……남태영?"

"무슨 꿈을 꾸길래 식은땀까지 흘려? 자."

건네받은 하얀 손수건으로 이마를 훔치며 소파에 눕다시피 한 몸을 바르게 했다. 등 뒤가 축축한 걸 보니 땀을 꽤나 많이 흘린 듯싶었다. 손님인 남태영이 냉장고를 뒤져 가져다준 시원한 물을 한 잔 다 마시고 나서야 몽롱했던 정신이 개운해졌다.

"웬일이야? 여기까지."

저녁 7시. 집으로 돌아가 내일을 준비하거나 야근을 하고 있어야 할 남태영의 등장이 새삼스러워서 다시 한 번 그의 얼굴을 들여다보고 있으니 시원한 눈매가 곱게 접혔다.

"너 보러 왔지."

남태영이 맞은편 소파에 앉았다. 자리에서 일어나 창문을 열어젖힌 이정인이 테이블로 걸어가며 물었다.

"녹차, 괜찮아?"

"그럼."

동우가 사 온 녹차 티백을 넣은 컵에 뜨거운 정수기 물을 부었다. 뜨거운 김이 모락모락 나는 컵 두 잔을 들고 소파에 앉은 그녀가 한 잔을 남태영에게 내밀었다. 손잡이 끝을 잡고 한 모금 마신 그가 씩, 웃었다.

"맛있다."

"티백 녹차 맛이 다 거기서 거기지."

그녀의 말을 웃어넘기며 차를 마시던 남태영이 조금 전 보았던 장면을 떠올리며 지나가는 어투로 물었다.

"나 방금 올라오면서 이상한 거 봤는데."

"이상한 거?"

"응. 내가 아는 얼굴이 보여서. 검은색 정장 입고 밑에 대기 중인 남자들, 하 전무 경호원 아닌가?"

남태영이 눈짓으로 창문 밖으로 가리켰다.

"눈썰미 좋네."

"예전에 내 경호원이었던 남자도 있어서 알아본 거야."

따뜻한 컵을 두 손으로 감싼 남태영의 눈동자에 걱정이 담겼다.

"무슨 일이야?"

"그렇게 됐어."

"하 전무가 이곳에 온 이유겠지. 카지노 건 때문이야?"

답을 하는 대신 그녀는 차를 한 모금 마셨다.

침묵을 긍정으로 받아들인 남태영이 크게 숨을 내쉬더니 입을 열었다.

"나는 하 전무가 어디까지 계획하고 일을 하는지 몰라. 내 소관은 아니니까. 그런데 정인아, 이런 말 들어 봤어? 하 전무 신드롬."

"뭐?"

"하 전무 신드롬 말이야."

진지한 그의 목소리와 어울리지 않는 단어에 그녀는 저도 모르게 웃음을 뱉어 냈다.

"푸흡."

"웃을 일이 아니라니까? 하 전무만 보면 일에 지장을 줄 정도로 정신이 나간 직원들이 꽤 있어서 하 전무를 회사에서 격리시켜야 된다는 농담까지 나오고 있다니까."

"태영아, 네가 무슨 뜻으로 그런 말 하는지는 알겠는데 나는 다정한 사람이 좋아."

"하긴, 그런 면에서 하 전무는 예선 탈락이지."

"꽤, 잘 아네?"

"잘 알 수밖에. 우리 아버지 다섯 번째 외도 상대 아들이니까."

"……!"

하마터면 찻잔을 놓칠 뻔했다. 간신히 놀란 표정을 수습한 그녀가 마른침을 삼켰다.

"그런 말…… 나한테 한 적 없잖아."

"뭐 좋은 이야기라고 떠벌떠벌 소문내고 다니겠어."

남태영의 깨끗한 눈동자에 어둠이 들어찼다가 빠져나갔다. 차를 한 모금 마셔 목을 축인 그가 말을 이었다.

"그날따라 콘돔이 찢어진 건지 무슨 일이 있었는지 모르지. 워낙 그런 일로는 알아서 하시는 분이시라. 밖에서 아이 만들지 않는 분이시거든. 가볍게 만나는 사이였어. 그래서 아이를 아버지 쪽에서 키울 생각도 없으셨고. 양육비야 적정선까지는 주시려고 했으니까."

"그런데?"

"연예계 쪽 여자였는데 욕심이 많은 사람인지 아니면 자기밖에 모르는 여자였는지 거기까지는 세세히 알 수 없지만…… 그 추운 겨울에 도로 한복판에다가 자기 아들을 버리고 외국으로 떠났어."

들고 있는 찻잔의 무게가 견딜 수 없을 만큼 버거워서 테이블에 내려놓았다. 그와 동시에 그녀의 머릿속에 그려지는 어느 겨울날.

자동차가 달리는 도로에 서 있는 아이.

자동차를 타고 사라진 검은색 모피를 입은 여자.

빵빵, 클랙슨이 울리는 도로에서 빠져나올 생각을 하지 않는 아이.

우연히 그곳을 지나가던 이정인이 다급히 뛰어가 아이를 감싸안고 바닥으로 구른 건 순식간이었다.

그리고 아이는 울었다. 울음을 그친 다음 가까운 경찰서로 들어가 아이 손에 쥐어져 있던 전화번호를 주고 나왔었던 것을 끝으로 희미한 과거 속에 빠진 그녀를 남태영의 목소리가 끌어 올렸다.

"아버지에게 전화가 왔었나 봐. 만났는데 성인이 되기 전까지는 몰래 키웠지. 자기 씨를 나 몰라라 할 정도로 인격이 없는 사람은 아니니까."

"……."

"그런데 아이가 굉장히 똘똘했어. 하나를 알려 주면 하나만 아는 나와 달리 머리가 잘 돌아가서 아버지 눈에 들었지. 그래서, 지금은 겨우 팀장 단 나보다 직급이 훨씬 높은 거고."

"……괜찮아?"

가라앉은 분위기에 남태영이 가볍게 어깨를 으쓱였다.

"당연히 안 괜찮았지. 어릴 때는 너무 싫었어. 특히나 비교당할 때면 그날은 방에서 안 나왔다니까? 그런데, 그것도 하루 이틀이지. 점차 머리가 커지고 성인이 돼 보니까 그런 마음도 옅어지더라. 하 전무도 딱히 내게 트집을 잡거나 하는 성격은 아니니까. 그

거 알지? 타인에 대한 완전한 무관심. 하 전무가 딱 그랬어, 나한테."

"……."

"그래도 미워하려면 미워할 수도 있었는데 나한테 한 가지 부족한 게 있더라고."

"그게 뭔데?"

"욕심. 하 전무를 밟고 내가 더 높은 곳으로 가야겠다는 욕심이 없었어. 나는 평범하게 살고 싶었으니까. 그런데도 한 번씩 하 전무만 보면 배가 아프더라. 생각해 보니 시기해서 배가 아픈 게 아니라 나보다 더 뛰어나게 일을 잘하는, 내가 갖지 못하는 능력에 대한 부러움으로 배가 아프더라고. 그것도 아프다가 말았지만."

바싹 마른 입술을 문지르던 남태영이 소파에 기대앉으며 화제를 돌렸다.

"하우인, 일하는 모습 본 적 없지?"

당연히.

"없지."

"그 자리 올라가기 전까지 하루 3시간 이상 자는 모습을 본 적이 없어. 일에 미친 게 멋있었다기보다는, 좀 무섭더라. 저렇게 자신을 필사적으로 내던지면서 일하는 모습이. 그때 깨달았어. 내가 하우인 상대가 안 된다는 걸. 나는 저렇게 하지 못할 거니까. 신기하게 그 모습을 본 뒤로 배가 안 아프더라."

손목 단을 걷어 올리며 시간을 체크하던 남태영이 이런, 짧게 혀를 차며 안쪽 주머니에서 네모난 카드를 꺼냈다.

"가는 길에 잠깐 들러 이것만 주려고 했는데 시간이 많이 됐네."

하트 모양 안에는 한 쌍의 커플이 있었다. 쑥스러운 듯 서 있는 남태영과, 순백의 드레스를 입고 활짝 웃으며 그의 팔짱을 낀 사랑스러운 여자. 행복한 가정에서 자랐다는 느낌이 들었다. 새삼 남태영이 가정을 꾸릴 나이가 됐다는 게 실감 났다. 세월 참 빠르다.

한참 눈을 떼지 못하다가 겨우 목소리를 끌어냈다.

"예쁘네."

"잘 살 수 있을지 모르겠어."

"행복에 겨운 소리 하기는. 이렇게 참한 여자를 두고."

남태영은 하하, 짧게 웃었다. 그 목소리에 담긴 애정이 여기까지 묻어났다.

웨딩 청첩장을 테이블에 두며 그만 가 봐야 하지 않냐고 묻기가 무섭게 발걸음을 서두르던 남태영이 생각난 말이 있다는 듯 고개를 돌렸다. 무슨 말을 할지 뻔했지만.

"언제까지 할 거야?"

남태영이 방 안을 둘러보며 물었다. 평범하게 보이는 사무실에는 아주 필요한 몇 가지 가구만 있었다. 하지만 그는 가게 1층부터는 평범한 술집이 아닌 회원제로 운영되는 술집이라는 것도 알고 있었다.

문제는 그가 위험한 의뢰를 받는 일을 못마땅하게 본다는 것이었다.

"음, 할 수 있는 데까지?"

"자리 알아봐 줄까?"

"남태영, 마음만 받을게. 배운 게 이런 것밖에 없어서 이젠 이 자리가 편해."

한참 바라보던 남태영이 이내 한숨을 내쉬며 문손잡이를 돌렸다.

"언제든지 마음 바뀌면 말해. 알았지?"

깜빡 잠이 들었다. 운동을 게을리했더니 급격히 체력이 저하되는 걸 몸소 실감 중이었다. 시계를 보니 남태영이 돌아가고 나서도 꽤 시간이 흘렀다. 열어 둔 창문으로 밤과 새벽이 싸우고 있었다.

잠이 많아지고 일어나도 개운치 못한 일이 최근 들어 반복되자 안 되겠다 싶어 산책이라도 할 겸 1층으로 내려가는데 가게 문을 닫아 조용해야 할 밑이 어수선했다. 시끄러운 소리에 무슨 일 있냐 며 묻자 남자가 사색이 되며 말을 더듬었다.

"다, 단장님. 도, 도, 동우 형님이……!"

"동우?"

철호와 교대로 가게 주변을 돌기로 한 건 들어서 알고 있었다. 오늘은 동우가 순찰 번이라는 것도. 얼굴이 하얗게 질린 남자의 얼굴을 보며 재빠르게 1층으로 내려갔다. 환한 불빛이 켜진 1층에는 남자들이 누군가를 둘러싸고 있었다. 그 무리에서 튀어나온 왜소한 남자가 주방으로 허겁지겁 달려가더니 붕대와 가위를 가지고 나왔다. 막, 무리 속으로 들어가려던 남자와 눈이 마주쳤다.

탕.

가위가 바닥에 떨어졌다.

그녀는 허리를 굽혀 가위를 주운 뒤 남자의 손에 쥐여 주며 무리 앞에 섰다.

"이게 무슨 일이냐."

"헉!"

"단장님!"

눈이 동그래진 남자들이 양옆으로 갈라진 것과 동시에 바닥에 쓰러져 있는 남자가 보였다. 급했는지 몸에 걸치고 있어야 할 와이셔츠가 팔뚝을 감싸고 있었다. 점점 번지는 핏덩어리가 끝끝내 참지 못하고 바닥을 적셨다.

"단장님! 동우 형님이 노루파의 습격을 받은 것 같습니다!"

와이셔츠를 걷어 내 소독을 마친 남자가 붕대를 감으며 보고했다. 다행히 상처가 깊지는 않았다. 팔뚝에 칼이 스친 정도. 그렇다기에는 피를 너무 많이 흘렸다.

"피를 많이 흘린 것 같은데."

낮게 가라앉은 그녀의 목소리에 남자가 붕대 매듭을 지으며 답했다.

"지혈을 제대로 하지 못한 것 같습니다."

"괜찮은 거고?"

"네."

"수고했어."

남자의 어깨를 가볍게 두드린 이정인이 동우를 향해 눈짓하자 옆에 서 있던 건장한 남자가 동우를 등에 업었다.

"내 방으로 옮겨야겠다."

이정인은 앞장서서 계단을 올라갔다.

"죄송합니다."

축 처진 동우의 목소리가 뒤에서 들렸다. 문손잡이를 돌리며 방 안으로 들어간 이정인이 침대보를 걷어 내며 대꾸했다.

"아냐, 네가 죄송할 일은 아니지."

"경고⋯⋯인 것 같습니다. 노 대표의 제안, 다시 생각해 보라고. 안 그러면 곧 쳐들어올 거라고⋯⋯ 쿨럭."

가슴을 들썩거리며 기침하는 동우의 등을 토닥였다. 남자는 동우를 조심스럽게 침대에 눕힌 뒤 고개를 숙이고 방 밖으로 나갔다. 걷어 낸 이불을 끌어와 동우의 목까지 덮어 주던 그녀의 움직임이 멈췄다. 몸 주변에 퍼져 있는 멍. 몸싸움의 흔적이라는 걸 알지만 동우가 이 정도로 맞고 왔다면.

"한 놈이 아니구나."

"⋯⋯네."

"같이 간 다른 놈들은 멀쩡하고?"

"가게로 복귀하는 길이어서 먼저 보냈습니다. 저는 잠도 깰 겸 걷고 있었고요."

무슨 상황인지 단번에 파악이 됐다. 서서히 찌푸려지는 그녀의 얼굴이 곧, 차갑게 변했다.

"노 대표 그렇게 안 봤는데 싸구려 짓을 하고 다니네."

"제가 조금 더 신중했어야 했는데."

그늘진 동우의 목소리가 침울해졌다. 침대 밑에 걸터앉은 이정인이 곰곰이 생각하다 물었다.

"너, 납치당할 뻔했어?"

뜻밖의 질문에도 동우는 담담히 고개를 끄덕였다. 속에서 화가 머리끝까지 차올랐다. 납치를 당했다면 몇 대 맞아 주고 끝나는 것으로는 어림도 없었다. 갑작스러운 습격에 동우는 많이 지쳐 보였다.

우선 푹 쉬고 있으라고 말한 뒤 불을 끄고 방에서 나오자마자 철호를 불렀다. 잠에서 깬 철호는 심상치 않은 분위기에 남자들이 말하는 단어 몇 개를 조합하며 상황 파악을 마친 듯했다. 눈에 불을 켜며 소리쳤으니까.

"아우, 쌍! 이런, 그지 깽깽이들!"

화를 분출하는 철호를 시작으로 다들 한 마디씩 했다.

"단장님, 쳐들어갑시다."

"선전 포고나 다름없습니다."

"조그만 놈들이 성공했다고 유세 떠는 꼴 더는 못 보겠습니다."

"동우 형님 한 명을 상대로 저러는 건 아주 비겁한 새끼들입니다."

비난의 목소리가 점차 커지는 걸 듣던 이정인은 눈을 감았다. 끈질기게 쫓아다니는 하 전무의 행태를 보다 못해 그와 손을 잡았던 게 잘못된 일이었을까.

어느 정도 예상은 했다. 남자들끼리 부딪치는데 멀쩡하길 바란다는 것 자체가 우스운 일이니까. 그러나, 가게에 쳐들어와 고가의 물건들을 박살 내며 벌어지는 단순한 마찰 정도로 여겼는데 동우가 혼자 있는 틈을 타 납치를 하려고 했다면, 이쪽에서도 가만히 손 놓고 앉아 있을 수만은 없는 일이었다. 노 대표가 이렇게까지 나오는 건, 다른 의미로는 하 전무의 압박이 거세졌다는 뜻이지만.

문제라면 노 대표가 지금 착각하고 있다는 것이었다. 단지 노 대표의 시선만 묶어 두면 될 우리가 하 전무와 어떤 특별한 관계를 맺고 있다는 착각.

예를 들면 하 전무의 약점까지는 아니더라도 최소한 자신을 방어해 줄 대기조가 사라지는 걸 원치 않아 한다고 생각한다거나.

물론, 하 전무는 우리가 노 대표의 손에 잡혀가도 눈 하나 깜짝할 사람이 아니었다. 알고 있으면서도 간과했다.

잠깐만이라고 했다.

생각보다 시일을 꽤 끈 것 같지만, 며칠을 더 이 상태로 있어야 하는 거지?

'나는 사례를 꽤, 후하게 하는 편입니다.'

하우인의 목소리가 잔상처럼 떠다녔다. 천천히 눈을 뜬 이정인의 시선이 앞으로 향했다.

"철호야."

"네."

"하 전무 좀 데리고 와야겠다."

철호가 밖으로 뛰쳐나간 지 정확히 30분 만에 하우인을 만날 수 있었다. 잠을 못 잤는지 얼굴이 한층 더 날카롭게 보였다. 주위에 있던 남자들을 물리자 접대실 안은 고요했다.

"새벽이 다 돼서 사람 부르는 취미가 있는 줄은 몰랐습니다."

겉옷을 벗어 옆에 개켜 둔 하우인이 피곤한 듯 지그시 눈을 감았다.

30분.

그 안에 왔다는 건 순순히 철호를 따라왔다는 건데. 의문스러운 그녀의 눈빛에 눈을 뜬 그가 가볍게 고개를 뒤로 젖혔다.

"어차피 2시간 뒤에 가 볼 곳이 있었습니다."

2시간 뒤면 6시.

옷을 다 갖춰 입은 그를 보며 그녀는 서랍 속에 넣어 놨던 종이 뭉텅이를 테이블 위에 던졌다. 그 종이가 그와의 계약서라는 걸 알아차린 하우인의 시선이 느릿하게 밑으로 떨어졌다.

"이게 무슨 짓?"

"보다시피. 이거, 다시 작성해야 될 것 같아서 말이야."

하우인의 시선이 느리게 위로 올라왔다.

"원하는 게 그새 생겼나 보군요."

"그래, 생겼어."

단호한 그녀의 말투에 느슨하게 팔짱을 낀 하우인이 후, 하고 짧게 웃었다.

"거봐요, 내가 뭐랬습니까? 말 안 하면 후회한다고 했잖아요?"

노곤한 음성과는 달리 그녀를 마주 보는 눈빛은 차가웠다. 개켜진 겉옷 주머니에서 꺼낸 펜을 손에 쥔 하우인이 계약서 종이를 무릎에 올려놓았다.

"말씀하세요. 원하는 거."

"이 거래가 끝나면 원래대로 돌려놓았으면 하는데."

하얀 여백을 들여다보던 하우인의 눈썹이 치켜 올라갔다.

"애매한 말은 계약서에 집어넣기 곤란합니다. 빙빙 말 돌리지 말고 말씀하세요."

"그럼 사양치 않고 말하지. 네 이익 다 챙겼으면 노루파, 우리 애들 못 건들게 해 줘. 애초에 가만히 있는 사람 억지로 끌어들인 건 너니까."

쓱쓱, 막힘없이 써 내려가던 그가 그게 끝입니까? 하고 물었다.

그녀는 고개를 끄덕였다.

"거의 다 끝나 갑니다. 2주 안에 모든 게 정리될 겁니다."

탁.

서류를 테이블 위에 놓은 하우인이 콧등을 주무르며 말을 이었다.

"단, 정리되기 전 그 안에 일어나는 일들은 저희로서 손쓸 방법이 없습니다. 애초에 카지노 건 따기 전까지 노 대표의 시선을 끌어 주기로 했던 건 당신이니까."

"알고 있어."

간단한 대화였는데. 어느덧 30분이 흘렀다. 자리에서 일어선 하우인이 겉옷을 들고 문 쪽으로 걸어갔다. 그가 움직일 때마다 넓은 등이 꿈틀댔다. 그리고……

'그 추운 겨울, 도로 한복판에 버려졌어.'

왜 이 시점에서 남태영의 말이 생각나는 걸까.

점점 미간이 좁아졌다. 쓸데없는 동정심. 그는 이제 울지 않는다. 그러니 그녀가 애써 오지랖 부릴 이유가 없었다.

"집으로 가기엔 애매하고, 차에서 잘 건가 보지?"

문손잡이를 잡은 하우인이 그녀를 향해 고개를 돌렸다. 무표정한 얼굴을 보며 턱 끝으로 소파를 가리켰다. 무슨 의미인지 알아차린 그가 손목 단을 걷어 시간을 체크하며 중얼거렸다.

"옆에 사람 있으면 못 자는데."

"음?"

"불편합니다."

한마디로 거절이었다.

"그래? 하 전무, 꽤 까탈스럽네?"

드르륵. 천천히 문손잡이가 돌아가는 소리가 들렸다. 방 밖으로 나가려는 등을 보며 말했다.

"접대실 안에 들어가면 소파 하나 더 있어. 거기도 싫다면 어쩔수 없지."

어깨를 한 번 으쓱이는데 문손잡이를 잡고 고민하던 하우인이 몸을 틀어 접대실 안으로 들어갔다. 곧이어 옷자락이 부대끼는 소리가 나더니 다시 잠잠해졌다. 소파에 앉아 접대실 안쪽을 응시했다.

'버려졌어.'

그제야 어린 하 전무가 우는 이유를 어렴풋이 알 것 같았다. 왜 그토록 눈물을 그치지 못했는지 그 이유를.

소파에 기대고 있던 몸이 점점 무너졌다. 몇 번의 뒤척임 끝에 편한 자세를 찾은 그녀는 어수선한 상황에 산책을 포기하고 눈을 붙이기로 했다.

방금처럼 금방 잠이 들겠지, 생각했는데 너무 많이 자서 잠이 안 오는 건지, 아니면 접대실 안쪽에서 들리는 뒤척이는 소리 때문인지 좀처럼 깊은 잠에 빠지지 못했다.

뒤척이는 소리가 심해지자 결국 소파에서 일어선 그녀가 실 커튼을 걷어 낸 뒤 접대실 안으로 들어갔다. 그 순간, 소파에 누워 있던 하우인과 눈이 마주쳤다.

"뭡니까."

그가 건조하게 물었다.

"잠이 안 오나 봐?"

"원래 깊이 자지 않습니다."

"음, 그래?"

하우인을 내려다보던 그녀가 가볍게 대꾸하며 소파 밑에 주저앉았다. 그의 시선이 그녀를 따라갔다.

"나는 잠 안 올 때 노래를 들었어. 어릴 때 일이지만."

벌써 5시. 누워만 있었지 좀처럼 눈을 붙이지 못하자 이정인은 짧게 혀를 차며 큼큼, 목을 가다듬었다. 막상 하려니 조금 민망해 고개를 젖혀 천장을 응시했다.

"울면 안 돼. 울면 안 돼. 산타 할아버지는 우는 아이에게 사탕을 안 주신대. 산타 할아버지는 알고 계신대. 누가 우는 앤지 안 우는 앤지 오늘 밤에 다녀가…… 윽!"

"당신, 그 노래 어디서 배웠어?"

소파에서 벌떡, 상체를 일으킨 하우인이 그녀의 손목을 낚아챘다. 손목을 꽉 쥔 손에 힘이 들어가자 이정인의 미간이 좁아졌다.

"노래가 마음에 안 들면 이야기를 하지 그래? 이렇게."

그녀가 잡힌 손목을 흔들었다.

"불만 표시 하지 말고."

일어서려는 이정인의 손목을 그대로 잡아 내렸다. 중심을 잡지 못한 몸뚱이가 비틀거리며 그의 옆에 주저앉았다.

"무슨 짓일까?"

황당한 눈빛으로 변한 이정인의 눈동자를 주시하며 느리게 말했다.

"불만, 내비친 적 없습니다."

"그럼?"

손목을 잡았던 손에 힘을 푸는 것과 동시에 상체가 무너졌다. 적당히 자리를 잡고 누운 하우인이 나른한 목소리로 물었다.

"듣고 싶어요. 이정인 씨가 부르는 노래."

노곤하면서도 다정한 음성에 이정인의 당혹스러운 눈빛이 얼굴에 닿았다. 눈을 감아 버려서 무슨 표정인지 알 순 없지만 귀로 들어오는 노랫소리에 평온함을 얻은 것도 잠시, 이정인이 신경에 거슬리기 시작했다.

2

새벽을 뚫고 지나가며 자동차가 골목으로 들어섰다. 이따금 수레를
끌며 폐지를 줍는 노인들이 보였다. 그 옆을 빠르게 스쳐 가자 보기
만 해도 숨넘어갈 경사길이 나왔다. 고 비서가 액셀을 힘껏 밟았다.

가파른 언덕을 단숨에 넘어가니 조그만 건물이 모습을 드러냈다.
사랑 보육원이라고 적힌 낡은 간판 앞에 주차한 고 비서는 하우인
과 함께 보육원 안으로 들어갔다. 구두를 벗고 불이 켜진 문을 노
크하고 들어가자, 발목까지 내려오는 긴 원피스를 입은 40대 여자
가 낯선 방문객에 노트북을 치던 손을 멈추고 일어섰다.

고 비서가 정중하게 인사하며 명함을 건넸다.

"이정인 씨에 관해서 물어보려고 왔는데요. 어제 전화드린 고승
입니다."

"아, 그분. 앉으세요."

의자에 앉으라고 권한 여자가 명함을 받으며 그들의 맞은편에 앉았다. 차근차근 주변에서 가까운 곳부터 전화를 돌린 고 비서는 이정인이란 이름과 비슷한 인상착의를 가졌다고 한다면 묻지도 않고 찾아가기를 여러 번.

처음에는 기대하는 눈치던 하우인도 매번 실망하고 돌아오는 일이 많아지자 마음을 놓고 있었다. 그럼에도 불구하고 혹시나 싶어 혼자 먼저 다녀오겠다는 고 비서를 따라온 것이다.

하우인은 자연스럽게 사진 한 장을 보여 주었다. 고 비서가 휴대폰으로 몰래 찍은 이정인의 사진을 크게 확대해 프린트한 사진 한 장. 콧대 밑으로 내려간 안경을 한 번 추어올린 여자가 한참 사진을 바라보더니 이내 탄성을 내뱉었다.

"아, 이 아이. 기억해요."

"정말요?"

고 비서가 소리치듯 물으며 다시 한 번 사진을 들여다보길 요구했다. 사진 속 이정인을 유심히 보던 여자는 자기가 아는 아이가 맞다며 고개를 끄덕였다.

"제가 생각했던 모습이 아니라서 긴가민가했는데 자세히 보니 맞아요. 여기, 순한 눈매나 오목조목한 이목구비나. 짧은 머리하고 음…… 옷을 이렇게 입어서 언뜻 보면 몰라보겠어요."

"기억력이 좋으신가 봐요? 다들 한참 봐도 모르시겠다던데."

"기억할 수 밖에 없어요. 이 아이 데려가신 분 이유가 특이했거든요. 그, 이름이 이수…… 이수…….'

"이수환."

사진을 바라보며 기억을 더듬어 내려고 애쓰던 여자가 하우인이 내뱉은 단어에 아! 나지막한 탄성을 내질렀다.

"네, 그분! 아들이 하나 있었는데 그 아이 이름도 이정인이라고 했거든요. 게다가 죽은 아들과 얼굴이 비슷하게 생겨서 마음이 더 간다고 했었죠."

"죽은 아들?"

사진을 돌려받은 하우인이 묻자 여자는 고개를 끄덕였다.

"이수환 씨 아들이 죽었습니까?"

"그렇게 들었어요."

아들이 죽었다고?

이수환 아들은 살아 있었다. 계약서까지 직접 손으로 쓰지 않았던가. 순간, 이상한 쪽으로 생각이 기울어지기 시작했다. 그 의심이 점점 깊은 웅덩이를 만들어 갈 때쯤 고 비서의 떨리는 음성이 들렸다.

"그, 그럼 입양해 간 아이가……."

"이정인. 여자아이였어요."

얼굴이 점차 굳어 갔다.

'여자아이였어요.'

여자의 말을 가슴으로 이해하기까지 오랜 시간이 걸렸다. 한참만에 눈동자를 밑으로 굴렸다. 느린 시선이 손에 들고 있는 사진을 훑었다. 가게 앞에 서 있는 왜소한 몸짓. 살짝 고개만 튼 이정인은 다분히 귀찮은 표정이다.

"전무님, 이게 무슨…… 분명, 여자가…… 여자가 행방불명이라고……."

정신을 차린 고 비서가 경악한 표정으로 중얼거렸다. 사진 끝부분만 잡아 흔들던 하우인의 눈이 맞은편에 앉아 있는 여자에게 향했다.

"혹시, 남아 있는 사진 있습니까? 어릴 때라든가."

말을 마친 그가 주머니 속에 손을 집어넣었다. 손끝에 닿는 매끄러운 가죽의 질감. 이 가죽을 반으로 가르면 가슴이 뻐근해진다. 무표정한 얼굴에 자신만 알아볼 수 있는 따뜻함이 새겨진 여자. 당장 지갑을 꺼내고 싶은 충동을 참는데 그녀가 미안한 웃음을 지었다.

"이거 어쩌죠? 작년에 보관함 방에 불이 난 적이 있는데 그때 사진이 다 불타 버렸거든요."

그래서 이따금 이렇게 입양 보낸 아이들을 찾으러 오는 이들을 볼 때마다 안타까운 마음이 든다고 했다. 어릴 때 사진이라도 있으면 조금이나마 도움을 드렸을 텐데, 중얼거림은 이미 들리지 않았다.

손에 든 사진을 고 비서에게 넘기며 자연스럽게 자리에서 일어선 그가 따라 일어선 그녀를 향해 감사의 인사를 전하며 밖으로 나왔다. 어느덧 새벽 기운이 걷힌 하늘에서 차가움이 옆으로 밀려나 있다. 그 안으로 걸어가며 뒷좌석에 올라탔다. 뒤늦게 따라 나온 고 비서가 운전석에 앉아 시동을 켰다.

골목길은 조금 전과는 다르게 활기찬 모습을 드러냈다. 지나가던 아이들이 자신의 등보다 큰 가방을 메고 저만치 달려 나간다. 뒤따라 나온 여자가 조심하라며 달려 나간 아이를 타박했다. 다박다박 붙어 있는 주택가 기둥에서 나온 뿌연 연기가 하늘을 흐리게 만들었다.

간혹, 길을 가던 아이들이 멈춰 서서 느리게 빠져나가는 자동차를 구경했다. 골목을 빠져나가자 출근길로 꽉 막힌 도로가 느리게 이동한다. 그 행렬에 동참한 고 비서가 입술을 달싹였다. 누구 하나 섣불리 말을 꺼내지 않았다. 운전대를 잡고 있는 손이 경직되어 있었다. 신호를 받은 틈을 타 주먹을 쥐었다 편 고 비서가 다시 운전대를 잡으며 침묵을 깨트렸다.

"이정인 씨가 여자였다니."

사실 그보다 더 하고 싶은 말은.

"도대체 이게 무슨 소린지. 그럼 이정인 씨, 지금 자신의 성별을 숨기고 있다는 거죠?"

"여자로서 그 자리에 오래 앉아 있을 수는 없었을 테니까."

"아무리 그렇다고……."

말문이 턱 막혔다. 고 비서가 생각하는 보통 여자들은 기본적으로 치장하는 걸 좋아했다. 자신이 가장 예쁘게 돋보이고 싶어 했고 그걸 남들이 알아주기를 바랐다.

그건 여자의 기본 욕구 아닌가?

눈을 깜빡인 고 비서가 파란불로 바뀐 신호를 보며 힘주어 운전대를 잡았다.

"고 비서님."

"네, 전무님."

"혹시 그 노래 압니까? 캐롤인데……."

"흰 눈 사이로 썰매를 타고."

생각나는 캐롤을 바로 입에 담자 하우인이 고개를 내저었다.

"아, 그럼 이거요? 울면 안 돼. 울면 안 돼."

"아, 그거요. 계속 불러 보세요."

이상한 요구에 의문이 들었지만 고 비서는 순순히 노래를 불렀다. 어려운 일도 아니었고. 다만, 적막이 흐르는 출근길 차 안에서 부르고 있자니 점점 소리가 기어들어 갔다. 2절까지 완벽하게 부른 고 비서가 백미러를 봤다. 뒷좌석에 몸을 기댄 채 턱을 괴고 있는 남자가 무슨 생각을 하는지 좀처럼 알 수 없었다. 단지 입 모양으로 언뜻 '달라.' 라고 한 것 같은데.

그즈음 자동차가 회사 앞에 멈춰 섰다. 운전석에서 내린 고 비서가 재빨리 뒤로 돌아가 뒷문을 열어 주었다. 하우인이 차에서 내리자 뒷문을 닫고 뒤따라오던 고 비서가 패드 화면을 보며 스케줄을 점검했다.

"아침 9시부터 10시 회의 있고요. 10시 30분부터 12시까지 리조트 관련 미팅이 있습니다."

"끝입니까?"

로비로 들어가며 물었다. 고 비서가 고개를 끄덕였다.

"네."

"하나 더 있는 걸로 아는데."

엘리베이터 버튼을 누른 고 비서가 아, 하며 재빨리 입을 열었다.

"1시쯤에 패리호텔에서 파티가 있습니다만, 그 행사에는 참여하지 않으셔도 될 것 같습니다."

저번 주 남 회장의 지시 아래 파티를 주최하느라 신경 쓴 그를 위해서 한 말이기도 했지만 초청하는 족족 그 파티에 참석하지는 않았다. 일단 초청장이 오면 받았으나 간추리고 간추려서 영양가 있는 파티에만 모습을 드러냈으니까. 그런 의미에서 이번 파티는…….

"12시 반에 대기하세요."

"굳이 전무님이 참석하실 필요가…….

"왜요. 무슨 문제 있습니까."

엘리베이터에 오른 하우인이 벽에 기댄 채 물었다. 다시 한 번 패드 화면을 통해 파티 주최자의 이름을 확인한 고 비서가 난감한 어조로 변했다.

"그게, 노 대표가 그 행사 주최자라서요. 아무래도 인맥 놀음이라……."

"그래요?"

"네."

"아직도 수중에 돈이 많나 보네. 파티나 열고 있을 때가 아닐 텐데."

그 점은 고 비서도 의아했다. 처음 초청장을 받았을 땐 정말 노 대표가 보낸 게 맞나 싶어 한참 뒤적거렸으니까. 그냥 카지노 건만 포기했으면 남은 걸 가지고 부유하게 살았을 텐데, 사람의 욕심은 끝이 없다. 카지노를 얻기 위해 하우인이 만나는 모든 사람들에게 돈으로 로비를 펼치고 있으니까. 처음에는 깜짝 놀랄 액수를 노 대표가 줬다면서 전화가 오곤 했다. 그럴 때마다 그는 상냥하게 웃으며 말했다.


'그냥 받으세요.'

'뭐? 하지만 액수가…….'

'주는 족족 다 받으세요. 부족하면 더 요구하셔도 됩니다. 아마, 노 대표가 들어줄 겁니다.'

'다음에 한 번 힘만 써 달라는데 도통 무슨 말인지. 아무튼, 알았네.'


로비에 얼마나 공을 들이는지 이번에는 소유하고 있던 별장과 가게를 내놓았다.

띵, 엘리베이터 문이 열리자 하우인이 먼저 내렸다. 그 뒤를 따라 내린 고 비서가 복도를 걸어가며 중얼거렸다.

"노 대표 좀, 안됐네요."

"자업자득이죠."

"뭐, 그렇긴 하죠."

로비하라고 이쪽에서 지시한 것은 아니다. 다만, 조금 안쓰러울 뿐이다. 의미 없는 곳에 돈을 바치는 노 대표가. 단지 그뿐이었다.

보통 때라면 밑에서 대기하고 있어야 할 동우와 철호가 양옆에 섰다. 상처는 아물었지만 웬만하면 쉬게 해 주고 싶었는데. 딱딱하게 굳어 있는 동우를 흘깃 본 이정인이 엘리베이터에서 내렸다. 들어가는 입구 앞에서 노 대표에게 받은 초청권을 보여 주자 말끔하게 양복을 입은 남자가 허리를 숙이며 좋은 시간 보내시라는 입에 발린 말을 뱉어 냈다.

안으로 들어가자 경쾌한 음악 소리가 홀을 지배했다. 그 소리는 점차 느려지더니 어느새 우아한 노랫소리로 탈바꿈했다.

"노 대표 취향하고는. 고상한 척은 혼자 다 하지."

뱁새눈으로 주위를 경계하며 둘러보던 철호가 한마디 했다. 벌써 삼삼오오 모여 대화를 나누는 집단이 꽤 됐다. 시간 맞춰서 온다고 했는데도 20분이나 늦었다. 쟁반을 한 손으로 들고 가던 웨이터가 음료를 권했다. 짜 맞추기라도 한 듯 세 사람은 고개를 저었다. 느긋하게 파티를 즐기려고 찾아온 게 아니었으니까.

"정말 노 대표가 여기로 오라고 했어요?"

"그래. 할 이야기가 있다고 했지."

"그런데 왜 안 보입니까? 원래 주인공은 홀 중앙에 있어야 하는 거 아닌가요?"

"그러게."

가볍게 대꾸한 이정인의 눈빛이 날카로워졌다. 휙휙, 고개를 돌려 대충 주변을 둘러봤지만 노 대표 그림자도 보이지 않는다. 혹시나 싶어 지나가는 웨이터를 붙잡고 물어보자 잘 모르겠다는 답만 나왔다. 혹시 몰라 노 대표 가게에 사람을 보냈지만 건물 주인이 바뀌었다는 이상한 이야기만 들어야 했다.

"단장님은 여기 계십시오. 저랑 철호가 찾아보고 오겠습니다."

홀이 생각보다 넓어서 시야에 닿지 못한 곳들이 많았다. 게다가 20, 21, 22층을 통째로 빌린 것 같고. 고개를 끄덕이기 무섭게 철호와 동우가 시야에서 사라졌다. 적어도 20분 안에는 못 올라올 텐데.

벽에 기대서서 앞으로 지나가는 사람들을 지루하게 훑어보는데 이상한 점을 발견했다. 사람들의 시선이 어느 한 방향으로 쏠려 있다. 특히나 그 정도가, 여자들이 더 심했다. 무슨 일인가 싶어 시선이 모이는 방향으로 고개가 따라가는 순간, 남자와 눈이 마주쳤다.

한, 열 발자국 정도 떨어져 있었을까? 회색 슈트를 입은 남자의 곧은 걸음걸이가 이쪽으로 향했다. 어. 어? 짧은 탄성을 담기도 전에 눈앞에 장신의 남자가 멈춰 섰다. 그 뒤를 따라왔는지 여자가 말을 하는 도중 가는 게 어딨냐며 새침하게 말했다.

"아는 사람을 봐서요."

하우인이 턱 끝으로 이정인을 가리켰다. 한순간 여자의 시선이 이정인에게 닿았다가 다시 하우인에게 옮겨졌다.

"그러니까 내 말은요."

"내가 그쪽 취향이라고 했던가요?"

하우인이 지루한 목소리로 물었다.

"네. 관심 가는 여자 있어요?"

그렇게 묻는 여자는 볼을 붉게 물들이거나 수줍은 듯 연신 속눈썹을 나풀거리지는 않았다.

앞에 서면 눈도 마주치지 못하고 어쩔 줄 모르는 부류는 아니었다. 오롯이 그를 올려다보는 그녀의 눈동자를 하우인이 내려다봐 눈이 마주치자 여자가 손가락으로 자기 자신을 가리켰다.

"그럼, 나는 어때요?"

당당한 여자는 어디를 가나 매력적이다. 예쁜 얼굴과는 다른 의미로. 단지, 그뿐이다. 그걸로 없던 감정이 생길 수 없으니까. 그녀에게서 시선을 거둬들이는데 벽에 기대고 서 있던 이정인이 둘을 번갈아 바라봤다.

"둘이 잘 어울리는걸?"

선남선녀.

저 둘을 보고 하는 말 아닐까? 이정인이 그 말을 입에 담자 뜻밖에도 하우인의 날카로운 시선이 얼굴에 박혔다. 그 눈빛에 이정인이 고개를 갸웃거리는데 그에게서 떨어질 줄 모르던 그녀의 시선이 이정인에게 옮겨 왔다.

"거기 마음에 드네요. 전무님만 아니었으면 아마, 그쪽 좋아했을지도 모르겠는걸요? 아! 저보다 얼굴이 예쁜 건 마이너스지만요."

당돌한 아름다움. 여자의 애교스러운 말투와 교태 섞인 눈웃음에 이정인의 입가가 느슨하게 풀어지는데 낮은 음성이 둘 사이를 꿰뚫었다.

"제 취향은 따로 있습니다."

"정말요? 어떤 여잔데요?"

여자가 눈을 반짝 빛냈다. 지나가던 웨이터에게 칵테일 한 잔을 받아 든 그가 여유를 부리며 낮게 웃었다.

"우선, 단발머리에 작은 얼굴."

짧게 말을 끊은 남자가 부러 느리게 다음 말을 이었다.

"아담한 체격에 입술이 얇고 순한 눈매에 눈빛이 날카로운 여자죠."

당신, 그 여자 알지?

그가 이정인을 노골적으로 내려다봤다. 그 의미를 알아차린 순간 차분히 늘어트린 미소가 점차 사라지더니 이내 얼굴이 굳었다. 표정 관리가 되지 않아 반대편으로 고개를 돌렸다. 그 모습을 관찰하는 하우인의 눈이 가늘어질 때였다.

"꽤, 구체적이시네요? 애인 있냐는 말을 먼저 해야 했나 봐요? 아니면 동성, 뭐 이런 쪽은 아니죠?"

서늘한 그의 눈빛에 여자가 이정인을 눈짓했다.

"지금 하 전무가 말한 취향 말이에요. 딱, 여기. 이분이랑 비슷한 것 같은데요? 단발머리 가발만 씌우면요."

"⋯⋯!"

고개를 돌리고 있던 이정인이 화들짝 놀란 표정을 가까스로 숨기며 여자를 응시했다. 그녀가 어깨를 한 번 으쓱였다.

"순한 눈매인데 눈빛이 차갑다는 말이 머릿속으로 이해가 안 됐는데 여기, 이분 보니까 이해가 되네요. 주위를 경계하는 눈빛이 매서워요. 그런데, 또 자세히 보니 언뜻 얼굴에 미소 띠면 따뜻한 분위기로 변하고."

여자가 그렇지 않나요? 하며 이정인에게 동의를 구했다. 여자들의 눈썰미란. 혀를 내두르는데 옆면으로 날카로운 시선이 느껴졌다.

"아쉽다. 전무님 정도의 인물 찾기 이 바닥에서 쉽지 않은데."

미련 없이 등을 보인 여자가 이쪽을 주시하는 인파 속으로 사라졌다. 그녀가 완전히 자취를 감춘 동안에도 찌를 듯한 시선은 거두어지지 않는다. 사태를 수습해야 했다. 큼큼, 짧게 목을 가다듬은 이정인은 최대한 자연스럽게 하우인을 올려다보며 대꾸했다.

"저 여자분 농담이 심하시네."

"……."

"내가 아무리 건장한 체격이 아니라지만. 안 그래?"

"……."

"하 전무?"

"……."

답이 없자 초조해져서 먼저 고개를 돌려 버렸다. 목이 탔다. 지나가는 웨이터를 부르는데 하우인이 먼저 선수 쳐 칵테일이 든 새 잔을 받아 이정인에게 건넸다. 단숨에 반을 비우는데 다행히 그가 시선을 거뒀다.

"저 정도면 꽤, 깔끔한 편입니다."

"음?"

"감정 정리."

그가 인파 속으로 사라진 여자를 눈짓했다.

"가벼운 호감을 정리 못 해서 끈질기게 따라붙는 경우가 있어요."

"아, 그래?"

그가 작게 고개를 끄덕였다.

"그러니까 이정인 씨도 조심하세요. 여자들, 아니. 남자를 조심하라고 해야 하는 건가."

마지막 말을 혀끝으로 깔아뭉개 자세히 듣지 못해 응? 하고 되묻자 하우인이 아니라며 고개를 저었다. 손목 단을 걷어 시계를 보니 벌써 애들이 내려간 지 15분이 지나 있었다. 슬슬 올라올 때가 돼서 입구 쪽을 바라보는데 하우인이 옆에 나란히 기대며 물었다.

"여긴 어쩐 일입니까?"

"아, 볼일이 있어서."

가볍게 대꾸하며 마저 남은 칵테일로 목을 축였다. 그사이 홀 안은 새로운 사람들로 채워졌다. 테이블 주위로 담소를 나누는 남녀들이 많았다. 이따금 이런 파티에 참석하게 될 일이 있었다. 가뭄에 콩 나듯 아주 드문 일이었지만 의뢰를 맡을 때 어쩔 수 없이 참여해야 할 경우가 있었는데 그때와는 분위기가 사뭇 달랐다.

성별 상관없이 모여 담소를 나누는 건 비슷하지만, 남자들이 여자를 바라보는 눈빛이 꾸덕꾸덕하다고 해야 할까. 특히나 간단히 포옹을 나누는 행위조차도 끈적했다. 더 이상한 건 그런 행위에 여자들이 거부한다거나 눈살을 찌푸리는 일이 없었다. 자세히 보니 나이 차이도 꽤 나 보였다. 여자는 20대 중반 정도, 남자는 40대 초반 정도.

그녀의 의문점을 알아차린 하우인이 낮게 웃었다.

"잠자리 상대를 고르는 중일 겁니다."

"음?"

"노 대표가 주최하는 파티는 사실, 사업적으로 영양가가 없습니다. 비즈니스를 하기엔 노 대표의 인맥이 밑바닥이랄까. 그럼에도 불구하고 고위 인사들이 꽤 옵니다."

나이 차이가 날 것 같은 둘은 생각 외로 재밌게 담소를 주고받더니 이내 조용히 뒤편으로 사라졌다. 무슨 뜻인지 이해가 되자 다른 쪽으로 머리가 차갑게 식었다. 빈 잔을 지나가는 웨이터 쟁반에 올려놓은 이정인이 피식, 웃었다.

"너도 그중 한 명인가 보지?"

잠시, 멈칫한 하우인이 그녀의 시선을 느긋하게 맞받아쳤다.

"왜 그렇게 생각합니까?"

"내 범주에 하 전무도 그 분류거든. 고위 인사."

그가 들고 있던 잔을 두어 번 흔들었다. 그 안에서 부대끼는 액체를 단숨에 마신 뒤 주위를 훑었다.

"구경 좀 하러 왔거든요."

"구경?"

"노 대표 말입니다. 지금 상당히 자금 압박이 들어올 텐데 여유로운 척 사치 부리는 얼굴이 궁금해서 견딜 수가 있어야죠."

그는 그 이상 말을 하지 않았다. 따로 약속을 잡고 온 건 아니었다. 다시 고개를 돌려 입구 쪽을 바라보는데 누군가 부딪쳐 왔다.

"죄송해요. 제가 실수로 미끄러져서."

긴 웨이브 머리를 한쪽으로 넘긴 여자가 다급히 핸드백에서 꺼낸 손수건으로 이정인의 가슴을 닦아 냈다. 이정인은 자연스럽게 손수건을 가져가며 화장실로 들어갔다. 손수건을 차가운 물에 적신 뒤 셔츠를 박박 문지르자 칵테일 색이 점점 옅어지더니 이내 미세한 얼룩만 남았다. 그 이상은 손쓸 도리가 없어 손수건을 근처 휴지통에 버리고 나가려는데 화장실 안으로 하우인이 들어왔다.

"어?"

하우인만 들어왔다면 놀랄 것도 없었다. 남자 화장실에 남자인 그가 들어오는 게 놀라야 할 일은 아니니까. 다만, 그 뒤를 졸졸 따라온 여자가 아무렇지 않게 남자 화장실로 들어왔다.

"잠깐 나랑 이야기 좀 해요!"

소리치며 하우인의 앞을 가로막은 여자는…… 방금 이정인에게 칵테일을 쏟은 여자였다. 눈을 굴리던 이정인은 그제야 상황을 이해했다. 하우인과 단둘이 이야기를 나누고 싶었는데 따로 이야기할 정도의 친분은 아니라는 결론이 나왔다. 그래서 일부러 칵테일을 쏟은 건가. 단둘만의 시간을 가지고 싶어서. 그 공간을 박차고 나온 하우인 때문에 부질없는 짓인 것 같았지만.

하 전무도 참 피곤하겠어.

자연스럽게 둘을 지나쳐 가는데 커다란 손이 이정인의 팔을 낚아챘다. 앞서 걸어가던 그녀의 몸이 기울어지면서 그와 여자 사이에 갇혔다. 갑작스러운 상황에 눈을 굴리며 고개를 뒤로 젖히자 남자의 목울대가 보였다. 단단히 옭아맨 손아귀에 몸을 비틀려는데 여자의 앙칼진 목소리가 뒤통수에 닿았다.

"5분 정도 시간 내는 게 그렇게 어려운 일이에요?"

"회장님도 당신, 이러는 거 압니까? 궁금하네."

한 손으로 이정인을 꽉 잡은 채 주머니에 손을 집어넣은 자세가

삐딱해졌다. 점차 옆으로 기울어지던 그의 고개가 종이 한 장 차이로 여자의 눈빛을 비켜 나갔다. 전방을 주시하던 하우인이 귀찮은 내색을 숨기지 않자 여자가 쌕쌕, 거친 숨을 몰아쉬었다.

"노 대표 파티에 나타난 이유, 굳이 내 입으로 말해야겠어요? 당신도 상대 찾으러 온 거면서 혼자 고상한 척은 말아요."

"아아, 그래서 얼씨구나 하고 따라온 겁니까? 내가 어떻게 나올 줄 알고?"

화장실 벽 타일에 던져지던 그의 시선이 여자로 옮겨졌다. 간혹 남자라면 가리지 않는 부류들이 있었다. 왜 그렇게 살까, 이해해 보려고 했지만 이내 포기했다. 이해할 수 없는 부류도 존재했으니까. 부르르 떠는 이정인을 내려다보며 하우인이 낮게 웃었다.

"참 이상해. 내가 섹스어필한 적은 없는 걸로 아는데. 눈길조차 주지 않은 상대에게 왜 그러는 걸까요, 이정인 씨?"

"……."

하우인은 잡고 있는 그녀의 팔을 가볍게 흔들었다.

"둘 중 하나겠지. 저 여자 엉덩이가 가볍거나 네 엉덩이가 가볍거나."

안 그래도 애먼 일에 갇혀 인상을 찌푸리던 이정인이 가볍게 대꾸하며 순식간에 팔을 돌려 튕겨 나온 그의 손을 쳐 냈다. 그즈음 주머니 속에 넣어 두었던 휴대폰이 바르작거리기 시작했다. 동우나 철호일 거라고 생각하며 주머니에 손을 집어넣는데 타인의 손길에 의해 허리가 단단한 팔뚝에 감겼다.

깜짝 놀라 뒤로 물러서려던 발이 허리를 잡아당기는 힘에 의해 앞으로 끌려왔다. 그와 동시에 곧게 세운 날카로운 혓바닥이 우악스럽게 이정인의 입 속을 비집고 들어갔다. 단단한 혀끝이 그녀의 입천장을 훑는 순간 정신을 차렸다.

이런, 미친……!

있는 힘껏 고개를 옆으로 돌리자 곧바로 뒷목이 잡혔다. 가녀린 뒷목을 단단히 붙잡은 손바닥에 힘이 들어가는 것과 동시에 그녀의 입 속으로 낯선 감촉이 다시 침입했다.

말캉한 혀바닥이 짓누르듯 입 안을 헤집어 놓다가 목구멍 깊숙이 혀뿌리를 집어넣었다. 부드럽게 밀고 들어오는 거대한 압박감에 컥컥, 숨이 막혀 혀를 밀어 내는데 그가 고개를 옆으로 비틀었다. 깊숙한 결합에 고개가 뒤로 꺾어졌다. 입 안에서 얽혀 뒹구는 혀바닥을 결국, 참지 못하고 깨물자 하우인이 뒤로 물러섰다.

하악, 하악, 하악, 다급히 공기를 마셨다. 가슴이 크게 들썩이는데 숨죽인 채 이쪽을 바라보는 한 쌍의 눈동자가 있었다. 그제야 여자의 존재를 상기했다.

"충분한 답이 됐을까요?"

하우인이 나지막이 물었다.

넋 나간 듯 바라보던 여자는 그녀의 입술과 그의 입술을 번갈아 바라보다가 충격을 이기지 못하고 뒷걸음으로 화장실을 빠져나갔다. 주춤거리던 발걸음이 시야에 잡히지 않을 때까지 화장실 입구를 멍하니 바라봤다.

도대체 이게 무슨 일…….

"이정인 씨, 정신 차리세요."

시야에 안쪽 재킷에서 손수건을 꺼내는 하우인이 잡혔다.

"너…… 미쳤냐?"

진심으로 묻는 말이었는데 하우인이 나른하게 웃으며 가볍게 넘어가려 했다. 말문이 막혔다. 더군다나 이 상황에서 입술에 묻은 타액을 꼼꼼하게 손수건으로 닦아 주는 하우인의 손길에 그의 손목을 잡으며 뒤로 물러섰다.

"아직 묻었습니다."

"아, 됐어."

입술에 고인 열기. 애써 떨치기 위해 손등으로 입술을 벅벅 문지르는데 태평한 남자의 얼굴에 어처구니없는 감정이 땅 밑으로 쑥 꺼졌다. 세면대로 걸어가 손을 씻었다. 거울 속으로 하우인이 들어왔다.

"매번, 이런 식으로 떨쳤나 보지?"

피식, 웃은 그가 고개를 저었다.

"처음입니다."

"뭐?"

"당신은 나한테 관심 없잖아."

"……."

"아닙니까?"

"틀린 말은 아니지."

떨떠름하게 답한 이정인이 휴대폰을 쥐며 등을 돌렸다. 왜소한 등에서부터 밑으로 떨어지는 가녀린 곡선. 고개를 숙여 휴대폰 화면을 응시하는 이정인이 부어오른 입술을 몇 번 들썩이나 싶더니 무심한 눈빛을 보냈다.

그 점이 묘하게 신경을 예민하게 만들었다.

"나는 이만 물러나마."

이정인이 허공에 손을 가볍게 흔들었다.

"더 있다 가시죠?"

"뭐하러?"

"……."

말문이 막혔다.

좀 더 같이 있고 싶다고 느꼈으니까.

"아닙니다."

하우인이 고개를 내젓자 이정인은 단숨에 화장실 밖으로 빠져나
갔다.

머리끝까지 올라온 열기에 하우인은 세면대에 손을 담갔다. 차가
운 물로 거칠게 세수를 한 뒤 휴지를 뽑아 손을 닦아 내는데 고 비
서가 막 화장실로 들어오고 있었다.

"전무님, 여기 계셨어요?"

아무래도 노 대표가 파티만 열고 잠깐 얼굴을 비친 뒤 돌아간 것
같다는 말을 전한 고 비서와 나란히 화장실을 빠져나왔다. 더는 이
곳에 있을 이유가 없었다. 엘리베이터를 타고 내려가는데, 사면이
확 트인 엘리베이터 밖을 응시하던 고 비서가 고개를 갸웃했다.

"전무님?"

"말씀하세요."

"양주 마시셨어요?"

양주?

대낮에 가벼운 칵테일 정도야 괜찮지만 양주라니?

의아함에 하우인이 고개를 돌리자 고 비서가 그를 보며 어색하
게 웃었다.

"얼굴이 빨개서요."

"아."

작은 탄식과 함께 하우인이 자신의 입술을 손가락으로 매만졌다.

"아니면, 요즘 칵테일은 도수가 높은가 봐요?"

술이 원체 세서 웬만한 도수 정도로는 어림도 없었다. 얼굴이 빨개지는 것도 일 년에 한 번 보기도 어렵달까. 해서 신기한 듯 눈을 깜빡이는데 그가 입을 다물더니 이내 엘리베이터가 멈추자 먼저 내렸다. 그 모습이 마치, 부끄러워서 도망치는 것 같이 보였다는 게 문제지만.

가만히 자리에 멈춰 서 있던 고 비서가 이내 정신을 차리고 그의 뒤를 쫓아갔다.

거칠게 달리던 자동차가 끼이이익, 소리를 내며 가게 앞에 멈췄다. 앞으로 튕겨 나가려는 몸을 가까스로 버틴 이정인이 단숨에 가게 안으로 들어갔다. 뒤따라 가게 안으로 들어간 동우와 철호가 이를 악물며 분을 삼켰다.

천장에 달린 고급 샹들리에가 산산조각이 나 바닥을 뒤덮었다. 밤이면 은은하게 주변을 밝히던 스탠드도 폭격을 당해 날카로운 유리 표면만 덩그러니 남아 있었다. 조금 더 고개를 돌릴 필요도 없었다. 수제 테이블과 의자는 다리를 잃어 바닥에 쓰러져 있었다. 룸이라고 별반 다를 건 없었다. 보이는 건 전부 금이 가거나 부서져 있었고 가게 안에 정상적인 물건이 없었다.

그건, 사람도 마찬가지였다.

"노 대표는?"

이정인이 느리게 주변을 훑으며 물었다. 가까스로 부러진 의자 끝을 잡고 일어선 남자의 목이 밑으로 숙여졌다.

"죄송합니다."

그런 말이 듣고 싶은 게 아니다. 그러니까.

"노 대표는?"

"15분 전에 돌아갔습니다."

"이런 꼴을 만들어 놓고 돌아갔다?"

"……."

"어디로?"

"가화 일식집에 간다고 했던 것 같습니다."

"……."

불편한 침묵에 남자의 목울대가 긴장감으로 떨렸다. 꼴깍, 침을 삼키다 찢어진 입술 주위로 느껴지는 통증에 얼굴이 찡그려지는데 눈앞에 이정인의 곧은 등이 보였다.

"우선, 치우고 있어."

가게 문을 발로 밀며 나가는 그녀를 동우가 따라나서며, 같이 따라가겠다는 철호를 향해 고개를 내저었다. 문을 닫자 불만스러운 철호의 얼굴이 사라졌다. 그사이 자동차 운전석에 올라탄 이정인이 보였다. 다급히 뒤따라가며 그녀를 불렀다.

"단장님!"

찰칵, 찰칵.

문을 잠갔는지 손잡이를 부단히 움직였지만 차 문은 꿈쩍도 하지 않았다. 결국, 조그맣게 열린 운전석 창문으로 다가갔다. 그사이 시동을 켰는지 자동차가 부드러운 소음을 밖으로 내보냈다.

"같이 치우고 있어. 난 가 볼 곳이 있으니까."

운전대를 잡은 손에 힘이 들어간 게 보였다. 동우가 다급히 창문을 손바닥으로 두드렸다.

"같이……! 같이 가겠습니다."

"아냐."

정면만 응시하던 눈빛이 느리게 이동하더니 창문을 두드리는 동우의 시야에 들어왔다.

"나 혼자면 충분해. 너는 혹시 모를 사태에 대비하고 있어야지."

반 정도 열려 있던 창문이 스르륵 올라가는 것과 동시에 자동차가 동우의 시야에서 빠르게 사라졌다.


간간이 들었던 일식집 위치를 찾는 건 어렵지 않았다.

가게 안으로 들어가자마자 일행분이 있느냐는 물음에 싱긋, 웃어 주며 노 대표의 이름을 말하자 친절하게 안내해 주었다. 방문 손잡이를 잡은 직원에게 고개를 내젓자 직원의 눈동자에 의문점이 생겼다. 그 의문점을 풀어 주기 위해 이정인이 느리게 말했다.

"깜짝 놀라게 해 주고 싶어서요."

"아, 굉장히 친하신가 봐요."

"그러니까, 비명 소리가 나도 양해해 주세요. 기쁨의 비명이니까."

부드럽게 웃어 주자 직원이 알겠다며 고개를 끄덕였다. 호흡을 한 번 한 뒤 뒷주머니에 꽂힌 매끄러운 칼집을 움켜쥐는데 앞서가던 직원이 다시 돌아왔다. 손에 힘을 풀며 직원을 마주 바라보았다.

"이걸 말해야 하나 싶어서요."

직원이 맞은편 방을 눈짓으로 가리켰다.

"여기서 노 대표님 경호원분들 식사하시고 계시거든요. 혹시 큰소리 나면 오해하실까 봐요."

"아, 경호원."

알려 줘서 고맙다며 웃어 주자 직원이 정중하게 고개를 숙이고 빠르게 복도를 빠져나갔다. 문손잡이를 잡고 있는 이정인의 시선이 맞은편으로 향했다. 눈동자가 밑으로 내려가자 구두 세 켤레가 보였다.

세 켤레.

평소에도 누군가에게 과시하기를 좋아하는 남자가 노 대표였다. 은밀한 접촉이었는지 최소한의 숫자만 있었다. 가만히 구두를 바라보고 있는데 작게 토해진 웃음소리가 문틈을 비집고 터져 나왔다. 간간이 말소리도 들렸다.

'잘 부탁드립니다.'

'아니, 노 대표. 도대체 이 돈은…….'

'그냥 받아 주십시오. 제 마음입니다.'

'그래도 그렇지, 험험.'

문손잡이를 잡고 있는 손에 힘을 주며 옆으로 밀어 내자 드르륵, 소리와 함께 내부에서 퍼지던 웃음소리가 뚝, 끊겼다. 화려하게 차려진 상 중간에서 검은색 쇼핑백을 받아 든 남자의 눈이 이정인을 보며 어리둥절한 얼굴로 변했다.

사양치 말라며 쇼핑백을 맞은편 남자의 손에 구겨 주다시피 밀어 내던 노 대표가 멈칫하며 바라보나 싶더니 이내 두꺼운 입술을 뭉그러트리며 미소를 지었다.

"이 단장이 여긴 어쩐 일이신가? 그렇게 서 있지 말고 술이나 한잔하……!"

쾅!

식탁 한가운데에 서슬 퍼런 칼이 꽂혔다. 노 대표의 시선이 딱딱한 테이블에 움푹 들어가 반 정도만 보이는 칼날에 멈추었다. 맞은편에 앉아 있던 남자가 사색이 되며 무슨 일이냐며 다그치다 이내 쇼핑백을 품에 안고 뒤로 물러났다. 손잡이를 잡은 손에 힘을 주어 칼을 빼냈다.

"이 단장, 이게 무슨 짓이야? 손님도 있는데 밥맛 떨어지게. 응?"

넉살스럽게 웃는 노 대표를 내려다보며 이정인이 싱긋, 웃었다.

"그렇게 여유 부리고 있을 때가 아닐 텐데?"

테이블 끝에 얹힌 노 대표의 손목을 꽉 붙잡았다. 한 손에 꽉 찬 살덩어리를 힘으로 짓누르자 노 대표가 눈을 치켜떴다.

"손목 안 놔?"

"그러니까, 그렇게 여유 부리고 있으면 안 된다니까."

"무슨……!"

"이번엔 당신 손등에 날아갈 예정이거든."

공포심을 주려고 일부러 허공에 높이 칼을 들었다. 순간, 손안에 잡힌 살덩이가 필사적으로 흔들렸다. 다급한 몸부림이 이어졌다. 남은 손을 주먹 쥔 뒤 자신의 손목을 움켜쥐고 있는 이정인의 손등을 후려쳤다. 뼈가 으스러지는 아찔한 충격에 손등이 금세 부어올랐다. 그와 동시에 높은 곳에 떠 있던 칼끝이 허공에서 내려왔다.

"미친……!"

우당탕.

옆으로 굴러 몸을 피한 노 대표가 분노를 참지 못하고 내뱉었다.

"이 단장! 이게 무슨 짓이야! 돌았어?"

"화를 내야 할 사람은 나야, 노 대표가 아니라."

"뭐라고!"

"그렇잖아. 이야기 좀 하자며 파티 초대장을 주길래 쫄랑쫄랑 따라간 내가 병신인지, 그사이 내 가게를 엉망으로 만들어 놓고 목구멍으로 밥이나 넘기고 앉아 있는 당신이 병신인지 저울질 좀 해 볼까?"

천천히 노 대표 앞에 쭈그려 앉으며 차갑게 응시하자 그가 옆을 더듬어 유리잔을 움켜쥐었다. 순간 이정인이 피식, 웃었다.

"그걸로 때려도 나는 죽지 않아."

"……."

"하지만 노 대표는 죽겠지."

"유리 조각으로 네 멱을 따 버릴 수도 있어."

"그동안 내 손은 가만히 있는대?"

칼을 쥐고 있는 손을 흔들자 노 대표가 침음을 삼키며 문 뒤를 응시했다. 그와 동시에 대표님! 하는 거친 남자의 목소리와 함께 순식간에 내부가 꽉 채워졌다. 주위를 훑은 경호원들은 금세 상황을 파악하고 자세를 갖췄다.

"뭐 하고 있어! 빨리 해치워 버려! 더 날뛰기 전에!"

그 와중에 기어가다시피 몸을 피해 달아난 남자가 있었다. 품 안에 검은색 쇼핑백을 끌어안은 남자는 눈치를 보는가 싶더니 재빠르게 문을 열고 밖으로 나갔다. 노 대표가 그를 따라나서려고 하자 이정인이 바닥에 굴러다니는 숟가락을 들고 문가로 걸어갔다.

그러고선 양쪽으로 넓게 열린 문을 닫고 동그란 문고리를 옆에 걸쳐 툭 튀어나온 쇠 부분에 숟가락을 걸어 문을 잠갔다. 그 행동을 가만히 지켜보던 노 대표가 참지 못하고 크큭, 웃음을 터트렸다.

"이 단장, 지금 상황 파악이 안 된 모양인데 무서워서 도망갈 구멍을 잠그면 쓰나."

웃음 섞인 말에 경계의 눈빛을 보내던 경호원들 입에서도 바람 빠지는 웃음소리가 들렸다. 그 천박한 웃음에 이정인도 차갑게 웃으며 동참했다.

"음, 곤란하니까?"

"대표님. 저놈 뭐라는 겁니까?"

경호원 중 한 명이 노 대표 곁에 서며 물었다. 사나운 방 안의 분위기가 한층 느슨해졌다. 문에서 등을 돌린 이정인이 앞으로 걸어가며 나긋하게 답했다.

"너희들 중 한 명이라도 이곳에서 도망가면 곤란하다니까."

"뭐? 도망?"

"그래, 도망."

곧장 주먹이 날아왔다. 가볍게 피한 이정인이 그대로 몸을 돌려 허공에 뜬 발로 남자의 어깨를 내려쳤다. 지끈한 통증에 한 손으로 어깨를 잡은 남자의 눈이 검게 타올랐다. 주먹을 쥐고 달려드는 남자의 배를 힘껏 걷어차자 벽으로 꼬꾸라진 남자가 자리를 털고 일어나는 것과 동시에 멈춰 서 있던 두 명이 한꺼번에 달려들었다. 칼로 휙휙, 내저으며 위협하자 멈칫하며 물러서는 틈을 타 그대로 주먹을 날렸다.

빠각.

뼈가 뒤틀리는 소리를 내며 남자의 턱이 돌아갔다. 그와 동시에 몸이 앞으로 기울어졌다. 등 뒤로 날아온 키 작은 남자의 발이 이정인의 등을 가격했다. 재빠르게 몸을 한 바퀴 굴러 일어선 이정인이 허리를 굽혀 문 앞에 주저앉은 남자의 발목을 잡았다.

"너, 너 설마……!"

빠각.

발목을 비틀자 남자가 아아악! 거친 비명 소리를 내며 바닥에 뒹굴었다. 그사이 키 작은 남자는 발로 이정인의 뺨을 내려쳤다. 강한 통증에 그녀의 이마가 찌푸려졌다. 입술이 터졌는지 축축했다. 손등으로 훔치며 일어서자 노 대표 옆에서 시중을 들고 있던 남자가 키 작은 남자와 함께 달려왔다.

점차 가까워지는 주먹을 피하지 않고 지켜보다 바로 코앞으로 다가왔을 때 재빠르게 몸을 숙였다. 남자들의 주먹이 허공을 향해 휘두르는 형상이 되며 중심을 잡지 못한 무게가 앞으로 쏠리자 그 틈을 놓치지 않고 팔꿈치로 머리를 가격했다.

"커억!"

앞으로 꼬꾸라진 남자의 뒷목을 그대로 밟자 우지끈, 소리를 내며 남자의 머리가 옆으로 돌아갔다.

"저런 씨……!"

욕설을 내뱉으며 키 작은 남자가 이정인의 손목을 발로 쳐 냈다.

쨍그랑.

손에 쥐고 있던 칼이 허공에 포물선을 그리며 바닥에 떨어졌다. 키 작은 남자가 허겁지겁 기어가 칼을 손에 넣었다. 느긋하게 지켜보고 있던 노 대표가 언성을 높였다.

"저놈 하나 못 잡고 뭐 하는 짓들이야!"

들고 있는 유리잔을 벽에 던지며 내지르는 노 대표의 고함에 키 작은 남자의 어깨가 움찔 떨렸다. 연신 노 대표의 눈치를 보며 칼의 방향을 바로잡았다. 칼 손잡이를 잡고 이정인 앞으로 천천히 걸어오는 키 작은 남자의 행동이 이전과는 다르게 여유로웠다. 칼이 이정인의 코앞까지 당도했을 때 남자가 혀를 끌끌 차며 웃었다.

"무섭냐?"

칼끝이 이정인의 코끝을 툭, 툭, 쳤다.

"그러니까 왜 덤벼, 덤비길. 우리가 누군 줄 알고……."

"누구긴, 깡패 새끼들이지."

서늘한 목소리에 코끝을 두드리던 칼날이 멈췄다.

"그런 것까지 내가 일일이 말해 줘야 하는 나이는 지난 것 같은데."

살며시 칼날을 손으로 움켜쥔 이정인이 발을 들어 남자의 복부를 걷어 냈다. 컥, 소리를 내며 비틀거리던 남자는 이정인의 손에 잡힌 칼을 빼내기 위해 이리저리 움직이자 움켜쥔 손안에서 새빨간 핏물이 바닥을 적셨다.

서걱서걱, 살과 마찰하는 칼날의 소리가 깊어졌다. 키 작은 남자가 힘을 다해 칼 손잡이를 잡고 빼내려고 했지만 칼날을 움켜쥐고 꿈쩍하지 않자 이정인을 노려보며 이를 갈았다.

"독한 새끼."

칼 손잡이를 잡고 마구잡이로 격하게 흔드는 바람에 놓지 않기 위해 칼날을 잡고 있는 손에 힘이 들어가자 이정인의 미간이 살풋 찡그려졌다. 굳은살이 박힌 손바닥으로 거칠게 파고드는 칼날의 차가운 통증에 발을 내밀어 남자의 정강이를 걷어찼다. 순간, 균형이 흐트러진 남자가 어, 어? 소리를 내며 쿵! 몸이 옆으로 기울어진다.

망설임 없이 남자의 손목을 발로 밟았다.

"으악!"

새빨간 피가 흥건히 묻은 칼이 남자의 손에서 스르륵, 빠져나오자 허리를 굽혀 칼을 주웠다. 손목을 잡은 남자의 얼굴에 감정 하나가 떠올랐다. 두려움. 이정인이 피 묻은 칼을 남자의 셔츠에 닦아 낼 때마다 남자의 동공이 급격하게 흔들렸다. 새파랗게 질린 얼굴을 보며 그녀가 건조하게 속삭였다.

"노 대표 밑에 있으니 배가 많이 따뜻하지? 이젠 거칠게 몸싸움할 일도 없을 테고 으름장 한 번 놓으면 옛 명성에 끼깽거리다 뒷걸음치는 애들 많을 거야. 그런데 그거, 나한테는 안 통해."

스윽 스윽.

칼날이 가슴 부위를 지나쳐 갈 때마다 남자의 셔츠가 피로 흥건해졌다.

"나는 잃을 게 없는 사람이야. 그게 무슨 뜻인지 알아?"

"……."

"너희들, 하나도 안 무섭다고."

마른침을 꿀꺽 삼키는 남자의 얼굴을 보며 칼집에 칼을 넣었다.

예전에 이들이 싸우는 걸 몇 번 본 적이 있었다. 그땐, 노루파가 생긴 지 얼마 안 된 때였고 여기선 죽기 살기로 싸워도 살 수 있을지 모르는 시절이란 걸 감안하더라도 이 정도로 나약하진 않았다.

노 대표가 회사를 차려 어느 정도 사업 수완을 내기 전까지 굶주린 눈빛으로 주위를 돌아다니는 걸 보고 웬만하면 부딪치지 말아야겠구나 생각했던 적도 있었다. 그런데 지금은 눈빛이 변했다. 절실함이 뭔지 기억도 안 나는 시절로 돌아가 버린 사람처럼 뒷주머니에 꽂아진 칼날만 뚫어져라 바라본다. 언제 그 칼날이 돌변해 자신에게 날아올까 두려움에 차서.

잃을 게 많은 사람은 무서운 게 많아진다. 한두 번 본 광경은 아니지만 매번 볼 때마다 입 안이 씁쓸했다. 몸을 돌려 멍하니 자신을 올려다보는 노 대표의 앞에 쭈그려 앉았다. 주먹 쥔 두꺼운 손이 얼굴로 날아오자 그녀가 손으로 가볍게 막았다. 두툼한 주먹을 터트릴 듯 움켜쥐다 거칠게 내던졌다.

"노 대표."

이정인이 남자의 두툼한 턱살을 거칠게 잡아 올렸다.

"다음엔 이 정도로 안 끝나."

"이 단장……!"

"한 번만 더 이런 짓 하면 나한테 혼나, 응?"

매서운 눈매가 반달로 접혔다. 이를 부득 갈며 같이 웃던 노 대표의 입꼬리가 부들부들 떨렸다. 꽉 잡고 있던 턱살을 놓아준 뒤 이정인은 문으로 걸어가 걸어 놓은 숟가락을 뺐다. 문을 열고 밖으로 나가자 방 주변을 서성이던 직원과 눈이 마주쳤다.

"큰 소리가 들려서요. 아무래도 걱정이 되…… 까아아악!"

피 칠갑 된 손을 본 직원이 뒷걸음질하다 결국엔 주저앉았다. 놀랐을 직원을 향해 상냥하게 웃어 보였지만 역효과였는지 직원이 복도 끝으로 달아나 버렸다. 곧 웅성거리는 소리가 복도 저편에서 들렸다.

이정인은 한 손을 뒤로 감추고 재빠르게 일식집 밖으로 빠져나왔다. 자동차에 올라타자마자 티슈 갑을 잡고 휴지를 뽑아 대충 손을 닦아 냈다. 살이 갈라진 틈 사이로 피가 계속 나오자 티슈 갑에 들어 있는 휴지를 몽땅 빼내 손에 쥐고 있었다. 지혈되기를 기다렸다가 어느 정도 피가 멈추었을 때가 돼서야 운전대를 잡을 수 있었다.

운전대를 감싼 부드러운 가죽 질감에도 손바닥에 쓸릴 때면 통증이 심해졌다. 다른 날보다 속도를 내기 위해 발에 힘을 주는데 무심코 고개를 돌린 시야에 아이스크림집 문구가 들어왔다.

31일 데이! 아이스크림 할인!

31일?
끼이이익, 급하게 자동차를 갓길에 세운 뒤 휴대폰을 꺼내 날짜를 확인한 이정인의 눈빛이 어두워졌다.
부재중 전화 5통. 문자 10통.
메시지를 클릭하자 동우에게 온 문자가 화면에 띄워졌다.
[단장님. 돌아오세요. 위험합니다.]
[같이 가겠습니다.]
[일식집 들어갔습니까?]
[저도 지금 가게 가고 있습니다.]

대부분 걱정이 된다며 그녀를 따라 쫓아가겠다는 문자였다. 그러나 다음 문자는 그 전처럼 가볍게 넘길 수가 없었다.

　[단장님 보스 오셨습니다.]

　화면이 캄캄해질 때까지 들여다보고 있다가 휴대폰을 주머니에 넣고 곧장 운전대를 잡았다. 급하게 도로를 주행하던 자동차가 얼마간 빠른 속도를 내며 달리더니 이내 익숙한 가게 앞에 멈춰 섰다. 운전석에서 내려 가게 앞으로 걸어가자 검은색 양복을 입은 남자들이 하 전무 경호원들과 대치 중이었다.

　그 둘 사이를 양손으로 밀어 내며 가게 안으로 들어가자 솜털이 쭈뼛 설 정도의 차가운 공기가 피부에 느껴졌다. 양옆으로 갈라져 벽에 나란히 선 남자들이 두 손을 공손히 모으며 고개를 숙이고 있었다. 그 와중에 가게 한가운데 뒷짐을 쥐고 서 있는 남자의 등이 보였다. 1년 만에 돌아온 남자는 타지 생활에도 건강해 보였다.

　다행이다, 생각하며 다급히 다가가는데 정리를 하지 못한 잔재들이 남아 있는 가게 내부를 둘러보던 남자의 고개가 이정인에게 돌아갔다.

　"이게 무슨 일이냐."

　묵직한 저음에 내포된 불편한 심기, 그제야 가게 내부가 시야에 들어왔다. 아차, 싶은 이정인이 난감한 어조로 답했다.

　"말하자면 복잡합니다."

　"노루파가 기습해 왔다지?"

　벽 쪽에 서 있던 동우와 철호가 보였다. 깊게 숙인 고개가 오늘따라 무겁게 느껴졌다. 다시 남자를 올려다보았다. 대충, 이야기를 들은 것 같아 타들어 가는 침묵을 고스란히 견뎌 내고 있는데 돌연 남자가 눈짓으로 밖을 가리켰다.

"밖에 대기 중인 애들 중에 못 보던 얼굴이 있던데."

이정인의 고개가 밖으로 향했다. 저 가게 문 뒤에 서 있을 남자들의 얼굴이 눈앞에 빠르게 스쳐 갔다.

"남우기업 하 전무의 경호원이라고?"

"아⋯⋯."

"도대체 무슨 짓을 하고 있는지는 모르겠다만 단장 자리 물러날 때가 됐나 보군."

내려다보는 남자의 시선이 얼음장처럼 차가웠다. 아픈 건 다친 손인데 이상하게 마음에 따끔한 통증이 숨을 쉴 수 없을 만큼 올라온다. 발끝에 힘을 주고 서 있기가 점점 버거워지자 더는 보지 못하고 고개를 숙였다.

"이 단장."

"⋯⋯네."

"일 똑바로 해."

"죄⋯⋯."

누군가 목구멍을 틀어막은 듯 말이 터지지 않았다. 몸 깊숙이 울컥, 뭔가가 올라올 것 같아 두 손을 주먹 쥐며 힘을 주었다. 1년 만에 만난 당신에게 그동안 잘 있었냐는 투박한 안부 인사를 듣는 것조차 사치스러운 일이라는 걸 잠시 잊고 있었다. 운전대를 살포시 잡고만 있어도 따가웠던 한쪽 손이, 무감각해진다. 뜨거워지는 눈시울을 억누르며 겨우 내뱉었다.

"죄송합니다."

허리를 깊이 숙였다. 고개 숙인 시야 사이로 지나쳐 가는 남자의 구두.

언제나 드는 생각이지만.

매번 지치지 않고 드는 생각이지만.

당신의 무관심이 나를 아프게 한다.

모든 스케줄을 끝마치고 하우인의 집으로 향하던 고 비서가 난감한 얼굴로 정면을 응시했다. 5분 정도만 가면 익숙한 아파트가 보일 테고 거기서 하우인이 내리면 자신의 일과도 끝이 났다. 그런데 좀처럼 앞으로 나아갈 수가 없었다. 멈춰 선 자동차가 한참이나 출발을 하지 않자 뒷좌석에서 눈을 감고 피로를 달래던 하우인이 느리게 눈을 떴다.

"무슨 일입니까."

"아니, 그게…… 취객이 길가에 앉아 있어서요."

"치우세요."

조금만 더 걸어가면 술집이 밀집해 있는 곳이 많았다. 그 때문에 이따금 술에 취한 사람이 아파트 쪽으로 걸어오다 길가에서 잠이 든 경우가 있었다. 그럴 때마다 고 비서는 자동차에서 내려 취객을 길가 쪽으로 안전하게 끌어다 놓은 다음 자동차를 출발시켰다. 물론 드문 일이었다. 길가 한가운데 드러누워 자동차가 지나갈 수 없을 정도로 위험한 상황은 어쩔 수 없지만 자동차가 지나가는 데 방해가 되지 않는 선이라면 그냥 지나쳤다.

이번에도 후자 쪽이었다. 길가에 얌전히 주저앉아 이곳에 완연한 어둠이 내리면 아무도 관심을 주지 않는 구석에 앉아 있는 사람.

그런데 그 사람이…… 너무 익숙해서 지나치지 못하고 있었다.

"이정인 씨인 것 같은데."

이정인이란 단어에 하우인의 동공이 옆으로 느리게 옮겨 갔다. 창문 밖으로 향한 시선이 어둠을 더듬었다. 짙게 선팅된 창문 탓에 버튼을 눌러 밑으로 내리자 익숙해진 어둠 속에 전봇대에 머리를 기대고 앉아 있는 작은 몸뚱이가 보였다.

"어떻게 할까요?"

고 비서가 운전석 문을 열며 물었다.

"데려오세요."

잡고 있던 운전석 문을 활짝 열어젖히며 운전석에서 내린 고 비서가 어둠 속으로 들어갔다. 전봇대 앞으로 걸어가 이정인의 양어깨에 손을 집어넣어 위로 끌어 올린 뒤 그녀의 허리를 잡고 반대편 손으로는 이정인의 가녀린 팔을 그의 어깨에 걸쳤다.

이정인이 괜찮다며 거절하는 게 보였다. 고 비서가 무슨 말을 했는지 이내 순순히 그에게 몸을 맡겼다. 한 걸음 걸을 때마다 충돌하는 서로의 몸을 보는 게 불쾌해질 무렵 뒷좌석 문이 열렸다.

"이정인 씨, 생각보다 가볍네요."

그녀가 사뿐히 뒷좌석에 올라타자 고 비서가 문을 닫아 주고 차 뒤로 돌아가 재빨리 운전석에 올라탔다. 곧이어 멈춰 있던 자동차가 움직였다. 그 길을 빠져나가자 짙은 어둠이 찾아왔다. 까만 밤보다 더 깊은 어둠을 물끄러미 바라보던 이정인이 창문에 기대고 있던 머리를 옆으로 돌렸다.

"술 한잔했어."

이정인이 술 먹는 시늉을 해 보였다. 흐트러진 그녀의 머리카락을 떼어 낸 하우인이 누구랑요? 하고 물었다.

"혼자. 냄새 많이 나?"

"많이 납니다."

"픕, 그러면 지금이라도 내려 줘. 걸어서 얼마 안 걸리니까."

이정인이 창문을 내다보며 눈을 굴렸다. 여기가 어디쯤인지 주위를 살피는 모습. 그리고 입술이 보였다.

술에 취해 눅눅하게 젖은 입술.

미쳤군.

다급히 가죽 지갑을 꺼내 펼쳤다. 지갑을 코에 가까이 가져가 숨을 깊이 내쉬는데 이정인의 시선이 느껴졌다.

"하 전무, 뭐 해?"

"참는 중입니다."

"뭘?"

"……."

답이 없자 이정인이 다시 창밖으로 고개를 돌렸다. 어디쯤인지 가늠하는 얼굴이 대낮처럼 불이 쨍하게 밝혀진 도로로 들어서자 점차 선명해졌다. 이정인의 얼굴이 완전히 드러나는 순간 들고 있던 지갑이 바닥으로 툭, 떨어졌다.

"이건, 뭡니까?"

"음?"

이정인이 고개를 돌리자 하우인이 드물게 혀를 차며 물었다.

"이거 말입니다."

그가 일부러 이정인의 입술을 손가락으로 힘주어 더듬었다. 쓰라림에 이정인이 그의 손을 가볍게 쳐 냈다.

"누구랑 싸웠습니…… 아."

말하지 않아도 알겠다는 표정으로 그가 작은 탄성을 내뱉었다. 이 정인이 별일 아니라는 듯 넘어가려는데 무릎에 올려져 있던 그녀의 손이 반대편으로 끌려갔다. 순식간에 일어난 일이라 눈만 깜빡이고 있는데 그사이 하우인의 악력에 의해 손바닥이 펼쳐졌다. 손에 묻은 피는 찬물에 헹구고 간단히 연고를 발랐지만 그뿐이었다. 한참 집중해서 손바닥을 들여다보던 그의 목소리가 차가워졌다.

"칼자국……."

"그렇지. 뭐."

간단히 대구하며 손을 빼내기 무섭게 그가 다시 그녀의 손목을 낚아챘다. 평소라면 쉽게 다시 빼냈을 텐데 술이 들어가니 몸이 축 처지고 나른했다. 될 대로 되란 식으로 손을 맡기자 그가 고 비서를 불렀다.

"네, 전무님."

"조수석 서랍 열어 보면 비상용 구급상자 있을 겁니다."

신호가 걸리자마자 자동차를 세운 고 비서가 몸을 옆으로 비틀며 조수석 서랍을 열었다. 반듯하게 정리된 서랍 속에서 손바닥만 한 구급상자를 꺼내 뒤로 넘겼다. 받아 든 하우인이 구급상자를 열어 소독약과 붕대를 꺼냈다. 곧장 소독약이 묻은 거즈를 상처 난 손바닥에 문지르며 훔쳐 내자 이정인의 눈가가 미세하게 좁아졌다.

"아픕니까?"

"참을 만해."

"그래요?"

그가 짧게 웃으며 새 거즈를 집어 들었다. 소독약이 묻어 축축한 거즈가 손바닥을 천천히 스쳐 갔다. 꼼꼼하게 소독을 하고 있지만 굉장히 조심스러운 손길이 계속됐다. 특히나 깊게 파인 상처에 거즈가 조금이라도 깊숙이 스치면 잠시 손을 멈추기도 했다. 그러곤 손바닥에 입술을 둥글게 오므리고 후후, 입김을 불었다.

간지러움에 손바닥을 빼내고 싶은 생각과 동시에 그러고 싶지 않은 마음이 동시에 부딪쳤다. 남자가 이쪽을 배려하고 있다는 생각이 들었다.

그가 친절한 남자였던가?

이정인이 남자의 옆모습을 가만히 내려다보는데 그가 손바닥을 그러잡고 붕대를 감으며 물었다.

"얼굴에 뭐가 묻었습니까?"

"음?"

"빤히 쳐다보길래."

그래, 이건 너무…….

"이상해서."

아무리 생각해 봐도…….

"아버지도 걱정하지 않는 걸 타인이 걱정해 주는 게 이상해서."

"……."

"진짜…… 이상해서 그래."

멍하니 중얼거리는데 붕대가 깔끔하게 매듭을 짓는 것과 동시에 자동차가 멈췄다. 고 비서가 백미러를 힐끔 보며 도착했음을 알렸다.

"고맙다."

붕대 감은 손을 흔들며 자동차에서 내렸다. 운전석에서 내린 고 비서가 재빨리 뒷좌석 문을 닫았다. 곧장 가게 안으로 들어가려다

가볍게 고개를 숙이고 돌아선 고 비서를 불렀다. 다행히 작은 목소리에도 고 비서가 멈춰 서서 이정인을 돌아봤다.

"나한테 왜 그러는 거야?"

술을 마셔 평소보다 느린 말투에 고 비서가 예? 하고 되물었다.

"무슨 큰 잘못을 저지르기라도 한 건가. 그 여자."

"아. 그건 아닙니다. 그때 말했다시피……."

이정인이 고 비서의 말을 가로챘다.

"첫사랑이라고 했던가."

"네."

확신에 찬 말투에 그녀의 속눈썹이 느리게 나풀거렸다. 이내 붕대 감은 손을 내려다보며 느슨하게 웃었다.

"하 전무는 여자 보는 눈이 없네."

"그게 무슨……."

"그 여자, 아직도 찾는 건가?"

"죽지 않았으니까요."

"왜 그렇게 생각하는데?"

고 비서가 입술을 달싹였다. 뭔가 말하고 싶은데 술 마신 사람 붙잡고 뭐 하는 짓인가도 싶었다. 한참 만에야 고 비서가 입을 열었다.

"이정인 씨는 거짓말쟁이니까."

어딘지 말에 뼈가 있다.

이정인이 피식, 웃으며 손을 흔들었다.


길은 시원하게 뻥 뚫려 있는데 고 비서는 좀처럼 액셀을 밟을 수가 없었다. 아니, 방금 이정인을 내려 준 뒤 자동차는 조금도 이동하지 못했다. 무슨 이야기를 했냐고 묻는 하우인에게 그대로 말했더니, 그가 잠시 생각에 잠긴 탓이다. 별다를 것 없는 내용이었다. 특별히 고민해야 할 대목도 없는 것 같은데 하우인이 다시 물었다.

"그 여자에 대해서 물어봤단 말입니까?"

"네. 도대체 무슨 잘못을 했기에 그 여자분을 찾느냐고요."

"먼저 물어보지 않았는데도?"

"네."

그 일에 대해서는 말을 하는 것조차 꺼려 했던 이정인의 표정이 아직도 생생했다. 그런 사람이 먼저 말을 꺼냈다고? 정말 그 여자가 죽은 게 맞을까? 이정인이 거짓말을 내뱉었다는 걸 안 순간부터 의심은 점차 확신으로 변했다. 그 여자는 죽지 않았을 거라고.

탁.

구급상자를 덮은 그가 자동차에서 내렸다. 따라 내리려는 고 비서를 향해 고개를 저었다.

"잠깐이면 됩니다."

"얼마나……."

"5분."

"알겠습니다."

어정쩡하게 열려 있는 운전석 문을 닫는 고 비서에게서 등을 돌린 그가 이정인이 사라진 가게 안으로 들어갔다. 예전과는 달리 최소한의 인원만 남아 있는 남자들이 타인의 방문에 일순 경계의 눈빛을 보내는 것도 잠시, 몇 번 이곳에 들렀던 탓인지 하 전무의 길을 방해하는 사람은 없었다.

다른 점이라면 남자들은 예전처럼 바에 앉아 담소를 나누며 술을 기울이지 않았다는 것이다. 대신 그들은 부러진 테이블이나 의자 등을 어깨에 짊어지고 부단히 가게 밖으로 나갔고 나머지는 바닥에 흩어진 유리 조각을 줍고 있었다. 임시로 달아 놓은 전등 불빛에 비친 내부는 휑했다.

유유히 남자들 곁을 지나쳐 계단을 올라가던 하우인의 귀에 익숙한 목소리가 들렸다.

"단장님! 도대체 어디 갔다 오셨어…… 술 드셨어요?"

"조금?"

하하, 멋쩍은 웃음소리가 내부에 퍼졌다.

"그나저나 밤인데도 유난히 덥네."

얇고 가는 목소리, 이정인이다.

"무더위랍니다."

철컹, 옥상 문이 열리는 소리와 함께 남자의 목소리가 들렸다. 하우인은 고개를 뒤로 젖혔다. 막, 문을 열고 안으로 들어가는 남자의 뒷모습이 보였다. 딱딱한 계단을 발로 밟고 올라가니 남자가 열어 놓고 간 철문이 보였다. 그곳에서 얼마 떨어지지 않은 거리에서 난간에 몸을 기댄 이정인의 옅은 갈색 머리카락이 바람 따라 허공에 나부꼈다. 시야를 가리는 앞머리를 부드럽게 쓸어 넘긴 이정인이 옆에 선 남자를 향해 고개를 돌렸다.

"철호야, 그 꼬맹이 기억나?"

"누구요?"

"왜, 눈 오는 날 그…… 파란색 목도리에 하얀색 코트 입고 전봇대 밑에서 울던 놈."

남자가 뭔가 생각난 게 있는 듯 앗! 소리를 내며 손뼉을 쳤다.

"아, 그 아이! 생각나죠. 추운 겨울에 그냥 지나쳐도 될 일을 단장님이 굳이 나서서. 그래도 그 아이 꽤, 잘생긴 얼굴이지 않았어요?"

"자세히 기억나지는 않나 보구나."

"네. 오래전 일이잖아요."

아이의 얼굴을 기억하려고 애쓰던 철호는 이내 고개를 내저었다.

"하 전무야."

"하 전무?"

철호가 고개를 갸웃했다.

"그 아이 말이야. 하 전무라고. 야무지게 컸지?"

"에엑! 정말요? 거짓말! 냉기가 뚝뚝 흐르던데요!"

"그러게."

"아, 설마! 하 전무가 찾는다는 사람이 단장님이었어요?"

옥상 안으로 들어가려던 발이 허공에 붕 뜬 상태로 멈췄다.

"그래서 시간 낭비라고 알아보지 말라고 하신 거였어요? 하 전무가 찾는 여자요."

탕!

누군가 가슴을 총으로 쏴 버린 듯한 아찔한 충격에 그의 몸이 비틀거렸다. 겨우, 벽을 붙잡고 펄떡펄떡 뛰는 가슴을 진정시키기 위해 숨을 천천히 입 밖으로 내쉴 때였다. 다시 목소리가 들려왔다.

"지금까지 찾는다라. 벌써 10년도 더 된 일이야. 내가 분명 그 여자 죽었다고까지 말했는데도 불구하고 아직까지 찾는다? 솔직히 얽히고 싶지 않아. 지금 눈앞의 일만으로도 벅차거든."

'첫사랑인 것 같아요.'

못내 심각한 표정으로 고 비서가 한 말이 이상하리만큼 신경을 건드렸지만 이정인은 가볍게 넘겼다.

"단장님, 혹시 나쁜 짓 했어요?"

철호가 사뭇 심각하게 물었다.

"무슨 소릴까."

이정인이 피식, 웃었다.

"그럼, 왜 하 전무가 단장님을 찾아요? 우리 30분 정도밖에 같이 안 있었어요."

"내가 하 전무가 아니라 모르겠는걸? 왜 찾는지는. 아무튼, 네가 헛고생할까 봐 미리 언질 주는 거야. 하 전무가 찾는 여자 찾겠다고 괜히 힘 빼지 말고."

"아하핫, 네."

이미 사람을 풀어서 알아보던 중이었던 철호가 어색하게 웃었다. 난간에 팔꿈치를 기대고 몇 분 동안 서 있었을까? 한여름 무더위에 굴복한 철호가 시원한 에어컨 바람을 쐬어야겠다며 이정인을 데리고 반대편 출구로 빠져나갔다. 텅 빈 옥상을 멍하니 주시하던 시선이 이내 밑으로 떨어졌다.

"……하."

벽에 머리를 기댄 하우인의 입술을 비집고 튀어 나간 음성이 점차 커졌다.

"하하."

뒷주머니에서 꺼낸 지갑을 폈다.

"하하하하."

이정인.

이정인.

이정인.

혀끝으로 굴려 본 이름이 미치도록 달콤해서, 끊임없이 불렀다.

이정인.

이정인.

이정인.

그토록 찾았던 여자가.

"너였어?"

●◑○

가게가 어느 정도 원상 복구 됐다. 무슨 영문인지 하 전무의 경호원들까지 소매를 걷고 나섰다. 그 탓인지 아니면 뒤풀이로 술 한 잔을 건네면서 싹튼 건지 모르겠지만 경호원들과 조직원들의 사이는 전보다 훨씬 좋아졌다. 그 예로 평소 같으면 밖에서 대기하고 있을 경호원들 여러 명이 가게 안 스테이션에서 조직원들과 담소를 나누고 있었다.

"그러니까 그 노루파 미친 것들이 이…… 엇!"

가게의 원흉에 대해 뒷담을 하던 남자가 계단에서 내려오는 이정인을 보더니 벌떡 자리에서 일어섰다.

"어디 가십니까?"

"응, 오랜만에 점심은 밖에 나가서 먹어 볼까 하고."

그녀는 창문을 활짝 열어 텁텁한 공기를 환기시켰다. 한동안 가게에만 매달린 탓에 정신이 멍했다. 가게가 어느 정도 원래의 모습을 되찾아가는 걸 확인하고 나서야 외출 준비를 했다.

"아버지는?"

귀국하고 나서 가게에 한 번 얼굴을 비친 뒤 도통 볼 수가 없었다. 직접 연락을 하고 싶지만…….

지나가듯 물으니 뻣뻣하게 선 남자가 눈을 굴렸다.

"그게, 분당에 가셨습니다."

"아. 그래?"

"네."

대꾸한 남자가 마른침을 삼키며 이쪽 눈치를 보는 게 느껴졌다. 일부러 싱긋, 웃어 주며 가게 밖으로 나왔다.

분당.

아직도 떠나보내지 못했다는 걸 알고는 있지만 매번 아니, 종종 시간이 날 때마다 아들의 묘지 앞에 앉아 당신은 무슨 생각을 하는 걸까.

남자가 분당이라는 말을 꺼내며 이쪽 눈치를 보는 건 당연했다. 그녀가 이수환의 친자식이 아니라는 사실이 공공연하게 떠돌아다니는 것도 한몫했다. 그리고 그게 어느 정도 사실이라는 걸 저들이라고 모를 리 없다. 그저 눈 감고 모르는 척할 뿐. 죽은 아들과 비슷한 외모를 가지고 있지만 가까이서 지낸 사람들은 한눈에 그녀가 이수환의 친아들이 아니라는 걸 알았다.

그나마 다행이라면, 그녀가 여자라는 사실을 모른다는 걸까. 이 자리에서 험한 일을 하다 보면 여자보단 남자로 살아가는 게 훨씬 편했다.

그래서 당신은 나를 데려와 남자로 키웠던 걸까.

아버지밖에 답해 줄 수 없는 질문을 이내 털어 내고 자동차에 몸을 실었다.

평소라면 동우나 철호가 운전석을 차지했을 텐데 아버지의 귀국에 눈코 뜰 새 없이 바빠졌다. 밀린 보고서를 작성하고 다른 가게와의 실적을 비교하고. 자료를 만들어 제출하려면 시간이 꽤 걸릴 일이다.

어쨌든 동우나 철호는 처음부터 아버지 밑에 있던 사람이었으니까. 문제는 동우나 철호가 아버지의 말보다 그녀의 말을 따르려 했다는 것이다. 우선시하는 명령이 아버지보다 그녀의 말이 되는 건 곤란했다.

손가락으로 시동 버튼을 누른 다음 운전대를 잡았다. 시원하게 도로를 빠져나가던 자동차는 사거리 부분에서 신호에 걸렸다. 그와 동시에 주머니가 부르르 떨렸다. 바지 주머니에서 꺼낸 휴대폰 화면을 켜던 이정인이 한참 만에 휴대폰을 조수석으로 던졌다.

요새 하 전무는 이상했다. 붕대 감은 손이 불편하지는 않냐는 문자를 받았을 땐 의무적인 문자라 생각했다. 다쳤다는 걸 아니까 한 번 보내 볼 수 있는 상투적인 문자들. 특히, 하 전무 위치에 있으면 그런 문자를 보내는 일은 빈번했다. 대수롭지 않게 생각하며 넘겼던 다음 날 문자는 또 왔다.

[손은 괜찮습니까?]

상투적인 문자가 아니었나?

무뚝뚝한 문자를 바라보는데 돌연, 그날 밤이 생각났다. 입술을 오므려 그녀의 손바닥에 조심스럽게 후후, 불어 주던 입김. 정말 걱정이 되어서 문자를 보낸 걸 수도 있겠구나 싶었다. 곧장 괜찮다고 답문자를 보냈다. 하지만 그 뒤로도 문자가 계속 왔다. 일에 관한 이야기가 아니라 당황스러웠다. 심지어 방금 전 문자는 이모티콘도 있었다. 도대체 저 문자가 무슨 의미인지 고민하다 하나의 결론에 도달했다.

심심한가?

스트레스를 이런 식으로 여러 명에게 문자를 보내면서 푸는 이상한 사람이 있다는 걸 얼핏 들은 적이 있지만 실제로 주변에는 없었다. 신호가 바뀌자 운전대를 잡았다. 자동차가 부드럽게 도로를 달려가다 목적지에 다다르자 천천히 속도를 줄였다.

핸들을 돌려 길가 쪽에 자동차를 세운 뒤 운전석에서 내린 이정인이 곧장 눈앞에 보이는 단골 국밥집으로 들어갔다. 점심때가 훌쩍 넘은 가게 안은 한가했다. 나무 의자를 끌어내 앉으며 순대국밥 한 그릇을 주문하자 주인아주머니가 혼자 왔냐며 물었다.

"보다시피요."

"태영이는?"

고등학교 시절부터 유난히 남태영을 살갑게 대하던 아주머니가 혹시나 싶었는지 가게 입구를 빤히 응시했다.

"그렇게 보고 있어도 안 올걸요? 남태영 요즘 바쁘거든요."

"아, 약혼?"

잊을 만하면 매스컴에서 연일 보도되는 기사를 읽은 건가 싶어 이정인이 가볍게 고개를 끄덕이며 수저와 젓가락을 가지런히 나무 탁자에 놓았다.

"며칠 전에 왔다 가긴 했어."

"누구, 남태영이요? 여기를?"

"그래. 참 고운 아가씨랑 같이 왔더라. 국밥집에서 깨소금이 얼마나 쏟아지던지."

주변 테이블을 정리하고 주방으로 돌아가는 그녀의 등을 멍하니 바라봤다. 약혼 준비와 회사 일이 겹쳐서 바쁠 줄 알았는데. 그래서 점점 남태영과 소소한 담소를 나눌 시간이 확연하게 줄어들었다. 평소라면 가게에 들러 같이 술을 기울이거나 고등학교 시절 단골 가게를 들러 쓸데없는 이야기를 끊임없이 되풀이하곤 했다. 그게, 참 재밌었다.

남태영도 정착할 나이가 되긴 했지.

순대국밥이 나왔다. 수저로 휘휘, 저었다. 매운 냄새가 났다. 크게 한술 떴다. 입 안이 얼큰하니 시원함이 느껴졌다. 젓가락으로 큼지막한 깍두기를 집는데 가게 입구 문턱에 서서 내부를 둘러보는 장신의 남자가 보였다.

그녀를 포함해 몇 테이블 되지 않는 손님의 얼굴을 확인하던 남자의 시선이 이정인에게 넘어왔다. 눈이 마주치자 남자는 망설임 없이 걸어와 이정인의 맞은편에 앉았다.

"여기 국밥이 맛있다더군요."

하우인이 옆으로 지나가는 아주머니에게 국밥 한 그릇을 주문하며 말했다. 그러고선 수저통을 열어 수저와 젓가락을 빼냈다. 너무 자연스러운 행동에 마치 처음부터 이곳에 오기로 약속된 동행처럼 보였다.

몸에 걸치고 있는 진회색 슈트. 하얀 셔츠 깃이 각에 맞춰 접혀

져 있다. 저렴한 가격 탓에 주변 직장인들이 많이 이용하는 가게지만 그들이 입고 있는 양복과 하우인이 걸친 슈트는 미묘하게 달랐다.

그들이 대충 규격에 맞게 갖춰 입은 거라면 하우인은 '완벽하게'라는 단어가 떠오를 정도로 정석대로 입고 있어 묘하게 이 장소와 어울리지 않았다. 레스토랑만 다닐 줄 알았는데.

너무 빤히 쳐다봤던 걸까, 하우인이 눈을 맞추며 물었다.

"왜 그럽니까."

"아니, 하 전무 방금 저기서 누구 찾지 않았어?"

입구 쪽을 눈짓으로 가리키자 모르겠다는 눈빛이다. 분명 입구에 서서 내부를 둘러보며 누군가를 찾는 것 같았는데. 일말의 의심은 하우인의 다음 말에 사라졌다.

"근처에 볼일이 있었는데 마침 고 비서가 이곳이 맛집이라더군요. 그래서 온 겁니다."

미소를 띠는 얼굴에 이 집이 유명하긴 하지, 고개를 끄덕이며 국밥을 한술 뜨던 이정인이 고개를 갸웃했다.

"고 비서는?"

"심부름 보냈습니다. 30분 정도 걸릴 겁니다."

"고 비서, 더운 날 고생하네."

아이스크림이라도 하나 사 줘야 하나? 웃으며 말하는데 하우인의 시선이 밑으로 느리게 이동했다. 붕대를 감았던 손바닥은 커다란 밴드로 대체됐다. 시선을 느낀 이정인이 덕분에 많이 좋아졌다며 밴드를 붙인 손을 흔드는데 국밥 한 그릇이 하우인 앞에 밀어졌다.

"정인아, 이 멀쩡하게 생긴 총각은 누구여?"

남태영과 함께 가게에 처음 올 때도 그랬다. 처음 온 손님을 아주머니는 그냥 지나치지 못했다. 가게에 오고 가는 횟수가 빈번해지고 시간이 지나서야 자연스럽게 알게 됐다. 그녀는 붙임성이 좋았고 호기심도 많다는 걸.

"음......."

사적으로 아는 사이가 아니라 적당한 단어를 고르는데 뜻밖에도 하우인이 먼저 서글하게 웃으며 인사했다.

"하우인입니다."

"어머, 정인이가 오랜만에 멋진 남자를 데려왔네. 가끔 덩치 크고 무섭게 생긴 아저씨들만 데려오더니."

아주머니가 소녀처럼 방긋방긋 웃었다. 하우인이 마음에 들었는지 본격적인 질문이 시작됐다. 으레 있는 일이라 수저를 들고 심드렁하게 국밥을 마저 비웠다.

"정인이랑은 사회에서 만난 사이?"

"네. 얼마 안 됐습니다."

"정인이가 붙임성이 없는데 나쁜 아이는 아닌 거 알죠?"

"압니다."

"그나저나 총각은 애인이 있을까? 얼굴 잘생기면 환장하는 딸이 하나 있는데......."

아주머니가 말끝을 흐렸다. 그새 국밥을 반이나 비운 이정인이 작게 웃었다. 남태영에게도 저 말을 했었고, 자신에게도 했었다. 물론, 이정인이 여자라는 걸 눈치챈 뒤로는 절대 꺼내지 않는 말이기도 했다.

"우리 딸이라서가 아니라 마음이 참 예뻐."

간단히 몇 마디 주고받던 하우인이 이정인을 한 번 보더니 아주머니 귀에 속삭이듯 말을 흘려보냈다. 워낙 작은 말소리에 맞은편에 앉아 있어 이쪽까지 들리진 않았지만 딱히 궁금하지도 않았는데 돌연, 그녀가 손바닥으로 입을 가렸다.

"⋯⋯어머."

이내 그녀의 눈이 커지더니 홱, 소리 나도록 고개를 돌려 이정인을 바라봤다.

"정인아, 어머 어머 어머."

"아주머니?"

연신 수줍게 탄성을 내지른 그녀가 하우인과 이상한 눈빛을 주고받더니 주방으로 돌아갔다.

뭘까, 이 찜찜한 기분은.

뜨거운 국밥을 먹다 보니 목이 말랐다. 손을 뻗어 물병을 가져왔다. 플라스틱 잔에 따라 물을 한 모금 마시자 가슴이 시원해졌다. 빈 플라스틱 잔에 물을 따라 그에게 밀어 넣는데 하우인이 국밥을 한술 뜨며 대수롭지 않게 말을 흘렸다.

"나도, 말 놓아도 됩니까."

"누구한테?"

"이정인 씨한테."

"갑자기 왜?"

이정인이 턱을 긁적였다. 자신은 나이가 몇 살 더 많다고 대접을 바라는 타입은 아니다. 이따금 서로 편해지면 자연스럽게 말을 놓는 경우도 있었고. 다만, 그 사람이 하우인이라는 게 이상했다.

왜냐면⋯⋯.

"너는 좋아하지 않았나?"

무엇을?

그가 눈빛으로 묻자 곧장 답해 줬다.

"격식 차리며 사람들과 적당히 거리 두는 거."

수저를 들고 있던 손을 멈칫, 한 하우인이 이내 느리게 웃었다.

"제가 그랬습니까?"

모르겠다는 어투다. 정말 모르는 걸까? 처음 본 순간 말투에서 느껴진 거리감을 생생히 기억하고 있다. 미세하게 좁아진 미간을 편 이정인이 잠시 생각하다 입을 열었다.

"나도 그거 꽤, 좋아해. 적당히 거리 두는 거."

"그건 좀 곤란한데."

그가 난감한 어조로 중얼거렸다.

"음? 뭐가 곤란해?"

"아닙니다."

그가 쥐고 있던 수저를 그릇에 담갔다. 김이 올라오는 국밥을 하우인은 꽤, 잘 먹었다. 레스토랑에서 스테이크만 써는 줄 알았다며 우스갯소리를 던지자 그러냐며 눈가가 접혔다. 오늘 하우인은 웃음이 많았다.

탈탈탈, 거칠게 돌아가는 선풍기 바람과 함께 국밥을 흡입한 이정인이 수저를 내려놓았다. 그와 동시에 하우인이 노 대표의 근황을 전했다.

"노 대표 일은 거의 마무리 단계입니다."

"그래서 얼굴을 비치지 않는 건가."

몸을 부르르 떨며 노려보는 노 대표의 눈빛을 보며 언젠가 한 번은 또 찾아오겠구나 싶었는데 잠잠했다.

"가게에 찾아가 난동을 피우는 일은 없을 겁니다."

"과연 그럴까?"

"조직이 해체 수순을 밟고 있으니까요."

"갑자기?"

"뭐, 일단 스스로의 힘으로 일어선 독립적인 회사는 아니니까요. 몇 개 안 되는 자금 줄과 중요 인사 인맥만 중간에서 잘라 내면 무너질 수밖에 없는 구조입니다. 그보다."

수저를 내려놓고 물로 입을 헹궈 낸 하우인이 화제를 돌렸다.

"이상한 소문이 돌던데."

반듯한 자세로 앉아 있는 그가 하려는 말이 충분히 짐작이 됐다. 또 그 소린가 싶었다.

"아, 그 소문."

짧게 대구하자 예상 가능한 말이 날아왔다.

"미움받는 겁니까?"

"글쎄."

그 소문이 소리 없이 퍼질 무렵 모두들 입 모아 말했다. 이정인은 이수혁 눈 밖에 났다. 대부분 하우인의 말처럼 미움받았다고 생각하는 이들도 많았다. 정작 자신은 미움을 받은 적이 없었다. 그건, 방치였다. 그는 이정인 앞에서 감정을 내비치는 일이 드물었다. 생각하다 맥이 탁, 풀려 버렸다.

"솔직히 그 자리, 미련 없어. 그래서 물러나라고 한다면 그럴 생각이야."

"그럼, 이정인 씨는?"

걱정이 담긴 목소리에 이정인이 고개를 들었다. 마주친 까만 눈동자가 집요하게 이정인의 얼굴을 관찰했다. 둥글게 마모된 시선은 숨죽인 채 이정인을 응시했다. 먼저 시선을 돌린 건 하우인이었다. 답할 마음이 없다는 걸 알아차렸는지도 몰랐다. 그가 의자에 걸어 놓은 겉옷을 집어 들고 자리에서 일어났다.

가게 밖으로 나란히 걸어 나오는데 눈에 익숙한 검은색 자동차가 보였다. 이제 막, 운전석에서 내린 고 비서가 이정인을 향해 가볍게 인사를 했다. 평소라면 손을 흔들어 주었을 텐데 이정인의 고개가 고 비서를 지나쳐 옆으로 돌아갔다.

처음에는 남태영인 줄 알았다. 걷는 자세라든가 체구, 분위기가 비슷해서 저만치 앞으로 걸어가는 남자의 뒷모습을 바라보는데 남자가 휴대폰을 귀에 대고 주위를 둘러봤다. 언뜻 남자의 옆모습이 보였다. 남태영과 분위기가 비슷할 뿐 얼굴이 달랐다.

"좋습니까?"

낮게 가라앉은 하우인의 목소리가 들렸다. 이정인이 뭐가? 하고 되묻자 그가 턱 끝으로 저만치 걸어가고 있는 남자를 가리켰다.

"저 남자, 말입니다."

이정인을 내려다보는 하우인이 날카롭게 물었다.

"당신 취향이냐고."

"음……."

취향이라기보다는…….

모퉁이로 모습을 감추려는 남자를 자세히 훑는데 시야가 가려졌다. 눈앞에 서 있는 장신의 남자. 단정하게 걸친 진회색 슈트 사이로 갈색 베스트가 보였다.

"하 전무, 내 앞에서 뭐 해?"

"구경 중입니다."

"음? 무슨 구경?"

그의 눈동자가 느리게 밑으로 내려갔다. 고개를 젖힌 이정인과 눈이 마주치자 그의 입꼬리가 천천히 올라갔다.

"남자에 정신 팔린 이정인 씨 구경, 이랄까."

진심이었는지 하우인은 이정인을 빤히 내려다봤다. 정말 구경을 하려고 하는 듯 자세까지 잡고 이정인의 이마부터 시작된 시선이 느리게 밑으로 내려갔다. 이윽고 입술에 멈췄을 땐, 이정인은 저도 모르게 숨을 멈추고 입술을 매만졌다.

농염한 눈빛 때문일지도 몰랐다. 다시, 그의 눈동자가 위로 움직였다. 거슬러 올라간 하우인의 시야에 이정인이 보였다. 그의 시선을 따라 움직이는 이정인의 눈동자. 가슴이 뻐근해졌다. 한참, 그렇게 있었을까? 고집스러운 시선에 이정인이 결국 피식, 웃고 말았다.

가게 앞에 세워진 자동차가 빠르게 대로변으로 빠져나갔다. 이정인이 탄 자동차가 점이 되어 사라지자 정면을 응시하던 하우인도 시선을 거뒀다.

"출발하세요."

운전대를 잡은 고 비서가 부드럽게 자동차를 몰았다. 자동차는 이정인의 반대 방향으로 돌았다. 퇴근 시간이 임박한 도로는 금세 복잡해졌다. 신호에 걸리자 자동차를 세운 고 비서가 힐끔, 백미러를 봤다.

하우인은 지갑을 꺼내 펼쳤다. 길을 가다가, 차 안에서, 회의가 끝나도, 복도에서, 엘리베이터 안에서 자주, 생각이 날 때마다 그는 당연하다는 듯 지갑을 펼쳤다. 방금 전 가게에서 이정인과 나란히 나오는 그의 분위기가 달라진 것 같다. 딱 꼬집어 말할 수 없어서 더 답답했다. 반쯤 잠겨 있는 생각이 고 비서님, 단정한 부름에 눈이 번쩍 떠졌다.

"네, 전무님."

"내일 저녁 스케줄 어떻게 됩니까?"

"아, 네. 가화기업 실장과 저녁 약속이 있습니다."

김 실장은 알아주는 술고래다. 해서, 비즈니스 업무 대부분이 술집에서 이루어지곤 했다. 다행이라면 그가 김 실장 못지않게 술을 잘 마신다는 것과 술에 잘 취하지 않는다는 점이다. 술. 김 실장이 그와 계속해서 사업적인 관계를 이어 오는 이유 중 하나이기도 했다. 그래서 그의 다음 말에 고 비서는 의아했다.

"점심으로 옮기세요."

"점심, 이요?"

스케줄을 이동하는 건 어렵지 않았다. 점심때는 중요한 약속, 또는 피치 못할 사정이 아니라면 스케줄을 잡지 않는다. 하지만 김 실장과의 약속은 대부분 저녁부터였다. 암묵적인 약속과도 같았다. 게다가 내일 스케줄은 오후부턴 느슨했다.

"저녁에 갈 곳이 있습니다."

"알겠습니다."

신호가 바뀌자 자동차가 느리게 움직였다. 창밖으로 어둠이 몰려온다. 노을빛이 탁하게 섞인 세상을 바라보다 펼쳐진 지갑 속으로 시선을 구겨 넣었다. 무표정한 여자. 손가락으로 천천히 쓸어내렸다. 손가락에서도 쿵쿵, 심장이 뛴다.

피식, 피식, 피식.

이정인은 이렇게 웃었다. 입꼬리를 올리고 바람 빠지는 소리를 내며 웃었다. 그럴 때마다 동그란 눈매가 접히면서 가늘어진다.

그게, 얼마나 예쁜지 알까?

예쁘장한 얼굴과 털털한 성격과는 다르게 이정인은 까칠했다. 실실 미소를 띠며 눈웃음을 짓지만 깊이 들여다보면 보이지 않는 선이 있었다. 문자도 그랬다. 두세 번 보내야 한 번 올까 말까. 막상 만나면 웃으며 편하게 대화를 나누지만 그게 다였다. 무의식적으로 선을 긋는다.

펼쳐진 지갑을 닫았다. 어릴 적 이정인의 모습이 사라지고 그 자리에는 다른 모습이 들어온다. 짧은 갈색 머리카락이 길어지거나, 답답한 정장이 아닌 가벼운 옷차림으로 갈아입는다면. 생각이 이상한 쪽으로 기울어 간다. 하우인의 눈가가 좁아졌다.

이정인이 남자로 있는 이유.

아니, 생각을 바꿔서 다른 관점에서 다시 보면.

남자로 있어야 하는 이유.

거기서, 조금 더 생각해 보면 결론은.

남자로 있을 수밖에 없는 이유.

이수환.

그 끝에는 항상 이수환이 있었다.

이정인.

혀끝으로 낮게 속삭이며 부르자 가슴이 뻐근했다. 다시 한 번 낮게 속삭이듯 불렀다.

정인아.

그 이름을 다정하게 혓바닥에 올려놓고 뭉그러뜨렸다. 발끝부터 낯간지러운 감정이 올라왔다. 내버려 뒀다. 점점 더 거세져 가슴이 쿵쿵, 들썩였다.

정인아, 정인아, 정인아.

이름을 부르니 이정인이 보고 싶어졌다.

문득 어떤 글귀가 생각났다.

그래, 불어라 바람. 죽는 날까지 기꺼이 흔들려 주마.

운전대를 옆으로 꺾었다. 가게로 가려던 방향을 돌려 아버지 가게로 향했다. 얼마 지나지 않아 자동차가 부드럽게 멈췄다. 운전석에서 내리는데 가게 앞을 지키고 있던 조직원들이 이정인을 힐끗 보더니 이내 눈인사만 해 왔다. 평소에도 아버지 밑에 있는 사람들은 이정인에게 무뚝뚝했지만 오늘은 정도가 심했다. 보통 때라면 짧게나마 고개를 숙이던 남자들이었는데. 저 정도의 태도라면 그 소문이라는 게 사실이 될 가능성이 높았다.

문을 밀고 가게 안으로 들어가자 스테이션에 앉아 있는 남자들의 고개가 이정인을 향해 돌아갔다. 문을 닫고 안쪽으로 들어가 계단으로 올라갈 때까지 등 뒤로 여러 개의 눈동자가 달라붙는다. 계단의 끝이 보일 때쯤 수군거리는 소리가 들렸다.

'……이정인.'

'단장…… 곧 쫓겨…… 않았…….'

'보스가…… 결정하…….'

드문드문 끊긴 말이 가슴을 뚫고 온다. 이곳에서 나온 소문은 거의 진실에 가까웠다. 그 수많은 소문들 중 자신이 들어가 있을 뿐. 어두운 조명이 스며든 복도를 지나갔다. 문틈 사이로 희미한 불빛을 내보내는 방문을 손바닥으로 밀었다. 소파에 비스듬하게 누워 서류를 정리하고 있는 동우가 보였다. 안 본 사이 얼굴에 피로가 몰렸다. 방 안에 누가 들어온 줄도 모르고 서류를 들춰 보던 동우가 무의식적으로 고개를 들어 올렸다.

"어? 단장님!"

동우가 자리에서 일어나자 무릎에 놓아둔 서류가 바닥에 쏟아졌다. 이정인이 턱 끝으로 서류를 가리켜도 주울 생각을 하지 않았다.

"여기까지 왜 오셨어요. 전화하면 제가 갈 텐데요."

"가는 길에 들렀어."

소파에 앉으라며 권하는 동우의 말에 이정인은 고개를 저었다.

"아냐, 금방 들어가 봐야 해."

벽에 등을 기댄 채 서 있는 이정인의 단호한 태도에 동우는 화제를 돌렸다.

"좀 걸릴 것 같아요. 이거."

동우가 허리를 굽혀 바닥에 떨어진 서류를 주우며 엄살을 부렸다.

"일이 너무 많아요. 되도록 빨리 끝내고 돌아가겠습니다."

돌아가겠다는 말에 힘을 주어 말하자 그녀의 새침한 눈이 반달로 접히며 주위를 훑었다.

"음, 철호는?"

"걔도 요즘 눈코 뜰 새 없이 바빠요."

"그래?"

"네. 철호도 빨리 단장님한테 돌아가고 싶다고 난리예요."

가게로 돌아가고 싶다, 여기는 불편하다, 그답지 않게 투덜거리는 동우의 말을 고개를 끄덕이며 가만히 들어 주던 이정인이 벽에 걸린 시계를 보며 문손잡이를 잡았다.

"벌써 가시려고요?"

서류를 한쪽으로 치운 동우의 눈이 동그래졌다. 문손잡이를 돌리며 가볍게 대꾸했다.

"아버지 보러 온 거니까."

"오, 오늘은 그냥 가시는 게⋯⋯!"

소문의 실체를 파악한 동우의 눈빛이 요란스럽게 흔들렸다. 기껏 소문 따위, 라고 믿었던 그가 다급히 이쪽으로 걸어왔다. 이정인이 자연스럽게 손가락을 들어 동우의 발끝을 가리켰다.

"어, 서류 떨어졌다."

"아, 서류."

허리를 굽혀 서류를 줍는 것과 동시에 이정인이 가볍게 손을 흔들었다.

"간다. 배웅하지 마."

문을 닫자 엉거주춤 일어선 모습이 사라졌다. 그래도 문을 열려는 강한 힘에, 배웅하지 마, 다음에 또 들르마. 이정인이 나지막한 목소리로 말하자 그제야 돌아가던 문손잡이에 힘이 빠졌다. 마지막 동우의 얼굴에서 서운함이 느껴졌다.

철호도 한번 보고 가려고 했는데 바쁘다니 다음을 기약하며 복도를 걸어가는데 맞은편에서 장신의 남자가 보였다. 이쪽으로 막 걸음을 옮기는 그가 누군지 한눈에 알아본 이정인의 발걸음이 빨라졌다. 긴 복도 중간에 멈춰 섰을 때쯤 남자가 앞에 있었다.

"식사하셨어요?"

분당에 갔다 온 날이면 그는 예민해졌다. 눈빛은 날카로워졌고 목소리는 무거웠다. 그의 바로 밑에 있는 조직원들도 그가 분당에 갔다 온 날은 되도록 몸을 수그리고 피해 다녔다. 그럼에도 불구하고 그런 날, 이곳에 찾아온 이유는.

나는 알고 싶었다. 사소한 질문에도 답을 주지 않고 옆을 지나가는 당신이 무슨 생각을 하는지. 당신의 사랑을 받는 죽은 아들을 질투하는 모습이 추할까 봐 한 번도 입 밖으로 불평을 끄집어내지 못한 입술이 기어코 남자를 불렀다.

"아버지."

우뚝, 걸음이 멈췄다.

"후회……하십니까."

나를 데려온 것을 당신은…….

그는 말없이 정면만 응시했다. 침묵이 길어질수록 숨이 막힌다는 사실을 당신은 알까. 이윽고 고개를 돌려 눈이 마주쳤을 때 차라리 눈을 감고 있는 편이 나았을 거라는, 뒤늦은 후회가 밀려왔다. 괴로움, 자신을 내려다보는 남자의 눈이 고통스러웠다. 다시 눈을 감고 떴을 때 남자는 평소의 눈빛으로 돌아왔다.

"서동우가 일을 아주 잘하더구나."

남자는 눈동자만 움직여 복도 끝에 있는 방을 응시했다.

"뭐든 열심히 하는 아이니까요."

"마음에 들어. 옆에 가까이 데리고 있으면 일이 훨씬 수월하겠어."

"아버지 사람입니다."

"그렇지도 않은 것 같더군."

"……."

날 세운 눈빛이 이정인을 관찰했다. 명백한 적개심에 입술을 뭉그러트리며 느슨한 미소를 걸쳤다.

이 단장이 서서히 세력을 모으려 한다, 아버지 밑에 있는 사람들을 자기 사람으로 만들려 한다고 그런다. 가끔 상대할 가치도 없는 소문들이 있다. 그 소문은 이정인이 다 쓰러져 가는 가게를 일으켜 세워 세력이 번창해 감에 따라 그녀의 어깨를 강하게 짓눌렀다. 분명 이쪽이 커지는 걸 견제하기 위해 누군가 일부러 퍼트린 소문이라는 걸 알지만 이런 식으로 마주치니 난처했다. 그래서 짧게 웃었다.

"그거 참, 곤란한 일이네요."

이쯤에서 빠지면 될까? 어디쯤에서 물러나면 가장 좋을까, 생각했다. 매번 당신의 차디찬 눈동자를 들여다볼 때면 그 생각은 강해졌다. 나는 한낱 당신의 삶에 끼어든 불청객일 뿐이니까. 마른 숨을 삼키며 덤덤한 목소리로 말했다.

"그동안 감사했습니다."

수백 번 연습했던 인사가 허무할 정도였다. 목소리가 조금 떨렸다. 담담하게 말해야지, 아무렇지 않은 척 돌아서자, 했지만 아직도 눈은 남자의 애정을 좇고 있다. 간사한 마음에 진저리 쳤다. 죽은 아들에게 갖다 바친 애정에는 부스러기도 없었다. 조금이라도 가져

갈 따뜻함이 없었다. 아무리 뒤지고 뒤져도 없었다.

남자는 아무 말이 없었다. 무슨 말을 하고 싶지 않은 건지, 하고 싶은 말이 없는 건지 알 수 없었다. 다만, 그녀가 어떤 의도로 그 말을 꺼냈는지는 아는 눈치다. 끝을 맺어야 한다고 생각하니 눈가가 촉촉해졌다. 뜨거운 것이 쳐 올라왔다.

"더 이상……."

그래, 당신은 더 이상.

"저를 보며 괴로워하지 않으셔도 됩니다."


왜 나는 당신에게 괴로운 존재여야만 하는가. 우리는 만나지 말았어야 했다. 당신은 죽은 아들을 잊지 못해 슬픔에 미쳐 있었고 나는 그런 당신을 보며 몸부림쳤다. 그럼에도 불구하고 당신은 나를 눈앞에서 치우지 못했다. 우린 서로를 보며 괴로워했다. 그 괴로움도 점차 옅어져 결국 이 지경이 됐다.

당신은 내게 무관심, 또 무관심, 무조건 무관심했고.

나는 당신에게 관심, 또 관심, 무조건 관심을 원했다.

끊임없는 무관심을 끝까지 따라가다 보면 결국 상처받는 건 나였다. 아무리 기다려도 오지 않는 당신이란 사람 덕분에 나는 아픔이란 걸 경험하게 됐다. 그래서 어릴 적, 매일 밤 당신 머리맡에 몰래 기어가 고개를 숙이며 감사했다. 감사해요, 감사합니다, 끅끅 터트리지 못한 울음을 삼키며 머리를 숙였다. 시련을 이겨 낼 방법을 가르쳐 주셔서 고맙습니다. 그길로 곧장 방으로 들어가 손을 모아 기도했다.

'조금 더 강해지게 해 주세요.'

당신의 눈에 들 수 있게.

'사소한 일에 눈물 글썽이지 않게 해 주세요.'

여러 번 상처받아도 당신 앞에서 나약한 모습을 보이지 않을 수
만 있다면.

'어떤 상황이 닥쳐도 마음 아파하지 않게 튼튼한 심장을 제게 주
세요. 제발.'

손이 닳도록 빌었다. 조막만 한 손바닥이 시커멓게 타도록 부딪
쳤다. 앙상한 무릎을 꿇고 눈이 부어 세상이 보이지 않을 때까지
빌고 또 빌었다.

이제 와 변변찮은 추억 하나 없는 사이에 그리워할 게 뭐 있냐
고, 아파할 게 뭐 있냐는 물음에 말문이 막혀 그저 울 수밖에 없는
이 심정을 알아 달라고 하지는 않으려 했다. 사람이 사람을 안다는
게 얼마나 어려운 일인지 잘 알고 있었다. 나 또한 당신을 다 안다
는 착각을 하지 않았다. 하지만 이 말만은 참기 힘들었다.

"너는 내 아들이 아니다."

억눌른 음성을 토해 낸 남자가 한 걸음 다가왔다. 이정인의 어깨
를 움켜잡은 손이 부들부들 떨렸다. 방향을 잃은 분노와 삼킬 수밖

에 없었던 슬픔과 고통에 몸부림치는 힘겨운 그리움이 한곳에 뭉쳐 입 밖으로 터졌다.

"너는…… 너는……! 내 아들이 아니야……! 내 아들은……! 너처럼 웃지 않아! 아픔을 참지도 않아! 겁이 많은 아이라서 너처럼 무모하게 싸우지도 않아! 눈 씻고 찾아봐도 내 아들이 아니야……! 너는……!"

남자는 마음으로 울었다. 머리가 지끈거릴 정도로 슬픔의 무게가 버거워 눈앞이 어지러웠다.

"내 아들은……!"

그녀의 어깨를 잡은 손에 힘이 들어갔다. 으스러질 듯한 악력에 조용히 어금니를 깨물며 통증을 삭였다. 거친 숨소리가 규칙적으로 변했다. 이성을 찾은 그의 손에 힘이 풀렸다.

"압니다. 이름이 똑같고 얼굴이 비슷해도 나는 당신의 아들이 아닙니다. 단지, 당신의 아들이 되고 싶었어요."

처음으로 가족이란 울타리를 만들어 준 것에 대한 감정치고는 무게를 잴 수 없을 정도로 깊어진 마음을 탓해야 하는지, 아버지를 탓해야 하는지 그녀는 아직도 알 수가 없었다.

"가게는 한 달 안에 정리해서 넘겨 드리겠습니다."

그래, 그랬다고 치자. 당신의 아들이었던 적이 없었다고 치자. 그저, 나 혼자 당신을 아버지라고 섬겼다고 치자.

하지만 그녀는 이 말만은 하고 싶었다.

아버지, 나는.

"이정인입니다."

당신의 죽은 아들이 아니라.

"이정인입니다, 나는."

●◐○

열이 들끓었다. 몸이 아픈 게 아니라 마음이 아팠다. 밤새 끙끙 앓았다. 타들어 가는 가슴을 부여잡고 몸을 웅크렸다. 얼마나 지났을까, 돌연 이마가 시원해졌다. 축축한 물기를 머금은 천에 가슴이 뻥 뚫리는 것 같다. 아니, 누군가 옆에서 간병해 주고 있다는 느낌에 가슴이 뜨거운 무언가로 들썩였다.

동우인가.

힘겹게 눈을 뜨자 흐릿한 시야 속에 건장한 남자의 형태가 보인다.

철호인가.

눈에 힘을 주자 잔상이 또렷해졌다. 그와 동시에 동우와 철호가 지금 이곳에 없다는 사실을 상기했다. 남자는 몸에 와이셔츠를 걸쳤다. 새 옷인 듯했다. 단추를 잠그는 셔츠 자락 사이로 탄탄한 복근이 보인다. 마지막 단추까지 잠근 뒤 뻣뻣한 셔츠 깃을 정돈하는 행동에는 군더더기가 없었다. 눈을 뜨자마자 옷을 갈아입는 남자의 모습을 봤다는 게 놀라운 게 아니다. 소파 위에 개켜 둔 겉옷을 걸친 그와 눈이 마주쳤다.

"일어났습니까?"

천천히 걸어오며 눈매를 접은 하우인이 끝내 침대 끝에 걸터앉자 이정인이 상체를 일으켰다.

"누우세요. 아픈 사람이."

그가 이정인의 어깨를 잡고 누르자 상체가 금세 무너졌다. 폭신한 촉감이 등을 감쌌지만 마냥 편하게 있을 수는 없었다.

"하 전무?"

그러니까, 당신이.

"왜 여기 있어?"

"그건 제가 묻고 싶은 말입니다."

"뭐?"

무의식적으로 주위를 둘러보다 숨을 들이켰다. 확 트인 시야에 대리석 벽이 들어온다. 그 가운데 벽걸이 티브이. 밑으로는 검은색 서랍장. 옆으로는 검은색에 화이트 톤이 반반 섞인 커튼. 흔들의자, 사이드테이블······.

익숙한 게 하나도 없다.

"여긴······."

"제 집입니다."

겉옷 단추를 채운 하우인이 느리게 답했다.

"그러니까······."

"길가에 쓰러져서 데리고 왔습니다만."

그가 언짢은 감정을 노골적으로 드러내며 물었다.

"자주 이럽니까?"

"그럴 리가."

"얼마 전에도 술 취해 길가에 주저앉았던 사람의 말이라 믿기 힘들군요."

대꾸할 말이 없었다. 사실이었으니까. 겸연쩍어 허공에 눈동자를 굴리는데 하우인이 이마에 있던 수건을 가져갔다. 순식간에 사라진 차가움에 이마가 다시 뜨거워졌다. 하우인이 옆에서 미지근해진 수건을 찬물에 헹구며 짧게 웃었다.

"왜 웃어……?"

목이 잠겼다. 큼큼, 작게 소리 내어 목을 가다듬었다. 그사이 이마에 수건을 올린 하우인이 나른하게 웃었다.

"파렴치한 사람인 걸 깨달아서라고 해 두죠."

"……누가?"

"나."

의문 섞인 시선에 키스하고 싶다고 말할 순 없었다. 그것도 아픈 사람에게. 다정하게 이정인의 머리카락을 쓸어 넘겼다. 손가락 사이로 찰찰하게 감기는 머리카락. 자신을 바라보는 이정인의 시선. 아픈 뒤라서 그런지 한층 더 야윈 얼굴조차 묘하게 다가왔다. 엉덩이가 무거워진다. 아쉬운 목소리를 내며 소매 단을 걷어 시간을 확인했다.

"곧 나가 봐야 합니다."

"몇 시?"

"8시."

언뜻 남태영도 8시 30분까지 회사에 도착한다는 말을 들었다. 높은 직급으로 올라갈수록 밑에 있는 직원들에게 모범을 보여야 한다고 했던가.

"지금 나가 봐야 할 것 같은데."

"그렇죠."

가볍게 대꾸한 목소리와 달리 하우인은 침대 맡에 앉아 시간을 때웠다. 그사이 수건이 이마의 열기를 고스란히 빼앗아 갔다. 미지근해진 수건을 다시 찬물에 헹구던 하우인의 눈동자가 느리게 옆으로 옮겨진다. 열이 올라 상기된 이정인의 뺨이 탐스럽다. 게다가 색색, 뜨거운 숨을 몰아 내쉬며 누군가의 손길이 필요한 이정인은 사랑스러웠다.

"나가기가 싫어지네."

반듯한 이마에 수건을 대자 차가운지 몸이 움찔 떨린다. 귀엽다. 깔짝깔짝 머리카락을 쓰다듬자 신경 쓰이는지 그의 손바닥을 잡았다. 그대로 깍지를 껴 침대에 눌렀다. 몇 번 손을 빼내려고 움직이던 이정인이 이내 포기하고 손에 힘을 뺐다. 곧 눈을 감았다.

얇실한 입술이 하루 사이에 바싹 메말랐다. 논바닥이 쩍쩍 갈라진 듯한 형상이 입술에 나타났다. 꺼끌꺼끌한 입술을 한입에 삼켜 녹녹하게 적셔 주고 싶은 충동이 드는 순간 이정인의 입술이 살짝 벌어졌다. 달싹이던 입술이 이내 힘을 잃고 추락했다. 하우인이 깍지 낀 손등을 엄지로 부드럽게 쓸어내리며 물었다.

"아, 목마릅니까?"

"내가 가서…… 마실게."

일어서려는 이정인의 상체를 가볍게 눌렀다. 그러고선 이불을 끌어와 목 끝까지 덮어 주었다.

"제가 가져오겠습니다. 이정인 씨는 좀……."

그가 드물게 뜸을 들였다.

"보호해 줘야 할 것 같으니까."

"……."

머리로 열기가 모이는 와중에 하우인의 목소리가 또렷이 들렸다. 이정인이 낮게 웃으며 그를 불렀다.

"하 전무."

"말씀하세요."

"나, 힘 꽤 세……."

이정인이 힘없이 손을 가볍게 주먹 쥐며 힘자랑을 했다. 참지 못하고 하우인이 후, 하고 웃자 새초롬한 눈매가 일그러졌다. 당신은 왜 이리도 사랑스러운지. 그는 결국 손을 뻗어 휴대폰을 켰다.

"고 비서님. 접니다."

— 전무님. 안 그래도 전화하려던 참이었습니다. 지금 집 앞입니다. 슬슬 출발하셔야 될 것 같은…….

"오늘 스케줄 전부 취소하세요."

— ……네?

"급한 서류는 간추려서 가져오시면 됩니다."

— 전무님……? 전무, 전무님……!

"끊습니다."

휴대폰을 테이블에 올려놓는데 이정인의 시선이 느껴졌다.

"나 때문이라면 부담스러운데."

목 끝까지 덮은 이불이 답답했는지 밑으로 끌어 내리며 이정인이 눈가를 찌푸렸다.

"이정인 씨 때문 아닌데?"

"그럼?"

"오늘은 제가 집에서 쉬고 싶어서 그런 겁니다."

그의 말이 진심인지 가늠하기 위해 이정인의 눈이 가늘어지자 그 모습을 지그시 내려다봤다. 흔들리지 않는 눈빛에 결국 이정인이 밭은 숨을 내쉬며 고개를 돌렸다. 두어 번 그녀의 머리카락을 손가락 사이로 지그시 쓸어내린 하우인이 자리에서 일어섰다. 곧이어 달그락거리는 소리와 함께 고소한 냄새가 내부에 확, 퍼졌다.

멍하니 천장을 바라보던 이정인이 눈동자를 굴렸다. 암막 커튼 사이를 비집고 들어온 햇살의 세기를 보고 시간을 가늠하며 상체를 세웠다. 순간, 어지러움이 몰려와 상체가 크게 휘청였다. 가까스로 침대를 손바닥으로 짚었다. 곧 어지러움이 사라지자 침대 맡에 걸린 겉옷을 대충 걸치며 현관문이 있는 방향으로 두어 걸음 걸었을까.

"어디 갑니까?"

벽에 등을 기댄 채 팔짱을 낀 남자가 이정인의 동선을 주시하며 물었다.

"가게. 돌아가 봐야지."

"그 몸으로?"

"참을 만해."

하, 차가운 한숨을 내쉰 그가 냉랭한 어조로 말했다.

"이정인 씨, 침대로 돌아가세요."

"다른 사람하고 놀아. 바쁘니……."

"안 그러면 파렴치해질 겁니다."

긴 다리를 쭉 뻗어 성큼성큼 걸어온 그가 단숨에 왜소한 몸을 안았다. 막 신발을 꿰어 신으려던 두 발이 허공에 달랑거린다. 어찌할 새도 없이 침대에 던져졌다. 양 팔꿈치로 상체를 일으키는데 부엌으로 들어간 그가 쟁반을 들고 왔다.

내부에 질척하게 스머든 고소한 냄새가 한층 더 짙어졌다. 허기진 배가 작은 침음을 냈다. 자신의 배를 내려다보던 이정인의 손에 수저가 쥐어졌다.

"식기 전에 드세요."

수저를 잡은 손등에 약봉지가 걸렸다. 후후, 입김으로 열기를 식힌 죽 그릇이 담긴 쟁반이 이정인 쪽으로 밀어진다. 김이 올라와 코끝을 간지럽히는 따뜻함과 고소함에 허기가 졌다. 짧게 웃은 이정인이 수저를 들었다.

"하 전무는 착하네."

입술 끝을 늘어트리며 웃는 이정인의 웃음에 가슴이 뻐근해졌다. 그녀의 건조한 입술로 따스한 밥알이 들어가자 그제야 하우인의 표정이 누그러졌다. 딱히 식성이 까다롭지 않아 순조롭게 죽을 비워 냈다. 죽 그릇 바닥이 보일 무렵이었을까.

"정인아."

하우인이 무덤덤한 얼굴로 침대 맡에 앉아 있었다. 물병을 들고 침대 옆 테이블에 올려 둔 유리잔에 물을 채워 넣는 모습을 물끄러미 바라보던 이정인의 고개가 죽 그릇으로 옮겨졌다.

"정인아."

이게 지금 무슨…….

흐릿하게 들리던 발음이 이번에는 정확히 들렸다. 그녀는 눈동자만 위로 굴렸다. 눈이 마주치자 하우인이 대수롭지 않게 말했다.

"라고 부르면 화낼 겁니까?"

부드럽게 넘긴 죽이 목에 걸렸다.

"캑, 캑캑."

잔기침에 손에 쥐고 있던 수저가 바닥으로 떨어졌다. 허리를 굽혀 주우려고 하자 하우인이 가로막았다. 그녀 대신 손을 쭉 뻗어 주운 숟가락을 쟁반에 밀어 넣은 뒤 등을 두드려 주었다. 셔츠 사이로 느껴지는 마른 육체. 군살 없는 등이 잔기침을 내뱉으며 가슴을 들썩일 때마다 손바닥에 새빨간 열기가 모였다. 금세 시야가 달궈졌다.

하우인은 마른침을 삼키며 최대한 다정한 목소리로 물었다.

"괜찮습니까?"

잔기침이 멈춘 뒤에도 마른 등을 천천히 쓰다듬자 이정인의 표정이 떨떠름해졌다.

"하 전무 좀, 이상하다."

"뭐가요?"

힐끗, 제 등을 가리키는 그녀의 눈짓을 모른 척 가볍게 넘겼다.

"내 등 그만 만져도 돼. 잔기침 멈췄으니까."

이쯤에서 그만둬야 한다는 걸 알면서도 쉽사리 멈추고 싶지 않은 마음이 있었다. 이정인이 빤히 그를 쳐다봤다. 결국, 그는 아쉬운 마음으로 손길을 거뒀다.

"그러고 보니 하 전무는 애인 없어?"

무슨 의도로 물어보는지 알 수 없어 하우인의 눈이 가늘어졌다. 죽 그릇이 담긴 쟁반을 손만 뻗으면 닿을 거리에 있는 사이드테이블에 올려놓은 그녀가 주위를 크게 둘러봤다.

"밑의 조직원들 집에 들를 때가 한 번씩 있거든. 그때 가 보면 분명 혼자 사는 남잔데 여자 손이 닿은 흔적들이 보이던데."

"그런데요?"

"하나도 안 보이네. 이상하게."

"그게 이상할 일은 아닌 것 같은데."

"하 전무 멀쩡하게 생겼잖아."

침대 헤드에 편히 몸을 기댄 이정인의 곧은 시선이 하우인의 얼굴에 닿았다. 새삼 다시 뜯어봐도 나무랄 곳 없는 남자는 여자들이 좋아할 외모에 속했다. 열 번 찍어 안 넘어가는 나무 없다는 말도 다 옛말이지만 저번 파티에서 보니 주위에 예쁜 여자들이 많았다. 자세히 찾아보면 얼굴도 예쁘고 마음도 고운 여자 하나쯤은 있을 거다.

아니, 찾을 필요까지 있을까? 그에게 한마디 말이라도 건네고 싶어 하는 여자들의 눈빛을 하우인이 모를 리 없었다.

취향이 독특한 건가?

"이정인 씨는요?"

"나?"

"좋아하는 이상형이라든가. 호감 가는 성격이라든가."

이왕이면 다정한 편이 좋았다. 사근사근하고 따뜻한 사람. 눈앞에 보이는 남자와는 정반대랄까. 막 입을 열던 이정인은 도로 입을 다물었다. 그녀를 바라보는 하우인의 날카로운 눈동자가 집요했다. 그 눈동자는 고요했지만 위태로웠고 아슬아슬했다. 말문이 막혀 한참 의미 없는 눈빛을 주고받았을까? 먼저 고개를 돌린 건 그녀였다.

남녀가 한 공간에서 눈빛을 주고받다 보면 부끄러워서 먼저 고개를 돌리는 경우가 있었고 의미 없는 눈빛에 지쳐 고개를 돌리는 경우가 있었다. 그녀의 경우는 후자에 가까웠다. 부끄러워한다고 생각하기에는 이정인의 표정이 너무 무덤덤했다.

적막이 찾아왔다. 이정인은 손을 뻗어 약봉지를 찢었다. 알약 세 개를 단숨에 입에 털어 넣고 물을 마신 뒤 침대 맡에 비스듬히 기댔다. 거의 침대에 누워 있는 상태였다. 허리쯤으로 내려간 시트를 어깨까지 끌어와 덮어 주자 가만히 누워 있던 이정인이 불쑥 물어 왔다.

"하 전무는 사랑이 뭐라고 생각해?"

사랑.

혀끝에서 구른 단어가 소리 없이 사라진다.

아이와 어른의 경계선에 서 있을 때 한껏 멋을 낸 여자들이 입술을 떨며 종종 말했다.

'우인아. 너만 보면 떨려서 밤잠을 설쳤어. 내가 너 사랑하나 봐.'

전공 서적을 품에 안은 손이 심하게 떨리고 있었다. 여자의 용기에 지나가던 이들도 발걸음을 멈추고 구경했다. 여자는 과에서 동기들에게 인기가 많았다. 청초하면서 야릇한 눈빛이 매력이라고 했다. 그러나 그가 보기엔 어설픈 어른 흉내를 내는 것에 불과했다.

여자는 쉽게 사랑을 말했다. 그 입에서 나오는 단어가 가벼워 고개를 갸웃거려야 했다. 적어도 그가 아는 사랑은 무겁고 버거워서 숨이 턱턱 막히고, 가슴에 피멍이 들어 걷잡을 수 없는 통증을 느껴야 했다. 지갑을 펼칠 때면 더 심해졌다.

애티를 벗고 남자에 들어설 무렵, 그에게 접근하는 여자들은 농염한 눈빛으로 사랑을 읊어 왔다. 성숙해진 언어와 요염한 몸짓. 그와 반대로 그녀들의 입에서 나온 사랑은 여러 남자들을 거쳐 정처 없이 떠돌아다녔다.

"당신은?"

그녀의 앞 머리카락을 부드럽게 쓸어 넘기며 물었다. 그녀는 잠시 눈을 밑으로 내리뜨며 생각에 잠겼다.

"끊임없는 희생이 아닐까?"

희생?

뜻밖의 단어에 그녀의 입술을 가만히 내려만 보고 있었다.

"그래서 나는 그런 거 이제 안 하려고. 나도 나약한 사람이라 순식간에 빠진 절망은 감당이 안 되거든."

이정인이 눈꼬리를 접으며 샐쭉 웃었다. 울고 싶은 얼굴로.


당장 결재 사인을 받아 위로 올려야 할 서류만 급히 챙겨 오피스텔 안으로 들어선 고 비서는 내부에 퍼진 낯선 감각에 빠르게 주변을 훑었다가 그대로 멈췄다. 침대에 누워 있는 사람이 있었다. 시트에 가려져 얼굴이 보이진 않았다.

설마, 전무님 아프신 건가? 빠르게 침대 맡으로 걸어가던 고 비서가 눈을 끔뻑였다.

"이…… 이정인 씨?"

등 뒤에서 나타난 하우인이 의자를 끌어와 앉으며 이정인 이마를 손바닥으로 짚었다.

"겨우 잠들었습니다."

아픈 사람이니까 조용히 해라. 무언의 말뜻을 알아들었지만 좀처럼 표정 관리를 하지 못했다. 자꾸만 이정인을 힐끗거리는 눈동자를 겨우 붙잡은 고 비서가 검은색 파일을 내밀었다.

"여기 급한 결재 서류부터 가져왔습니다."

"두고 가세요."

간이 테이블에 서류를 올려 둔 고 비서가 좀처럼 나갈 생각을 하지 않자 하우인이 턱 끝으로 문을 가리켰다. 볼일이 끝났으면 밖으로 나가 달라는 행동임을 알고 있었음에도 고 비서는 나갈 수가 없었다. 이정인 옆에 자리를 잡은 그가 아무래도 까맣게 잊어버린 듯싶었다.

초조하게 시계를 보던 고 비서가 유일하게 취소하지 못한 스케줄을 읊었다.

"저, 김 실장님과 점심 약속이 있습니다만."

"아. 김 실장."

하우인의 눈가가 찌푸려졌다. 손가락으로 무릎을 두드리는 속도가 빨라졌다. 그가 어떤 선택을 두고 고민을 할 때 나오던 버릇이다. 그러나 물릴 수 없다. 저녁 약속도 겨우 옮겼다는 걸 그도 알고 있겠지만 평소와는 다른 모습에 고 비서는 마음이 심란했다. 그래서 더욱 단호하게 말했다.

"미룰 수는 없습니다."

"……."

"전무님."

"11시 반에 밑에서 대기하세요. 내려가겠습니다."

사이드테이블에 쌓인 서류를 펼친 그가 막힘없이 사인을 했다. 내용을 훑어보던 날카로운 눈빛이 힐끗, 옆으로 옮겨 간 것과 동시에 나른해졌다. 순식간의 변화에 고 비서는 당혹스러운 마음으로 하우인과 침대에 곤히 자고 있는 이정인을 번갈아 바라봤다.

저 눈빛을 본 적이 있었다. 검은색 가죽 지갑을 펼칠 때마다 보여 주었던 표정. 설마……! 고 비서는 저도 모르게 손바닥으로 제 입을 막았다.

"고 비서님."

"……네, 네?"

"더 할 말이 남았습니까?"

"아, 아뇨. 11시 반에 밑에서 뵙겠습니다."

고 비서는 허둥지둥 구두를 꿰어 신고 오피스텔 밖으로 나왔다. 문을 닫기 전 이정인의 입술을 손가락으로 더듬던 그의 농염한 손길이 뇌리에 박혀 잊히지 않았다.

— 무리하게 움직이지 못하게 하세요.

"네."

— 혹시 모르니까 약도 꼭 챙겨 주시고요.

"알겠습니다."

— 아픈 사람입니다. 절대 힘든 일…… 아, 갑니다.

휴대폰 너머로 김 실장의 우렁찬 목소리가 들렸다. 하우인을 부르고 있었다. 그는 평상시처럼 행동했지만 고 비서는 알 수 있었다. 그의 눈에 서린 미미한 짜증을. 약속은 간단한 점심 식사였지만 김 실장은 아쉽다는 이유로 대화 좀 하자며 하우인을 잡았다.

— 하 전무! 와인 한 잔 더 해.

김 실장의 목소리가 휴대폰을 통해 넘어왔다. 김 실장, 오늘 스케줄이 느슨한가? 분명 그의 비서에게 듣기로는 3시부터 **빡빡하다**고 들었는데.

— 고 비서님.

짙은 한숨이 느껴졌다.

"네, 전무님."

— 아무튼, 제가 갈 때까지 이정인 씨 좀 부탁드립니다.

"걱정 마세요. 전무님."

통화를 마치고 휴대폰을 주머니에 넣는데 정면 유리창 밖으로 익숙한 형체가 보였다. 막 오피스텔 입구에서 나온 이정인이 시야를 가리는 머리카락을 뒤로 쓸어 넘기고 있었다. 고 비서는 빵빵, 클랙슨을 울렸다. 다행히 이정인이 고 비서를 발견했다. 반쯤 내려간 창문으로 고 비서가 자동차 시동을 끄며 말했다.

"푹 쉬지 않고요. 들어가세요. 제가 전복죽 끓이겠습니다."

"고 비서가?"

"네. 아, 전복죽 싫어하세요?"

"아니. 그건 아닌데. 고 비서가 왜?"

하 전무가 당신에게 푹 빠졌으니까.

"어서 들어가세요."

고 비서가 미소를 짓자 이정인이 손을 내저으며 눈꼬리를 반달로 접었다.

"그럴 필요 없어. 열도 많이 내려서 충분히 괜찮고. 또, 남의 집에 있는 거 불편하기도 하고."

확실한 거절에 고 비서는 난감하게 미소 지었다. 분명, 이정인을 잘 보살피라고 했지 집 밖으로 내보내라고 한 적은 없었는데. 그사이 이정인이 고 비서에게서 등을 돌렸다. 그녀는 금방이라도 앞으로 훌쩍 걸어갈 것 같았다.

"저기, 이정인 씨!"

고 비서의 큰 소리에 이정인이 자리에 멈추고 고개를 돌렸다.

"데려다 드릴까요?"

자동차에서 내려 뒷좌석 문을 열어 주자 잠시 고민하던 이정인이 자동차에 올라탔다. 아직 열 기운이 남은 건지 색색, 숨을 내쉴 때마다 뜨거운 입김이 얼굴에 부딪혔다. 그녀는 차가운 창문에 이마를 기댔다.

"고 비서. 요즘 이상하지 않아?"

"누구요?"

운전대를 부드럽게 돌린 고 비서가 가볍게 대꾸했다.

"하 전무 말이야."

"……아, 글쎄요?"

차마 동조할 수 없었다. 이정인 씨에게만 이상한 친절을 베푼다고 말할 순 없었으니까. 아니, 사실은 알아 버렸다. 이정인에 대한 하 전무의 감정을. 그건 분명 사랑에 빠진 남자의 눈. 운전대를 부드럽게 돌리며 고 비서는 떠보듯 물었다.

"전무님 같은 남자는 어떠세요?"

"하 전무?"

"네."

"음."

턱을 긁적이던 이정인은 바로 대꾸했다.

"얼굴도 멀끔하고 돈도 좀 있고 능력도 있으니 괜찮은 남자지."

"그럼 주관적으로는요?"

창밖 풍경을 담던 이정인의 시선이 고 비서의 뒤통수로 옮겨 갔다.

"고 비서."

"네."

"이상한 걸 묻네."

"……."

"하 전무에게 오늘 일은 고맙다고 전해 줘."

그걸로 대화는 단절됐다. 고 비서는 힐끗 백미러로 뒤를 훔쳐봤다. 무표정한 얼굴 속에 드러난 의구심.

이정인은 분명 알아차릴 거다. 조만간, 곧.

그녀는 아둔한 성격이 아니니까. 오히려 상대를 파악하는 눈빛은 날카로운 편에 속했다. 더군다나 자신에게 호의를 베푸는 사람들을 무의식적으로 경계하고 있었다. 지금도 운전하는 그를 주시하는 송곳 같은 시선에 뒤통수가 얼얼했다.

가게는 바쁘게 돌아갔다. 그중 이정인의 시간은 남들보다 더 빨리 지나갔다. 장부를 체크하고 거래 내역을 한눈에 볼 수 있게 뽑아 놓았으며 눈으로 확인해야 할 일들은 직접 갔다. 평소라면 밑에 맡겼을 일들을 일부러 가져와 한 번 더 체크했다.

전에 없던 이정인의 꼼꼼함에 서로 동태만 살피던 조직원들도 이정인의 이상한 낌새를 눈치챈 듯싶었다. 눈치를 보더니 안 보이는 구석으로 갈 때면 어김없이 이 말이 나왔다.

'단장님 자리에서 물러난다며?'

'진짜야?'

'이미 소문 쫙 났대. 다들 쉬쉬하고 있다던데?'

그 말이 이정인 귀에 들어오는 건, 채 일주일도 걸리지 않았다. 보통 때라면 동우에게 맡겼을 장부를 훑어보다 노곤해진 눈가를 문질렀다. 몸이 휘청할 정도로 크게 기지개를 켜다 창가 쪽으로 걸어갔다. 항상 느긋하게 있던 공간이 한순간 바뀌었다.

눈코 뜰 새 없다는 말을 실감 중이다. 다행이라면 일 처리는 칼 같은 동우 덕분에 머리 아프게 장부를 다시 손보거나 할 일이 없었다. 다만, 양이 많아 한 번 휙 훑어보는 것도 시간이 꽤 걸렸다.

가만히 서서 창밖을 바라보다 블라인드를 내렸다. 주위가 캄캄해졌다. 손을 더듬어 불을 켜고 소파에 눕자 주머니가 진동했다.

[단장님. 잘 지내고 있죠?]

동우였다.

가끔 아니, 종종 동우나 철호에게 문자가 오곤 했다. 대부분 안부 문자였다. 철호의 문자에는 투정도 섞여 있었다. 그리고 그 사이를 비집고 들어온 문자는…….

[몸은 괜찮습니까?]

[약 꼭 챙겨 드세요. 확인할 겁니다.]

[가게입니까?]

[뭐 해요?]

[잠깐 앞으로 나와 봐요.]

하우인은 이런 식으로 요 며칠 안부를 가장한 이상한 문자를 보내는 것에 취미가 들렸다. 이정인의 고개가 옆으로 돌아갔다. 테이블 위에 올려진 작은 빵 상자. 빨간색 리본으로 예쁜 포장까지 되어 있었다. 그 뒤로는 비슷비슷한 모양의 상자가 몇 개 더 있었다.

그는 굳이 밤늦게 사람을 불러내 롤케이크를 손에 쥐어 주었다. 그의 어깨 너머로 눈이 마주치자 고 비서가 헛기침을 하며 고개를 반대편으로 돌렸다. 그 일이 몇 차례 반복되면서 무슨 의중인지 파악하려는 그녀의 눈빛에 하우인은 노곤하게 웃기만 했고, 고 비서는 가만히 눈을 피했다.

이정인이 쭉 뻗은 다리를 소파 팔걸이에 올렸다. 이상한 예감은 점점 선명해졌고 점차 확고해졌다.

하지만 하 전무가 왜?

이정인은 문자를 휙휙 넘겼다.

[오늘 시간 됩니까?]

문자에 성급한 목마름이 느껴졌다. 잠시 한숨 돌리고 마저 장부를 정리해야 했다. 그 외의 것도 한참 남았고. 빠듯하게 돌아가는 시간을 쪼개는데 화면에 메시지가 떴다.

[정인아. 우리 단골집 얼마 전에 갔었다며? 나 부르지 그랬어. 회사에서 가까운데.]

남태영이다.


북적대던 사람들이 한차례 빠져나간 회의실은 고요했다. 등받이에 등을 깊숙이 기댄 남자는 휴대폰을 만지작거렸다. 뒤에 대기 중이던 고 비서가 패드로 스케줄을 확인했다.

"30분 뒤에 밑으로 내려오시면 될 것 같습니다."

"나가 보세요."

고 비서가 가볍게 묵례를 한 뒤 회의실 밖으로 나갔다. 탁, 문이 닫히는 소리와 함께 마음을 불편하게 만드는 침묵이 찾아왔다. 그 침묵이 길어지면서 휴대폰을 응시하는 그의 눈빛에 불안함과 설렘이 공존했다.

이정인은 문자를 몇 번 보내야 한 번 연락이 올까 말까였다. 당장 휴대폰 번호 중 하나를 골라 문자를 보내도 이처럼 늦장을 부리지는 않을 텐데. 한 번 더 보내 볼까? 하는 생각에 목 타는 마음을 애써 억누르는데 띵, 휴대폰 메시지 도착음이 울렸다.

그러나 그의 손에 들린 휴대폰 화면은 캄캄했다. 천천히 눈동자를 굴려 주위를 훑었다. 근처에 휴대폰 하나가 화면을 환하게 밝혔다. 회의가 끝나고 나갈 때 휴대폰을 챙기지 못한 이들이 가끔 있었다. 곧 휴대폰 주인이 저 문을 열고 들어올 거라 생각하니 혼자만의 시간에 방해될 것 같아 몸을 일으켰다. 의자 팔걸이에 걸쳐 두었던 겉옷을 몸에 걸치고 문 쪽으로 걸어갔다.

무의식적으로 테이블 위에 방치된 휴대폰을 보며 스쳐 가던 그의 발걸음이 우뚝 멈췄다. 다시 뒤로 두 발짝 물러섰다. 분명 화면이 검게 사라지기 전에 이정인이란 글자를 봤다. 그리고 남태영이 이 자리에 앉아 있었고.

남의 것에 관심을 두지 않는 성격이지만 이번만큼은 그냥 지나칠 수가 없었다. 문 쪽을 한 번 바라본 하우인은 망설임 없이 휴대폰 화면을 켰다. 요즘 사람답지 않게 잠금장치가 없어 쉽게 메시지를 찾을 수 있었다.

[너 요새 바쁘잖아. 다음에 같이 가자.]

응, 아니, 괜찮아. 하고 답문만 보내던 이정인이 남태영에게는 따뜻했다. 밑바닥부터 참을 수 없는 불쾌함이 올라왔다. 누가 건드리기만 해도 터질 듯 신경이 곤두섰다. 휴대폰 화면을 노려보다시피 하던 그가 천천히 자판을 터치했다.

[오늘 바쁩니까?]

문자를 쓰고 한참 바라보다 끝부터 천천히 지웠다.

[오늘 바빠]

남태영이 어떤 문체를 썼더라. 기억을 더듬으며 자판을 쳤다.

[오늘 바빠?]

메시지를 보내기 무섭게 답문자가 도착했다.

[조금?]

휴대폰을 쥐고 있는 손등에 핏줄이 도드라졌다. 화면이 검은색으로 소멸할 때까지 차갑게 내려 봤다. 다른 손에 쥐어진 휴대폰에는 문자가 없었다. 자욱하게 내려앉은 감정을, 가쁜히 호흡하며 삼켰다. 팽팽하게 붙잡던 근육에 힘을 풀었다.

"하."

웃음기가 가신 얼굴로 지그시 어금니를 깨물었다. 그즈음 문을 열고 안으로 들어선 남자가 주변을 두리번거리다 곧장 이쪽으로 걸어왔다. 이정인에게 온 문자를 삭제한 뒤 자연스럽게 휴대폰을 내밀었다.

"아, 거기 있었어?"

휴대폰을 건네받고 요새 자주 깜빡한다고 말하는 남태영을 하우인이 빤히 바라봤다. 화려한 외모는 아니었다. 오히려 수수한 편에 속했다. 이목구비가 뚜렷하지만 선이 굵지 않았다. 남자답다기보단 상냥한 교회 오빠 이지미랄까. 잘생겼지만 눈에 띄는 얼굴은 아니었다. 분명 평범한 외모인데, 이정인은 유난히 남태영에게 약했다.

"약혼 준비는 잘됩니까?"

가시 세운 목소리를 밑바닥으로 끌어 내리기가 힘들었다. 다행히 남태영은 별 뜻 없이 맞받아쳤다.

"나야 뭐. 따라다니기 바쁘지. 하하."

"행복하세요. 남들 보란 듯이."

그래야 이정인의 맘이 돌아서지 않을까, 한 말이었는데 남태영이 신기하게 바라보며 웃었다.

"너한테 덕담 들을 줄은 몰랐다."

무슨 뜻이냐는 서늘한 눈빛에 남태영이 테이블 끝에 엉덩이를 걸치고 머리를 긁적였다.

"우인이 너는 나한테 무관심했잖아. 항상 그랬지. 그래서 이번에도 내가 약혼을 하든 말든 관심 없을 줄 알았어. 아, 너무 직설적인가?"

맞는 말이라 딱히 반박할 필요성을 느끼지 못했다. 침묵을 지키고 있자 긍정의 뜻으로 받아들인 남태영이 가볍게 웃어넘겼다. 시원하게 찢어진 눈매. 저런 웃음을 이정인이 좋아하는 건가? 못마땅했다. 남태영이 예의상 웃어 줄수록 심기가 불편했다.

"너는 정착할 생각은 없어? 내가 참한 아가씨 소개해 줄까? 정말 괜찮은 여자라서."

"됐습니다."

단호한 거절에는 확고한 신념이 있었다. 남태영은 곤란한 얼굴로 어색하게 미소 지었다. 암암리에 소문난 남태영과 하우인의 관계에 종종 다리 좀 놓아 달라며 찾아오는 여자들이 있었다. 대부분 남의 연애사에 터치하지 않기로 했다며 웃어넘겼지만 어쩌다 성품이 괜찮은 여자를 볼 때면 아까웠다. 서로에게 각별한 애정은 없지만 기왕이면 괜찮은 여자와 잘 살기를 바란 마음이었다.

"그래도 한번 만나 보는 건 어때? 혹시 알아? 네 마음에 쏙 들지."

"누가 시켰습니까?"

"응?"

"나랑 연결해 달라고."

가라앉은 어조에 남태영이 고개를 내저었다.

"알잖아. 네 연애에 상관 안 하는 거. 단지 정말 괜찮은 여자라서 그랬어. 아니면, 만나는 여자라도 있어?"

휴대폰을 쓸어내리던 하우인의 손가락이 순간 멈칫, 했다. 그 짧은 동작을 놓치지 않고 본 남태영의 눈이 크게 떠졌다.

"누군지 물어봐도 돼?"

"만나는 사이는 아닙니다. 아직은."

"아……."

남태영은 단번에 알아들었다. 호감 가는 상대를 만났구나 싶은 정도로 생각을 끝낸 듯 방금 자신이 꺼낸 말은 잊으라고 했다. 손목 단을 들쳐 시간을 체크한 남태영이 그만 내려가 봐야겠다며 휴대폰을 주머니에 넣었다.

회사에 다니는 직원들이야 물론 일이 밀리면 개인 시간도 반납하고 마무리를 짓는다지만, 팀장의 직책을 지닌 남태영도 별반 다를 바가 없었다. 남태영이 맡고 있는 직책은 애매했다. 자신처럼 스케줄을 소화하고 짬이 나는 시간에 숨 돌릴 틈이 있는 것은 아니지만 일반 사원보다는 조금 숨통이 트이는.

등 돌린 그에게 툭, 이름 하나를 던졌다.

"이정인 씨."

"이정인?"

익숙한 이름에 남태영의 고개가 돌아갔다. 왜 갑자기 이정인 이름이 튀어나오는 걸까. 의문이 담긴 눈빛에 그가 여유롭게 손을 포개 무릎에 방치하며 느리게 말문을 텄다.

"어떻게 생각합니까."

"좋은 친구지. 그런데 그건 왜?"

"내가 이정인을 좋아하니까."

"……!"

"미치도록 좋으니까."

담담한 어투에도 숨기지 못한 뜨거움에 남태영은 당혹스러운 감정을 고스란히 드러냈다. 이정인은 남에게 자신의 성별을 밝히지 않았다. 그래서 사회생활에 들어갈 무렵 이정인은 남자라는 제2의 성별을 가지게 됐다. 그 무리에선 그 모습으로 사는 게 더 편리하다고 했던가. 이정인에게 의뢰를 하는 이들은 모두 그녀를 남자로 알고 있었다. 그건, 하우인도 마찬가지여야 했다.

"어, 그러니까 너…… 정인이를 좋아한다고? 왜?"

더듬더듬 바보 같은 질문에 하우인이 망설임 없이 답했다.

"사랑스러우니까."

"어…… 그렇긴 한데."

"좋아하지 않고 못 배길 정도로 사랑스러운 이정인이 내 여자이길 바라니까."

뜨거운 말을 뱉어 내는 농도 짙은 입술에 남태영은 제가 다 부끄러웠다. 큼큼, 헛기침을 하며 이정인과 하우인이 나란히 걸어가는 모습을 그렸다. 매사 차갑고 감정이 메마른 그가 정인이에게 따뜻한 눈빛을 보내는 상상이 잘되지 않아 머리를 긁적이는데 그 모습을 오해한 하우인의 눈동자가 천천히 밑으로 미끄러졌다.

"이런 말 하기 이상한데 말입니다."

하우인이 후, 하고 짧게 웃었다.

"나 주기 아까워요?"

"아, 아냐. 그건 아냐."

"그럼?"

"좀 당황스러워서. 뭐랄까, 정인이도 낯선 타인에게는 실실 웃지만 마음을 쉽사리 내주지 않잖아. 그리고 너는 좀⋯⋯."

남태영은 뜸을 들이며 말했다.

"살가운 여자를 좋아할 줄 알았거든. 애교도 많고."

네가 워낙 무뚝뚝하니까.

그런데 이제 보니 그것도 아닌 것 같다. 그래서 지금도 많이 얼떨떨했다. 평소라면 필요할 말만 하고 헤어지는 사이였는데 사적으로 두런두런 이야기를 나눌 줄이야. 그보다, 이정인이라니.

"정인이도 너 이러는 거 알아?"

"알 겁니다."

"어⋯⋯ 그래?"

"아마도."

"⋯⋯."

"눈치가 나쁜 편은 아니니까."

툭툭툭 깍지 낀 손을 풀고 허벅지를 두드리는 손가락의 율동을 따라가던 남태영이 하우인의 어깨를 가볍게 잡았다 놓아주었다.

"그래, 잘해 봐."

제삼자의 입장에서 뭐라 할 말이 없었다. 이 말밖에는.

주머니에 손을 쑤셔 넣고 방관자의 입장이 된 남태영을 건조하게 관망했다.

"그런 의미에서 나, 도와줄 수 있을까요."

남태영의 애매한 표정에 답을 가늠하기 어려웠다.

"내가 도와줄 게 있을까……?"

확신이 서지 않는 말투에 그는 고개를 끄덕였다. 이정인이 당신에게만은 자상해지니까. 일부러 이 말을 꺼내지 않았다. 그걸 듣고 미소 짓는 남태영을 보고 싶은 마음은 없었다. 그 미소에 마주 보고 웃어 줄 여유도 없었고.

그즈음 끼익, 문이 열리더니 고 비서가 모습을 드러냈다.

"전무님. 시간 다 됐습니다."

그와 남태영을 번갈아 보더니 고 비서는 조용히 밖으로 나가 문을 닫았다.

"바쁜가 본데 어서 가 봐."

남태영이 사람 좋은 미소를 지으며 문가로 걸어갔다. 뒤따라가며 가볍게 말했다.

"도와준다고 해서 하는 말입니다만."

하우인이 먼저 앞서가 문손잡이를 잡고 돌렸다.

"저 오늘 스케줄 다 끝나면 이정인 만나러 갈 겁니다."

"아, 그래? 오랜만에 술 한잔하려고 했는데."

방해하고 싶은 마음은 없다고 말하면서도 아쉬운 눈빛이 점처럼 퍼져 갔다. 문을 활짝 연 하우인은 그 눈빛을 모른 척 외면하며 입술 끝을 올렸다.

3

바에 세운 팔에 턱을 괴고 앉아 있는 남자의 모습에 가게 안으로 들어온 여자들이 그를 힐끔거렸다. 유난히 화려한 이목구비 때문만은 아니었다. 단정한 슈트에 각진 셔츠 깃. 흐트러진 건 남자의 눈빛뿐이었다.

금욕적인 얼굴로 그것도 혼자 앉아 있는 그에게 쏠린 시선이 점차 깊어졌다. 그중에는 조심스럽게 남자 옆으로 다가가 앉은 여자도 있었다. 그러나 무슨 일인지 앉은 지 5분이 되기도 전에 일어나더니 획 하니 가게 밖으로 나갔다. 굉장히 기분 나쁜 얼굴이었다.

"몇 시간째 저러고 있었어?"

이정인이 묻는 말에 남자가 2시간이라고 말했다. 1층에 하우인이 술을 마시고 있다는 언질은 들었다. 서류를 들춰 보며 건성으로

197

답해 주는데 휴대폰으로 문자가 왔다.

[가게입니다.]

하 전무였다. 정리할게 남아서 못 내려간다고 했더니 그걸로 알았다는 답문자가 날라왔다. 적당히 마시고 집에 돌아간 줄 알았는데. 조직원 중 한 명이 난감한 얼굴로 하 전무가 아직도 밑에 있다는 말을 전했다.

"혼자서 뭐 해?"

그의 옆에 앉으며 물었다. 도통 움직임이 없던 그의 까만 눈동자가 재빠르게 옆으로 옮겨 갔다.

"얼굴 한번 보기 어렵네."

푸념 같기도 했고 술주정 같기도 했다. 가볍게 웃어넘기는데 손가락을 쓸어내리는 부드러운 접촉에 이정인의 눈이 밑으로 미끄러졌다. 술잔을 잡고 있던 그의 손이 어느새 그녀의 손가락 위를 느릿하게 쓸어내렸다. 그 행동이 묘하게 느껴져 등줄기가 빳빳하게 굳었다.

"하 전무, 외롭구나?"

이정인이 손을 뒤로 물렸다. 잠시, 허공에 붕 뜬 그의 손가락이 천천히 밑으로 내려왔다. 뒤로 물린 그녀의 손목을 잡아당기며 눈을 맞췄다. 나른해진 눈매가 그녀를 향해 돌진했다. 가녀린 손등을 검지로 부드럽게 쓸어 올리다가 굳은살이 박인 손바닥을 살살 긁어냈다. 점점, 손가락이 더 엉겨 왔다.

취했나?

방치된 다른 손으로 술을 한 잔 따라 마신 그의 손끝이 이번에는 이정인의 얼굴을 쓸어내렸다. 이마에서 콧대로, 뺨으로, 입술로. 간지러운 느낌에 이정인이 살짝 고개를 뒤로 물렀다. 그와 동시에 하우인에게 잡혀 있던 손도 빼냈다. 노곤한 목소리가 귓가를 때렸다.

"피곤합니다."

"가서 쉬어. 고 비서 불러 줄까? 고 비……!"

"피곤해."

커다란 상체가 기울어지는가 싶더니 그녀의 목덜미에 얼굴을 묻었다. 확 퍼지는 술 냄새.

"도대체 얼마나 마신 거야."

"두 병 마셨습니다."

목덜미로 습한 공기가 축적됐다. 하우인의 양어깨를 잡고 뒤로 밀어 보지만 꿈쩍도 하지 않았다.

"술 약하네?"

"……."

추운 날씨도 아닌데 떨치려고 할수록 하우인은 그녀의 품을 더 깊이 파고들었다. 바에 앉아 호기심으로 곁눈질하던 얼굴들이 애매한 표정으로 변했다.

"정말 취했네."

"네. 취했습니다."

"음, 주사는 얌전한 편……!"

턱이 잡히는가 싶더니 입술이 부딪혔다. 깜짝 놀라 몸을 뒤로 젖혔다. 간신히 입술을 스치고 지나간 날카로운 혓바닥이 이정인의 눈치를 보더니 들어갔다. 점점 더 뒤로 쏠리는 무게를 감당하지 못한 그녀가 근처에 대기 중인 남자를 불렀다.

"어이, 거기."

"네!"

군기가 바짝 든 남자가 재빨리 앞으로 뛰어왔다.

"고 비서 좀 불러올래? 밖에 나가면 있을 거야."

남자가 밖으로 나가기 무섭게 곧장 가게 안으로 고 비서가 들어왔다. 두 발로 버티고 있지만 등받이가 없는 의자라 아슬아슬하게 뒤로 넘어질 것 같은 이정인의 모습에 고 비서가 난감한 표정으로 다가왔다.

"이게 도대체 무슨."

"그러게. 술에 떡이 됐어."

앞으로 다가온 고 비서가 어색하게 웃었다.

"전무님 술 세요."

"그런 것 같지는 않은걸?"

"몇 병 마셨는데요?"

"음, 두 병?"

"그런데 왜 이러고 있어요? 전무님. 일어나세요."

고 비서가 이정인의 품에 안겨 있다시피 파고든 그의 팔을 잡아당겼다. 이정인의 몸이 휘청할 정도로 거칠게 잡아당겼는데도 일어날 기미가 보이지 않았다. 점점 사태의 심각성을 알아 가는 고 비서가 의심스러운 눈초리로 물었다.

"정말, 두 병만 마신 것 확실해요?"

"그렇다니까."

이정인이 바 위를 가리켰다. 정말 딱, 두 병 있었다.

"그럴 리가 없는데."

자신이 아는 하 전무는 술을 좋아하지는 않지만 그렇다고 몸을 못 가눌 정도로 취할 사람도 아니었다. 술고래라고 소문난 김 실장과 유일하게 편히 술자리를 할 수 있는 몇 안 되는 사람 아니었던가. 의아함이 목구멍까지 차올랐지만 우선 제쳐 두었다.

"전무…… 전무님. 정신 차리세요. 전무님."

어깨를 흔들어 깨우는 통에 이정인의 몸도 같이 흔들렸다. 맞닿은 가슴이 부대끼고 목덜미로 자욱한 숨소리가 흩어졌다, 사라지길 반복했다.

"전무님. 전무…… 앗, 저 알아보시겠어요? 고 비서입니…… 헉!"

순간 고 비서가 주춤 뒤로 물러섰다. 갑작스러운 그의 행동에 이정인이 그를 불렀다.

"고 비서?"

"네? 네."

"왜 그래?"

"아, 아뇨. 아무것도 아닙니다."

"무거워. 빨리 데리고 나가 줬음 좋겠는데."

"아, 네……."

어깨에 힘이 빠진 고 비서가 이정인의 눈치를 한 번 보더니 조심스럽게 그의 팔을 잡았다.

"전, 음. 전무님?"

아까와는 다르게 소심하게 그의 어깨를 밀치는, 아니 손만 얹고 어찌할 바를 모르는 고 비서의 행동을 보다 못한 이정인의 이마에 골이 파였다.

"깨우겠다는 거야, 말겠다는 거야?"

"아니, 저기."

"됐어, 자동차 시동이나 켜 놔."

"네? 어쩌시려고요?"

"애들 불러서 뒷좌석에 옮기라고 할 테니까."

이정인이 근처에 서 있는 남자를 눈짓하자 대기 중이던 건장한 남자가 이정인의 품에 안긴 그를 자신의 어깨에 들쳐 멨다. 생각보다 체중이 나가는지 남자가 끙끙거렸다.

먼저 가게 밖으로 나간 고 비서가 뒷좌석 문을 열어 주자 건장한 남자가 조심스럽게 업고 있던 하우인을 내려놓았다. 거의 구겨 넣다시피였다. 감사의 인사를 전하고 뒷좌석 문을 닫는데 이정인이 가게 앞으로 나왔다. 가볍게 손을 한 번 흔들고 미련 없이 안으로 들어가 버렸다.

미지근한 밤공기에 운전석에 올라타 시동을 켰다. 평소라면 바로 출발시켰을 텐데. 고 비서는 좀처럼 운전대를 잡지 못했다. 머뭇거리며 운전대를 손가락으로 두드리던 고 비서의 시선이 이내 백미러로 향했다.

"저기, 전무님?"

"왜요."

백미러에 비친 말짱한 얼굴. 순간, 고 비서는 흠칫 놀랐다. 겨우 표정을 수습하고 조심스럽게 물었다.

"……어디로 갈까요?"

"집으로 가세요."

반듯한 자세. 곧은 시선. 미약한 술 냄새 외에는 취했다고 볼 수 없었다.

● ◐ ○

　오랜만에 영화 보러 가자는 남태영의 문자에 이정인은 하던 일을 멈추고 곧장 답을 보냈다.

　[너 바쁘지 않아?]

　[바쁘지. 그래도 잠깐 얼굴 좀 보자.]

　사근사근한 남태영의 말투가 묻어난 글자에 테이블 위에 겹겹이 쌓인 서류 양을 가늠해 보았다. 뭐, 마무리 단계라 괜찮을지도.

　[안 돼?]

　그새 참지 못하고 문자가 왔다. 평소 느긋한 성격인 남태영이 조급하게 문자를 보내는 일이 드물어 의아하게 생각하다가 시간을 확인했다. 한창 회사에서 일할 시간일지 모르겠다는 생각이 들었다.

　[어디서 볼까?]

　[CGV영화관 앞으로 와. 예매해 놨다.]

　평소에도 이 거리는 사람이 많다고 생각했지만 오늘은 심각할 정도였다. 한 발 내딛기 무섭게 어깨를 부딪히는 통에 차라리 택시를 타고 왔어야 했나, 하는 생각까지 들었다. 주차할 공간이 마땅치 않아 영화관에서 떨어진 곳에 차를 두고 걸어와야 했다.

　여름 끝자락. 선선해진 바람을 느끼며 몰려드는 인파에 휩쓸리자 남태영이 말한 약속 장소가 보였다. 계단을 밟고 올라가 영화관 앞에 다다르자 낯익은 뒷모습이 보였다. 설마, 하며 우뚝 멈춰 서서 바라봤다. 누군가를 기다리고 있었는지 하우인은 벽에 기대서서 길가를 지나가는 사람들을 주시하고 있었다.

이정인은 주위를 둘러봤다. 영화관 앞은 혼자 서 있는 사람들이 몇몇 있었다. 곧 하나둘, 동행이 나타나자 그 수가 점차 줄어들었다. 영화 시작 10분 전인데도 괜히 초조해져 남태영에게 문자를 보내 볼까 하고 휴대폰을 꺼낼 때였다.

"영화 보러 왔어요?"

코앞으로 다가온 묵직한 목소리에 고개를 뒤로 젖혔다. 하우인이 손목 단을 걷어 시간을 확인하고 있었다. 약속이 있는 것 같다. 그녀는 힐끗, 북적이는 영화관 안을 보며 물었다.

"응. 하 전무도 영화 보러 왔나 봐?"

"예매권이 3장 있다고 해서 거의 끌려왔달까."

끌려왔다는 부정적인 어감과 다르게 그의 입꼬리가 서서히 올라갔다. 기분 좋은 일이 있나?

"혼자 왔어요?"

하우인이 그녀의 주변을 둘러봤다.

"아니. 여기서 만나기로 했어."

"그래요?"

영화 시작 5분 전. 주위가 한적해졌다. 휴대폰 화면을 켜고 자판을 두드리는데 옆에서 안타까운 탄식이 쏟아졌다.

"이런. 동행이 늦는다는군요."

그와 동시에 이정인도 한숨을 내쉬었다.

[정인아, 먼저 영화 보고 있을래? 곧 갈게.]

[알았어.]

영화관 입구 쪽으로 몸을 돌리자 자연스럽게 하우인이 따라왔다. 남태영이 휴대폰으로 전송해 준 영화 티켓을 내밀고 안으로 들어갔다. 캄캄한 내부를 뚫고 자리를 잡는데 뒤따라 들어온 남자가 이정인 옆에 앉았다. 영화가 시작되기 전 카메라를 든 여자의 광고가 물 흐르듯 지나갔다.

"이 영화. 인기가 많나 봐?"

"그런가 보네요."

하우인이 짧게 웃으며 스크린으로 시선을 옮겼다. 광고가 끝나자 주변이 한층 더 어두워졌다. 내부를 꽉 채운 수군거림도 시작을 알리는 영화 자막이 올라가자 조용해졌다. 자리를 편히 잡은 이정인도 어느새 스크린 속으로 시선을 집중시켰다.


오랜만의 영화는 로맨스였던 것 같다. 남녀가 나와 놀이공원에서 데이트를 했고 아파트 전봇대 아래에서 진한 키스를 하기도 했다. 대부분 커플로 채워진 좌석의 이유를 대강 알 것 같았다.

처음엔 나란히 있던 머리가 서서히 옆으로 기울기 시작하더니 영화 중반쯤에는 은근한 스킨십도 빈번했다. 평소라면 좋을 때구나, 하고 지나갔을 텐데 그럴 수 없었던 건 옆에 앉은 하우인도 그 기류에 동참하고 있었기 때문이다.

자리를 편히 잡기 위해 뒤척이는 그의 스치듯 부대끼는 팔. 탄탄한 근육이 찌부러질듯 매섭게 다가와 스치듯 부딪힐 때 그녀의 눈동자가 옆으로 돌아갔다. 그 시선을 느낀 건지 무덤덤한 얼굴로 스크린을 응시하던 그가 왜요? 하고 짧게 물었다.

이정인은 눈을 밑으로 내렸다. 좁은 공간 특성상 작은 움직임에도 서로의 어깨가 맞닿았다. 조심스럽게 몸을 반대편으로 기울이자 자연스럽게 맞닿은 어깨가 미세한 공간을 만들어 냈다. 그와 동시에 그가 이정인을 향해 고개를 숙였다.

"불편합니까?"

큰 소리를 낼 수 없어 맞닿은 거리가 너무 가까웠다.

왜? 하고 입 모양으로 말하자 용케 알아들은 그가 몸을 들더니 상체를 그녀 쪽으로 기울였다. 순간 묵직한 체중이 그녀의 어깨에 쏠렸다. 안색을 살피기 위해 다가온 그의 얼굴에 괜찮다며 고개를 옆으로 돌리는 순간 서로의 입술이 스치듯 맞닿았다. 고의가 아니었다. 뻣뻣하게 굳은 그녀의 눈동자에 서린 당혹감에 그가 속으로 웃음을 삼켰다.

반대편으로 돌아가려는 그녀의 고개가 불현듯 턱을 움켜쥔 힘에 하우인 쪽으로 돌려졌다.

"열이 나는 것 같지는 않은데."

이마에 닿는 서늘한 촉감에 이정인이 난감한 표정으로 말했다.

"……피곤해서 그래."

언뜻 스크린 불빛에 비친 그녀의 얼굴은 피곤함보단 난처함에 가까웠다.

"피곤하면 좀 주무세요. 영화 끝나려면 멀었으니까."

덮치듯 누르고 있던 상체가 뒤로 물러났다. 언제 그랬냐는 듯 스크린으로 향한 그의 시선에 미묘하게 신경이 이상한 쪽으로 끌려갔다. 예를 들면 무덤덤한 얼굴로 한 번씩 이쪽을 힐끗, 바라보는 눈 길이라든가. 오랫동안 한 자세로 앉아 있기 불편해 몸을 뒤척이는 척하면서 그녀를 빤히 응시한다든가 하는.

문제는 모처럼 본 영화 내용에 통 집중할 수가 없었다는 것. 영화가 끝이 나고 내부에 불빛이 들어오자 뻑뻑한 눈가를 손바닥으로 지그시 짓누르며 영화관 밖으로 걸어갔다.

"……것 같던데. 안 그래요?"

손바닥으로 투명한 문을 밀며 한 발 뒤로 물러선 하우인이 이정인을 향해 눈짓했다. 간혹 서둘러 밖으로 빠져나가다 그와 어깨가 부딪쳐 미안한 표정을 짓는 사람들에게는 너그럽게 웃어 주는 여유까지 있었다.

그녀의 주위에 있던 여자들이 얼굴도 잘생겼는데 매너까지 좋다며 수군거렸다. 남자는 어떻게 해야 상대에게 호감을 얻을 수 있는지 그 방법을 알았다. 여자들은 곧장 주위를 둘러보기 시작했다.

"도대체 누구야? 저 남자 잡은 여자는?"

부러움과 시샘이 적당히 섞인 부산스러운 시선이 이내 이정인에게 향했다. 눈이 마주치자 여자들의 입가에 미소가 번졌다.

'친군가 봐.'

'남자가 엄청 예쁘장하게 생겼다.'

'그럼 저 남자 임자 없는 거야? 대시해 볼까?'

그가 잡고 있는 문을 지나쳐 갈 때까지 귓가를 갉아먹던 여자들의 수군거림이 문득 거짓말처럼 멈췄다.

"……이정인 씨?"

"어?"

"영화 말입니다. 어땠어요?"

"재밌었어."

"……."

"왜?"

"이 영화, 재밌는 내용 아닌데?"

그가 영화 팜플랫을 들췄다.

오랜 연인의 배신에 여자의 욕망이 분출되기 시작하는데……. 2015년 기대작 로맨스 스릴러.

그 문구가 눈에 들어온 순간 하우인과 눈이 마주쳤다. 아, 그러면 커플들이 서로 달라붙었던 이유가…….

어색하게 웃다 길가 한복판에 서 있다는 걸 깨달았다. 길거리로 몰려드는 인파를 피해 길가 쪽으로 몸을 피했다. 그러다 하우인과 나란히 서 있다는 걸 깨달았다.

어쩌다 이렇게 되어 버린 거지? 휴대폰을 켜니 메시지 한 통이 와 있었다.

[정인아, 미안. 갑자기 회사에 급한 일이 생겨서. 좀 늦을 것 같으니까 먼저 저녁 먹고 있을래?]

곧장 통화 버튼을 눌렀다. 연결음 두 번 만에 남태영의 목소리가 들렸다.

— 어, 정인아. 영화 잘 봤어?

"응."

— 곧 갈게.

"아냐, 바쁘면 다음에 봐."

굳이 꼭 오늘 봐야 될 만큼 급한 일이 있는 건 아니었다. 오랜만에 얼굴 한번 보자는 의미가 강했으니까.

— 아니, 그게 아니라.

난감한 어조에는 망설임이 있었다. 말을 할 때까지 가만히 기다려 주니 남태영이 이내 말을 이었다.

— 동석할 사람 한 명 더 있거든. 괜찮지?

"동석?"

— 응.

"누구?"

— 음…… 하 전무. 하하.

"……."

남태영이 하우인과 따로 둘이 만날 정도로 친분이 있었던가? 고개를 젖혀 그를 올려다보자 지긋한 눈빛이 내려왔다.

"만날 사람이 남태영이었어?"

"네."

휴대폰을 자연스럽게 가져간 그가 힐끗 자신을 보는 게 느껴졌다.

"아, 이정인 씨였습니까?"

순식간에 손에서 빠져나간 휴대폰에 빈손을 밑으로 내렸다.

"괜찮습니다. 바쁘시면 다음도 괜찮으니까요."

몇 번 더 남태영과 말을 주고받던 그가 이내 주변을 둘러보더니 고개를 끄덕였다.

"아, 보이네요. 알겠습니다. 그럼 먼저 들어가 있겠습니다."

통화를 마친 그가 휴대폰을 돌려줬다. 그러고선 앞장서서 걷다가 우뚝 멈춰 서더니 고개를 돌렸다.

"뭐 합니까? 안 따라오고."

가던 길을 되돌아온 그는 이정인의 걸음에 맞췄다.

"남태영이 보자고 했어? 먼저?"

"예쁜 여자 소개해 준다고 해서 나왔는데 이정인 씨일 줄은 몰랐습니다."

입술 끝에 걸린 웃음에는 농담이 짙게 배어 있었다. 간격이 허물어지는 이상한 기시감에 느리게 눈을 깜빡이는데 그가 가게 문을 열고 안으로 들어섰다. 저녁 시간대, 허기를 달래러 들어온 사람들로 가득한 내부는 매콤한 냄새가 났다.

서빙하는 알바생들의 이마에 송골송골 땀이 맺혔다. 이리저리 뛰어다니는 알바생들 사이를 비집고 들어간 하우인은 자연스럽게 자리를 잡고 앉았다. 뒤따라 들어온 그녀도 그의 옆에 앉았다. 간단한 주문을 한 뒤 하우인이 자리에서 일어났다.

"어디 가?"

"물. 셀프네요."

정수기 앞에서 플라스틱 컵을 들고 있는 하우인은 생각만큼 이상했다. 꼿꼿한 허리가 굽어졌다. 컵에 물이 어느 정도 채워지자 굽혔던 허리를 편 그는 낮게 웃었다. 바처럼 길게 늘어진 테이블에 지친 팔꿈치를 기댄 이정인의 모습은 나른한 고양이 같았다.

그가 남태영이 말한 가게들 중 일부러 나란히 앉을 수 있는 곳으로 들어간 이유는 하나였다. 마주 보고 앉는 것보다 옆에 앉는 게 좋았다. 특히 옆에 앉으면 이정인의 옆모습을 구경할 수 있다. 무심한 이정인의 표정에도 왜 이렇게 입이 바짝 타들어 갈까. 마른침을 삼키며 물이 담긴 컵을 그녀 쪽으로 밀어 넣었다.

"하 전무, 오늘은 남자 같다."

말간 눈동자에는 음습한 사심이 없었다. 있었다면 좋았을 텐데,
아쉬움에 짧게 혀를 차며 물었다.

"그럼, 평소에는?"

"음, 낯선 타인?"

낯선 타인이란 단어에서 적당한 거리감이 느껴지자 그의 눈이
가늘어지는데 때마침 알바생이 비빔밥 두 그릇을 밀어 넣고 갔다.
미리 세팅된 수저를 쥐고 밥을 비비는데 그의 눈에 이상한 광경이
들어왔다.

언뜻 보면 모를 수도 있었다. 고추장에 뒤덮여 가는 수많은 나물
들 중 하나쯤 옆으로 밀쳐놓는 행위쯤은. 문제는 이정인이라서 당
근을 한쪽에 몰아넣은 행동을 가만히 내려다볼 수밖에 없었다. 밥
을 다 비비고 나서 아무렇지 않게 한술 크게 뜨는 그녀를 보며 툭,
던졌다.

"흠, 이정인 씨가 저보다 세 살 더 많죠?"

"알면서 왜 물어?"

"뭐랄까."

그가 상체를 그녀 쪽으로 틀었다. 그대로 손을 들어 이정인의 머
리카락을 쓸어내렸다.

"당신 이러니까 좀, 귀엽네."

소리 없는 그의 웃음이 어디서 비롯된 건지 눈치챈 이정인의 새
침한 눈꼬리가 난감한 빛을 띠었다. 그럴수록 하우인의 웃음소리가
짙어졌다. 이상한 기류에 그녀의 눈이 밑으로 꺾어졌다. 속눈썹도
나풀거리며 밑으로 쳐졌다. 뭉근한 느낌에 그가 고개를 굽혔다. 밑
으로 고개를 숙인 그녀의 시야에 하우인이 반쯤 들어왔다. 의미 없

는 젓가락질에 그녀의 손등이 그의 뺨을 스쳤다.

노곤해지는 신경과 반대로 녹아내리는 피곤함. 자꾸만 시선이 이정인을 향했다. 애써 눈길을 피하는 사랑스러운 행동에 허기가 사그라들고 눈가가 녹녹해진다. 뱃속을 가득 채운 포만감에 느슨해진 눈매를 방치하는데 순식간에 뒤로 물러선 이정인 때문에 부드럽던 그의 입매가 순식간에 차갑게 식었다. 이정인의 시선이 그의 뒤를 향했다.

"내가 너무 늦었지?"

남태영이 그녀의 옆에 앉으며 하하, 웃었다.


"국물 맛있어?"

"먹어 볼래?"

그녀가 밀어 넣은 그릇을 자연스럽게 받아 든 남태영의 입술이 벌어졌다. 문제는 그녀가 국물을 마시려고 그릇째 들고 입을 대던 곳이었다.

"……으악!"

작은 마찰에 그릇이 출렁했다. 하우인은 새 수저를 남태영에게 건넸다.

"수저로 드세요."

이정인과 간접 키스 할 생각하지 말고. 순순히 수저를 받아 든 남태영이 입맛에 맞는지 국물을 쭉 들이켰다.

"맛있네. 국물이 시원하다."

시시한 대화가 오갔다. 그사이 주문한 밥 한 그릇을 금세 비운 남태영과 함께 밖으로 나오자 뜨거운 낮과는 다른 선선한 바람이 휘감겨 왔다. 가게에서 보낸 시간은 1시간도 안 됐지만 요새 일이 바쁜지 남태영은 계속 휴대폰을 확인했다.

"바쁘면 가 봐."

이정인이 작별을 고하듯 손을 흔들자 남태영이 멋쩍게 웃었다.

"아니, 그건 아닌데."

"얼굴 봤으니까 됐어."

곤란해하는 남태영을 더는 붙잡고 있을 수 없었는지 이정인이 적극적으로 남태영의 등을 떠밀었다. 거기에 하우인까지 합세하니 이건 뭐, 어떻게 손쓸 방도가 없었다. 남태영은 다시 한 번 울리는 휴대폰 화면을 내려 봤다.

[방해됩니다.]

시간을 끌어 늦게 나오라기에 일부러 하우인의 말을 최대한 따라 줬는데 밥만 먹이더니 문자로 축객령을 보냈다. 독촉 문자도 아니고 남태영이 갈 때까지 계속 보낼 작정인지 하우인은 무덤덤한 표정으로 도로로 걸어가 택시를 잡았다.

"진짜 너무하네."

"뭐가?"

혼잣말로 중얼거리자 이정인이 의문 섞인 시선을 보냈다.

"남자의 질투가 무섭다고."

보통 여자 쪽이 여우인 건 봤어도 남자 쪽이 이러는 건 드물지 않나? 오랜만에 만나 그동안 못다 한 이야기 풀려는 목적으로 나오면 안 되는 거였나? 영화관에서 둘이 데이트할 시간도 넉넉했던 것 같은데. 그사이 택시를 잡은 하우인이 그의 어깨를 힘주어 밀었다. 불현듯 날아온 힘에 남태영의 몸이 크게 휘청였다.

"많이 피곤하신가 보네요. 다리 힘까지 풀리고."

"……?"

그에게 부축받은 자세가 된 남태영은 느리게 눈을 깜빡였다. 분명 하우인이 고의로 자신의 어깨를 민 것을 안다. 왜 그러나 싶어 물끄러미 바라보는데 걱정스러운 표정의 이정인이 시야에 들어왔다.

"그래, 하 전무 말대로 너 많이 피곤해 보인다."

어어?

등을 밀며 길가로 내보내는 이정인의 손길에 어쩔 수 없다는 듯 어깨를 한 번 으쓱인 남태영이 택시에 올라타다 말고 그녀를 불렀다.

"야! 이정인!"

이정인이 돌아보자 그녀의 옆에 서 있던 하우인도 같이 그를 돌아봤다.

"너 조심해라!"

"뭐?"

"네 옆에 여우 새끼 있다!"

그리고 택시가 출발했다.

"여우 새끼?"

이정인이 주위를 크게 돌아봤다. 지나가던 몇몇 사람들이 멈춰 서서 이쪽을 바라보는 게 느껴졌다. 같이 바라봐 주었지만, 딱히, 남태영이 말한 인상착의를 찾을 수는 없었다.

"방금 남태영이 여우 새끼라고 하지 않았어?"

주위를 둘러보는 시선을 거둬 내며 묻자 하우인이 남태영이 떠난 자리를 물끄러미 응시하는가 싶더니 피식, 건조한 웃음을 흘렸다.

"글쎄요. 워낙 주위가 시끄러워서."

저녁 시간대가 지난 길거리는 한층 더 사람이 많았다. 길을 걷는 발소리, 도로를 빠르게 지나가는 자동차 소리, 삼삼오오 모여 수다를 떠는 목소리가 섞여 번잡했다. 그 한가운데 우두커니 서 있기도 뭐해 손목 단을 걷어 시간을 확인하며 자동차를 주차해 두었던 방향으로 몸을 트는데, 불현듯 그가 무릎을 낮추고 눈을 맞췄다.

"여자가 칠칠하지 못하게."

웃음기 서린 낮은 목소리와 함께 고생을 모르는 기다란 손가락이 목 주변으로 엉겨 왔다. 그의 정수리를 내려다보며 이정인이 물었다.

"뭐 묻었어?"

"셔츠 깃 한쪽이 올라갔습니다."

"그래? 내가 정리할게."

"다 됐습니다."

빳빳한 셔츠 깃 부분을 정리한 손가락이 목덜미 주변을 부드럽게 배회하다 떨어졌다. 참을 수 없는 간지러움에 목을 긁다가 문득 생각난 게 있었다. 주차장 쪽으로 방향을 틀며 자연스럽게 말을 흘렸다.

"곧 있으면 남태영 약혼식이던데."

"알고 있습니다."

"너랑 남태영도 세 살 차이지?"

"그렇죠."

"소개팅만 나가면 말주변이 없어 번번이 실패하던 남태영도 여자 만나서 약혼하는데 너도 정착할 때 되지 않았나?"

나란히 걸어가던 그의 눈빛이 점차 날카로워지더니 이정인이 고개를 젖히고 눈이 마주치자 이내 반달로 접혔다.

"그런 걱정은 됐습니다. 알아서 잘 만나고 있으니까."

다시 고개를 반듯하게 한 이정인이 정면을 응시하며 걸었다. 하우인의 눈동자가 느리게 아래로 떨어졌다.

"누구?"

"너."

"하하, 하 전무 이제 보니 농담도 할 줄 알아?"

놀란 기색도 없이 노곤하게 웃으며 자연스럽게 넘어간 이정인의 걸음이 빨라졌다. 익숙한 자동차 문을 열고 운전석에 올라타는 모습을 가만히 내려다보고 있으니, 시동을 걸고 운전대를 잡은 그녀가 창문 밖으로 손을 흔들었다.

바람 따라 하늘하늘하게 움직이는 손가락의 율동을 노곤하게 바라보다 창문 안으로 몸을 집어넣자 운전대를 잡고 있던 이정인의 눈동자가 가늘어졌다.

"안전벨트 제대로 안 하면 사고 납니다."

운전석 창문으로 반쯤 몸을 걸친 그가 안전벨트를 끌어당겨 밑으로 내렸다.

"선이 가늘군요."

선?

이정인은 가슴 밑에 닿은 남자의 정수리를 내려다봤다.

"여자처럼."

사정거리를 유지하며 벨트를 이음새 부분에 밀어 넣었다. 달칵, 소리와 함께 하우인이 천천히 뒤로 물러섰다. 단숨에 운전석 밖으로 멀어진 그의 모습에 몸을 옭아맨 안전띠를 한 번, 밖에 서 있는 하우인을 한 번 바라보는데 그가 목울대를 울리며 입꼬리를 끌어올렸다.

"조만간 또 보죠."

"글쎄, 시간이 되려나."

거절의 의미를 내포한 문장에는 감출 수 없는 긴장감이 존재했다. 운전대를 잡는 그녀가 마른침을 삼켰다. 곤란한 기색으로 여자, 라는 단어를 조용히 읊조리던 그녀가 손을 흔들고는 곧장 자동차를 출발시켰다.

이정인이 탄 차는 점차 시야에서 멀어지더니 복잡한 도로에 섞여 버렸다. 하우인은 그녀가 보이지 않게 되고 나서야 마른 등을 깊게 끌어안고 싶은 충동을 자제하느라 주먹 쥐었던 손을 천천히 폈다. 손등에 핏줄이 도드라졌다. 우악스럽게 힘을 준 손을 쥐었다가 펴는데 그의 옆으로 다가온 그림자 하나가 길게 늘어졌다.

"근처에 차 대기시켜 놨습니다."

고 비서가 길 맞은편을 가리켰다. 여름 끝물, 발악하는 태양 아래 볼일이 끝난 이곳에 더 머무를 필요가 없는 하우인의 발걸음이 빨라졌다. 같이 따라 움직이던 고 비서가 그의 보폭에 맞춰 거의 뛰다시피 따라갈 때였을까.

돌연 하우인이 자리에 멈춰 섰다. 따라 멈춘 고 비서가 그의 시선을 따라갔다. 전면 유리창 너머로 투명한 비닐봉지에 싸인 빵들이 보였다. 한 발자국 뒤로 물러나자 유명한 가맹점 간판이 보였다.

"이 빵, 이정인 씨 닮았습니다."

수많은 빵 중 그가 가리킨 건 롤케이크였다.

"따뜻하고."

빵 표면이 갈색이라 따뜻해 보였다.

"예쁘고."

이정인의 조막만 한 얼굴과 새침하지만 큰 눈동자. 나름, 예뻤다. 전형적인 미인상에 가깝달까.

"귀엽죠."

"귀여…… 네? 이정인 씨가 귀여우……세요?"

그건 아닌 것 같은데. 차마 동조를 할 수 없어 가만히 빵을 바라보고 있는데.

"그럼, 안 귀엽습니까?"

난데없이 냉담한 눈빛이 날아들자 절로 어깨가 수축했다. 귀여운 것 같기도 하고……. 고 비서가 어색하게 웃으며 중얼거리다 때마침 옆을 스쳐 지나가는 여학생을 가리켰다.

"어떤 것 같으세요?"

"무슨 뜻입니까."

"저 여자, 귀엽죠?"

아담한 몸매와 산뜻한 단발. 거기다 웃을 땐 양쪽 볼우물이 깊게 파여 귀여움의 정석과도 같은 얼굴을 무심히 바라보던 하우인이 무미건조하게 답했다.

"고 비서 눈 이상하네."

"네?"

"저 얼굴이 귀엽다니. 시간 빼 줄 테니 안과 다녀오세요."

이상한 눈빛을 보내고 돌아서는 그의 등을 보며 고 비서는 절규했다.

'전무님, 저런 게 귀여운 겁니다!'

장부 정리는 마무리를 향해 달려갔다. 동이 트기 전 의자에 앉은 채 몸을 가볍게 뒤틀자 뼈마디가 뒤틀리는 뻐근함을 느꼈다. 어깨를 가볍게 주무르며 등받이에 걸쳐 뒀던 재킷을 허공에 반쯤 돌려 몸에 걸쳤다. 단추를 잠그는데 허리 부분에 공간이 남았다.

그새 또 살이 빠진 건가.

요 며칠 무리하게 일을 하던 게 문제였을까. 필요하다면 밤을 지새우는 것도 마다하지 않았지만 밥은 꼬박꼬박 챙겨 먹었다. 품이 남는 허리를 손바닥으로 누르며 차 키를 챙겼다. 가게 밑으로 내려가자 어디 가시냐는 질문에 잠깐 거래처에, 라고 부드럽게 웃으며 말해 준 뒤 자동차에 올라탔다.

시동을 걸고 운전대를 잡으려니 가게 앞으로 나온 남자들이 이쪽을 주시하고 있었다. 아버지가 심어 놓은 남자들이었다. 그녀가 무슨 짓을 하는지, 무슨 말을 했는지 하나도 걸러 내지 않고 날것 그대로 보고가 올라간다는 걸 알고 있었다.

이정인은 조수석 창문을 밑으로 내리고 눈동자를 굴려 가게를 올려다봤다. 그녀의 손을 탄 가게는 세련됐다기보단 아늑했다. 시간이 지나 세월이 덧씌워지면 빛이 날 것이다. 그만큼 말로 표현할 수 없는 독특함과 안락함이 녹아 있었다.

이내 운전대를 잡고 자동차를 출발시켰다. 20대 청춘을 거진 다 바쳤으니 미련 없이 손 털고 나가긴 어려웠다. 마음에는 아쉬움이 남겠지만 그렇다고 저 가게를 내 것으로 만들고 싶다는 욕심은 없었다. 빨간색으로 신호가 바뀌자 차가 천천히 멈추었다. 이정인은 두 손으로 운전대를 꽉 잡고 느슨하게 턱을 괬다.

다 쓰러져 가는 저 가게를 위해 몸이 부서져라 뛰어다닌 건 아버지 때문이었다. 나는 그저 그의 칭찬이 듣고 싶었다. 아마, 20대 중반에 막 들어설 때까지도 그런 생각을 가지고 있었던 것 같다. 부질없는 것이라는 걸 깨닫기까지는 그리 오래 걸리지 않았다.

"아, 정말이네요. 확인해 봤는데 우리 쪽에서 실수가 있었던 모양입니다."

직원은 이정인이 들고 왔던 종이를 돌려주며 난감한 얼굴을 했다.

"그리 심각한 일은 아니야. 정리하다 보니 10원 단위가 맞지 않아서 확인한 것뿐이니까."

"……."

이번에 남자는 섣불리 말을 꺼내지 않았다. 그렇지만 표정을 숨기는 법은 미숙한지 얼굴에 다 드러났다. 겨우 10원 단위로 여기까지 찾아왔다고? 그것도 직접? 보통 그 정도는 넘어가는 경우가 허다했기에 그의 의아함을 이해 못 하진 않았다.

"확실히 하고 싶어서."

이왕 자신의 손이 닿았다면 한 치의 오차도 없길 바랐다. 괜한 오기일지도 모른다. 아버지에게 마지막까지 나는 최선을 다했습니다, 라는 모습이라도 남기려는 자신의 모습이 웃겨 자조적으로 웃었다.

"일에 완벽하신가 봐요."

남자는 힐끗 그녀의 손에 들린 종이를 봤다. 그러더니 할 말이 있는 듯 자리로 돌아가지 않고 머뭇거렸다. 빤히 바라보고 있자 이내 이쪽 눈치를 보더니 조심스럽게 물어온다.

"저…… 그 소문 진짜예요?"

아아.

짐짓 모른 척 무슨 소문? 하고 묻자 남자는 더 물어도 되는지 여기서 멈춰야 하는지 갈등했다. 그 얼굴을 바라보고 있으니 이내 한층 더 소리를 죽인 목소리가 들렸다.

"물러나신다는……."

남자는 끝내 말을 흐렸다. 그리고 슬쩍 눈동자를 굴리며 그녀를 조심스럽게 바라본다. 곤란한데. 이 바닥에서 호기심은 없는 편이 나았다. 있더라도 세 치 혀에 담지 말고 마음속으로 꾹꾹 눌러 담는 편이 현명했다.

"물러날 때도 됐지. 그리고……."

평상시라면 대충 답해 주고 지나쳤을 것이다. 분명 그랬을 터인데 남자의 눈빛이 반짝반짝 빛났다. 저 눈동자도 언젠가 감정이 메마르고 아름다운 것들이 더 이상 느껴지지 않게 될 때가 분명 찾아오겠지.

"궁금한 게 생기더라도 입 밖으로 내지 않는 게 좋아. 세상이 오죽 험해야지."

"입 닫고 귀 막으라는…… 얘기죠?"

대답 대신 가볍게 웃었다. 남자의 어깨를 한 번 잡았다 놓아주며 가게 밖으로 나오는데 맞은편에 익숙한 남자가 시야에 걸렸다. 잘못 본 건가 싶기에는 그의 존재감이 너무나 뚜렷했다. 잠시 멈춰 서서 그 남자를 응시했다.

밑으로 출렁거리는 턱살을 감싸는 셔츠 깃이 한쪽만 접혀 있었다. 넥타이는 며칠 동안 같은 것만 사용했는지 미세한 주름이 져 있었고 몸에 걸치고 있는 슈트도 고급스러웠지만 조끼를 뚫고 나오려는 뱃살을 막아 주지는 못했다.

게다가 가장 눈에 띄는 건 초췌해진 그의 얼굴. 아무렇게나 머리카락을 빗어 내린 노 대표의 행색은 말이 아니었다. 근처에 차를 세워 놓고 어딘가로 급히 달려가는 모습에 몸을 돌리려는데 순간 눈이 마주쳤다. 노 대표가 턱살을 출렁이며 으르렁댔다.

"오랜만이야. 이 단장?"

방향을 바꿔 그녀의 앞에 멈춰 선 노 대표가 여유로움을 가장했지만, 그의 웃음은 설득력을 얻지 못했다. 초조함과 상반되게 억눌린 살기를 눈빛에 고스란히 내비쳤으니까. 하우인이 어느 정도 걱정할 일은 지났다고 말했던가.

"꼴이 말이 아니네."

느린 어투로 한마디 내뱉고서 파르르 떠는 두꺼운 입술을 관망했다.

"너희 둘이 짰지?"

"무슨 소리야?"

"이 단장! 말귀 못 알아먹는 척하면 섭섭해. 응? 하 전무 그 새끼하고 둘이 짜서 내가 가진 주식들 나눠 가지기로 한 거 아니냐고!"

모아 두었던 화를 내뿜듯 엄청난 고함이었다. 오죽하면 옆에 있던 부하들도 노 대표의 팔을 잡으며 쩔쩔매는데 어디서 팔을 잡고 난리냐며 가까이 서 있던 부하의 정강이를 냅다 걷어찼다. 한계를 모르고 치솟는 그의 화풀이에 순순히 동참해 주고 싶은 마음은 없었다. 벌써부터 피곤이 몰려왔다.

"내가 왜 그런 짓을 하나? 굽실굽실하며 아등바등 모아 온 코 묻은 돈에는 관심 없어."

손을 휘휘 내저으며 그만 각자 갈 길 가자는 뜻을 보내자 노 대표는 으득, 이를 갈았다.

"그 새끼랑 둘이 짰잖아!"

"이봐, 뭔가 착각하는 모양인데."

"가만 안 둘 줄 알라고!"

분노의 상대가 틀렸다. 그것까지 분별하지 못할 정도로 덜떨어진 놈으로는 안 보였는데. 그만큼 수세에 몰렸다는 건가?

"그런 말은 하 전무에게나 전해 줘. 보아하니 머리 쓰면서 상대방 무너뜨리는 거 잘하는 것 같으니까."

"하 전무 똘마니 새끼가!"

아, 그렇게 생각할 줄 알았다.

곤란한데.

더 이상 하 전무와 연관이 되는 건 사양이었다. 이번 일이 끝나면 깔끔하게 서로 돌아서는 관계를 복잡하게 만드는 건 이쪽에서 사양이다. 그와 반대로 이렇게라도 성질을 긁어 보려고 발악하는 노 대표의 노력이 눈물겨웠다.

"다 도망가서 밑에 남아 있는 애들도 몇 없다며."

노 대표가 눈을 부릅떴다. 사실인 듯했다.

"착하게 좀 살아. 그게 안 되면 얌전히 있든가. 그렇게 이리저리 뛰어다녀 봤자 끝에 있는 건 결국 한 번 맛본 돈맛뿐이잖아?"

"어린놈이 오냐오냐 해 줬더니 어디서"

"나니까 이런 말 해 주는 거야. 정말 충고하는데 지금부터라도 조용히 살아. 괜히 이곳저곳 들쑤셔서 밑바닥으로 추락하지 말고. 더 추락할 데도 없잖아 이젠."

"이 단장……!"

노기가 들끓는 음성은 미처 다 토해 내지 못했다. 대기 중이던 남자가 노 대표의 눈치를 보며 발을 굴렀다.

"노 대표님. 여기서 이러고 있을 시간이……."

"젠장!"

욕을 짓씹던 노 대표는 두고 보자는 한마디를 남기고 돌아섰다. 유유히 멀어지는 그를 보며 이상한 기분을 느꼈다. 노 대표는 기본적으로 사람을 신뢰하지 않는다. 그건 자신의 부하에게도 예외가 없어서 오랫동안 옆에 둔 이가 아니면 그의 옆에 두지 않았다. 그런데 왜 스시집에서 봤던 남자가 아닌 처음 보는 남자들이 그의 곁을 지키고 있는 걸까.

그들의 뒷모습이 모퉁이를 돌아 사라질 때까지 고민하다 생각하길 그만두었다. 어차피 노 대표는 무너졌다. 다시 일어서서 옛날의 영광을 되찾는 건 어려울 거다.

돈이란 게 그런 건가.

가지고 있을 땐 주위에 사람들이 몰리다가, 금세 바닥이 드러나면 그런 건 언제 소문이 나는 건지 주위를 둘러보면 어느새 나 혼자 덩그러니 남아 있는.

외제 차만 고집하던 그의 자동차가 국산 차로 바뀐 걸 보면 급하긴 한 모양이었다. 그가 세워 둔 자동차 곁을 스쳐 지나가며 가게 앞에 세워 둔 차에 올라탔다. 점심시간을 훌쩍 넘긴 시간을 보다 오늘은 점심을 건너뛰기로 했다. 허기지기보단 노 대표를 만나 입씨름을 벌인 탓에 피곤함이 어깨를 짓눌렀다.

가게 앞에 도착하자 차를 세워 두고 내리는데 익숙한 차가 눈에 밟혔다. 그 안에서 대기 중이던 고 비서가 운전석에서 나오더니 꾸벅 인사했다.

"하 전무는 안 바쁜가 봐?"

"바쁘십니다."

그래? 대충 답을 하고 가게 안으로 들어가려는데 고 비서는 고집스럽게 말을 꺼냈다.

"바쁜데도 여기에 오신 겁니다."

가게로 들어가려던 걸음을 멈추고 몸을 틀었다. 바른 자세로 꼿꼿하게 서 있는 고 비서가 보였다. 무슨 뜻으로 그런 말을 한 건지 부연 설명을 덧붙이지는 않아도 알 것 같아 바람 빠지는 웃음소리를 냈다.

"그걸 굳이 나한테 말하는 이유는?"

"이정인 씨가 더 잘 아시리라 생각합니다."

이런 말까지는 주제넘은 짓이었으나, 생각하는 고 비서의 고민이 여기까지 느껴져 고 비서, 하고 다정하게 불렀다. 곧장 답이 들려왔다.

"네."

"하 전무가 없는 시간 쪼개서 정성 들일 만큼 나, 대단한 사람 아니야. 그러니까 네가 말려 주면 좋겠는데. 안 될까?"

곤란한 질문이었는지 고 비서는 침묵했다. 노을이 반쯤 삼킨 하늘을 직시하다 궁금했던 걸 물었다.

"어떻게 알았어?"

그늘진 뺨에 고 비서의 시선이 느껴졌다. 꺼져 가는 노을을 응시하다 뒷말을 꺼내며 그를 힐끔 곁눈질했다.

"내가 여자라는 거."

여자, 라는 단어에도 고 비서는 놀란 눈치가 아니었다. 단지 스스로 여자라는 사실을 털어놓는 것에 의아한 눈길을 보냈다.

"어쩌다 보니……."

"음, 내 뒷조사를 한 건가?"

감으로 알아차리기에는 하 전무와 자신은 그 정도로 친밀감 있는 사이는 아니었다.

"뭐, 뒷조사할 수도 있지. 기분 나쁜 것도 아니지만 기분 좋은 것도 아니긴 한데 이 바닥이 그렇잖아?"

뒷조사를 했다는 말에 많은 의미를 부여하지 않고 넘어가려는 이정인의 뜻을 알아차린 고 비서가 가볍게 고개를 한 번 끄덕였다. 이정인은 망설임 없이 가게 안으로 들어갔다. 고 비서도 몸을 돌려 자동차 문을 열고 운전석에 올라탔다.

어떤 의미에서 보면 이정인의 저런 쿨한 성격이 지금까지 그녀를 있게 한 건 아닐까.


"왔습니까?"

문을 열고 들어가자 소파에 앉아 서류를 들추던 하우인이 살갑게 인사했다. 그의 손에 들린 서류를 스치듯 보며 테이블을 지나 의자에 앉았다.

"바쁘다던데. 이러고 있어도 돼?"

"당연히 안 됩니다."

소파에 앉아 있던 그가 몸을 틀었다. 시선이 겹쳐졌다. 여전히 한 손에는 서류를 놓지 못한 채다. 바쁘다는 사실이 거짓이 아니라는 건 알았지만 이건 그냥 바쁜 정도가 아니지 않나? 나가기 전에 덮어 두었던 장부를 펼치다 방금 전 노 대표의 말이 생각났다.

"우연히 길에서 노 대표를 만났는데 이상한 소리를 하더군."

"그래요?"

"우리 둘이 짰다느니. 뭐, 이런저런 말들."

일부러 말끝을 늘이며 미끼를 던지던 게 무색할 정도로 하우인은 순순히 답을 해 주었다.

"아, 그거. 신경 쓸 필요 없습니다. 단순히 이정인 씨 이름 빌린 것뿐이니까."

"이름을 빌려?"

그가 가볍게 고개를 끄덕였다.

"사정이 있어서 제 쪽으로 주식을 다 가져오지 못하게 됐습니다. 아시다시피 이 바닥, 안 좋은 소문이면 곤란하니까요."

엄연히 경쟁으로 가져가야 할 이권을 뒤로 손써서 가져가려 했다는 일이 새어 나갈까 봐 조심하는 건 이해가 가지만.

"하 전무는 이 바닥 아니지 않던가?"

거리낌 없이 이곳을 찾아온 그라도 결국은 양지에 머물러야 할 사람이다. 자신은 여기 음지, 그는 양지. 이정인의 생각을 대충 읽은 하우인이 소파에 등을 기대며 고개를 내저었다.

"깨끗해 보여도 결국 한통속입니다. 기업도 뒤로 더러운 수작을 꽤, 부립니다. 그게 겉으로 드러나느냐 마느냐의 차이죠. 그리고 이름을 빌린 건 다른 뜻이 있어서가 아…….."

일부러 길게 늘어놓던 하우인이 돌연 말을 멈췄다. 그러고선 꼼꼼히 그녀의 얼굴을 살피더니 이런, 난감한 듯 혀를 짧게 찼다. 이쪽을 응시하는 이정인의 표정이 묘하게 바뀌었다. 그녀의 이름을 잠깐 갖다 쓰는 건 상관없지만 이수환 아들의 이름을 물어보지 않고 쓰는 것에 마음이 불편한 것 같았다. 언뜻 알아차리지 못할 정도로 서늘한 눈매가 마음에 걸렸다.

"화났습니까?"

"피곤해서 그래. 그리고 너도 많이 바쁘다며."

이정인이 얼굴에 가면을 씌웠다. 눈을 반달로 접으며 턱 끝으로 문을 가리켰다. 지그시 눈을 감았다 뜬 그녀의 축객령에 그가 유연하게 자리에서 일어섰다. 천천히 발걸음을 옮겨 도착한 곳은 벽에 붙어 있는 선반. 능숙하게 커피포트를 내리고 찻잔을 꺼내 그 안에 진하게 우려낸 커피를 담았다. 뭐 하는 짓인지 지켜보는 그녀 앞에 찻잔을 내려놓았다.

이정인이 다소 이해할 수 없는 표정으로 그를 올려다봤다. 마치 '나는 커피 마시고 싶다고 한 적 없는데?' 라고 말하는 듯해서 속으로 웃음을 삼키며 양손으로 테이블을 짚고 이정인 쪽으로 상체를 숙였다.

"서비스랄까."

천천히 이정인과 시선을 겹치며 귓가에 나지막이 속삭였다.

"당신 화난 것 같으니까."

"……."

이정인은 뭐라 말할 듯 입술을 달싹이다 이내 침음을 삼켰다.

동호나 철호의 어리광이나 애교와 다른 어른의 농후한 다정함에 어떻게 반응해야 되는지 알 수 없었다. 애초에 자신의 기분이 상했다는 걸 아는 사람조차 드물었다. 감정을 얼굴에 드러내는 어리석은 짓 따위 하지 않았으니까. 내색하지 않으니 당연히 알 수 있을 리 없었다.

멍청하게 눈만 깜빡깜빡하자 그가 상체를 물리며 낮게 웃는다. 그 웃음에 순간 눈이 부셔서 이정인은 저도 모르게 미간을 좁혔다. 한참 커피 잔을 내려 보다 빙글, 돌아 책장에 일렬로 정렬된 장부들 중 하나를 꺼냈다.

사락, 사락.

저 멀리서 서류 넘어가는 소리가 들렸다. 그 소리를 들으며 그대로 장부를 펼쳤다. 꼼꼼한 동현답게 주석으로 달려 있는 말들이 많았다. 누가 보면 장부가 아니라 국시 공부하는 학생의 문제집이라 봐도 무방할 정도였다. 고집스럽게 단정한 필체를 눈으로 더듬었다.

잘 지내고 있겠지. 어제도 바쁘다며 앓는 소리를 했으니 불편함 없이 잘 지내고는 있을 터였다. 투정을 부린다는 건 그만큼 여유가 있다는 뜻이니까.

탁.

필요한 것만 눈으로 훑은 뒤 제자리에 두는데 돌연 주위가 조용했다. 조용한 게 이상하다는 건 아니지만 어느 순간 서류를 넘기는 소리가 자취를 감췄다. 고요한 침묵이 목 안을 따끔거리게 만들었다.

"……."

등 뒤로 찌를 듯한 시선이 이젠 익숙해졌다. 언제부터였을까, 이런 시선을 느끼게 된 게. 몸을 옆으로 비스듬히 하자 그에 따라 시선이 따라왔다. 자리에서 일어나 책장 끝으로 가서 원하는 것을 꺼내고 자리에 돌아가 앉는데 집요하게 따라온 시선에 목이 **뻣뻣하게** 굳고 손끝이 떨렸다. 그래서 어설프게 손잡이 끝을 잡고 있던 커피를 흘리고 말았다. 셔츠 깃 바로 아랫부분에 고인 웅덩이가 주룩 내려가더니 이내 허리 부근을 축축하게 적셨다.

손수건으로 대충 닦다가 손을 쓸 수 없을 정도로 얼룩진 셔츠를 내려다보고는 예비용 셔츠를 꺼냈다. 자연스럽게 목을 감싸는 셔츠 단추를 톡, 톡 푸는데 벽에 등을 기댄 하우인이 시야 안으로 들어왔다. 파란색 와이셔츠를 대충 들어 허공에 두어 번 흔들었다.

"옷 갈아입어야 할 것 같은데?"

그의 시선이 느리게 밑으로 떨어지다 커피 자국이 흘러내린 허리 부근에 고정됐다.

"갈아입으세요. 방해하지 않겠습니다."

이정인의 눈이 가늘어졌다.

"음? 갈아입어라?"

"네."

"네 앞에서?"

"네."

담백한 말투였다. 진심으로 하는 말인가 싶어 그를 물끄러미 응시하자 그가 나른하게 눈매를 늘어트리며 시선을 맞받아친다. 읽을 수 없는 눈빛이 올가미가 되어 그녀의 가슴을 답답하게 만들었다.

"아니면, 제가 신경 쓰입니까?"

웃고 있지만 커피에 젖어 달라붙은 곳을 주시하는 건조한 눈은 날카로웠다. 시선이 닿는 것만으로 허리가 화상을 입은 듯이 그 부위만 녹진했다. 이상한 느낌. 어색하게 손바닥으로 슬쩍 허리 부근을 가리며 그의 시야를 차단하자 피식, 웃는 소리가 들렸다.

"갈아입어요. 눈 감고 있을 테니까."

눈을 감은 채 돌아선 남자의 몸이 보였다. 건재함을 과시하는 넓은 등이 오늘따라 기묘한 느낌을 들게 만든다. 이정인은 애써 시선을 떨치며 마저 단추를 풀었다. 생각해 보니 가슴은 붕대에 감겨 있었고 보통 철호나 동현의 앞에서도 셔츠를 갈아입는 경우는 빈번했다. 그녀는 커피로 젖은 셔츠를 의자 등받이에 걸고 빳빳한 새 셔츠를 몸에 걸쳤다.

톡.

톡톡.

단추를 잠그는 사이로 사락, 들리는 셔츠 소리가 그의 귓가를 들쑤셨다. 아래로 피가 몰렸다. 점점 형태를 갖춰 부풀어 오른 제 앞섶을 보던 하우인이 자조적으로 웃다가 열이 오른 머리를 벽에 기댄 채 숨을 몰아쉬었다.

이정인이 자신으로 인해 불편해지는 건 싫다. 그게 얼마나 안이한 생각이었는지 곧 알게 되었다. 이정인은 그를 보며 불편한 마음을 가져야 했다. 그렇지 않으면 끊임없이 보이지 않는 선을 그었다. 그리고 그 선을 넘어오지 못하게 했다.

그녀가 여자라는 사실을 이쪽이 눈치챘다는 걸 이젠 이정인도 안다. 앞으로 그녀는 자신의 노골적인 시선을 감내해야 할 것이다. 그로 인해 생기는 감정이 무엇이든 상관없었다. 나쁜 감정조차 사랑스러울 것이다.

"다 갈아입었어."

흠흠.

헛기침을 하며 시선을 맞추지 않는 그녀를 보며 하우인은 소파로 걸어가 서류를 챙겼다.

이정인의 세상은 메마르고 건조했다. 낯선 이들을 만나도 쉽게 웃는 가면을 그에게도 보일 필요는 없었다. 하우인은 그 가면을 부숴 버리고 싶었다. 어떻게 해서든. 그리고 이정인이 자신으로 인해 끊임없이 불편해지길 바랐다. 그렇게 하우인이란 남자를 가슴에 새기길 바랐다.

"아버지는 요즘 뭐 하고 지내?"

지나가듯 묻는 말에 남자는 머뭇거리며 답했다.

"이것저것 정리하십니다."

"서열 정리?"

"……."

"이곳 거의 다 정리됐으니까 조만간 한번 찾아뵙고 싶다고 전해 줘."

박스에 정리한 서류를 차곡차곡 넣는데 불안정한 시선이 느껴졌다. 이정인이 고개를 들다가 피식, 가볍게 웃었다.

"화장실 가고 싶어?"

"예, 예?"

"안절부절못하기에."

스스로 이곳에서 나간다고 말한 건 그녀지만 남자가 그녀를 바라보는 눈빛 속에는 여러 감정이 뒤섞여 있었다.

그래도 막 아버지 밑에 들어와 아무것도 모르던 까마득한 시절에 만난 동료를 향한 뒤숭숭한 마음. 이런 상황 자체가 껄끄럽고 불편하지만 그와 반대로 이곳을 떠나 새로 출발할 수 있으려나 염려되는 마음.

걱정. 근심. 안쓰러움.

그중 가장 두드러진 감정은 동정.

마치 주인에게 버림받은 강아지를 보는 듯한 측은한 시선을 가볍게 넘기며 박스를 건넸다.

"꼼꼼히 정리한다고는 했는데 혹시 모르니까 한 번 더 훑어보고 의문점이 있으면 바로 연락해도 좋아. 마무리는 확실히 매듭짓고 싶으니까."

"아, 네."

가슴쯤 와 닿는 박스 안에 있는 손때 묻은 서류들을 내려다보며 손안에 든 묵직한 무게를 가늠하던 남자가 이내 고개를 꾸벅 한 번 숙이고 뒤돌아설 때 그녀가 툭, 하니 물었다.

"애들은 잘 지내지?"

직접적인 이름이 나오지 않아도 남자는 그녀가 누구의 안부를 묻는지 알 수 있었다. 이정인이 사적으로 관심을 가지고 챙길 정도의 사람은 둘뿐이었다. 남자는 문으로 향하던 걸음을 멈추고 몸을 반쯤 돌렸다.

"동우 형님은 아시다시피 많이 바쁘십니다. 워낙 꼼꼼한 성격이라 뭐 하나 대충 넘어가는 법이 없으시니까요."

"여전하구나."

이정인이 작게 웃으며 말했다.

"작은 것 하나 이상해도 그냥 넘어가는 법이 없지. 그래서 처음에는 피곤할 거야. 밤낮 가리지 않고 귀찮게 굴 테니까. 그래도 익숙해지면 그만한 애 없어."

이정인이 웃으며 남자의 어깨를 한 번 가볍게 잡았다 놓아주었다.

"잘 대해 줘."

걱정하는 그녀의 마음이 담긴 당부에 남자가 고개를 끄덕이자 그녀가 철호는 어때? 하고 물었다. 사실 동우야 처음 만났을 때부터 나이보다 어른스러운 성격인지라 너무 일찍 철이 들어서 어디서든 잘 지낼 거라는 걸 알고 있었다.

그와 반대로 철호는 간혹 어디로 튈지 몰라 주변 사람을 당혹스럽게 할 때도 있었으나 그게 나쁜 마음에서 우러나온 행동도 아니었고 대부분 그녀를 지나칠 정도로 잘 따라서 생기는 문제였다. 누군가 그녀를 뒤에서 비방이라도 하는 걸 들은 날에는 앞뒤 가리지 않고 쫓아가 난리를 쳤으니까. 다행이라면 동우가 곁에 있다는 걸까. 잘 보살펴 줄 테니까. 그런데 예상과는 전혀 다른 말이 남자의 입에서 튀어나왔다.

"안 그래도 오늘 여기 온다니까 철호도 일 끝내고 여기에 들른다고 했습니다. 아마 지금쯤이면……."

남자가 힐끗 벽시계를 봤다.

"밑에 와 있지 않을까요?"

"지금?"

연락도 없이?

물론 연락 없이 올 수도 있지만 급한 일도 아니고 분명 가게에 들른 목적이 오직 자신의 얼굴을 보기 위함이라는 걸 말을 하는 남자도 그녀도 모르지 않았다. 해서, 의아한 얼굴로 휴대폰을 확인하는데 똑똑 문을 두드리는 소리가 울리고 머리가 짧은 남자가 조심스럽게 들어왔다.

"단장님."

단조로운 음성에 고개를 드니 1층에서 일하다 왔는지 한 손에는 메뉴판이 들려 있었다.

"철호 형님 밑에 왔습니다."

"언제?"

"방금이요. 그리고."

철호에게서 오늘 가게에 들른다는 문자나 연락은 없었다. 깜짝 놀래켜 주려는 건가? 싶어 알겠다며 자리에서 일어서는데.

"오늘도 그분 오셨어요. 단장님 아직도 일하는 중이시냐고 물어보시는데……."

그가 조심스럽게 물었다.

누구냐고 물을 필요도 없었다. 바쁘다던 남태영이 이정인의 가게를 찾는 발길이 잦아졌다. 하우인도 함께였다. 먼저 하우인을 보낸 다음 술자리 끝 무렵에 남태영이 도착하는 식이었다.

"알았어. 지금 내려간다고 전해 줄래?"

"네. 그럼 나가 보겠습니다."

고개를 숙인 남자가 밖으로 나가자 박스를 들고 어정쩡하게 서 있던 그도 짧게 인사를 하고 밖으로 나갔다.

탁.

문이 닫히는 소리를 들으며 팔까지 걷어 올렸던 소매를 내린 뒤 의자 뒤로 걸어갔다. 등받이에 걸어 둔 재킷을 몸에 걸친 그녀의 발걸음이 1층으로 향했다.


목젖을 통해 꿀꺽꿀꺽 넘어간 술이 물 흐르듯 순식간에 사라졌다. 술꾼인가? 옆에 앉은 철호를 곁눈질로 빠르게 훑던 고 비서가 아차, 싶은 얼굴로 변했다. 술을 급하게 마셔서인지 그도 아니면 주량이 약한 건지 모르겠지만 번지르르한 얼굴이 점점 붉게 변하는 것이 아무래도 취기가 올라온 것 같았다.

술잔을 뺏어야 하나.

술주정은 질색인데. 고심하던 고 비서가 철호의 빈 잔에 술을 채웠다. 설마하니 자기 주량도 모르고 마시는 건 아니겠지 하는 생각도 들었고 한편으로는 곧 이정인도 내려올 테니 술을 많이 마신다는 기미가 보이면 알아서 제재하겠지 싶었다.

술병을 옆에 밀어 둔 고 비서는 다시금 옆에 앉은 철호와 맞은편에 앉아 문을 뚫어져라 응시하는 하우인을 번갈아 봤다. 불과 몇 분 전만 해도 서늘했던 방 분위기가 급속도로 사라졌다. 평소와 같이 일을 끝내고 가게를 온 것까지는 괜찮았는데 그 가게 안에 저 남자가 있는 줄은 몰랐다. 철호라고 했던가.

들리는 소문에 의하면 최수환 밑으로 들어갔다고도 했고, 그쪽

일이 바쁜 건지 이정인을 만나러 와도 얼굴을 보지 못했으니까. 평소 하우인에게 좋지 못한 감정을 가지고 있었던 그는 둘을 발견하고 단숨에 달려들었다.

'뭐야, 이 새끼가 왜 여기 있어!'

다짜고짜 하우인의 멱살을 잡으려는 그를 고 비서가 말리는데.

'술 마시러 왔습니다.'

단조로운 음성으로 답한 그의 목소리에 남자가 더 크게 소리를 지르기 시작했다.

'또 무슨 꿍꿍이야? 당신한테 술 안 팔아. 알아들었으면 나가시죠?'

눈에 힘을 팍 준 남자를 가만히 내려다보던 그가 느리게 말했다.

'이정인은 나한테 술 팔 텐데.'
'이정인?'

이정인을 입에 담는 하우인의 말투가 고 비서가 듣기에도 나긋하고 부드러웠다. 이상한 낌새를 눈치챈 남자의 눈이 가늘어지더니 이내 허, 하고 웃었다.

'당신 때문에 우리 단장님 몸 성한 날이 없었어. 한동안 멍을 달고 살았다고! 내색은 안 했지만 그 여린 몸으로 얼마나 아팠을지……!'

'여자라서?'

'그래. 여자라……! 뭐?'


꽉 주먹 쥔 손에 힘이 풀릴 만큼 놀란 남자를 향해 하우인이 느리게 웃었다.


'여자…… 여……자…….'


동그랗게 눈을 뜬 채 더듬더듬 말하던 남자는 한동안 멍하니 그를 바라보기만 했다. 마치 지금 제대로 들은 게 맞나? 싶을 정도로 혼이 쏙 나간 얼굴로 가만히 서 있더니 이내 단장은 여자가 아니라고 발뺌하기 시작했다. 어설픈 연기에 누구 하나 동요하는 일이 없었다. 결국 고 비서가 나서서 어떻게 이정인이 여자인 걸 알게 됐는지, 그동안 하우인이 찾던 여자가 이정인이라는 것까지 모두 말해 주었다.


'어, 그리니까 우리 단장님이 첫사랑……이라고?'


물어보는 말투에는 일말의 의심이 숨어 있었다. 그럴 수밖에. 고 비서 자신도 그가 지니고 다니는 지갑 속 사진을 보고 놀랐으니까. 게다가 이정인을 만나고 나서는 지갑 속 사진을 보는 횟수가 늘어났다. 그렇게 이정인이 좋을까, 싶을 정도로 그는 사진 속 그녀를 볼 때면 미동조차 없었다. 종이가 타 버릴 정도로 뜨겁고 노골적인 눈빛이 민망해 큼큼, 목을 가다듬으며 시선을 돌려야 했다.

'도대체 왜? 다, 당신 주변에 예쁜 여자들 많잖아.'
'예쁜 여자들?'

하우인이 모르겠다는 듯 물었다.

'발뺌하지 마. 눈 돌아갈 정도로 예쁜 여자들이 당신 눈에 띄려고 아등바등하는 거 모르는 사람 있어?'
'내가 예쁘다고 생각한 여자는 이정인밖에 없는데.'
'……'
'과거에도 그랬고 지금도 그렇고 앞으로도 이정인은 예쁘고 사랑스러울 텐데.'

저벅저벅.
철호 앞까지 걸어간 그가 천천히 손을 들어 철호의 셔츠 깃을 정돈해 준 뒤 어깨를 가볍게 잡았다 놓아주었다.

'방해할 생각이라면 못써. 알겠니?'

부드러운 저음과는 달리 눈빛은 차갑고 매서웠다. 자신을 내려다보는 날카로운 시선에 철호는 저도 모르게 한 발자국 뒤로 물러섰다. 그렇게 한참 눈을 맞추고 있었을까? 칼날 같은 시선이 거둬지자 석고처럼 굳은 채 입을 빠끔 벌리고 서 있던 철호가 철푸덕, 의자에 앉으며 물었다.

'단장님 보러 왔어요?'

고 비서가 고개를 끄덕이자 철호가 메뉴판을 뒤적이며 술을 시켰다.

'술 마시러 왔다고 했죠? 이거, 좋겠네. 저도 오랜만에 단장님 얼굴 보러 온 거니까 같이 마시고 있으면 되겠네요.'

그러고선 연속으로 술 세 잔을 그대로 원샷하더니 하는 말이.

'우리 단장님이 좀 많이 예쁘긴 하지. 그러니 안 반하고 배기겠냐고. 내 이럴 줄 알았어.'

이럴 줄 알았다고. 팔불출처럼 이정인의 칭찬을 하기 시작했다. 그걸 또 예쁘긴 예쁘죠, 하우인이 고개를 끄덕이며 받아 주는 것이다.

이상한 조합이었다. 분명 불편한 사이여야 하는데 순식간에 어색함이 사라져 버렸다. 제삼자가 보면 오순도순 사이좋게 술 한잔하러 온 사이로 보인달까. 그 정도로 분위기가 나쁘지 않았다. 해서, 고 비서도 이정인으로 시작해서 이정인으로 끝나는 희한한 대화에 발을 담갔다.

"이정인 씨는 무뚝뚝한 타입이죠?"

철호가 아, 모르시구나. 방긋 웃었다.

"우리 단장님 술 취하면 애교 장난 아닌데."

"양주."

하우인이 손가락 사이에 걸친 카드를 흔들었다.

"더 시켜도 됩니다."

실컷 마셔도 됩니다.


어쩌다 이렇게 된 걸까?

차곡차곡 비워진 술병들을 한쪽으로 치우며 마신 양을 가늠하던 고 비서는 슬쩍 고개를 들어 앞을 바라봤다. 적당히 취기가 오른 이정인이 보기 드물게 아이처럼 곱게 웃었다. 웃을 때마다 고른 치아가 보인다. 그 모습을 집요할 정도로 바라보던 하우인의 눈가가 노곤해졌다.

"더 마실래요?"

하우인은 이정인 쪽으로 몸을 완전히 돌리며 잔을 채웠다. 맑은 호박색 액체가 잔 끄트머리에서 출렁였다. 그가 잔을 그녀 쪽으로 밀었다. 그녀가 술잔을 바라보기만 하자 그가 왜 그럽니까? 하고 물었다.

"조오금."

"조금?"

"많아. 수울 많아."

젖은 입술에서 새어 나온 뭉개진 발음에 그가 짧게 웃었다.

"그럼, 제가 마시겠습니다."

그녀 앞에 놓인 술잔을 든 하우인이 이정인과 시선을 맞춘 채 술을 쭉 들이켰다. 볼록하게 솟은 목울대가 술을 넘길 때마다 부드럽게 율동했다. 독한 술이라 중간에 인상 한번 쓸 만도 한데 그는 맹물을 마신 사람 같았다.

"이거."

불쑥 손을 뻗어 접시에서 과일 하나를 짚은 이정인이 그의 입 가까이 가져갔다.

"안주우."

말을 뱉고서 발음이 흐물거리는 게 마음에 들지 않는지 그녀의 이마가 좁아졌다. 그러고선 다시 힘주어 안주우. 아안주. 턱에 힘을 주고 발음했다. 그 모습이 퍽이나 귀여웠는지 입을 벌려 과일을 덥석 삼킨 그의 눈매가 나른해지고 입꼬리가 느리게 올라간다.

그때 술이 몸에 들어가자 몸이 뜨거웠는지 그녀가 겉옷을 벗었다.

"덥습니까?"

벗어 둔 겉옷을 받아 한쪽에 개켜 둔 그가 다정하게 물었다.

"으응, 더워어."

"얼마나?"

"조오금?"

헤, 아이처럼 방긋 웃는 그녀의 눈가가 반달로 접혔다. 적당히 취기가 오른 이정인은 웃음이 헤펐다. 평소에도 입꼬리를 느슨하게 끌어 올리며 잘 웃지만 그건 어디까지나 습관화된 미소였다. 물건을 고르면 당연히 돈을 내고 계산하는 것처럼 딱딱 정해진 정형화

된 미소.

그래서 고른 치아까지 내보이는 미소가 고 비서로서는 신선하게 느껴졌다. 그건 하우인도 마찬가지였는지 한동안 그녀의 입술에 시선이 고정됐다.

"에어컨 켤까요?"

고 비서가 주위를 두리번거리며 리모컨을 찾는데 그가 고개를 저었다.

"아뇨. 한여름이 아니라 감기 걸릴 수도 있으니까……."

말끝을 흐린 그가 손을 뻗어 아이스버킷을 앞으로 끌어오더니 집게로 얼음 하나를 손바닥에 떨어트렸다. 그러고선 얼음을 가볍게 손바닥으로 감쌌다. 따뜻한 체온에 주먹 쥔 틈 사이로 얼음이 녹아 흐르기 시작하자 반쯤 형태가 무너진 얼음을 술잔에 떨어트린 뒤 가볍게 손을 허공에 털어 냈다.

"놀라지 말아요. 차가울 겁니다."

그가 이정인 옆으로 바싹 붙어 앉았다.

"너무 차가우면 말해요."

손바닥에 남아 있는 물기를 휴지로 닦아 낸 뒤 살포시 한쪽 뺨을 감쌌다. 갑작스러운 접촉에 움찔하던 이정인의 얼굴이 이내 편안해졌다.

"좋아."

시원한 감촉이 마음에 들었는지 그녀가 손바닥에 체중을 기대고 뺨을 비볐다. 잠시 멈칫, 하던 그의 눈동자가 느리게 위로 올라가더니 이내 농도 짙은 시선으로 그녀를 내려다보며 상체를 숙였다. 가만히 눈을 감고 제 손바닥에 뺨을 부비는 이정인의 모습에 목울대가 울렁거리고 가슴이 꽉 조였다. 그는 고개를 숙여 그녀의 시야 안으로 침범했다. 단정한 얼굴이 시선을 사로잡았다. 손바닥에 밀착된 뺨이 뜨끈뜨끈했다.

"시원해애."

이정인의 상체가 하우인 쪽으로 기울어졌다. 그녀의 체중을 고스란히 받은 그가 그녀의 얼굴로 시선을 미끄러트렸다. 작정한 듯 구석구석 샅샅이 살폈다. 물먹은 듯한 촉촉한 입술, 발그레한 뺨, 살짝 붉어진 눈매를 훑어 올리는 시선에 민망해진 고 비서는 조용히 고개를 돌렸다. 거짓말 조금 보태서 코피 터질 것 같은 표정이다.

"우리 단장님 술 꽤나 하시는데."

둘의 모습을 물끄러미 바라보던 철호가 술기운이라고는 찾아볼 수 없는 하우인을 보더니 이내 고개를 저었다.

"저쪽도 장난 아니네요."

질린다는 눈빛이었다. 고 비서도 조용히 동조했다. 그와 동시에 한편으로는 반문하고 싶었다. 주량이 저 정도면 이정인도 만만치 않다고.

"하 전무, 주량 약하다고 하지 않았어요?"

그래서 단장님이 마음 놓고 마신 것도 없지 않냐는 철호의 의문에 고 비서는 아무 말도 할 수가 없었다.

'주량이 약합니다.'

룸으로 들어와 잔을 채우는 이정인을 향해 그는 분명 그렇게 말

244

하긴 했었다. 그 말에 고 비서가 해괴망측한 소리라도 들은 사람처럼 그를 바라봤지만 그는 눈 하나 깜빡하지 않고 거짓말을 했다. 그 거짓말을 이정인이 순순히 수긍할 리가…….

'하긴. 저번에도 두 병 마시고 취했었지?'

……없다고 생각했는데. 생각해 보니 이렇게 술자리를 가진 건 처음이었다. 그러니 서로의 주량을 모를 수밖에.

이정인이 노곤하게 웃으며 그에게 더 이상 술을 권하지 않았다. 그러자 하우인이 술 상대를 해 준다고 자청하며 양주와 맥주를 더 가져오게 했다.

주량이 약한 그가 술을 같이 마셔 준다며 권하니 이정인은 어쩔 수 없다는 듯 잔을 비웠다. 그것이 한 잔이 두 잔 되고 두 잔이 세 잔이 되어 병이 테이블 반을 채우고 나서야 취기가 오른 건지 드디어 그녀의 입에서 혀 짧은 소리가 나오고 발음이 뭉개지기 시작했다.

그때 그의 표정은.

"……."

세상을 다 가진 듯했지.

이 정도 마셨으면 그만 자리를 정리하고 일어나도 될 것 같은데 술자리가 쉽사리 끝나지 않았다. 고 비서야 하우인이 자리를 털고 일어나야 일어날 수 있었고 철호도 이정인이 그만 돌아가라고 할 때까진 엉덩이를 뗄 생각이 없어 보였다.

12시 40분.

새벽 1시를 향해 달려가는 시곗바늘을 보면서 오늘 아침 있을 스케줄을 다시 한 번 차근차근 정리한 고 비서가 내심 이정인을 방으로 올려 보내길 기대하며 철호를 볼 때였다.

"아씨, 너무 귀엽잖아."

방긋방긋 웃는 이정인에게서 눈을 떼지 못하던 철호가 이내 고 비서를 붙잡고 이정인의 귀여움에 대해 말하기 시작했다.

"우리 단장님 진짜 귀엽죠?"

"뭐. 지금은 그런 것 같기도 하네요."

"진짜 치명적이라니까. 저러니 천하의 하 전무도 홀딱 반하는 거 아니냐고. 얼굴을 꽁꽁 감추고 다니라고 할 수도 없고. 안 그래요?"

"……."

하우인이야 그렇다 치더라도 이 남자까지 콩깍지가 씌었을 줄이야. 남몰래 혀를 차는데 그 미세한 표정 변화를 감지한 철호의 눈이 가늘어졌다.

"왜 그런 표정이에요?"

"네? 무슨?"

"방금 표정 이렇게 지으시면서 고개도 이렇게 흔드셨잖아요. 설마……."

설마?

"그쪽도 우리 단장님에게 빠졌어요?"

"아니요."

고 비서는 단호하게 고개를 저었다.

"에이. 막 가슴 쿵쿵하고 막 그래요?"

"아니라니까요."

눈까지 부릅뜨며 고개를 내저어도 의심의 눈길은 풀리지 않았다. 결국 고 비서는 한숨을 쉬며 말을 툭, 던졌다.

"정신 붙잡고 있을 사람 한 명은 있어야죠."

너도 나도 이정인에게 빠져서 어쩌라는 거냐, 이 의중을 다행히 알아차린 철호가 고개를 끄덕이며 동조했다.

"하긴, 그렇긴 하죠. 그나저나 그렇게 안 생기셨는데 의외로 독하시네요."

독하다고?

생뚱맞은 질문에 의미를 찾지 못한 고 비서가 되물었다.

"뭐가요?"

"우리 단장님 저 모습에도 눈 하나 깜짝하지 않으시다니. 혹시 여기가 고장 난 거 아닌가?"

그가 고 비서의 가슴을 가리켰다.

아니, 나도 취향이 있다고!

물론 이정인이 상당히 매력적인 얼굴이라는 것에는 이견이 없다. 얼굴만 놓고 본다면 꽤나 예쁜 편에 속했다. 하지만 성격은 보통 여자들처럼 사근사근하기보단 뭐랄까, 보이지 않는 거대한 벽이 있는 느낌이랄까?

딱히 이거다 하고 꼬집어 말할 순 없지만 선뜻 다가가기 어려운 분위기인 건 맞다. 그러니까 하우인이 안달복달하며 매일같이 이곳에 출근 도장을 찍는 거 아니겠냐고.

이쯤에서 이정인에 대한 생각을 마무리한 고 비서가 이번에는 궁금했던 것을 풀어 놨다.

"그쪽이야말로 의외네요."

고 비서의 의문에 철호가 뭐가요? 하고 물었다.

"우리에게 적대감을 품으면 품었지 이렇게 유하게 나올 줄은 솔직히 몰랐거든요."

솔직히 기를 쓰고 가게 밖으로 쫓아낼 거라고 생각했거든요, 하고 덧붙이자 철호가 아하하, 웃으며 그의 궁금증을 풀어 주었다.

"뭐, 우리 단장님 싫어하는 것도 아니고 좋아서 그러는 건데 나쁜 짓이나 해코지는 안 할 거 아니에요. 그리고."

어느새 스르륵 눈을 감고 잠이 든 그녀를 힐끔 바라본 철호가 뜸을 들이다 단호히 말했다.

"저렇게 애써도 하우인 씨는 안 돼요."

'안 될걸요.' 도 아니고 안 된다고 단정 지어 못 박는 행동에 고 비서가 미간을 좁히며 맞받아쳤다.

"감정이라는 게 언제 변할지 모르는 건데 그렇게 단정 짓는 건 아니지 않나요?"

지금 하 전무가 이정인에게 푹 빠져 있는 걸 여기 모르는 사람 있냐는 고 비서의 눈빛에 철호가 난감한 듯 머리를 긁적였다.

"그게 아니라, 우리 단장님. 음…… 그러니까 제 말은 하우인 씨가 아니라 다른 남자여도 안 될 거라는 이야기예요. 아마."

"왜요?"

"음, 어떻게 설명해야 할지 저도 난감한데."

벅벅 머리를 긁적이던 철호가 돌연 고개를 정면으로 틀었다. 그러고선 연신 이정인의 상태를 꼼꼼하게 살피는 남자를 향해 물었다.

"전무님은 단장님한테 통화나 문자 얼마나 해요?"

"많이."

"그럼 그때마다 답장 와요?"

"가끔 오지."

아주 가끔. 중얼거리던 그가 그런 건 왜 묻냐고 물었다.

"저는 문자 보내면 단장님이 꼬박꼬박 답장 다 해 주시거든요. 심지어는 잘 지내고 있냐면서 먼저 안부 문자도 보내 주시고요."

"그래?"

느슨한 말투와는 달리 차갑게 꽂히는 서늘한 눈매를 보며 철호가 네, 하며 생긋 웃었다.

"그래서?"

하고 싶은 말이 뭐냐는 시선을 넘기며 지금 상황에 대한 현실을 콕 집어냈다.

"우리 단장님, 거리만 지켜 준다면 다정하게도 대해 주고 웃어 주는데 그 거리감을 전무님이 부수고 침범하려고 하니까 놀라서 방어적으로 나오는 것 같달까?"

방어도 그냥 방어가 아니지.

"철벽 방어죠."

고 비서가 한마디 보탰다.

"그럼 밀어붙이는 수밖에 없겠네요."

잠든 이정인을 끌어안은 그가 철벽 방어쯤은 아무것도 아니란 투로 말하자 철호가 어깨를 으쓱였다.

"글쎄요. 그 방법이 먹힐라나?"

아마 안 먹힐 거라는 것에 한 달 치 술값을 걸겠다고 자신 있게 말할 수 있었다. 철호가 입을 닫자 내부는 침묵이 찾아왔다. 딱히 하우인이 말이 많은 것도 아니었고 고 비서도 계속 이어지는 술자리에 피로한 듯 손바닥으로 얼굴을 가볍게 쓸어내릴 뿐이었다.

한동안 계속된 침묵을 깬 건 하우인의 입에서 터져 나온 이수환의 이름이었다. 그는 이정인과 그의 표면적인 관계보단 보이지 않는 내적인 것에 더 관심을 가졌다.

남의 사생활, 더군다나 단장의 개인적인 사정이었기 때문에 철호는 어물쩍 질문의 요지를 이리저리 피했지만 집요하게 물고 늘어지는 그의 집념에 결국 두 손을 들 수밖에 없었다. 해서 대충 둘의 관계를 설명해 줬지만 그걸로는 성에 차지 않은 듯 다시 질문이 쏟아졌다. 이리 피하면 저렇게 저리 피하면 이렇게 따라오는 그의 끈질김에 박수를 보내 주고 싶을 정도였다. 철호는 어쩔 수 없이 모든 걸 털어놓을 수밖에 없었다.

"……무튼 그런 이야기예요. 나는 둘 다 대단하다고 생각해요. 그렇게 상처를 받고도 변함없는 애정을 보내는 우리 단장님도 대단하지만 그 애정에도 눈 하나 깜빡하지 않는 보스는 더 대단하다고."

모든 이야기를 들은 그는 한동안 말이 없었다. 단지 손에 힘을 주어 잠든 그녀를 더 강하게 끌어안았다. 그러고선 고개를 숙여 그녀의 얼굴을 물끄러미 바라보기만 했다. 불편한 자세와 꺾어진 목이 아프지도 않은지 눈 한번 깜빡이지 않고 무서운 기세로 바라보다 겨우 시선을 떼어 냈다.

"이수환에게서 독립할 때도 됐어."

하우인이 건조하게 중얼거리자 철호가 고개를 저었다.

"그렇게 쉽게 단장님이 떠나려고 하겠어요?"

"이정인은 어린아이가 아니지."

"……."

"언제까지 이수환 곁에 있어야 하는 나이는 지났다는 뜻이야."

어차피 이어 붙일 수 없는 관계라면 차라리 지금부터라도 한 걸음 뒤로 물러나는 연습을 하면 된다. 그렇게 꾸준히 반복하다 보면 자연스럽게 멀어지겠지. 시간이 좀 걸리더라도…….

더 이상 생각을 할 수 없었던 건 불쑥 끼어든 목소리 때문이었다.

"당신들은 너무 몰라. 단장님에게 보스가 어떤 존재인지를."

침울한 어조가 그의 귓가에 파고들었다.

고 비서는 그 질문에 깊이 생각할 필요성을 느끼지 못했다. 왜냐면 아버지이나 아버지의 의무를 다하지 못한 존재. 그 이상 뭐가 있을까? 기껏해야 자신을 길러 준 은혜 정도? 그러다 뒤이어 나온 철호의 말에 눈을 크게 뜰 수밖에 없었다.

"보스가 죽으라고 했으면 단장님, 망설임 없이 죽었을 거라고요."

단지 그런 말을 하지 않았으니 실행하지 않았을 뿐이다.

"아무리 그래도 이정인 씨가 그러겠어요?"

고 비서가 조심스럽게 물었다.

"단장님이니까 그럴 수 있는 거예요. 나도 시간이 지나면 보스를 미워하게 될 줄 알았어요. 사람이라면 당연히 미워해야 했어요. 얼마나 모질게 대했는데."

아직도 눈앞에 있는 듯 생생하게 이정인의 모습이 그려졌다.

교복을 입고 있는 단정한 모습이었다. 교문 앞에서 기대감에 찬 앳된 얼굴이 몇 번이나 주변을 두리번거렸다. 지치지도 않는지 그 앞을 왔다 갔다 하며 연신 주위를 둘러봤다.

한 손에 꽃을 들고 가는 사람들을 부러운 눈으로 봤어요. 그러다 이내 다시 저 멀리까지 내다보기 위해 발뒤꿈치를 들어 올리며 학교로 오는 길목에서 사람들 얼굴 하나하나 일일이 쳐다보더라고. 눈동자를 쉬지 않고 굴리는데 옆에서 보고 있는 나까지 설레더라니까?

솔직히 나는 올 줄 알았어요. 인생에 한 번 있는 졸업식이잖아? 전날 저녁에 꼭 왔으면 좋겠다고 말까지 꺼냈었거든. 그래서 당연히 올 줄 알았지 뭐야. 다른 부모들처럼 꽃다발은 아니더라도 꽃 한 송이 사 가지고 올 줄 알았어.

그래서 같이 기다렸어요. 꽃다발을 받고 사진 찍고 웃으면서 축하도 해 주고 교문 밖으로 나가는 가족들이 하나둘 늘어날 때까지도 이상함을 느끼지 못했어요. 그러다 문득 고개를 젖히고 하늘을 봤는데 날이 저물어 가고 있었어요. 노을 지는 하늘을 보는 순간 말문이 막히더라고. 아, 보스가 안 오려는 거구나. 단장님의 졸업식 따위 관심 없는 거구나. 설마 했던 일이 역시나로 매듭지어지는 순간 단장님이 걱정되더란 말이에요. 너무 걱정돼서 차마 고개를 돌려 괜찮냐는 말도 못 하겠더라고요. 그래도 이대로 있을 수는 없었어요. 이미 날은 저물고 여기 더 있다간 추워서 동상 걸리게 생겼으니까.

이미 제 발은 꽁꽁 얼어서 감각조차 느껴지지 않는 상태였어요.

그래서 돌아가자고 말하려고 고개를 돌렸는데 단장님 눈을 본 순간 목이 콱 막히는 겁니다. 왜 목이 콱 막혔냐고요?

단장님 눈이 말이에요. 그 눈이 말입니다. 오지 않을 거라는 생각은 하지 못한 눈이었어요. 꼭 올 거라서, 그래서 언제 오시려나, 하고 오전에 봤던 설렘 가득한 눈 그대로였단 말입니다. 이러니 제가 목이 콱 안 막히겠어요? 이미 학교는 텅 비었고 우리 둘뿐이었는데.

전 그 뒤로는 어떤 행사나 졸업식에도 보스가 안 올 거라고 확신했어요. 그걸 단장님도 분명 알고 있었을 텐데 졸업식 날만 되면 학교 앞에서 추운 발을 동동 구르며 기다렸어요.

모두들 학교를 떠날 때도 혼자 계속. 계속 기다렸어요. 오지도 않을 텐데.

추위에 얼어붙은 손이 구부러져 잘 펴지지 않을 때까지도 계속.

하지만 보스는 단 한 번도 오지 않아.


"단 한 번도."

그때의 감정이 되살아난 듯해 철호의 얼굴이 찡그러졌다.

"이 정도면 무슨 존재인지 이해가 되죠?"

"……."

"……."

"우리 단장님은 여기."

철호가 손가락으로 자신의 가슴을 꾹 눌렀다.

"여기가 아파요. 상처를 받으면 치료해 줘야 하는데 방치하고 방치해서 굳은살이 박였어. 돌처럼 단단해져서 여기가 병들어 버렸어."

병이 든 게 다 뭐란 말인가.

곪아 터져서 고름이 질질 흐르고 있을 것인데.

"그래서 마음을 내주지 않는 거예요. 내줄 마음이 없는데 뭘 어떻게 내줘."

여기까지 말하고 나니 속이 후련했다. 그와 동시에 가슴이 답답해졌다.

도대체 단장님은 왜…….

그녀의 애정은 무서울 정도로 맹목적일 때가 있다. 그래서 지켜보던 이들도 안타까워하며 혀를 차거나 고개를 내젓곤 하는 거겠지. 그 속에는 철호 자신도 들어 있었고. 솔직히 이쯤에서 그 애정을 그만 접어 주었으면 싶었다. 어차피 보답받지 못할 감정. 혼자 끙끙 앓아 봤자…….

"남태영은?"

이정인의 머리카락을 부드럽게 쓸어 넘겨 주며 하우인이 물었다. 남태영이란 이름만 툭, 던져 놓을 뿐이어서 어떤 의도로 질문을 한 건지 알 수 없었다. 해서 그를 바라보며 질문의 의도를 가늠하고 있자니 옆에 앉아 있던 고 비서가 그의 말에 살을 덧붙였다.

"맞아요. 남 팀장님은 이정인 씨와 친한 사이로 알고 있는데. 남태영 씨에게만은 왜, 예외잖아요."

"아, 그 친구분요? 우리 단장님, 처음에 남태영 씨에게도 거리 뒀어요. 단장님 입장에서는 처음 본 따뜻함이라고 해야 되나?"

학교를 마치고 돌아온 이정인이 상기된 표정으로 남태영에 대한 첫 소감은…….

"어느 날 저에게 그러더라고요. 너무 밝고 빛이 나는 사람을 봤다고."

철호와 남태영은 남들처럼 살가운 사이는 아니었지만 그렇다고 남남처럼 타인 대하듯 하는 사이도 아니었다. 굳이 정리하자면 형 친구 같은 느낌일까? 알긴 하지만 가까운 관계는 아닌 어정쩡한 사이. 그런 철호가 몇 번 둘을 지켜본 뒤 내린 결론은 하나였다.

"동경이죠. 애정을 주면 그만큼 돌려주니까. 단장님은 그게 신기했나 봐요. 우리야 보호해 줘야 하는 입장이었지 동등한 입장은 아니었으니까요."

"그거, 동경이 확실한 건가?"

"아마 확실할 거예요. 저도 처음엔 긴가민가했는데……."

"했는데?"

뜸을 들이자 하우인이 눈빛으로 재촉했다.

"같이 있으면 즐겁고 재밌다고 하길래 그럼 연인이 되거나 키스하는 사이가 되면 어떨 것 같냐고 짓궂게 물은 적이 있었어요. 그랬더니 그건 이상하다고 지금처럼 편한 사이가 딱 좋다고 했거든요. 그러니까 연애 감정이 아니라 동경이겠죠. 자신이 갖지 못하는 밝음에 대한 부러움도 있을 거고 어쩌면 닮고 싶은 것일 수도 있고."

"그렇다 쳐도 남태영에게 너무 약한 것 같던데."

"어어? 저희에게도 약해요. 아닌 척하지만 우리 걱정 엄청 한다고요."

가만히 듣고 있던 고 비서가 어, 그래요? 대꾸하자 철호가 고개를 끄덕이며 생글생글 웃었다.

"네. 마음까지 예쁘죠? 진짜 우리 단장님 부족한 게 없어. 마음까지 예뻐서 어쩌자는 거냐고."

팔불출. 진짜 이 단어가 딱이었다.

그러나 고 비서가 하나 간과한 게 있었다.

"마음까지 예쁘긴 하죠."

팔불출이 한 명 더 있었다는 걸.

살갗을 파고드는 서늘함에 저절로 눈이 떠졌다. 성큼 다가온 가을 날씨에 가슴 부근에 덮여 있던 이불을 목 끝으로 끌어 올리다가 그대로 멈추고 말았다. 이정인의 시야에 밝힌 검은색 지갑. 그대로 허리를 굽혀 주웠다. 그러다가 손끝에 익은 매끄러운 가죽에 눈에 익숙한 지갑이라는 것을 깨달았다.

하 전무가 흘리고 간 건가?

저번에도 비슷한 일이 있었던 것 같은데. 이정인은 그대로 지갑을 펼쳤다. 당연히 있을 거라고 생각했던 곳에 어릴 적 그녀의 모습이 없었다. 대신 그 자리를 차지한 건 단정한 회색 정장을 몸에 걸친 사람.

"음?"

잘못 본 건가 싶어 부러 눈을 깜빡여 봐도 너무나 친숙한 얼굴이었다. 짧은 갈색 머리카락과 하얀 얼굴. 오목조목한 이목구비가 들어찬 여자가 시선을 먼 곳에 두고 있다.

"가게 앞에서 몰래 찍은 건가?"

이리저리 봐도 사진 속 자신은 무방비 상태에 가까웠다. 언제 이런 걸 찍은 거지? 지갑을 갈무리하며 자리에서 일어서는데 머리가 지끈거렸다. 그녀는 도로 침대 끝에 주저앉아 관자놀이 부근을 손끝으로 꾹꾹 눌렀다.

어제 술을 평소보다 많이 마신다는 자각은 있었지만 중간에 사람을 두고 뻗는 일은 극히 드물었는데. 과음이라니. 자신이 이 정도면 같이 술을 마셔 주던 하우인은…….

필시 집에 돌아갈 때 고 비서가 꽤나 애먹었겠다는 생각이 들었다. 어지러움이 가시자 목이 말랐다. 지체 없이 일어나 접대실 냉장고 문을 여는데 시야에 뭉툭한 것이 걸렸다. 생수병을 꺼내 목을 축인 뒤 소파 쪽으로 걸어가던 그녀의 발걸음이 점점 느려지더니 이내 완전히 멈췄다. 그러고선 소파 위에 누워 있는 남자를 내려봤다.

"……하 전무?"

미약한 부름에도 별다른 반응이 없었다. 한 번 더 부르던 이정인이 힐끗 벽시계를 봤다. 새벽 6시 30분. 마음 같아선 조금 더 잠을 자게 해 주고 싶었지만 소파 팔걸이 밖으로 발목이 나올 만큼 키가 큰 남자는 어제 보았던 슈트 차림 그대로였다. 집에 가서 옷을 갈아입고 출근하려면 적어도 7시에는 여기서 출발해야 한다는 소린데.

그때 휴대폰 벨소리가 울렸다. 하 전무 휴대폰에서 나는 소리였다. 적막한 공간에 유난히 선명하게 들리는 벨소리에도 그는 미동조차 하지 않았다. 잠시 망설이던 그녀는 까만 액정에 고 비서라는 이름을 보며 휴대폰을 귓가에 가져갔다.

— 전무님. 고 비서입니다.

늦게까지 술자리에 있었던 것치고는 목소리가 멀쩡했다.

— 전무님?

"하 전무라면 소파에서 자고 있다만."

불쑥 들린 그녀의 목소리에 어, 이정인 씨? 하고 묻던 고 비서는 모든 상황이 파악된 듯싶었다. 하 전무를 찾는 대신 그의 상태를 물었으니까.

— 아직까지 주무신다고요?

믿을 수 없다는 목소리에는 그럴 리가 없는데, 하는 의심이 서려 있었다. 이정인은 무릎을 굽히고 좀 더 가까이에서 그를 내려다봤지만 이렇다 할 움직임은 느껴지지 않았다. 내부를 감싼 고른 숨소리와 일정하게 오르락내리락 움직이는 가슴을 보며 입을 열었다.

"자고 있어. 어제 술을 많이 마셨으니 정신 못 차릴 만하지. 그보다 어제 왜 데려가지 않았어?"

만취 상태에 몸을 가눌 수 없을 정도였다 하더라도 차라리 집에 데려다주는 게 나았을 거란 생각이 들었다. 게다가 쉬는 날도 아니고 출근을 할 거라면야 집에서 일어나는 게 여러모로 편하지 않나? 어차피 집에 가서 씻고 옷을 갈아입어야 할 거면.

— 전무님도 과음하셔서 그 뭐랄까. 뻐, 뻗으……셨거든요.

"그래도 집에 데려다주는 편이 낫지 않았어?"

— 저도 그러자고 했죠. 그런데 전무님께서…… 하아, 아닙니다. 아무튼 아직 안 일어나셨다는 거죠?

"어."

— 그럼 7시 30분까지 밑으로 내려오시라고 전해 주세요. 여벌 옷 가지고 가게 밑으로 데리러 가겠습니다.

"그러지."

고 비서와 통화를 끝낸 뒤 소파 앞에 주저앉았다. 맑지 않은 정신에 속도 좀 쓰렸다. 오늘 아침은 근처 가게에 가서 해장이라도 하고 와야 하나 생각하며 손목시계를 내려다봤다. 앞으로 20분 뒤에도 일어나지 않는다면 억지로라도 깨울 생각이었다.

그러다 한 손에 쥐고 있던 지갑이 생각났다. 물끄러미 지갑을 내려다보던 그녀의 눈가가 가늘어졌다. 솔직히 없는 시간 쪼개 가며 자신을 만나려고 하는 이유를 모를 리 없었다. 하지만 그 끝에는 항상 의문점이 붙어 다녔다.

하 전무가 왜?

왜 나를?

자신은 사근사근한 성격이 아니다. 그렇다고 다른 여자들처럼 감성이 풍부하거나 여리여리해서 보호 본능을 일으키는 것도 아니다. 애초에 남자들을 끌어당길 만한 원초적인 매력이 없달까. 해서 첫사랑인 것 같다는 고 비서의 말도 웃으며 넘겼다. 자신을 찾고 있었다는 그의 말도 쉽게 넘겼다.

그저 어릴 때 구해 준 고마움에 사례라도 하고 싶어서 찾는 거라고 단정 지었다. 애당초 기억 속에서 희미해진 지도 오래였고. 더 솔직히 말하자면 굳이 내가 그때 그 여자다, 라고 밝혀서 적당한 거리감을 부수고 싶은 생각이 없었다. 어차피 스쳐 지나갈 인연일 게 뻔한 데다가, 지금은 누군가와 표면적으로라도 밀접한 관계를 가질 마음의 여유가 없는 게 정답일 테지.

그러니까.

"나 같은 거 좋아하지 마."

너한테 줄 마음 없으니까.

손에 쥔 지갑을 그의 머리맡에 두고 일어서는데.

"왜요."

커다란 손아귀에 그대로 손목이 붙잡혔다.

"일어났어? 안 그래도 고 비서가 전화 왔었어. 7시 30분까지 가게 밑으로 내려오⋯⋯!"

그가 손목을 잡아당기자 중심을 잃어 그의 몸 위를 덮치는 듯한 자세로 무너졌다. 입술이 부딪칠 뻔했다. 겨우 한 손으로 소파 끝을 잡고 일어서려는데 그가 손목을 움켜쥔 손에 힘을 풀지 않는다. 오히려 점점 더 세지는 강도에 이정인의 미간이 좁아졌다.

"힘자랑할 거면 다른 곳에서 알아볼래?"

그녀가 붙잡힌 손목에 시선을 주었다.

"손목, 아프거든."

이정인이 노곤하게 웃으며 엄살을 부렸다. 방긋 웃으며 고른 치아까지 내보인 어제와는 달리 그린 듯 정형화된 미소에 눈썹이 치켜떠졌다. 그러다 이내 후, 짧게 웃었다.

"내가 요즘 이상해요."

그가 이정인을 올려다보며 건조하게 말했다.

"많이 이상합니다."

여전히 손목에 힘을 풀지 않은 채 같은 말을 반복하는 그를 내려다보던 이정인이 어쩔 수 없다는 듯 소파 끝에 걸터앉았다.

"왜. 어디 아프기라도 해?"

"비슷합니다. 그러니까 아픈 사람 한 명 살린다는 셈 치고 내 말 좀 들어 봐요."

알겠다는 말이 나오기도 전에 그는 일방적으로 말을 뱉어 내기 시작했다.

"자꾸 심장이 터질 것 같고 간혹 어지럽기까지 합니다. 그게 또 좋아서 기를 쓰고 옆에 있으려고 발버둥을 치고 있는데 이쪽 사정은 아는지 모르는지, 아니 알면서도 모르는 척하는 건지 시종일관 똑같은 표정인데 그럼 또 마음이 조급해지는 겁니다."

"……."

"어떻게 하면 저 표정을 끌어 내릴 수 있을까 어떤 말을 하면 편안하게 다가가는 걸까 어떤 행동을 보여 줘야 내게 관심을 가지게 되는 걸까. 별 시답지도 않은 생각을 하느라 요즘은 일에도 지장이 있을 정도예요."

"……."

"이 정도면 심각하지 않습니까?"

마른침을 삼킨 이정인의 표정이 묘하게 변했다. 그 얼굴을 천천히 훑어 내린 그가 시선을 맞춘 채 입을 떼어 냈다.

"그런데 그 증상이 가면 갈수록 심각해지고 있습니다. 아침에 일어나자마자 생각나는 건 그렇다고 칩시다. 예쁘니까 그럴 수 있다고 봅니다. 점심때 식사를 하다가 맛있는 게 나오거나 분위기 좋은 곳을 발견했을 때 생각나는 것도 그렇다고 쳐요."

소파에 누워 있던 그가 테이블에 올려진 자신의 휴대폰을 턱 끝으로 가리켰다.

"요즘 계속 휴대폰만 봅니다. 혹시나 문자가 왔을까 봐 그새를 못 참고 중요한 프레젠테이션을 할 때도 휴대폰 확인하면서 하우인 미쳤구나, 했어요. 그 정도예요. 금단증상처럼 이정인 씨 얼굴 안 보면 잠이 안 와. 일도 손에 안 잡힐 정도로 자꾸 생각나서 미친 거 아닌가 싶을 정도로……."

이정인을 빤히 바라보던 그의 눈빛이 열기로 들끓었다. 뜨겁게 변했다.

"당신이 좋다고."

이정인은 말이 없었다. 평소 매달고 있던 미소조차 가신 입술을 뚫어지게 바라보자 시선을 느낀 건지 얇실한 입술을 안으로 말며 난처한 듯 시선을 밑으로 떨어트린다.

"어쩔 겁니까?"

그가 손목을 움켜쥐고 있던 손에 힘을 빼며 물었다.

잠시 시선을 떨어트린 그녀가 고개를 들었을 땐 곤혹스러운 낯빛이었다. 당혹스러운 듯도 했다.

"고백을 받았으면 답을 해 주는 게 예의입니다. 수락이든, 거절이든."

답을 듣고 물러서겠다는 강경한 어투에 이정인의 입이 벌어졌다.

"나는……."

그녀답지 않게 말끝을 흐리더니 멍하니 눈을 깜빡였다. 어떤 말이라도 하려고 살짝 벌렸던 입술이 도로 닫혔다. 그러다가 그의 시선을 깨닫고 다시 입을 열었지만 결국 아무 말도 꺼내지 못했다. 혼란스러운 듯 느리게 미간을 좁히는 이정인을 바라보던 하우인의 눈매가 가늘어졌다.

어떤 감정이든 작은 것 하나라도 놓치지 않기 위해 매의 눈으로 주시하던 그가 한순간 짧게 혀를 찼다. 언뜻 보기에는 무덤덤한 표정이었지만 자세히 들여다보지 않으면 알 수 없을 만큼 미세한 변화가 있었다. 정처 없이 방황하는 눈동자를 보고 나서야 깨달았다. 누군가에게 애정의 대상이나 욕망의 대상이 돼 본 적 없다는 사실을.

그리고 그 끝에 잔재된 미약한 감정 하나.

두려움?

이정인은 두려워하고 있었다.

이 감정이 두려워할 일인가? 의문점을 품을 때 머릿속으로 이수환이 스쳐 지나갔다.

"손목, 아픈데."

그에게 잡힌 손목을 가볍게 흔든 이정인의 얼굴에선 이미 혼란스러운 감정이 모두 걷어져 있었다.

잡고 있다는 게 무색할 만큼 힘을 주지 않는 손을 바라보다 서서히 손가락을 폈다. 그의 손아귀에 맴돌던 따뜻한 체온이 금세 사라진다. 아쉬움에 손을 한 번 쥐었다 편 그가 돌연 피식, 웃는다. 그 짧은 웃음소리에 이정인의 시선이 달라붙었다.

"이정인 씨는 내게 칭찬해 줘야 해."

손을 오므려 힘껏 꽉, 주먹 쥔 그가 시선을 들었다. 그녀와 눈이 마주치자 느리게 입술 끝을 끌어 올리며 싱긋, 웃었다. 그러나 본능적으로 입술로 좇아가는 시선을 막을 수 없었다.

"내 인내력이 이 정도일 줄은 나도 몰랐거든."

"뭘 참고 있다는 거지?"

"솔직히 키스하고 싶죠."

온전히 자신만 바라보는 얼굴을 향해 그가 손을 뻗었다.

"미친 듯이."

부드럽게 한쪽 뺨을 감싸자 이정인이 멈칫, 했지만 피하지 않는다. 단지 긴장이 역력한 얼굴로 변했을 뿐. 엄지로 경직된 입술 선을 따라 느리게 훑었다. 키스하고 싶다. 노골적인 시선에 그녀가 고개를 돌리자 입술을 쓸어내리던 손이 허공에 붕 떴다. 아쉬운 마음으로 천천히 손을 거두며 물었다.

"지금 몇 시죠?"

"……7시 20분."

이정인이 힐끗, 벽시계를 보며 답했다.

"슬슬 내려가 봐야겠네요."

그가 소파에서 일어섰다. 옷을 입고 그대로 자느라 구겨진 슈트만 아니었다면 술을 마신 사람으로 보기 어려울 만큼 멀쩡했다. 의아하게 생각하기도 전에 하우인이 휴대폰을 집으며 말했다.

"연락하겠습니다."

휴대폰을 챙긴 그가 아, 하더니 대수롭지 않게 말을 이었다.

"문자도 할 겁니다."

고집스러운 시선이 이정인에게 날아왔다.

"이정인 씨가 먼저 해 주면 더 좋고."

가 보겠습니다, 짧은 한마디 끝에 그가 문을 열고 나갔다. 탕, 문이 닫히는 소리가 크게 울렸다. 이정인은 땅을 딛고 앞으로 나아가는 구두 소리가 귓가에 들리지 않을 때까지 닫힌 문을 바라보며 서 있었다.

'당신이, 좋다고.'

자신을 그런 감정으로 바라보고 있다는 건 알았지만. 이미 알고 있었지만 막연히 생각했던 것과 직접 부딪힌 건 달랐다. 멍하니 서 있던 이정인이 몸을 돌려 창가 쪽으로 걸어갔다.

'어쩔 겁니까?'

그 간단한 질문에 아무 말도 할 수 없었던 건, 애정을 담아 바라보는 그 눈빛이 누군가와 겹쳐 보여서였다.

이정인은 거울 앞에 섰다.

아버지를 바라볼 때 이 눈이 어떻게 변하는지 안다. 불순물이 섞이지 않은 순수한 감정. 하우인은 단지 그 감정에 농밀한 무언가가 더해졌을 뿐이다.

"좋아한다, 라."

무심코 내다본 창밖으로 고개를 젖혀 이쪽을 올려다보고 있던 그와 눈이 마주쳤다.

다른 색일 줄 알았다. 그가 내게 전하는 마음이 평범한 색채일 거라 생각했고 그렇게 단정 지었었다. 그래서 마음을 내보인다면 적당히 거절할 생각이었는데…….

맹목적인 애정을 지닌 시선에 심장이 울렁거려 먼저 시선을 피해 버렸다. 손끝이 떨리고 가슴이 얼얼했다.

그때 띵, 문자가 왔다.

이 시간에 누구지? 의아한 얼굴로 주머니에서 휴대폰을 꺼내 확인하던 이정인이 일순 움찔, 했다.

[계속 피해 보십시오. 내가 어떻게 하나.]

하 전무였다.

아무래도 방금 시선을 피한 것을 두고 하는 말 같은데.

[어떻게 할 건데?]

반쯤 가볍게 치부하며 묻는 말에 곧장 답이 날아왔다.

[키스할 겁니다.]

직접적인 단어에 놀라 무심코 고개를 돌리자 하우인과 눈이 마주쳤다.

그녀가 고개를 돌리고 나서도 계속 머리를 젖혀 보고 있었던 듯 미동도 없는 그의 옆으로 고 비서가 시계를 보며 시간을 체크하고 있었다.

집요할 정도로 끈질긴 시선을 가만히 내려다보고 있었을까? 돌연 그의 눈매가 부드럽게 접혔다. 그러고선 언제 눈이 마주쳤냐는 듯 미련 없이 등을 돌리더니 곧장 뒷좌석에 올라탔다. 뒷문을 닫아 준 고 비서도 운전석에 올라탔다. 얼마 지나지 않아 자동차가 출발했고, 그 형체가 시야에서 완전히 사라질 때쯤.

띵.

문자 하나가 도착했다.

[잘했어요.]

그였다.

[시간 되면 오늘 만날래?]

점심 식사를 할 수 없을 정도로 바쁜 나날들이 계속됐다. 살인적인 스케줄을 소화하며 시간을 체크하는데 불현듯 날아온 문자 한 통에 일에 집중하느라 딱딱해진 하우인의 입매가 풀어졌다.

[어딥니까. 제가 데리러 가겠습니다.]

이정인이 자신에게 문자를 먼저 보내는 일은 매우 드물었다. 여러 번 보내야 한 번 답해 주는 정도. 게다가 문자를 보내자마자 곧장 답이 날아오자 그는 손에 들고 있던 보고서를 책상에 내려놓았다.

[아니, 내 가게에서 간단히 마실까 하는데. 어때?]

[술, 좋죠.]

이정인의 가게에서 술을 마시고 잠이 든 그날 이후, 그는 그녀가 어떤 방향이든 반응이 오기를 잠자코 기다렸다. 이왕 이렇게 된 거 끝까지 몰아붙여 볼까도 생각했지만 겁먹은 듯한 낯빛으로 주춤 물러선 그녀의 모습에 생각을 바꾸기로 했다.

이수환 때문인가.

어렴풋이 그와 관련되어 있지 않을까 추측할 뿐.

보답받지 못한 애정에 대한 회의감이 든 걸지도 모른다.

한창 생각에 잠기려는데 손에 쥐고 있던 휴대폰이 띵, 울린다.

[도착하면 4번 룸으로 와.]

평생 느껴 보지 못한 불편한 감정에 벼랑 끝으로 내몰린 이정인이 선택한 방법에 웃음이 새어 나갔다. 너무나 단도직입적인 이 방법이 그녀다웠다.


"오랜만에 얼굴 보니 좋네요."

바로 옆에 앉아 있던 이정인이 그래? 무심히 대꾸하며 룸 테이블에 부착된 전화기 단축번호를 눌렀다. 고개를 숙여 그녀의 손바닥에 입술을 묻고 있는 하 전무의 시선을 받아치며 이정인이 입을 열었다.

"룸으로 여자 한 명 들여보내. 하 전무 접대할 거니까 특별히 신경 써서."

"큭."

손바닥에 미약한 진동이 느껴졌다.

그에게 잡혀 있던 손을 뒤로 물린 그녀가 자리에서 일어나더니 긴 테이블을 돌아 그의 맞은편에 자리를 잡았다. 이정인의 동선을 따라가던 그가 낮게 웃었다.

정말 이러면 내가 떨어질 거라 생각하는 건가?

귀여운 발상에 하우인의 입가에 미소가 번졌다 사라졌다.

곧 정중하게 문을 두드리는 소리와 함께 앳된 여자가 들어왔다. 전에 한번 가게에 온 하우인을 가까이서 보고선 소개해 주면 안 되냐고 조르던 여자였다.

"안녕하세요. 김세라예요."

사근사근한 말투와 애교 넘치는 눈웃음은 사내들의 가슴을 녹이기에 충분했다. 훤히 드러난 가슴골을 부각시키기 위해 일부러 몸을 흔들며 옆에 앉으려는 여자를 날카롭게 주시하던 하 전무가 안주머니를 뒤져 담뱃갑을 꺼냈다.

"저기……."

"…….."

"저, 음……."

"…….."

몇 번 말을 붙여 보려고 했지만 완고한 그의 고집이 느껴지자 여자가 이정인을 보며 도움을 청했다. 하우인이 마음에 드니까 다리 좀 연결해 달라는 눈빛이 강해서 일단 담뱃갑으로 테이블 모서리를 툭툭, 치고 있는 하우인에게 시선을 돌렸다.

"세라 정도면 애교도 많고 싹싹해서 몇 마디 나눠 보면 괜찮다고 생각될 거야. 내가 보증하지."

"흠, 그렇습니까."

"너도 눈이 있으니까 보일 텐데. 세라 정도면 외모도 꽤 예쁜 편이지."

"그래요. 그런 것 같기도 하군요."

말끝을 늘어트리며 그녀를 내려다보자 얼굴이 붉어진 세라가 슬쩍 웃으며 말을 붙였다.

"남우기업 전무님이시죠? 소문 많이 들었⋯⋯."

"아, 그래요?"

그가 여자의 말을 잘랐다.

"네! 유명하시잖아요."

"그렇군요."

"네, 저⋯⋯ 그리고 편히 이야기하세요. 제가 전무님보다 나이도 어려요."

"편히 이야기하라니 그럼 사양하지 않고 말하겠습니다."

"네. 뭐든⋯⋯!"

"나가 주시겠습니까?"

"네?"

말투는 정중했지만 그 안에 숨은 뜻을 모를 리 없었다. 차가운 축객령에 여자의 눈이 동그래졌다.

"데이트 중이라서."

생각지 못한 단어에 여자가 반대편으로 고개를 돌렸다. 꽤 놀란 듯한 이정인이 멍하니 입을 작게 벌렸다가 뒤늦은 대구를 했다.

"데이트 중이라니?"

"아닙니까?"

그가 손을 뻗어 테이블 위에 방치된 그녀의 손등을 손가락으로 느리게 쓸어내렸다. 갑작스러운 접촉에 움찔, 이정인의 어깨가 경직됐다. 손등을 천천히 훑어 내리던 손가락이 밑으로 주룩 미끄러지더니 손가락 골 사이를 애무하듯 느릿하게 움직였다.

"우리, 데이트 중 아니었어요?"

그가 눈매를 접으며 나긋나긋하게 물었다.

"난 그런 줄 알았는데."

"……."

"나 혼자 착각한 건가."

나른한 목소리가 퍼지자 주변 공기가 삽시간에 변했다. 우두커니 서 있던 세라는 반대편에 앉아 있는 이정인을 바라보는 남자의 집요한 시선을, 그리고 고개를 돌려 온전히 남자의 시선을 받으며 당혹스러운 반면 어쩔 줄 몰라 하는 그녀를 본 뒤에 조용히 문을 닫고 나갔다.

탁.

문이 닫히는 소리와 함께 룸 내부가 조용해진다. 고요한 정적을 깬 건 그였다.

"이정인 씨."

그녀의 이름을 담는 입술이 서늘했다.

"나는 여자가 필요한 게 아닙니다."

자리에서 일어난 그가 느리게 테이블을 돌아 이정인 쪽으로 상체를 굽혔다.

"내가 관심 있는 사람은 여자가 아닙니다. 없는 시간 쪼개서 밥 먹고 차 마시고 이야기하고 싶은 사람은 이정인 씨입니다. 아시겠습니까?"

서로의 입술이 스칠 만큼 가까운 거리에서 그녀가 고개를 끄덕이며 수긍했다.

"그런 것 같네."

"아셨으면, 다시는 이런 짓 하지 마십시오."

표정이 누그러진 그가 그녀의 옆에 앉았다. 그러고선 부드럽게 그녀의 턱을 감싸 올렸다. 틈 없이 맞물린 시선이 벅차 그녀가 눈동자를 왼쪽으로 움직이면 당연하다는 듯 그의 시선이 왼쪽으로 따라왔다. 다시 오른쪽으로 움직이니 그의 눈동자도 오른쪽으로 움직였다.

이정인은 입술에 꾹 힘을 주었다. 자꾸만 가슴이 울렁거린다. 무엇에 의한 동요인지 콕 집어 말할 순 없지만 울렁거림이 쉽사리 멈춰지지 않자 미간을 좁혔다.

"그만해."

보다 못한 이정인이 한마디 하자 뭐가 말입니까? 하고 하우인이 바로 대꾸했다.

"얼굴 뚫어지겠어."

"걱정 말아요. 이 정도 시선에 얼굴 안 뚫어집니다."

"턱도 아프고."

"엄살이 심한 줄은 몰랐는데."

그 말에 이정인은 머쓱해져서 괜히 헛기침을 했다. 그의 말대로 엄살이랄까. 턱을 잡는 손은 단단했지만 아프지는 않았다. 그녀가 마음만 먹는다면 쉽게 떨칠 수 있을 정도였으니까.

부드럽게 턱을 감싼 손이 떨어져 나갔다. 그가 손길을 거두었음에도 불구하고 그녀는 미동조차 하지 않았다. 마치 이 상황에 대해 골똘히 생각하는 모양새였다. 뭔가에 집중하는 그녀의 옆모습을 느굿하게 감상한 그의 눈이 생각에 잠긴 그녀의 얼굴을 집요하게 파고들었다.

무슨 생각을 하는 건지 미세한 표정 하나라도 놓치지 않기 위해 구석구석 살피던 그의 입가가 느리게 올라간다.

이정인은 지금 혼란스러워했다.

정처 없이 떠돌 테고 시간이 좀 걸릴지도 모른다.

끝없이 방황할 터였다. 그러나 그 끝에는 꼭 내가 있어야 했다.

마지막으로 정리한 장부를 훑어보던 이정인은 결국 장부책을 덮고 말았다. 의자에 몸을 파묻고 뻑뻑한 눈을 깜빡이며 어깨를 두드려도 며칠 내내 괴롭히던 피로감은 그대로다. 새벽이 가까워진 시간까지 잠을 자지 못해서는 아니다. 며칠 전부터 떠도는 이야기 때문에 머리가 지끈거리고 골이 울렸다.

[단장님. 소문 들으셨어요?]

요즘 노루파 대표가 손가락파 이수환을 만나러 다닌다는 소문이 새어 나갔다. 둘은 서로 물과 기름 같은 존재라 섞일 수가 없기에 소문을 들은 조직원들 대부분은 처음에는 의아해했지만 곧 헛소문으로 일단락된 듯싶었다. 그 생각에 그녀도 동의하며 수많은 소문들 중 하나로 치부했는데, 생각이 바뀌었다.

[그래?]

[예. 아무래도 마음에 자꾸 걸려서요.]

[걱정도 많다. 헛소문이겠지. 곧 잠잠해질 거다. 이런 일 한두 번

있는 것도 아니고.]

그래서 밤늦게 날아온 동우의 문자에 대수롭지 않게 답을 해 주었었는데.

시간이 지나면 잠잠해질 거라는 소문은 수면 아래로 가라앉기는 커녕 살을 붙이고 점차 커져 가더니 이윽고 이정인의 귀에까지 들어오게 됐다. 한두 번이야 우연히 같은 곳에서 부딪힐 수 있다지만 그게 한 번이 되고 두 번이 되고 꽤 여러 번 우연이 계속된다면 그건 더 이상 우연이 아니었다.

의도적 만남이란 건가.

이정인은 목을 뒤로 젖히며 눈을 감았다.


'단장님. 아무래도 이상합니다. 상식적으로 보스가 이미 망한 노 대표를 만나는 이유가 뭐겠습니까?'

'노 대표가 망해도 밑에 있던 조직원들 수가 상당하답니다. 안 그래도 다른 파에서 흡수하려고 눈치 싸움 이미 시작했고요. 보스도 그 눈치 싸움에 끼어든 눈치고요.'


얼마 전 짬을 내 가게에 찾아온 동우의 말도 일리가 있었다.

망한 조직이라도 거대한 집단이었기 때문에 뿔뿔이 흩어지는 조직원들을 끌어올 수만 있다면 순식간에 거대해지는 건 문제도 아니다. 밑에 사람이 많아지면 그만큼 일을 할 수 있는 인력이 많아진다는 것이고 그건 곧 조직을 운영할 돈으로 연결된다.

욕심이 날 수 밖에 없는 상황이라는 건 충분히 알겠는데 한 가지 의문점이 들었다.

하고 많은 파들 중 왜 하필 아버지에게 손을 내민 거지?

어찌 됐든 노루파가 지금 이 상황에 직면한 것에 손가락파가 일조한 건 사실이었다. 아버지는 모르는 일이었다고 하더라도. 언젠가 마지막으로 노 대표를 봤던 날이 생각났다. 그때 눈을 부릅뜨며 원수 대하듯 분노했었지.

분명 무슨 딜이 오가긴 했을 텐데.

테이블 모서리에 시선을 던진 채 곰곰이 생각에 잠기는데 휴대폰이 띵, 하고 울렸다.

[노 대표가 찾아왔습니다. 지금 보스와 이야기 중입니다.]

동우였다.

[가게야?]

답을 보내자 곧장 문자가 날아왔다.

[네. 두 분 다 접대실에 있습니다만.]

[알았어. 기다려.]

[오시게요?]

놀란 듯한 뉘앙스였다. 동우 입장에선 최대한 아버지와 자신이 만나지 않길 바라는 마음일 수도 있겠지만.

[응. 아무래도 가 봐야겠다.]

두 눈으로 직접 확인해야 했다.

노 대표가 무슨 속셈인 건지.


제법 쌀쌀해진 새벽길을 뚫고 도착한 가게 문을 밀며 안으로 들어가자 1층에서 기다리고 있던 동우가 한달음에 달려왔다.

"단장님. 옷이 너무 얇습니다."

"어, 그래?"

급하게 나오느라 의자 등받이에 걸쳐 있던 카디건만 두른 몸을 잠시 내려다보는데 어깨 위로 무게가 느껴졌다. 눈동자만 밑으로 내리자 어깨에 걸쳐진 진회색 재킷이 보였다. 방금 전만 하더라도 동우가 몸에 걸치고 있던 정장이었다.

"돌려주지 마세요. 저 요즘 잘 먹고 잘 자서 굉장히 튼튼합니다."

혹여라도 돌려줄까 싶어 다급히 말을 덧붙이는 동우의 고집스러움에 그녀가 결국 웃고 말았다.

"그래, 고맙다. 그보다 노 대표는?"

"3층에 있습니다."

"맨 끝 쪽 접대실이지?"

"아, 예. 그렇긴 한데…… 정말 올라가시려고요?"

위층으로 올라가는 계단을 밟던 이정인이 고개를 돌려 걱정스러운 듯 자신을 바라보는 동우를 내려다봤다.

"왜? 올라가면 안 되나?"

"그건 아닙니다만."

할 말이라도 있는 듯 머뭇머뭇하던 그가 결국 입을 열지 못했다. 그러나 무슨 말을 하고 싶은 건지 알아차린 그녀가 부러 싱긋, 웃으며 그를 달랬다.

"무슨 일 일어날까 봐 그래?"

"예. 노 대표와 단장님 평소에도 서로 하하 호호 웃는 사이는 아니었지만 하 전무 의뢰로 사이가 완전히 틀어진 건 사실이니까요."

"음, 그렇긴 하지. 그래도 노 대표보단 내가 더 셀걸?"

"그야 당연하죠. 하지만 노 대표가 비겁한 수라도 쓰면……."

"섣부르게 행동하진 않을 거야. 지금 아버지와 무슨 이야기가 오
간다며? 노 대표도 머리가 달렸으니 생각이란 걸 하겠지."

이정인의 말에도 일리가 있었다. 어찌 됐든 노 대표는 아쉬운 입
장이었고 손가락파가 가장 괜찮은 조건을 제시했으니 돈에 눈먼 노
대표가 이곳을 제집인 양 들락날락한 거겠지. 그렇게 생각하니 마
음이 한결 가벼워졌다.

"같이 올라가겠습니다."

"너도 요즘 바쁘다며. 일부러 나 때문에 시간 빼지 말고 들어가
서 눈 좀 붙여."

"전 괜찮습……."

"어서."

"……."

"나도 금방 돌아갈 거니까."

완고한 말투에 어쩔 수 없다는 듯 한발 물러선 동우가 고개를 꾸
벅 숙이고는 돌아섰다. 동우가 간이침대가 있는 방 쪽으로 사라지
자 멈췄던 발을 움직여 성큼성큼 계단을 올라갔다. 새벽 기운이 스
며든 어스름한 내부를 훑으며 접대실로 향하는 마지막 계단을 막
밟고 올라섰을까?

"이게 누구야? 이 단장 아니신가."

막 접대실 문을 열고 나온 노 대표와 눈이 마주쳤다. 그리고 그
뒤에 우두커니 서 있는 장신의 남자와도 눈이 마주쳤다.

"널 부른 적이 없는 걸로 아는데."

이수환이 언짢은 감정을 그대로 노출하며 그녀를 스쳐 지나가자

이정인이 재빨리 입을 열었다.

"제멋대로 찾아와서 죄송합니다. 하지만 노 대표라니요."

남자가 발을 멈추지 않고 그대로 계단을 향해 내려가자 그녀가 다급히 그의 뒤를 쫓았다.

"노 대표 밑에 있는 조직원들을 흡수하는 것보다 차라리 새로 사람을 들이는 게 낫습니다. 다른 곳도 아니고 노루파입니다. 이렇게 무너지게 된 것에 어느 정도 일조한 곳에 순순히 들어오겠습니까? 들어온다고 해도 분란이 일어날 가능성이 큽니다."

"장부 정리는 다 끝난 모양이지? 여기까지 찾아올 시간이 남아도는 걸 보면 말이다."

"노 대표는 아닙니다. 겉과 속이 다른 자입니다."

"조만간 정리한 장부 동우에게 다 넘겨."

"아버지!"

그대로 가게를 빠져나가는 그의 뒤를 바짝 쫓았지만 소용없었다. 그를 태운 자동차가 시야에서 사라지자 허탈한 한숨이 터졌다. 맥없이 풀린 다리에 바닥에 주저앉고 싶은 마음을 가까스로 추스르는데 시야에 반질한 구두코가 걸렸다.

"이 단장 꼴이 말이 아니야."

비웃음이 담긴 목소리에 이정인의 눈동자가 위로 올라간다. 한껏 멋을 부린 노 대표가 가슴을 쫙 펴며 그녀를 내려다보고 있었다.

"그렇게 노려보니 이거 무서워서 살겠나. 응?"

"무슨 짓이야?"

"무슨 짓이라니? 내가 범죄자야? 왜 자꾸 추궁을 해?"

"무슨 짓을 꾸미냐고!"

"허허, 이 단장이 소리도 지르네? 혼자 보기 아까울 정도야. 녹음이라도 해야 하나?"

평소 느물느물하게 웃으며 다니던 모습을 벗어던지고 딱딱하게 굳은 이정인의 얼굴에 십 년 묵은 체증이 내려간 것 같았다. 이수환에게 애정을 갈구하며 매달리는 이정인이라니. 그리고 저 상처받은 표정이라니. 금방이라도 무너질 것 같은 표정을 감상하는 재미가 쏠쏠했다.

"내일이 무슨 날인지 알고 있어?"

"무슨 수작질을 하려고 이곳에 온 거냐고 물었어."

"수작질이라니? 말투 천박한 거 봐."

"쇼는 집에 가서 해야지. 아버지께 고개 숙인 척 연기하면 내가 아, 그래 하고 넘어갈 줄 알았나 보지?"

"워 워, 이 단장. 내 말 좀 들어 봐. 진정하라고."

그가 과장스러운 몸짓으로 이정인을 달래는 듯한 손짓을 했다.

"내일이면 노루파는 공중분해될 거야. 산산조각 나는 거라고. 카지노 경영권을 결국 머리에 피도 안 마른 놈이 가져갔거든. 나 완전 쪽박 찼다 이거야."

"네가 쪽박 찬 걸 남의 탓으로 돌리면 안 되지. 애초에 꾸역꾸역 욕심부린 게 누구야?"

여전히 얼굴을 딱딱하게 굳었지만 다시 살아나는 말투에 노 대표의 얼굴이 일그러졌다.

"욕심? 욕심이라면 하 전무가 부린 거겠지! 그거 조금 떼어 주면 어때서 기어코 사람 인생을 망쳐 놔?"

"정말 그렇게 생각해?"

"그걸 말이라고 해!"

"그렇게 생각하면 노 대표 인생 헛살았네."

"뭐? 이 단장, 말 다 했어?"

파르르 떨며 노려보는 남자의 시선을 이정인이 맞받아쳤다.

"그래, 욕심나겠지. 사람인데 욕심낼 수도 있어. 그런데 그 욕심도 사람 봐 가면서 내야지. 노 대표, 당신이 왜 빈털터리가 된 줄 알아? 불가능한 것을 꿈꿔서야. 그럴 능력도 없으면서 돈에 눈이 멀었기 때문이라고. 한마디로, 뱁새가 황새 따라가다 가랑이가 찢어진 거라고."

"이 단장……."

씩씩 숨을 거칠게 몰아쉬는 노 대표는 금방이라도 뒷목을 잡고 쓰러져도 이상할 게 없어 보였다. 보다 못한 경호원들이 노 대표의 팔을 붙잡았지만 단숨에 손을 털어 내며 숨을 고르더니 이내 씨익 웃으며 이를 갈았다.

"이 단장. 어차피 그 자리에서 물러난다며."

"……."

"먼저 물러나겠다고 선수 쳤다던데. 네 아버지가 한 말이니 사실이겠지?"

아버지란 말에 그녀의 눈동자가 멈칫, 했다. 그 순간을 놓치지 않고 노 대표가 혀를 끌끌 차며 속을 긁어 댔다.

"그럼 좋게 물러나 있어. 허울뿐인 단장이란 명함도 사라질 날이 머지않았는데 왜 자꾸 방방 뛰고 다녀?"

"……."

"꼴사납게."

"……."

"이러니까 이수환이 이 단장을 귀찮아하는 거 아니겠어? 역시 피는 물보다 진하다는 말이 사실인가 봐? 입양했어도 피가 섞이지 않으니 찬밥 신세지. 쯧쯧."

처음으로 노 대표에게 대꾸를 하지 못했다. 경호원이 뒷좌석 문을 열어 주자 자동차에 올라탄 노 대표가 이쪽을 바라보며 비릿하게 웃는 게 보였다. 이내 자동차가 곱게 뻗은 도로를 향해 쭉 달려 나간다.

새벽빛이 사라지고 밝은 햇살이 땅을 적실 때까지도 이정인은 그 자리에서 움직이지 않았다. 그저 멍하니 서 있을 뿐.


[일어났습니까?]

"……."

어떻게 가게로 돌아온 건지 기억이 나질 않는다. 무슨 정신으로 방에 들어가 의자에 앉았는지도. 가슴이 답답해 물을 연거푸 마시고 쓰레기통에 병을 던진 뒤 눈을 감았다. 얼음이 가슴을 둘러싼 것처럼 싸늘하다. 차가운 물을 마셔서 그런 건지 아니면, 다른 이유가 있는 건지.

띵.

그즈음 또다시 문자가 왔다.

[일어났으면 문자해요.]

간단한 문자라도 한 통 보내지 않으면 계속 올 기세였다. 하우인의 끈질김을 익히 알고 있던 이정인은 대충 문자를 써서 보냈다.

[지금 바빠.]

[무슨 일 있습니까?]

말없이 문자를 보다가 휴대폰을 닫아 버렸다.

오 분 정도 지났을까. 손에 들고 있던 휴대폰이 지잉 지잉, 울리기 시작했다. 화면에 선명하게 찍힌 이름이 보였다. 하우인이었다. 평소라면 받았겠지만 오늘은 몸 상태가 안 좋았다. 모든 게 다 귀찮아진다. 숨 쉬는 것조차 힘들어질 때쯤 벨소리가 끊겼다.

그리고 다시 휴대폰이 울리기 시작했다. 한참 울리던 벨소리가 끊어졌다가, 다시 울리길 반복했다. 듣고 있는 사람도 지쳐 갈 때쯤 문자 하나가 날아왔다.

[전화 왜 안 받습니까?]

이어 문자가 하나 더 날아왔다.

[전화 안 받으면 지금 가게 찾아갈 겁니다.]

선명한 의지가 느껴지는 문자에 결국 손을 든 이정인이 통화 버튼을 눌렀다.

"지금 바빠."

혼자 있고 싶었다. 아무도 없는 공간에서 괜찮아질 때까지 웅크리고 누워 있고 싶었다. 그래서 바쁘다며 서둘러 통화를 끝마치려고 했는데.

— 울었어요?

그 한마디에 휴대폰을 잡고 있던 손이 멈칫, 했다.

"내가 왜 울어."

실제로 눈물을 흘리지 않았기 때문에 이정인이 짧게 대꾸하자 흐음…… 그가 뜸을 들이더니 입을 열었다.

— 문자가 이상한데?

"······이상하다니."

— 목소리도 이상하고.

"······."

— 누가 당신 아프게 했어요?

묘한 곳에서 예리한 그의 관찰력에 가슴이 뜨끔했다. 흘러내리는 앞머리를 뒤로 쓸어 넘기며 말을 고르는데.

— 대신 혼내 줄까요? 나 그런 건 잘합니다.

뜻밖의 말이 들려온다.

머릿속에 생각해 둔 단어들이 새하얗게 변했다. 혼내 준다니. 그답지 않은 유치한 발언에 피식 웃는데 그가 끊지 말아요, 하고 한마디 덧붙였다. 이정인은 힐끗 눈을 위로 올려 벽시계를 봤다.

7시 30분.

슬슬 씻고 출근 준비를 해야 할 시간이다. 이렇게 휴대폰을 붙잡고 있을게 아니라.

이러다 지각하겠다 싶어 통화를 마치려는데 어디론가 이동하는 소리가 들렸다. 끼이익, 방문을 여는 소리. 의자를 뒤로 빼며 앉는 소리. 타닥, 자판이 손가락에 부딪치는 소리. 그리고

— 아, 여기 있네.

혼잣말로 중얼거린 그가 목을 가다듬더니 뭔가를 읊조리기 시작했다.

— 누가 내 맘을 위로할까. 누가 내 맘을 알아줄까. 모두가 나를 비웃는 것 같아 기댈 곳 하나 없네.

"······."

— 내가 니 편이 되어 줄게.

그건 노래가 아니었다.

흡사 딱딱한 어조로 국어책을 읽는 수준이었다. 그럼에도 불구하고 그는 꿋꿋이 노래했다.

— 괜찮다 말해 줄게. 넌 나에게 소중하다고.

어설프게 부르는 노래가 너덜너덜하게 벌어진 가슴을 비집고 들어간다.

이따금 쑥스러운듯 흠흠, 목소리를 가다듬는 소리가 들렸다.

휴대폰을 귀에 댄 채 그대로 눈을 감았다.

아, 위로받아 버렸다.

"오늘 저녁이나 같이할까요?"

뒷좌석에 올라탄 하우인은 짬이 나자마자 곧장 휴대폰을 꺼내 이정인에게 전화를 걸었다.

— 바쁜 거 아니었어?

카지노 사업이 남우기업에 떨어지게 되면서 총괄 책임을 그가 맡게 되어 눈코 뜰 새 없이 바빠졌다. 그래서 한동안 바빠 가게에 못 찾아갈 것 같다는 말을 하기는 했었다.

"바쁘긴 합니다만……."

말끝을 늘어트리며 손목 단을 걷어 시간을 체크하는데 운전하던 고 비서가 입 모양으로 1시간이요, 라고 벙긋했다. 최대 1시간 정도 시간을 뺄 수 있다는 의미였다.

"식사 시간 정도는 뺄 수 있습니다."

이정인은 말이 없었다. 잠시 고민하던 그녀가 이내 입을 열었다.

— 알았어. 몇 시에 올 거야?

어느 순간부터 굳이 남태영을 방패로 세워 이정인을 만나지 않아도 됐다. 남태영을 내세우지 않으면 좀처럼 시간을 내 주지 않던 이정인이 미세하게 변화한 시점은.

"지금 미팅하러 가는 길이니까 아마 7시쯤에는 끝날 것 같습니다. 가게 도착하면 7시 반쯤 될 거고요."

그날이다.

유난히 지쳐 있던 목소리로 전화를 받던 그녀에게 위로랍시고 어설픈 노래 가사를 입에 구겨 담았던 그날 이후로 이정인의 태도가 미묘하게 유해졌다. 기분 좋은 변화였다. 아니, 솔직히 말해 기분 좋은 정도가 아니었다.

— 그럼 저녁에 보자.

짧은 말을 끝으로 통화가 끝났다. 괜히 아쉬운 마음에 휴대폰 화면이 꺼질 때까지 손에 쥐고 있다가 재킷 안주머니에 넣었다.

요새는 문자를 하면 꼬박꼬박 답장이 날아왔다. 문자를 보내면 답이 날아오는 게 뭐 대수냐, 하는 사람들이 있겠지만 상대는 이정인. 그녀를 겪어 보지 못한 사람들이나 하는 말이다. 적당히 그어 놓은 보이지 않는 선이 조금은 허물어지는 것 같은 느낌에 온몸이 노곤해진다.

손목 단을 걷어 시계를 보니 4시.

벌써 이정인이 보고 싶어졌다.


근처 식당에서 주문한 백반이 도착하자 배달 온 사람에게 돈을 준 뒤 접대실 테이블에 반찬과 밥을 차렸다. 간소한 상차림에도 맞은편에 앉은 하우인은 별 투정 없이 잘 먹었다. 그러고 보니 저번에 국밥집에서도 음식을 가리지 않고 잘 먹었던 것 같기도 하고.

"잘 먹네?"

이정인이 밥을 한술 크게 뜨며 말하자 나물을 집던 그의 시선이 정면으로 올라왔다.

'잘 먹네.'

방금 이정인이 한 말의 의미를 가늠하던 그가 이내 후, 낮게 웃었다.

"웬만하면 음식 가리지 않습니다."

"그런 것 같네."

그녀가 순순히 수긍하며 고개를 끄덕였다.

"데리고 살기 편할 겁니다."

"뭐가?"

"저 말입니다."

그가 멈췄던 젓가락질을 하며 덤덤하게 말을 이었다.

"반찬 투정 안 할 테고. 이정인 씨가 주는 대로 덥석덥석 잘 받아먹을 테고."

"……그런 말을 아무렇지 않게 하네."

수저를 든 그녀가 슬그머니 그의 시선을 피했다. 머쓱해하는 것도 같았고 부끄러워하는 것도 같아서 화제를 돌렸다.

"그쪽으로 절반 가까이가 흡수됐다고 들었습니다."

앞뒤 잘라먹은 말을 이정인은 바로 알아들었다. 노 대표 밑에 있던 조직원들을 아버지는 빠르게 흡수시켰다.

"그래도 괜찮은 겁니까?"

그가 이정인의 표정을 살피며 물었다.

"뭐, 알아서 잘하시겠지."

이미 엎질러진 물, 담을 수도 없으니까.

"조직은 이미 커졌는데 굳이 노 대표 수하들을 흡수시킨 이유가 따로 있는 겁니까?"

"글쎄. 아마 돈 때문이겠지. 그 정도 인력에 이 바닥에서 굴렀으면 바로 써 먹을 수 있으니까."

"이정인 씨는 반대했군요."

반대했지만 결국 그녀의 뜻은 받아들여지지 않았다. 이렇게 된 이상 이번에 흡수된 조직원들을 잘 다독여야 하겠지만 정말 그게 옳은 선택이었는지 아직까지 의문이 드는 건 어쩔 수 없었다.

"굳이 노 대표 밑에 있던 자들을 거둘 필요까지 있었을까 싶지. 솔직히 고인 물이고. 차라리 새로운 신입을 찾는 게 낫다고 생각했어. 고인 물 퍼다 날라 봤자 썩기만 하지."

그녀의 말에 고개를 짧게 끄덕이며 수긍한 그가 다른 이야기를 꺼냈다.

"조직원들을 이곳으로 병합시킨 대신 노 대표가 돈을 쏠쏠히 챙겼나 봅니다."

"집 한두 채 살 정도는 줬겠지."

"그 정도가 아니던데."

묘한 어감에 그녀가 무슨 뜻이냐는 눈빛으로 물었다.

"얼마 전에 별장과 자동차를 새로 샀더군요. 노 대표가 전 재산을 로비에 써서 말아먹은 건 이정인 씨도 잘 알 테고."

"그래?"

"그러고도 돈이 남았는지 요새 고급 빌라를 보러 다닌다더군요."

별장에 자동차에 고급 빌라라.

"……그렇게 줄 필요까진 없었을 텐데."

"이수환 씨 통 큰 거 아는 사람들은 다 아는 사실이니까요. 그보다."

젓가락을 내려놓은 그가 플라스틱 그릇을 그녀 앞으로 밀어 넣었다.

"이것 좀 먹어 봐요."

마늘 인삼 대추 전복을 넣고 푹 곤 삼계탕이 김을 내뿜고 있었다.

"일부러 사 가지고 온 거니까."

이정인이 가만히 보기만 하자 그가 커프스단추를 푼 뒤 소매를 걷어 올린 다음 제법 살집이 있는 닭을 집었다. 젓가락으로 야들야들한 살을 발라내 그녀의 숟가락 위에 얹어 주었다.

"자꾸 마르네."

그가 이정인의 상체를 훑어 내리며 못마땅한 낯빛으로 혀를 찼다.

"어……."

수저 위에 올려진 살코기를 한참 내려다보던 이정인이 묘한 낯빛을 띠었다.

"입맛에 맞을 겁니다. 여기 유명한 곳이라서."

가지런히 발라낸 살코기를 담은 접시를 그녀 쪽으로 밀어 넣었다. 잠시 머뭇하던 그녀가 한술 크게 입에 넣었다. 입 안에서 퍼지는 맛이 고소하면도 담백했다. 요새 통 입맛이 없었는데 식욕이 생긴 건지 그가 발라 준 살코기에 밥 한 그릇을 뚝딱 비워 냈다. 그 모습을 본 그의 입가에 뿌듯한 미소가 고였다가 이상한 점을 깨닫고는 금세 자취를 감췄다.

탁탁.

다 먹은 반찬 그릇을 겹쳐 한쪽에 모아 두는 이정인을 빤히 바라봤다. 분명 시선을 느꼈을 텐데 그를 바라보는 법이 없다. 혹시나 싶어 몇 마디 말을 걸어 봐도 마찬가지다. 시선을 겹치지 않는다.

그의 눈이 가늘어졌다.

"이정인 씨."

입술을 바라보다가 그대로 시선을 위로 끄집어 올렸다. 눈이 마주치자 이정인이 슬쩍 시선을 피한다.

벌써 다섯 번째다. 이런 식으로 시선을 피한 게.

처음에는 착각인가 싶었는데.

"나 왜, 피합니까?"

그가 지나가듯 물었다.

"음? 누가?"

"이정인 씨가."

"그럴 리······."

"봐 봐요, 지금도 내 눈 못 맞추잖습니까."

자신을 의식하는 건 좋은 변화였지만 그게 시선을 피하는 것으로 도피하는 건 사양이었다.

"이정인 씨가 나 피하는 이유, 난 알 것 같은데."

검은 봉지에 음식물을 담던 손이 멈칫, 했다.

"내가 신경 쓰이나 보죠?"

"무슨."

"남자로 보인다든가."

"……!"

"그러니까 열심히 눈을 피하는 거겠죠?"

"……."

"그래서 지금 아무 말도 못 하고 있는 걸 테고."

"그건……!"

"그랬으면 좋겠는데."

"……."

"그러면 얼마나 좋을까."

부드럽게 눈매를 접으며 미소를 짓자 난처한 듯 시선을 밑으로 끄집어 내린다. 나풀거리는 속눈썹을 구경하다 너무 짓궂었나 싶었다.

겁먹은 사슴.

이런 표현이 이상할진 모르겠으나 정말 그렇다고 표현할 수밖에 없었다.

자세히 보니 얼떨떨한 눈빛으로 입술을 열었다 다시 닫는 이정인. 처음 받아 보는 저돌적인 감정에 그녀는 당황하고 있었다. 그리고.

"……."

손끝을 떨고 있었고.

남자의 애정에 면역력이 없는 이정인이 겨우 입술 끝을 끌어 올렸다.

"……벌써 8시 20분이네."

그만 가 봐야 하지 않냐는 말을 돌려서 말하고 있었다. 더 밀어붙여 볼까 하다가, 그녀의 장단에 맞춰 주기로 했다. 정말 놀라서 도망가 버리면 곤란하니까.

커프스단추를 채우며 내려가 봐야겠네요, 하고 자리에서 일어서자 그녀도 같이 일어났다.

솔직히 의외였다.

배웅은 안 해 줄 거라 생각했는데.

"고 비서는?"

"밑에 대기하고 있습니다."

방문을 열고 계단으로 내려가는 그녀의 뒤를 따라갔다. 가게 앞까지 내려온 그녀의 배웅을 굳이 마다하지 않았다. 오히려 기분이 좋았다. 자동차 앞에 서서 대기 중이던 고 비서가 자신의 얼굴을 힐끗 살펴보고 의아해할 정도로 표정 관리가 안 되고 있었다.

"집에 들어가면 전화하겠습니다."

"접대 있다며? 늦게 끝나지 않아?"

예전 같으면 그래, 대충 답해 주고 전화를 안 받았을 텐데. 이젠 안 받는다, 라는 생각이 그녀에게 없는 듯했다. 작은 변화에 입꼬리가 느슨하게 올라간다.

"12시 안에는 끝낼 생각입니다."

"전무님. 말씀 중에 죄송합니다만 지금 출발해야 할 것 같습니다."

우두커니 서서 둘을 지켜보던 고 비서가 하우인을 향해 시간이 없음을 알려 왔다. 소매 단을 걷어 시간을 체크한 그가 짧게 혀를 차더니 뒷좌석에 올라탔다. 고 비서가 운전대를 잡았다. 곧이어 부드러운 소음과 함께 자동차가 대로변을 향해 질주했다.

그를 태운 자동차가 시야에서 사라지자 이정인은 기묘한 낯빛으로 제 가슴을 지그시 눌렀다. 요새 자꾸 가슴이 울렁거렸다. 그게 기분 나쁘기보다는……

지금도 미약하게나마 가슴이 들썩이고 심장이 덜컥인다.

그래, 사실은 갈라진 틈 사이로 꾸역꾸역 밀고 들어오려는 네가 무섭다. 한번 애정을 주기 시작하면 나는 밑바닥까지 싹싹 긁어서 다 줘 버릴 텐데.

"넌 아버지와 다른 걸까."

# 4

캄캄한 밤을 뚫고 달리던 자동차가 좁은 도로에 들어서더니 이
내 다 허물어져 가는 공장 앞에서 멈춰 섰다. 불빛 하나 없는 어둑
한 장소에 뭔가 잘못됐다는 걸 깨달은 이정인의 눈동자가 날카롭게
주변을 훑었다.

[이 단장, 잠깐 나 좀 봐.]

느지막한 저녁에 도착한 노 대표의 문자를 넘기는데 10분 뒤 문
자가 또 왔다.

[이수환 이야기로 할 말이 있어.]

이수환, 이란 단어에 휴대폰을 보던 그녀가 멈칫, 했다.

노 대표는 조직원들을 손가락파에 넘겼고 그 대신 돈을 챙겼다.
이 사실을 노루파 조직원들 대부분이 알게 됐다. 아버지 밑으로 들
어온 노 대표의 수하들은 이럴 줄 알았다고 체념하면서 한편으로는

분노를 내비쳤다. 그들을 구슬려 어르고 달래는 일은 전적으로 동우의 몫이었다.

말을 그렇게 안 들을 수가 없다며 불만을 내비치는 동우의 목소리를 들은 게 불과 3시간 전이다. 투정 부리듯 한숨을 푹푹 쉬는 동우를 조곤조곤 달래면서도 이정인은 한숨을 내쉬어야 했다. 이럴 줄 알았다. 물과 기름처럼 섞일 수 없다는 걸 정말 몰랐던 걸까. 다른 곳이었다면 차라리 더 괜찮았을지 모른다. 오랜 시간 동안 서로 앙숙이던 조직을 하나로 합치려니 좋은 소리가 나오지 않는 것이다.

당분간은 여기저기서 문제가 터질 거다. 그녀는 자리에서 물러나야 하니 직접적으로 끼어들거나 정리하지는 못했다. 솔직히 말하자면 권한이 없는 거다.

한동안 어수선한 분위기가 계속될 텐데.

그때.

철컹, 공장 문이 열렸다. 녹이 슨 문이 양옆으로 갈라지자 그 안에서 나온 노 대표가 이쪽으로 걸어온다. 그의 뒤로는 건장한 남자들이 노 대표의 뒤를 따라오고 있었다. 이정인은 운전대를 잡은 상태로 전방을 주시했다.

아버지 일로 할 이야기가 있다고 혼자 나오라고 할 때 꺼림칙한 기분이 들었지만 한편으로는 이세 와서 무너진 노 대표가 뭘 어쩌겠어 하는 마음도 있었다.

안일했어.

그대로 후진하기 위해 뒤를 살피는데 어느새 못 보던 차들이 입구를 막고 있었다.

조직원들을 넘겨주는 대가로 돈은 챙길 만큼 챙겼다고 들었다. 그런데도 이런 짓을 벌이는 걸 보면…….

이정인은 쯧, 짧게 혀를 찼다.

목적은 나라는 건가.

평소 서로 탐탁지 않게 여기곤 했지만 지금 노 대표는 그녀의 팔이든 다리든 하나를 부러뜨려야 물러날 기세다. 재빨리 재킷 안주머니에서 꺼낸 휴대폰 화면을 열었다. 제일 먼저 보이는 건 3시간 전에 문자를 주고받았던 하우인의 번호.

[내일 점심 같이해요. 시간 빼 볼 테니까.]

그가 심각할 정도로 바쁘다는 걸 이정인은 잘 알고 있었다. 그래서 바쁘면 시간 날 때 보자 했지만 새벽에도 종종 얼굴만 보고 돌아가곤 했다. 고작 얼굴 한 번 보겠다고 그녀의 가게까지 올 바에는 그 시간에 집에 가서 눈을 붙이라 했지만 그는 조용히 웃기만 했다. 고 비서도 열없이 웃으며 고개를 내저을 뿐이었고.

가만히 문자를 내려다보는데 콰광, 골이 흔들리는 소리와 함께 정면 유리창에 금이 갔다. 건장한 체구의 사내가 다시금 손에 쥔 나무 막대기를 아래로 내리쳤다.

콰가강.

선명하게 갈라지는 유리창을 보며 재빨리 동우에게 긴급 호출 문자를 보낸 뒤 통화 버튼을 눌렀다. 그사이 유리창이 바스러지며 유리 표면이 그녀의 뺨을 할퀴었다. 이대로 있다간 이도 저도 안 될 것 같다는 생각에 휴대폰을 그대로 안주머니에 넣고 차에서 내렸다.

"이 단장. 겁먹어서 그대로 내뺄 줄 알았는데?"

한 발자국 앞으로 다가온 노 대표는 근래 보았던 얼굴 중 가장 표정이 좋아 보였다.

"누가 입구를 막아 놔서 말이야. 지금이라도 길만 열어 주면 돌아갈 의향 있는데. 어때?"

이정인이 입구를 눈짓하며 눈꼬리를 접었다.

"아직도 입만 살아서는."

"입이라도 살아야지."

"상황 파악이 안 되나 보지?"

"음, 노 대표가 치사한 수법을 쓰고 있다는 건 파악이 되네."

일부러 느리게 주변을 훑으며 말하자 노 대표의 입가가 씰룩였다.

"난 이 단장 그런 점이 마음에 안 들어."

"다행이네. 나도 노 대표 마음에 들 생각 없거든."

말을 받아친 이정인은 뒷주머니에 넣어 뒀던 스틸레토 나이프를 꺼내며 그녀를 둘러싼 사내들의 수를 셌다. 공장에서 쓰고 남은 나무 목재를 들고 있는 남자가 한 명, 두 명, 세 명. 노 대표 가드로 붙어 있는 경호원 두 명. 여기까지면 어떻게든 해보겠는데 등 뒤로 입구를 막고 있는 자동차 세 대. 그 안에 타고 있는 사내들 총 6명.

상황 파악이 끝나자 입이 바싹 메말랐다.

이쪽 동태를 파악하는 건지 분명 전화를 받은 동우에게선 어떤 말이 없었다. 단지 휴대폰을 넣어 둔 가슴 언저리가 뜨거워진 걸로 봐선 동우가 아직도 통화를 끊지 않고 있다고 예상할 뿐.

어느 정도 버틸 수 있을까.

동우가 올 때까지 최대한 버텨 볼 생각이지만.

"노 대표. 나한테 쌓인 게 많았나 봐?"

"쌓인 것뿐이겠어? 이참에 이 단장 버릇 좀 고쳐 줘야지. 내가 아니면 누가 고쳐 주겠어? 감사하라고."

"그 전에 노 대표 버릇도 고치는 건 어때?"

"뭐?"

"이런 비겁한 짓도 한두 번이지. 이러니 밑에 애들이 뭘 보고 배우겠어?"

으득, 이 갈리는 소리가 들렸다.

"뭐 하고 있어? 다리든 팔이든 부러트려!"

노 대표 말이 끝나는 것과 동시에 각목이 눈앞으로 날아왔다. 가장 힘이 덜 받는 쪽을 맞아 준 뒤 다리를 올려 그대로 각목을 내리쳤다. 정확히 반으로 쪼개진 각목을 멍하니 들고 있던 남자의 뺨을 올려붙였다. 강한 힘에 뒤로 물러서다 바닥에 주저앉은 틈을 타 가슴팍을 발로 찬 놈의 발목을 그대로 잡아 나이프를 복숭아뼈에 그대로 찔렀다.

"으아악!"

짧은 외마디 비명과 함께 남자가 발목을 붙잡고 나가떨어졌다. 피 묻은 나이프를 고쳐 쥐었다. 날 길이가 11cm밖에 되지 않아 치명상은 입히지 못하지만 날을 예리하게 갈아 놔서 그나마 위협이라도 할 수 있었다. 본래 스틸레토 나이프가 찌르기 전용이기에 무언가 베기에는 적합하지 않았다.

"그것 하나 못 잡고 뭐 하는 거야!"

세 명이서 덤벼도 미꾸라지처럼 이리저리 빠져나가는 이정인의 모습에 노 대표가 고함을 질러 댔다.

"노 대표도 한물 갔나 봐? 솜씨가 영 별로네."

픽, 웃으며 피 묻은 나이프 칼날을 노 대표 방향으로 바꾸며 말하자 분노로 턱살을 부르르 떨던 그가 돌연 입꼬리를 끌어당기며 웃는다. 빠른 표정 변화에 이정인이 눈을 가늘게 뜨며 의아함을 느끼는 것도 잠시.

"이제부터 상관없는 사람이다."

"무슨 소리를 하려……."

"네 아버지가 그러더군."

"……!"

순간 나이프를 쥔 손에 힘이 풀렸다.

"……아버지가 그랬다고?"

되묻는 그녀의 눈가가 미세하게 떨렸다. 그걸 놓치지 않고 노 대표가 씩, 웃으며 바로 받아쳤다.

"어지간히 미움받는 모양이야."

"……"

그녀의 고개가 아래로 추락했다.

"쯧쯧."

혀를 차는 목소리에 그럴 리 없다, 반발심을 느끼는 게 아니라 그래, 아버지라면 그렇게 말했겠지, 수긍하고야 말았다. 그리고 지독하게 찾아온 무기력함. 손 하나 까딱할 수 없는 상태가 돼 버렸다.

다리를 걷어차이고 등을 강타하는 묵직한 느낌에도 아픔을 느낄 수가 없었다. 어깨를 관통하는 통증에 끈 떨어진 인형처럼 그대로 바닥에 주저앉았다.

공격을 하지 않고 종잇장처럼 맞고만 있는 그녀를 보던 사내 하나가 다리를 허공에 올리던 자세 그대로 멈추었다.

"엑? 우냐?"

고개를 깊이 숙이고 있지만 분명 바닥을 적시는 것은 눈물이다. 당혹스러운 낯빛으로 변한 사내가 재빨리 고개를 돌려 노 대표를 불렀다.

"우, 우는데요?"

"이정인이 운다고?"

믿을 수 없다는 남자의 말투와 함께 바닥에 주저앉은 그녀에게 곧장 시선이 날아들었다.

맹랑했던 녀석이었다. 어떤 상황에서든 속을 긁고 자존심을 밑바닥으로 끄집어내려도 넉살좋게 웃음으로 맞받아치며 말로 돌려주던 놈이었다.

그, 이정인이, 운다고?

눈으로 보고 있어도 머리로는 납득이 가지 않는 이상한 상황이 발생했다. 그럴 수밖에. 번지르르한 낯짝으로 실실 웃고 다니던 놈이었으니까.

고개가 아래로 꼬꾸라져 있어 어떤 표정을 짓는지 알 수가 없었다.

그사이 소리 없이 떨어지는 물방울이 땅을 차곡차곡 적셨다.

소리 없는 울음소리인데, 마치 비명을 지르는 것 같은 착각이 드는 걸 왜일까.

그의 미간이 미세하게 좁혀지는데 눈앞에 있던 형체가 그대로 쓰러졌다.

"대표님. 정말 이래도 되는 겁니까?"

"그래도 손가락파 하면 알아주는 곳인데 이러다 보복이라도 당하면……."

겁먹은 듯한 사내의 목소리에 다소 날이 선 반응이 돌아온다.

"누가 이렇게 될 줄 알았어? 이제 와서 어설프게 놓아주면 되레 우리가 당해!"

"그, 그래도 이 단장만 치기로 한 거 아니었습니까?"

"맞아요 대표님. 지금이라도 손가락파 보스는 놓아주는 것이……."

귓가가 윙윙거린다.

소음이 귓가를 들쑤시자 두통이 몰려왔다. 머리가 깨질 것 같은 두통에 이정인이 몸을 뒤척이다 전신으로 퍼지는 얼얼한 통증에 미간을 찌푸린다. 그때 또 다시 걸걸한 음성이 귓가를 파고든다.

"피는 물보다 진하단 말도 옛말인 모양이야."

"이 단장 손 좀 봐 줘야겠다는 말에 수하들도 물리치고 혼자 이곳에 온 걸 보면 소문이 사실이 아닌가 봐요."

"그래도 키운 정은 있다는 건가? 하도 매정하게 굴기에 끔찍해 하는 줄 알았더니."

어지럽다.

그리고 시끄러웠다.

귀를 막고 싶은데 손에 힘이 들어가질 않는다.

"어? 깨어났나 본데요?"

"지금 눈 풀린 상태에서도 눈빛이 살아 있는 걸 보니 몇 대 더 때려라."

"저, 정말 그래도 되는 겁니까?"

"왜, 무서워?"

"손가락파 보스입니다. 이수환이라고요! 이러다 정말 저희 죽어요!"

"이렇게 된 거 주식 포기 각서나 가져와."

"그거, 이 단장 재산 몰수하려고 서류 준비하라고 했던 것 아닙니까?"

사내가 의문스럽게 말하자 노 대표가 턱 끝으로 의자에 묶여 있는 이수환을 가리켰다.

"생각이 바뀌었어. 한 건 크게 하고 튈 거면 피라미보단 대어지. 이렇게 하려고 했던 건 아니지만 지금 상황이 개 같으니 어쩌겠어. 이수환 손에 인주 묻히고 지장 찍어."

"아, 알겠습니다."

"바로 변호사 대기시켜. 공증받아야 하니까."

타닥타닥.

어수선하게 움직이는 발자국 소리에 수면에 잠겨 있던 의식이 돌아온다.

"대표님! 주먹을 쥐어서 인주를 묻힐 수가 없는데요. 어떡할까요?"

소란스러운 목소리에 결국 무거운 눈꺼풀을 끄집어 올렸다. 맨 처음 시야에 잡힌 건 높은 천장. 그리고 듬성듬성 자리 잡은 커다란 창문들.

이곳이 방금 전 보았던 장소가 아닐 거라는 확신이 생겼다. 언뜻 보았을 때도 오래된 공장은 크고 창문이 없었다. 장소를 옮긴 건가.

이러면 동우가 추적해서 찾아오기가 힘들어진다. 시간이 좀 걸릴지도. 게다가 두 손도 밧줄로 묶여 있어 자유롭게 움직이기 힘들었다. 앞으로 묶인 손을 들어 재킷 안주머니를 더듬는데 핸드폰이 없다.

끌려오다가 떨어진 건가.

아니면 몸을 수색해서 가져간 건가. 그랬다면 필시 처음 그 장소에 버리고 왔을 확률이 크다.

이러면 위치 추적 하기가 곤란해진다.

어떻게 한담.

생각을 쥐어짜 내려고 해 봐도 머릿속이 덜그럭거릴 뿐이다. 머리가 뿌옇다. 안개 속을 걷는 기분에 눈에 힘을 주고선 고개를 돌려 주변을 보던 시선이 어느 한 곳에서 뚝, 멈춘다.

"각목 하나 가져와."

노 대표의 한마디에 건장한 사내가 그의 손에 굵고 긴 나무 막대기를 쥐여 준다.

탁탁탁.

나무 막대기를 바닥에 끌고 가던 노 대표가 나무 의자에 묶여 있는 남자 앞에 쭈그려 앉았다.

"내가 당신에게 이 단장을 손봐 줘야겠다고 언질을 준 건 곧 단장 자리에서 물러나야 할 그놈이 안 보여도 찾지 말라는 소리였지, 헐레벌떡 뛰어오라는 소리가 아니었는데 말이야."

"……."

"그래도 좀 놀랐어. 여기 올 거면 직속 수하들에게 알리지 말고 혼자 오라고 했는데 설마하니 정말 혼자 올 줄이야."

"……."

"그런다고 오자마자 총구를 겨누면 쓰나. 응?"

남자는 미동이 없었다. 머리를 쥐어뜯겼는지 평소 단정하게 넘기는 머리가 부스스했고 얼굴에는 피가 선명했다. 입고 있던 슈트도 옷의 기능을 잃어버린 지 오래였다. 그 남자 앞에서 노 대표는 남자의 주먹 쥔 손을 손가락으로 툭, 쳤다.

"손 좀 펴 줘."

"……."

"나도 이러고 싶지는 않았어. 알잖아? 이정인 버릇만 좀 고쳐 주고 이 바닥 뜨려고 했다고. 그런데 왜 왔어. 왜 혼자 와서 자꾸 사람 욕심나게 만들어?"

"……."

"나도 주식만 먹고 떨어질 테니까 좋게 좋게 끝내자고. 아님, 여기서 죽기라도 할 거야? 아니잖……."

퉤.

불현듯 얼굴에 날아온 핏물에 노 대표의 얼굴이 굳었다.

"……시발, 미쳤어?"

노기가 깃든 음성과 함께 노 대표가 자리에서 벌떡 일어서자 의자에 묶여 있던 남자의 얼굴이 들어왔다. 순간, 이정인의 눈이 커졌다.

"끝까지 손을 안 펴겠단 거지? 나도 시간이 얼마 없어서 말이야. 이러다 당신 조직원들 우르르 몰려오면 그야말로 개죽음당하는 건 시간문제란 말이지."

퍼억.

노 대표가 휘두른 각목이 남자의 손등을 후려쳤다.

"그만둬!"

그대로 달려가 노 대표를 밀었지만 오히려 그녀의 몸이 밀려 나갔다. 힘이 빠진 탓이다.

"이제야 깨어났네? 너무 늦은 거 아닌가?"

노 대표가 뭉툭한 나무 끝으로 이수환의 턱을 쳤다.

"네 아버지는 벌써 이 꼴인데."

그대로 다리를 뻗어 나무를 쳐 냈다. 탕, 하는 소리와 함께 노 대표가 쥐고 있던 나무 막대기가 바닥을 굴렀다.

"아버지는 이번 일과 상관이 없어. 화가 났다면 나 하나로 끝내는 게 나았을 텐데."

노 대표가 허리를 굽혀 나무 막대기를 줍는 사이 이정인은 이수환 앞으로 달려가 그를 온몸으로 감쌌다.

"아, 그렇지. 나도 너 하나로 끝내려고 했다니까?"

"그럼 나 하나로 끝내야지. 이게 뭐 하는 짓이야?"

바들바들 떨리는 다리와는 별개로 이수환을 감싼 이정인의 기세는 사뭇 흉맹했다. 방금 전 울었던 모습이 거짓말처럼 사라졌다. 쯧, 혀를 찬 노 대표가 휴대폰을 꺼내 시간을 확인하고는 불편한 기색을 드러냈다.

"이 단장. 시간 없어. 비켜."

"못 비키겠다면?"

기력이 다해 후들후들 떨리는 몸으로 입만 살았다. 손에 든 각목을 옆에 선 사내에게 넘기며 이정인을 향해 눈짓했다. 금세 말을 알아들은 사내는 곧장 둘 앞에 서더니 가차 없이 나무 막대기를 휘둘렀다.

"으읍……."

아파도 평소에는 내색조차 하지 않던 이정인도 이것만은 못 참겠는지 연신 이를 악물며 등 뒤로 오는 충격을 모조리 받았다. 고통의 강도가 높아질 때마다 점점 더 불안정하게 흔들리는 이수환의 눈동자가 등이 갈가리 찢어지는 통증에도 선명하게 들어온다.

"너……."

뻐각.

뼈가 부서지는 소리와 함께 버티고 있던 상체가 부르르 떨렸다. 아픈 등보다 더 신경 쓰이는 게 있었다. 죄책감에 짓눌린 남자의 표정.

"그런 표정 하지 마세요. 난 당연한 일을 하고 있는 것뿐이니까."

"당연한 일이라니……?"

"당신은 내 아버지니까."

"……."

"우린 가족이니까."

엉망으로 흔들리는 눈동자에 좀처럼 시선을 맞출 수가 없었다.

"……만해."

더 이상 버티기가 힘들어졌다. 눈앞이 뿌옇게 변한다. 머리를 강타한 날카로운 촉감과 동시에 간신히 버티고 있던 다리가 주저앉았다.

"그만해! 하라는 대로 할 테니까 그만두라고!"

핏대를 올리며 소리친 고함 소리와는 다르게 눈시울을 붉히는 눈동자.

아버지.

"계속 당신의 아들이고 싶어요."

아마, 당신은 싫을지 모르겠지만.


불안정한 사람들이 만나 세상을 바라볼 때, 그 세상은 거친 파도였다. 고요함이 어색하게 느껴지는 세상에 익숙해져 갈 무렵, 나는 당신을 이해하게 됐다. 상심한 마음, 정처 없이 방황하는 감정, 끝을 알 수 없는 슬픔이 밀려올 때면 당신은 잠든 내 머리맡에 주저앉아 속삭였다.


'우리 정인이를 돌려줘.'


끅끅, 터트리지 못한 당신의 울음을 나는 닮아 가고 있었다.

만약, 내가 당신의 진짜 아들이었다면 가슴을 짓누르는 울음 대신 가슴 벅찬 미소를 보여 줬을까.

당신이 만들어 준 불안정한 세상.

그것조차 만들어 주지 않고 떠난 사람들이 있었다. 그래서 나는 당신의 무관심도 상관없다고 한다면. 당신의 차가운 시선도 견뎌낼 자신이 있다고 한다면.

나를 불쌍히 여겨 옆에 둘까.

아니면, 끝내.

"나를 버리실 건가요."

아버지.

쾅강.

창문 깨지는 소리가 들렸다. 두터운 철문이 우그러지는 소리도 언뜻 들렸다. 무슨 일인지 확인해 봐야 하는데 자꾸 눈이 감긴다. 손발이 후들후들 떨리는데 감각이 없다.

"정인아! 정인아!"

누군가 다급히 어깨를 흔들었다.

우아아아아아.

고막을 짓이기는 함성 소리와 함께 의식을 잃었다.

가장 먼저 피부에 와 닿은 건 칙칙, 내뿜어지는 미지근한 습기와 알싸한 알콜 냄새. 감겨 있던 눈을 뜨자 새하얀 천장이 보였다.

병원인가.

어제 노 대표를 만났고 자동차 유리가 부서졌고. 나이프를 들고 휘두르다가 공장 앞에서 쓰러졌고. 기억이 드문드문 머릿속으로 흘러왔다.

그리고 다시 눈을 떴을 땐 장소가 바뀌어 있었고 또…….

"아버지!"

벌떡 상체를 일으키던 이정인은 등 뒤로 퍼지는 고통에 윽, 짧은 신음을 내며 침대에 무너졌다.

"이수환 씨라면 걱정하지 않으셔도 될 겁니다. 어제 무사히 치료 마쳤고 찰과상 이외에는 크게 다치거나 부러진 곳은 없더군요."

감정이 담기지 않은 무덤덤한, 그러나 낯익은 음성에 눈동자가 옆으로 움직였다. 간이 의자에 앉아 한 손에 서류를 들고 **빠르게** 내용을 훑던 남자가 이정인의 시선을 느꼈는지 눈동자만 위로 올린다.

허공에서 시선이 부딪쳤다. 안경을 걸친 하우인의 얼굴이 생소했다. 은테 너머로 고개든 시선이 침대에 누워 있는 이정인의 얼굴을 살폈다. 보기 좋았던 **뺨**이 거칠게 변하고 자잘한 생채기가 매끄러운 살갗을 파고든 것을 제외하면 괜찮아 보였다. 어디까지나 얼굴만은 말이다.

"완전히 회복될 때까진 누워 계셔야 합니다."

"어, 아무래도 그래야 될 것 같아. 숨 쉬는 것도 좀 힘드네."

숨을 내쉴 때마다 가슴 부근이 아려 왔다. 가슴도 다친 건가. 저절로 미간이 좁아졌다.

"골절로 인해서 **뼈**가 배 속 장기를 찌를 수 있습니다. 2차적인 부상이 염려되기 때문에 회복될 때까지 되도록 가만히 누워 계세요. 필요한 게 있으면 저나 고 비서에게 말하면 됩니다."

손에 들고 있던 서류를 서랍 위에 올려 둔 그의 말에 그제야 제 상태가 심각하다는 걸 깨달은 그녀가 몸을 덮고 있던 시트를 들췄다. 헐렁한 병원복을 위로 잡아 올렸다. 마른 몸 아래로 가장 먼저 보인 건 상체를 틈 없이 감싼 붕대.

몽롱한 잠기운이 달아나자 온몸이 삐거덕거렸다. 어깨도 아프고 턱도 아프고 등은 말할 것도 없었고. 다리도 저릿했지만 다른 부위에 비해 참을 만했다.

"아무리 불러도 의식은 없지 옷은 엉망이지 얼굴은 말이 아니지 머리에서는 피가 나오지. 얼마나 놀랐는지 압니까?"

"어…… 그랬어?"

"머리는, CT상에서도 안쪽 출혈이나 뼈가 괜찮다고 합니다."

"다행이네."

그러고 보니 쓰러지기 전 뒤통수에 강한 충격이 있었지.

"머리 찢어진 곳만 스테이플러로 찝었습니다."

손을 들어 머리를 매만지니 정수리 부근에 딱딱한 철심 두 개가 느껴졌다.

"그나마 다행이라면 단순 늑골 골절이라 6주에서 8주 정도 입원하면 된다더군요."

"진짜 다행이네."

"……."

열없이 웃으며 대꾸한 이정인을 보던 그의 눈썹이 위로 치켜 올라갔다.

"그보다 어떻게 된 거야?"

"뭐가 말입니까."

"나 쓰러지고 난 뒤 말이야. 대충 동우가 왔을 거라고 생각은 했지만 하 전무는……. 도대체 어떻게 거기 온 거지?"

의문스러운 시선에 곧장 답이 날아왔다.

"다음 날 식사는 제가 아는 가게에서 하는 게 어떻겠냐고 물어보려고 문자를 보냈는데 깜깜무소식. 전화를 했더니 통화 중이더군요. 시간 차를 두고 전화를 해도 계속 통화 중이었습니다."

그가 얼굴에 걸친 은테 안경을 벗으며 말을 이었다.

"도대체 누구와 긴 시간 통화 중인지 전화를 받으면 물어보려고 했습니다. 그런데 어느 순간부터는 전원이 꺼져 있더군요. 그때부터 이상한 겁니다. 괜히 일도 손에 안 잡히고 이상한 쪽으로 생각이 기울어지길래 바이어들과 미팅 끝나자마자 이정인 씨 가게로 달려갔는데, 당신 행방을 아는 사람이 없었습니다."

가게 내부는 대부분 아버지 사람들이었다. 해서, 개인적인 행동을 할 땐 어디를 갈 거라고 세세하게 답을 하진 않았다. 그들도 가게 밖으로 나가는 그녀를 터치하진 않았다. 아마, 그녀가 어디를 가서 사고를 치는 성격이 아니라는 걸 알았기 때문일지도.

"동우를 찾아갔었구나."

대부분의 시간을 아버지 가게에서 보냈기 때문에 동우를 만나는 일은 쉬웠을 거다.

"사색이 돼서 당신 이름만 부르더군요."

그 뒤 이야기는 대충 짐작이 갔다. 위치 추적을 했을 것이고 아무도 없는 공장에서 그녀의 흔적을 발견한 뒤 주변을 다 뒤졌을 터였다. 그리고 냉정하게 생각을 다시 했겠지. 동우는 그런 일에선 오히려 냉정해지는 편이었다.

"다른 사람들은?"

"노 대표를 말하는 거라면 우선, 음식을 씹어야 할 이는 다 부서졌습니다. 간신히 죽이나 넘기면 다행이지요. 팔다리는 부러져서 움직일 수 없는 상태고 한쪽 눈도 실명 상태에 가깝습니다."

실명.

그녀를 건드린 데서 그쳤다면 몇 군데 부러지고 말았을 텐데, 상대는 이수환. 밑에 있던 조직원들이 이수환의 상태를 보고 가만히 있을 리가 없다. 하우인의 말에 의하면 오히려 동우가 뜯어말릴 정도였다는 것. 그 정도면 말 다 했다.

"노 대표도 참. 욕심 적당히 부리라니까."

결국 이 사태까지 오게 만들다니. 쯧, 혀를 찰 때였다.

"왜 제게 연락하지 않으셨습니까."

평소와 같은 건조한 말투였지만 묘하게 딱딱한 어투였다.

"이런 일은 하 전무보단 동우가 더 빠르게 처리해."

"그게 답니까?"

"요즘 바쁘다며."

"바빠서 당신 전화 받을 시간도 없을까 봐?"

평소와 다름없는 말투는 아니라고 느꼈지만 이제야 그의 감정이 선명하게 보인다.

"아직도 날 모르네."

느슨한 입꼬리. 나른하게 웃는 눈매에는 보이지 않는 감정이 존재했다.

화가 난 것 같다.

"우리가 이 정도 사이밖에 안 됩니까?"

"이런 상황에서 일일이 전화할 사이는 아니지."

그에게 전화를 하지 않은 건 별다른 이유가 있어서는 아니다. 그저, 하우인이 걱정할까 봐. 자신의 짐을 누군가에게 같이 넘겨서 공유하고 싶지 않았다.

돌연 손목이 잡혔다. 그때 그의 재킷 안주머니에서 휴대폰 소리가 들렸다. 한 차례 끊긴 이후에도 계속 울린 걸 보면 필시 중요한 전화일 터였다.

"중요한 전화인 것 같은데 빨리 받아 봐. 그리고 손목 꽤 아픈……!"

잡고 있는 손목을 그대로 끌어당겨 그녀의 입술을 삼켰다. 도톰

한 입술 사이를 혀로 갈라 파고들자 무방비하게 격침당한 입술 안쪽 여린 살이 고스란히 드러났다.

깊이 입을 맞추자 이정인의 순한 눈매가 커지더니 이내 난감한 빛을 띠었다. 곧장 그녀의 위로 덮칠 듯한 자세로 옴짝달싹 못 하게 만들었다. 안으로 침투한 혀를 밀어 내려는 이정인의 목덜미를 거칠게 끌어당긴 채 도망가는 그녀의 혓바닥을 짓뭉갰다.

"으읍!"

제동을 걸지 않고 돌진해 온 혀가 입천장을 더듬으며 목 깊숙이 파고 들자 고개가 뒤로 젖혀졌다. 그가 뒷목을 손으로 받치고 있지 않았다면 그대로 침대에 짓눌러졌을 것이다. 참지 못하고 그의 팔뚝을 손으로 움켜잡았다.

"잠, 잠깐……!"

숨이 막혀 가슴을 크게 들썩거린 이정인이 그의 팔뚝을 밀어 냈지만 꼼짝하지 않는다. 이렇게 힘이 셌던가? 생각하는 순간 입 속에 들어 있던 그의 혀가 뒤로 물러서더니 다시 앞으로 돌진해 온다. 축축한 혓바닥을 뾰족이 세우며 입 속에서 느리게 앞뒤로 움직이길 반복했다. 마치, 관계를 가지는 것처럼.

몇 번 더 거칠게 입 안을 헤집더니 부어오른 아랫입술을 살짝 이로 물며 떨어진 그의 입술이 타액으로 번들거렸다.

"이러면."

진한 키스로 인해 흥분으로 붉어진 눈동자와는 달리 말투는 건조했다. 마치 폭발하려는 뭔가를 꾹꾹 눌러 담는 듯.

"우린, 무슨 사이입니까?"

"……무슨 사이긴."

거친 호흡을 정리한 이정인이 자신을 내려다보는 그의 이마를 손가락으로 가볍게 꾹 눌렀다.

"너는 병실에서 아픈 사람 입술이나 탐하는 나쁜 아이지."

얼마간 그녀를 보던 그의 눈동자에 서린 흥분이 순식간에 자취를 감췄다.

"그런가요."

그가 후, 낮게 웃으며 굽혔던 상체를 바르게 했다.

이정인을 침대에 바로 눕히고 시트를 목 끝까지 덮어 주다가 부은 입술을 보더니 안타까운 눈빛으로 변했다.

"부었군요."

"잡아먹히는 줄 알았다."

그녀의 엄살에 낮게 웃은 그가 드디어 전화를 받았다. 역시나, 꼭 받아야 했던 전화였던 듯 다시 은테 안경을 얼굴에 걸치고 서류를 뒤적이기 시작했다. 그는 꽤 오랫동안 휴대폰을 붙잡고 있었다. 한참이나 서류에 무언가를 받아 적기도 하고 어떤 사항을 지시하기도 했다.

그렇게 바쁜 와중에도 중간에 간호사가 들어와 상처 부위를 소독해 주면 그는 한순간도 놓치지 않고 상처 부위를 쳐다봤다. 눈조차 깜빡이지 않고 상처를 노려볼 땐 어떤 집념까지 느껴졌다. 간호사가 나가고 나서야 통화를 마친 그가 이정인의 머리맡으로 다가오며 물었다.

"많이 아픕니까?"

"견딜 만해."

대꾸해 주는데 졸음이 몰려왔다.

그가 뒷머리에 손을 넣어 베개를 바르게 고쳐 주었다.

"푹 쉬세요."

"가 봐야 되는 거 아냐?"

눈이 감기는 와중에 그녀가 문 쪽을 힐끗, 봤다. 문밖에 어른거리는 그림자. 고 비서가 문 앞에 대기 중이었다.

그런 건 걱정 말라는 듯 그가 다정하게 웃으며 머리카락을 귀 뒤로 넘겨 주었다.

"잠자는 거 보고 가겠습니다. 신경 쓰지 말고 주무세요."

"그래도……."

"제가 괜찮습니다."

강경한 어투에 결국 손을 든 그녀가 눈을 감았다. 가슴을 조심스럽게 다독이는 손짓.

편안했다. 타인의 온기가 따뜻할 수 있구나.

그리고.

"……."

가슴이 크게 들썩이기 시작했다. 어딘가 고장 난 사람처럼.

녹슬어 있던 마음의 추가 움직인다. 끼익끼익, 먼지 쌓인 톱니바퀴가 맞물려 더디게 돌아가기 시작했다.

시간은 빨리 지나갔다. 그리고 이정인의 몸도 많이 나아졌다. 살짝만 움직여도 척추로부터 올라오는 찌르르한 고통에 호흡이 턱, 막힐 정도라 처음에는 고개를 돌리는 것조차 쉽지 않았는데. 병원에 입원한 지 5주째 접어드니 이젠 어느 정도 움직임에도 고통이 동반되지 않았다. 그와 동시에 어느 정도 일을 마무리한 동우의 방문도 잦아졌다.

매번 괜찮으냐는 똑같은 질문임에도 불구하고 싫지 않았던 건 얼굴에서 내뿜겨 나오는 그녀를 향한 걱정 때문일 것이다. 그래서 이번에는 정말 괜찮다며 확고한 답을 주려던 참이었는데. 병실 안으로 들어선 동우는 주위를 두리번거리더니 고개를 갸웃하며 다가왔다.

"하 전무는요?"

동우는 자신이 찾아올 땐 어김없이 그녀의 옆에 자리 잡고 서류를 들춰 보던 그가 없음에 의아한 듯했다.

"일 때문에 잠깐 나갔어."

"아…… 그래요?"

간이 의자를 끌어다 앉은 동우의 의문을 이해 못 할 것도 없었다. 병실에 입원해 있는 동안 조직원 몇 명이 번갈아 가며 병문안을 왔었다. 그때마다 옆에 앉아 고 비서가 체크해 둔 서류를 읽던 하 전무를 희한한 눈길로 바라봤었다. 생각해 보니 그들 입장에선 남우 기업의 하 전무가 그녀의 병실에 죽치고 있는 모습이 이상해 보였던 거다. 게다가 요새 이상한 말이 돌고 있었고.

"하 전무. 여기서 전세 내고 산다는 소문이 파다해요."

"나도 들었어."

"그럼 이 소문도 들으셨어요? 하 전무 그…… 게이설이요."

"……뭐?"

동우가 건넨 물잔을 받아 든 그녀의 눈이 커졌다.

"그런 소문이 도는 게 당연하다고 생각해요. 단장님 병실에 죽을 치고 앉아 있는데 이상하게 생각할 수밖에 없겠죠. 하루 이틀도 아니고요."

"……."

"단장님이 여자라는 걸 모르니까 그런 소문이 난 것 같아요."

거기까지는 생각을 못 했다. 내색하지 않았지만 난처한 낯빛으로 변한 그녀가 생각에 잠긴 듯 허공에 시선을 두었다. 처음에는 그녀도 괜찮다며 말리긴 했었다. 안 그래도 바쁜 사람 굳이 병실을 지키게 할 생각도 없었고.

하지만 그녀가 간과한 게 있었다. 하우인의 고집은 대단했다. 다른 건 잘도 양보하면서 이런 문제에 대해서는 한 치의 양보가 없었다.

한사코 병실 안에 일거리를 챙겨 들고 와 정신없이 일을 했다. 덕분에 고 비서도 이쪽으로 출근하다시피 했다. 일을 하다 보면 중간에 보고서가 빠지거나 관련된 서류를 찾아봐야 할 때가 종종 있었는데 그럴 때면 어김없이 고 비서가 회사로 다시 가서 서류를 들고 병실로 돌아오곤 했다.

그게 불편할 만도 할 텐데 고 비서는 회사로 돌아가자는 말을 한 번도 입 밖으로 꺼낸 적이 없었다. 병실은 불편하니 이만하면 회사로 돌아가자, 그런 뉘앙스도 없었다. 어떤 의미로 고 비서도 참 대단했다.

하루는 그에게 이만하면 됐으니 시간 날 때 들르는 게 어떻겠냐고 넌지시 물었다가 자기가 불편하냐는 소리를 들어야 했다. 딱히 크게 불편한 점은 없었다. 오히려 이것저것 챙겨 주기 때문에 불편하지는 않다고 말하니 그럼 더 이상 이 문제에 대해선 거론하지 말자며 강경하게 나오는 바람에 고개를 끄덕이고야 말았다.

이정인은 고개만 살짝 돌렸다. 서랍장에 올려놓은 티슈나 음료수 병들 대신 자리를 차지한 서류 뭉텅이들. 방금 전까지 그가 있었다는 흔적이다. 한 공간에 있는다고 해서 서로 말을 많이 하는 것도 아니다.

그는 정말 바빴고 정신없이 일을 했다. 그 와중에도 짬이 나면 어김없이 이정인을 살피며 괜찮으냐, 어디 아픈 곳은 없냐 세심하게 살폈다. 그럴 때마다 이정인은 가슴 한구석이 간질거려 견딜 수가 없었다.

하지만 다시 일을 할 때면 방해될까 봐 말 걸기도 미안할 정도였다. 일을 어느 정도 마무리하면 저녁이 됐다. 처음에는 느지막이 저녁을 먹던 그도 밖에서 잡힌 일이 없다면 무조건 6시에서 7시 사이에는 이정인과 식사를 함께했다. 일을 하던 중이라도 저녁 식사 시간이 되면 하던 일을 멈추고 수저를 들었다.

그의 모습을 본 고 비서는 처음엔 놀란 듯했다. 그가 없을 때 지나가는 말로 한번 뭔가에 몰두하면 그걸 끝내기 전까지 밥을 거르는 일이 빈번했다고 했다. 그래서 웬만하면 미팅도 식사 시간과 겹쳐서 잡게 됐다고.

"단장님."

"응."

"언제까지 여기 있게 할 거예요?"

누구냐고 물을 것도 없었다.

"그거야……."

물로 입을 축인 이정인이 턱을 긁적이며 말을 늘어뜨렸다.

"난 이미 포기했어."

"뭘요?"

"하 전무 말이야. 내가 오지 말라고 해서 안 올 사람도 아니고."

"남들 시선도 그렇고 한번 말해 보는 게 낫지 않을까요?"

"음, 뭐라고 말해 줬으면 하는데?"

이정인이 부드러운 어조로 물었다.

"그야 병문안 정도면 충분하다든가, 부담스러우니 여기서 이럴 필요 없다든가. 뭐…… 그런 말들요."

"동우, 네가 말해 볼래?"

"제가요?"

"난 못 이겨. 고집이 세거든."

"그래도……."

"하 전무가 남에게 피해 주는 성격도 아니고. 난 별로 상관없어."

담담한 그녀의 말에 동우의 표정이 묘하게 변했다. 남에게 피해를 안 준다고 해서 굳이 타인을 옆에 둘 정도로 귀찮음을 감수할 성격이 아니란 걸 안다. 물론 그녀의 영역 안으로 들어온 자신이나 철호 같은 경우라면 말이 다르지만 상대는 하 전무.

어딘지 모르게 너그러운 듯한 태도에 의아할 수밖에 없었다.

"정말 이대로도 괜찮으세요?"

"괜찮아."

1인실이지만 의자 등걸이에 걸어진 정장 바지라든가 세탁소에서 찾은 비닐을 벗기지도 않은 슈트 한 벌이 한쪽 벽면 임시 옷걸이에 가지런히 정리되어 있는 상황이라든가, 또 음료수나 과일이 올려져 있어야 할 간이 테이블 위를 차지한 노트북이라든가.

병실에 누워 있는 그녀만 아니라면 누가 봐도 사무실 용도다.

"정말 괜찮으시다고요?"

"그래."

동우의 말에 대꾸하는 어투는 담담했다. 괜찮지 않아야 할 이유를 모르는 듯한 얼굴이다. 절로 동우의 눈이 가늘어질 수 밖에 없다. 설마하니 철호에게서 들었던 말이 진짜일 줄이야.

'동우 형님. 누가 우리 단장님 좋다고 따라다니면 어떨 것 같아요?'

'어떨 것 같냐니. 어딜 가든 한두 명씩 꼭 있었잖아. 단장님 좋다고 존경심 표하는 녀석들.'

'아니, 그런 마음 말고요.'

'그럼?'

'여자로 보는 것 같아서.'

'누가?'

'남우기업 하 전무가.'

'뭐? 단장님이 여자라는 걸 알고 있어?'

'네.'

놀라 입을 벌린 동우에게 철호가 더 놀랄 말을 꺼냈다.

'하 전무가 우리 단장님 좋아 죽으려고 하던데요?'

'그건 또 무슨 소리야?'

'물고 빨고 난리도 아니에요.'

'단장님은 어떻게 생각하시는데?'

'뭐, 철벽이시죠.'


철벽.

하지만 그녀의 행동이 시원치 않았다. 물론 단장님이 정말 마음에 드신다고 하면 이쪽에서도 축하해 줄 일이지 억지로 방해할 생각은 없었다. 남의 연애에 이러쿵저러쿵하는 것도 웃기고. 하지만 이거 하나만은 확신할 수 있었다. 만약 하 전무가 단장님 눈에 눈물을 흘리게 하면 가서 물어뜯어 버릴 거라는 확신.

우선, 일이 어떻게 흘러갈지 모르니 하 전무에 관한 사항은 이쯤에서 접어 두기로 하는데 베개 등받이에 등을 기대고 앉아 있던 이정인이 이수환에 대해 물었다.

"아버지는?"

몸 상태가 매우 양호하다는 걸 알면서도 내심 궁금한 눈치다. 그래서 다른 조직원들처럼 건강하십니다, 라고 말을 하려다 다른 말을 꺼냈다. 단장님이 궁금해하는 건 이쪽 같았으니까.

"보스께서 조만간 찾아가겠다고 기다리라고 하셨습니다."

"얼마나?"

"자세한 말씀은 없으셔서 저도 잘⋯⋯."

"다른 말은 없었고?"

"네."

"그래."

기다리라고 하면 기다려야겠지. 듣고 나니 속이 후련했다. 무슨 말을 들을지도 모르는데 왜 이리 편안한 상태인 걸까. 동우가 깎아 준 사과를 입에 넣고 우물거리던 그녀가 생각난 듯 노 대표의 상태를 입에 담았다.

"노 대표 만신창이라며?"

"아, 들으셨어요?"

사과를 깎던 동우가 고개를 들었다.

"이가 다 부러져서 죽도 간신히 넘긴다던데. 얼마나 때렸으면 이가 다 부러져? 노 대표는 예외라 그렇다고 치지만 다른 곳에서 그런 짓 하면 혼난다고 전해."

깡패 집단이라고는 하지만 정말 그런 짓을 하는 걸 싫어한다는 사실은 이정인을 안다면 모르는 자가 없었다. 특히나 힘으로 약자를 제압하는 행동을 가장 싫어했다. 우선 말로써 해결하자는 주의였고 그게 안 된다면 어쩔 수 없었지만.

그래서 조직원들을 향한 일침에 동우의 고개가 갸웃거렸다.

"하 전무가 말 안 했어요?"

"무슨 말?"

"노 대표 이 부러트린 거 저희 애들 짓 아닙니다."

"그럼?"

"정말 모르세요? 하 전무가 눈 뒤집혀서 노 대표 팔다리 부러트리고 이 싹 부수고 그걸로도 모자라서 노 대표 얼굴 뭉개는데, 사람하나 죽게 생겼더라니까요. 덕분에 우리 애들, 노 대표에게 달려들려고 하다가 멈칫했어요. 하도 분위기가 흉흉해서 낄 수가 있어야죠."

"하 전무가 그랬다고?"

이정인이 생전 처음 듣는 소리라는 듯 물었다.

"예. 오죽했으면 제가 나섰겠어요. 살인날까 싶어서 말렸어요."

누구 하나 섣불리 끼어들지 못하는 분위기에 한동안 멍하니 넋놓고 있다가 노 대표의 한쪽 눈에서 피가 흐르자 뒤늦게 정신 차리고 말렸던 것이다.

"옆에 따라온 비서분도 달려가서 말리고 난리가 아니었어요."

"고 비서 놀랐겠네."

선선히 말을 하면서도 이정인의 표정이 사뭇 진지해졌다. 그러면서 손을 뻗어 서랍 안을 뒤지더니 이내 연고를 꺼내 드는 폼이 아무래도 하 전무가 병실에 도착하면 상처 난 곳을 발라 주려는 것 같았다.

물끄러미 그녀의 행동을 따라 눈동자를 움직이던 동우의 머릿속에 순수한 의문이 들어섰다.

하 전무가 노 대표를 때렸다.

왜 그걸 말하지 않았지?

처음에는 의문이 들었다. 왜냐면 단장은 세상 물정을 모르는 어리숙한 사람이 아니다. 더군다나 이런 일에는 이골이 날 정도라 누구보다 스스럼없이 이야기할 수 있을 터였다.

그렇다고 하 전무가 한 성격 한다는 걸 이 바닥에 모르는 사람이 있던가? 화를 내진 않았다 뿐이지 서늘한 분위기와 상대방을 꿰뚫는 날카로운 눈빛이 아직도 생생했다. 그런 자신의 성격을 내보이는 것에 거리낌이 없는 남자였다.

왜 말을 하지 않았을까.

그렇다고 거짓말을 한 것도 아니지만. 그때 불현듯 스쳐 지나가는 가설에 아, 소리가 절로 튀어나왔다. 단장이 왜 그러냐는 눈빛을 보냈지만 멍하니 그녀만 바라봤다.

단장은 본래 험악하고 거친 사람보다는 남태영처럼 다정하고 따뜻한 사람에게 더 호감을 느끼는 타입이었다. 처음 볼 땐 단장의 취향을 모르지만 계속 지켜본 하 전무라면 알았을 수도 있다.

그래서, 숨긴 건가.

왜냐면…… 단장님 앞에서 그는 다정하고 따뜻한 남자이고 싶으니까.

생각하고 나니 낯간지러워서 머리를 긁적였다. 그러나 불현듯 생각해 낸 가설치고는 상당히 아귀가 맞아 떨어졌다. 그와 동시에 단장이 사랑받고 있구나, 새삼 느꼈달까.

내 사람에겐 잘하자는 타입인가. 아니지. 동우는 고개를 저었다. 아직 내 사람이 아니니 좋아하는 사람에게 잘 보이자는 마음인가.

잠시 그녀를 보던 동우가 지나가듯 물었다.

"하 전무, 어떤 것 같아요?"

"어떤 것 같냐니?"

질문의 의도를 가늠하는 새침한 눈매에 동우가 어깨를 으쓱였다.

"그냥 뭐…… 단장님이 생각하는 하 전무요."

"갑자기 그건 왜?"

"궁금해서요. 생각해 보니 의뢰하신 분과 이렇게 오랫동안 엮이신 적, 없으시잖아요."

"그건 그러네."

그녀가 고개를 끄덕이며 수긍했다.

보통 의뢰를 받으면 말 나오지 않게 깔끔하게 처리하는 편이어서 의뢰하는 사람들 모두 만족했다. 하지만 거기까지였다. 사적으로 밥을 한 끼 한다거나 고맙다며 인사치레로 무언가를 보내는 일은 없었다. 어디까지나 돈을 받고 일을 처리한 사이기 때문에 거기서 끝나는 관계였다.

그러니까, 하 전무는 예외라는 소리다.

"음, 괜찮지."

하 전무에 대한 생각을 그녀가 짧게 말했다.

"어떤 점이 괜찮으신 대요?"

"뭐랄까, 생각보다 자상하달까."

자상하다고?

지금까지 봐 온 하 전무는 남에게 피해를 주는 타입은 아니었지만 그렇다고 상대방에게 자상한 타입도 아니었다.

"단장님. 하 전무, 처음 본 날 잊으신 건 아니시죠? 얼마나 차가웠는데요!"

"어…… 그랬었지."

"살벌했잖아요."

"그렇긴 한데…… 너도 좀 지내다 보면 알 거야. 생각보다 괜찮은 사람이야."

"……."

동우가 조용해지자 이정인이 재빨리 말을 덧붙였다.

"음, 정말이야. 겉보기에는 차가워 보여도 따뜻한 면도 있어."

일방적인 편애에 동우는 말문이 턱 막혔다.

"왜 그런 표정이야?"

"아뇨, 저…… 그만 일어나 보겠습니다."

"그래, 조심히 가고."

"……네."

그녀를 향해 꾸벅 고개를 숙이고 돌아선 동우는 문을 열고 병실 밖으로 나왔다.

큰일이다. 아무래도 단장님 눈에 콩깍지가 쓰인 것 같았다.


"보고서 이따위로밖에 못 올립니까?"

병실 내부에 울리는 남자의 목소리에 잠이 깨 버렸다. 침대에 누워 눈을 깜빡이고 있으니 죄송합니다, 라는 소리가 들렸다. 무슨 일인가 싶어 고개를 돌리니 신경질적으로 테이블에 탁, 종이를 내려놓는 하우인과 그 앞에 두 손을 공손히 모으고 고개를 숙인 고 비서가 눈에 들어왔다.

"이걸 보고서라고 올린 거냐고 물었습니다."

평소에도 건조한 목소리지만 귓가로 파고드는 냉랭함에 평소의 어투가 상냥한 편에 속했다는 걸 알게 됐다. 처음 그를 만났을 때도 따뜻한 어투는 아니었지만 그렇다고 저토록 차가운 어투도 아니었다. 말 그대로 건조할 뿐이었는데.

어떤 의미에선 언성을 높이며 화를 내는 게 차라리 편할 것 같다는 생각이 들었다. 한 공간에 있던 그녀까지 숨이 턱 막히는 기분인지라 순식간에 낮아진 주변 온도에 느리게 호흡을 가다듬는데 그가 고 비서를 불렀다.

"고 비서."

"예, 전무님."

"보고서는 읽어 보고 올린 겁니까."

"……죄송합니다."

"보고서 오케이 사인 낸 직원들 내일 아침 회의에 꼭 참석시키세요."

잘 벼려진 칼날 같은 시선에 내일 아침 한바탕 뒤집어지게 생겼구나 싶었다. 말이 회의지 분명 살얼음판을 걷게 될 터였다. 고 비서의 목이 점점 아래로 떨어졌다.

고개 숙인 시야 안으로 보고서 종이 끝부분이 보였다. 보고서 내용은 완벽했다. 다만, 다섯 번째 페이지 마지막 줄에 단어는 같으나 뜻이 다른 한자가 그대로 올라간 것과 다른 보고서에 들어가야 할 종이 한 장이 중간에 끼어 들어간 것.

입이 두 개라도 할 말이 없었다.

요새 일이 바쁘다 보니 미처 거기까지는 확인하지 못했다. 완벽하고 꼼꼼한 하우인의 성격을 잘 아는 탓에 고 비서는 사소한 것 하나도 자신의 손길을 거쳤고 불필요한 내용이나 어수선한 요약본들은 중간에 알아서 컷하거나 다시 고쳐서 올리곤 했던 것이다.

하지만 이번에 꾸려진 팀은 회사 내에서도 드림팀이라고 불렸다. 평소 그의 철두철미한 성격을 가장 잘 아는 사원들이 모인 팀이었고 실수도 거의 하지 않았다. 그래서 고 비서는 저도 모르게 마음을 놓고 있었다. 결국은 사람이 하는 일이라 누구나 실수를 할 수 있는 부분이었는데.

한 번 더 확인했었어야 했다. 뒤늦게 찾아온 후회에 입 안이 썼다.

회사는 항상 바빴다. 일하는 곳이 다 그렇지만 이번에 그가 카지

노 사업 총괄 책임자가 되면서부터는 그야말로 눈코 뜰 새 없이 바쁜 나날들이 계속됐다. 수장이 바쁘니 밑에 사원들이 죽어라 뛰어다니는 건 당연했고 집에 들어가지 못하는 날도 이틀에 하루 꼴로 빈번했다. 한동안 지옥 같은 날이 계속되겠지만 몸이 혹사당하는 것을 견디고도 불만 한마디 안 나오는 이유는 따로 있었다.

하우인은 통이 큰 남자였다. 일에 관한 성과가 나오면 반드시 어떤 식으로든 입이 떡 벌어지게 보상을 했다. 급이 다른 보상에 다른 팀들이 부러움을 표하는 건 하루 이틀이 아니었다. 일을 할 땐 까탈스러울 정도로 어렵지만 내심 그가 자신의 상관이길 바라는 사원들도 적지 않다는 걸 안다.

간혹 윗선에서 보상을 가로챌 때도 있지만 그럴 때면 밑바닥 사원까지 균등하게 성과에 따른 재분배를 했다.

결국 돈으로 연결된 조직이지만 자기 사람은 챙겼다. 게다가 능력 있는 사원이라면 아낌없이 지원해 주고 확실하게 밀어주니 든든할 수밖에 없었고. 그래서인지 하우인에 대한 사원들의 신뢰는 대단했다.

또한 하우인 역시 일에 관해서만큼은 칼 같았지만 사소한, 이를테면 보고서 중간에 끼어 있는 생뚱맞은 종이 한 장 정도는 눈감아 주고 넘어가는 편이었다. 사람이니 작은 실수 정도 할 수 있다고 특히나 이렇게 바쁜 시기라면 더더욱 그렇다고 생각했다. 보고서의 내용을 엉망으로 써서 올리거나 하면 다른 문제겠지만.

그러니까, 지금 이 상황에서 그가 불같이 화를 내는 게 생소하면서도 언제부터 이런 상태였는지 고 비서는 대충 감이 왔다.

정확히는.

"……."

이정인이 다쳐서 병원에 누워 있는 날부터다.

이정인이 눈을 말똥말똥 뜨고 이쪽을 바라보고 있었다. 그녀의 눈에는 그저 일 처리를 잘못한 직원을 혼내는 것으로 보이겠지만 그게 다가 아니라는 거다. 하우인은 그녀가 제멋대로 다치고선 전화 한 통 하지 않은 것에 대해 아직도 화가 난 상태였다. 하지만 이정인에게 내색하지는 않았다. 그저 혼자 화를 삭이려고 노력하고 있을 뿐.

아픈 사람에게 화를 낼 수도 없었겠지.

아니, 아프지 않았더라도 화를 내진 않았을 거다. 불면 날아갈까 애지중지하는 게 눈에 선했다.

하우인은 보고서를 들어 탁, 탁, 테이블을 쳤다. 무거운 침묵이 흘렀다. 바싹 침이 마르는데 때마침 전화벨이 울렸다. 하우인의 휴대폰이었다. 액정을 들여다보던 그는 곧장 전화를 받더니 병실 문을 열고 밖으로 나갔다. 아마, 담배를 한 대 피울 생각인 것 같았다.

"고 비서. 힘들겠어."

이정인이 위로랍시고 말을 걸어왔다. 어설픈 그녀의 위로에 설핏 웃음이 나오려고 했다. 다른 일도 아니고 회사 내부의 일이기에 이정인은 크게 관심을 보이지 않았다. 끼어들 생각이 없는 듯했다. 원래대로라면 그녀가 끼어들어서는 안 되는 일이기도 했다. 엄연히 일에 관한 내용이었으므로.

"전무님 괜찮으시죠?"

"안 괜찮을 이유가 있어?"

"음…… 요즘 회사에선 예민하셔서요."

"그래?"

"네."

대화는 그걸로 끝이었다. 이정인이 다른 곳으로 시선을 돌렸으니까. 넌지시 말을 한 건 소용이 없었나. 다른 쪽으론 눈치가 귀신같이 빠른 이정인이지만 이쪽으로는 영 눈치가 없었다. 어쩔 수 없이 정공법으로 나가기로 했다. 어차피 이렇게 말을 해 줘야 알아들을 것 같았다.

"전무님 화 많이 나셨습니다."

"그래. 아까 보니 화 많이 난 것 같더라."

무섭게 얼굴을 굳힌 그의 얼굴을 이정인이 떠올릴 때였다. 귓가에 이상한 말이 들려온 건.

"이정인 씨가 다쳐서 화 많이 나셨었어요."

나 때문에 화가 났다고? 이런 표정으로 보자 고 비서가 고개를 끄덕이며 말을 이었다.

"지금도 화가 가라앉지는 않으신 것 같은데 아마도 이정인 씨 앞에서는 꾹꾹 참는 중일 겁니다."

"화를 참는다?"

"이정인 씨 그렇게 다친 것도 화가 난 모양이지만 전화 한 통 하지 않으셨잖아요. 많이 서운하신 것 같아요. 그렇다고 전무님이 이정인 씨에게 그런 걸 내색할 사람도 아니잖습니까."

등받이에 등을 대고 기대앉던 그녀가 머릿속으로 자신이 한 말을 정리하더니 한참 만에 말을 꺼냈다.

"그러니까 고 비서 말은."

생각해 낸 걸 입 밖으로 끄집어내면서도 이정인은 이게 맞는 건가 싶었다.

"지금 화를 낸 것도 나 때문이라는 소린가?"

"아마도요."

"일 처리가 미숙해서 혼난 게 아니라?"

"분명 그건 저희 쪽 잘못입니다만, 평소의 전무님이라면 그 정도는 눈감아 주십니다. 더군다나 한창 바쁠 시기잖아요. 밑에 사원들 뻔히 밤새우면서 일하고 있는 거 아는데 굳이 꼬투리 잡아 팀 사기 떨어트릴 성격도 아니시고요."

"……그래?"

"네. 그런데 요즘 회사에서도 장난 아니십니다. 예전이라면 유하게 넘어갔던 문제도 요즘은 꼬투리 잡히면 얄짤없어요. 찬바람 쌩쌩 불고 난리도 아닙니다. 이정인 씨 대신 다들 역풍 맞고 있어요. 그러니까."

고 비서가 이정인에게 다가오며 최대한 불쌍한 표정을 지었다.

"이정인 씨가 전무님을 좀 더 부드럽게 대해 주시면 안 되겠습니까?"

말이 양해를 구하는 거지 실제로는 꼭 그렇게 해 줘야 한다는 뉘앙스였다. 그 느낌을 알아차린 이정인의 입가에 애매한 미소가 걸렸다. 이정인은 망설이고 있었다. 자신 때문에 누군가가 피해를 보는 걸 싫어하는 성격이었으니까. 그게 누군가의 자의든 타의든.

"부탁드립니다."

이때다 싶어 밀어붙이던 고 비서가 정중하게 허리를 숙이며 부탁하자 결국 이정인이 손을 들고야 말았다.

"내가 나선다고 될까?"

회의적인 어조에 고 비서는 정말 몰라서 묻나 싶은 눈으로 이정인을 봤다. 아직도 전무님을 그렇게 모르시나 싶었다. 그러나 곧 그 생각을 정정했다. 전무님에 대해 아직까지 모르니 둘의 관계가 미적지근한 거다. 평범한 여자였다면 전무님의 집요한 애정에 이미 넘어오고도 남았을 텐데. 상대는 이정인. 고 비서가 보기에도 난공불락이었다.

　"남자는 미인에 약한 법입니다."

　"응?"

　"이정인 씨가 방긋 웃어만 줘도 난리나지 않을까요."

　난리뿐일까.

　그날 이후로 그의 마음이 다시 넓어진다는 것에 손모가지를 걸 수 있었다.

　그즈음 드륵, 문이 열리는 소리가 들렸다. 때마침 병실 안으로 들어온 하우인을 보며 고 비서가 몸을 돌렸다.

　"전무님. 이정인 씨가 할 말이 있으시답니다."

　"내게?"

　의아한 시선에 고 비서가 재빨리 답했다.

　"예. 전무님이 갑자기 보고 싶다고 언제 오냐고 하시던데요."

　"……."

　"그럼, 저는 자료 정리하러 나가 보겠습니다."

　탁.

　고 비서가 문을 닫고 나갔다.

　"……."

　어떤 말을 먼저 꺼내야 할지 몰라 말을 고르는데 문가에 그대로 멈춰 있던 그가 그녀의 머리맡으로 다가왔다.

"보고 싶으면 전화하세요."

"어, 그래."

"바로 달려갈 테니까."

커다란 손이 뻗어 와 부드럽게 뺨을 감쌌다. 마디가 굵은 손가락이 얼굴선을 따라 미끄러졌다. 턱 밑을 느리게 쓰다듬는 단단한 손가락에 고개를 살짝 틀었다. 발끝에서부터 거슬러 오는 간질거림에 입술에 힘을 주는데 또다시 턱 밑으로 들어온 단단한 손가락이 느리게 움직였다.

이정인이 눈을 밑으로 내리자 고개를 숙이고 시선을 맞추고 있던 그와 눈이 마주쳤다. 끝을 알 수 없는 깊고 지긋한 시선에 손끝이 저릿저릿했다. 심장으로 열기가 모이자 가슴이 휘청거렸다. 그사이 마디가 단단한 손가락이 느리게 입술 주변으로 올라왔다.

의도적인 건지 일부러 그런 건지 입술 선만 건드리고 뒤로 빠지는 손길에 마른침을 삼켰다. 머리끝까지 몰린 이상한 열기에 심장이 터질 것 같아 숨을 고르는데 핏줄이 돋은 그의 목선 아래로 미세한 상처를 발견했다. 아주 작은 상처였다. 어딘가에 긁힌 상처. 오늘 동우가 왔다 갔기에 노 대표와 몸싸움 중에 생긴 상처라는 걸 쉽사리 짐작할 수 있었다.

손가락을 들어 그 부분을 조심스럽게 매만졌다. 순간 그녀의 입 주변을 배회하던 손길이 멈췄다. 하우인은 자신의 목덜미를 한 번, 가늘고 하얀 그녀의 손가락을 한 번, 그리고 이정인을 보았다. 그의 시선을 느꼈지만 이정인은 계속 상처를 더듬었다. 만져 보니 걱정할 만한 상처는 아니었다. 벌써 아물기 시작했고 자세히 보지 않으면 티가 나지도 않을 만큼 작았다.

그런데 이 조그마한 상처가 왜 그리 눈에 밟히는 건지.

서랍을 뒤적이며 챙겨 놓은 약 뚜껑을 돌려 그의 목덜미에 연고를 발랐다. 차가운 이질감에 그의 눈이 가늘어졌지만 그뿐, 별다른 말 없이 그녀가 하는 행동을 얌전히 주시하고 있었다.

"상처가 있어."

손가락으로 약을 살살 고르게 펴 바르며 그녀가 중얼거렸다.

"긁혔나 봅니다."

어딘지 뭉근함이 짙게 배인 목소리였다.

"뭐 하다 긁혔어?"

"……글쎄요."

그가 어물쩍 넘어가려 했다. 분명 노 대표와 몸싸움 중에 생긴 상처일게 분명할 텐데. 이정인의 눈이 좁아졌지만 별다른 말을 하지는 않았다. 걱정을 끼치고 싶지 않는 그의 마음이 전해졌기 때문에. 대신 다른 상처는 없나 찾아봤다. 대충 눈에 보이는 상처에 연고를 바르기 시작했다. 그래 봤자 2개 정도였다.

이정인의 손길을 얌전히 받던 그의 눈매가 나른해졌다.

"이러니까 좋네요."

"아프진 않아?"

그의 상처 크기로 볼 때 이런 말까지 하는 건 아니다 싶었지만 이정인이 약 뚜껑을 닫으며 예의상 물었다.

"아프면요?"

그리고 뻔뻔한 답이 돌아왔다.

"키스라도 해 줄 겁니까?"

그가 이정인의 어깨에 머리를 살포시 기대며 물었다.

"왜 자꾸 키스, 키스 해?"

"하고 싶으니까."

목덜미에 뜨거운 숨결이 느껴졌다. 여린 숨결이 아닌 거친 남성미를 내뿜는 숨소리에 저절로 입술을 안으로 말았다. 마른침을 삼키는데 천천히 거슬러 올라온 그의 입술이 그녀의 입술에 맞물렸다. 한 번 맛본 익숙한 촉감에 심장이 덜컹거렸다.

그는 입술을 맞댄 채 움직임을 멈추고 눈동자를 굴려 이정인을 살폈다. 바로 코앞에서 느껴지는 시선에 그녀의 속눈썹이 파르르 떨렸다. 뜨거운 열기에 눈앞이 핑 도는 것 같았다. 맞댄 건 입술인데 이상하게 가슴이 지글지글 끓어올랐다.

그가 손을 뻗어 이정인의 양 뺨을 감쌌다. 그와 동시에 입술을 가르고 느리게 들어온 혀가 천천히 여린 점막을 애무했다. 점점 더 농도가 짙어지는 키스에 이정인이 손을 들어 그의 어깨를 잡았다. 거부하는 행동은 아니었다. 단지, 뭔가에 매달리는 아이 같았다. 일부러 쪽쪽, 소리 나게 혀를 빨아 당기니 눈가가 붉어진다.

그가 혀뿌리까지 있는 힘껏 빨아 당길 때면 혓바닥이 아리기도 했지만 한편으로는 아랫배가 바싹 조여들어 미묘한 쾌감이 올라오기도 했다.

질척해진 점막을 헤집는 그의 입술을 가까스로 받아들이며 어깨를 들썩이던 그녀의 가슴이 크게 부풀었다.

이정인은 넓은 어깨를 짚은 손에 힘을 주었다. 셔츠를 감싼 단단한 몸이 보였다.

거부하려면 얼마든지 거부할 수 있었다. 멈추게 하려면 얼마든지 멈추게 할 수 있었다. 이정인이 그만, 거부의 의사를 내비치면 하우인은 분명 멈췄을 것이다. 그럼에도 불구하고 거부를 하지 않았다. 아니, 못 했다.

그와의 키스는 생각보다 기분이 좋았다. 이래도 되나 싶을 정도로 정신이 몽롱해지고 마음이 살랑거려서 이성이 발끝으로 끌어 내려진 느낌이다. 처음 느껴본 생소한 감정에 어찌할 바를 몰랐다는 게 맞을 것이다.

고개를 바꾸며 깊이 입을 맞추던 그가 쪽, 아랫입술을 빨며 아쉽다는 듯 떨어졌다.

"거부 안 하니까 기특하네."

그가 만족스럽게 웃었다. 하지만 한편으로는 미련이 뚝뚝 남은 시선으로 이정인의 입술을 바라봤다.

잘했어요, 그가 그녀의 머리카락을 귀 뒤로 넘겨 주며 눈을 접고 웃었다. 이정인은 그의 눈매를 가만히 바라보다가 손을 뻗었다. 접혀진 눈매를 천천히 손가락으로 더듬었다. 병실 안은 평소와 다름없는데 그가 눈이 부셨다. 얌전히 그녀의 손길을 받던 그가 다시 한 번 눈을 반달로 접으며 웃어 주자 심장이 덜컹, 덜컹, 덜컹 주저앉아 버렸다.

머리 철심을 빼고 다시 3주가 흘렀다. 붕대를 감고는 있지만 크게 무리한 일만 하지 않는다면 일상생활이 가능해졌다. 이정인의 눈동자가 벽시계로 향했다. 11시 20분. 퇴원이 코앞이다. 의사는 뼈가 잘 붙는 편이냐고 물었다. 회복 속도가 빠른 편이라고 했다.

이정인이 병원에 입원한 날부터 음식은 하우인에 의해서 몇 가지로 제한됐다. 우유, 사골, 견과류 등 뼈에 좋다는 음식을 몇 주째 먹으니 물리기도 했지만 똑같은 음식을 그는 군말 없이 먹는 바람에 이쪽에서 별다른 말을 꺼낼 수가 없었다.

마치 음식 투정 같지 않은가.

그것도 그녀를 위해 그가 음식을 맞춰 주고 있다는 것을 아는 마당에 말이다.

몇 가지 짐이랄 것도 없는 것을 보스턴백에 차곡차곡 넣는데 종이 한 장이 손끝에 걸린다. 종이 봉투였다. 잠시 망설이던 그녀는 봉투를 열고 종이를 꺼냈다.

어제 아버지 수하가 오기에 정리한 장부를 모두 넘겨주었다. 물론 한 발자국도 움직이지 못하게 하는 하우인 덕분에 고 비서가 그녀의 가게에 가서 장부를 가져와야 했다. 때 묻은 장부를 찬찬히 훑어보다가 건네줄 때, 하우인은 내심 좋아하는 눈치였다. 자의든 고의든 이쪽 세계 손을 털어 버린다는 것이 마음에 든 듯했다.

장부를 건네자 뜻밖에도 남자는 어정쩡하게 서서 장부를 바라보기만 했다. 이러려고 방문한 게 아니라는 듯 남자는 조금 놀란 얼굴을 했지만 곧 두 손에 안착한 묵직한 무게에 시선을 내려 자신의 손바닥을 확인했다.


'가져가세요. 이정인 씨가 잘 정리한 겁니다. 다시 가져올 생각은 하지 마시고.'

하우인이 말했다.

그가 장부를 그의 손에 던지다시피 한 것이다. 결국 장부를 챙긴 남자가 이정인을 향해 말했다.

'내일 퇴원한다고 들었습니다.'
'회복 속도가 빨라서. 그보다 아버지는 괜찮으시고?'
'자택에서 안정을 취하고 계십니다.'
'그래.'

남자와 몇 마디를 더 했지만 깊이 있는 대화는 아니었다. 겉핥기식 안부 인사 정도. 그 정도도 그녀의 입장에선 감사했다. 이수환이 허락하지 않았다면 이 남자는 자신의 병실에 문안을 올 이유가 없다. 거처를 마련할 동안만 가게에서 지내겠다는 말을 끝으로 대화는 끝이 났다.

'보스가 가져다주라고 하셨습니다.'

반듯하게 반으로 접힌 종이를 펼치자 여백을 꽉 채운 글자가 눈에 들어왔다. 처음부터 천천히 눈동자를 내리며 읽어 봤지만 글자수에 비해 거창한 내용은 아니었다. 그동안 가게에 힘쓴 대가로 지분을 주겠다는 내용이었다.

청춘을 바쳐 일한 것에 대한 대가란 건가, 싫었으나 끝으로 갈수록 뭔가 이상하단 느낌이 들더니 맨 마지막, 이수환이 소유하고 있는 가게의 지분을 이정인에게 위임한다는 글자에 이상한 느낌은 확고해졌다.

그 가게를 내게 넘기겠다고?

그 가게는 전체 매출의 60%를 차지하는 곳이다. 실질적인 돈이 유통되는 곳이기도 했다.

그걸 내게 주겠다고? 아버지가? 도대체 왜? 나를 쫓아내려던 것이 아니었나?

지금 이 가게를 준다는 건 무슨 뜻으로 해석해야 하는 거지? 이 정인은 혼란스러운 마음을 다잡고 주머니를 뒤져 휴대폰을 꺼내 들었지만 쉽사리 전화를 하지 못했다.

우선, 기다리라고 했으니 기다려야 할 것이다. 복잡한 마음으로 봉투를 정리하는데 병실 문이 벌컥, 열렸다. 퇴원 수속을 밟으러 내려간 하우인이 벌써 온 건가 싶어 고개를 들자 동우가 막 병실 안으로 들어서고 있었다.

왔어? 하고 인사를 하는데 이쪽으로 성큼성큼 걸어오는 분위기가 심상치 않다. 저런 분위기를 내뿜을 때는 밑의 애들이 맞고 왔을 때나 그녀에게 무슨 일이 생겼을 때. 이정인은 가까이 다가오는 동우를 보며 후자일 거라고 생각했다.

장부를 건넨 게 어제였다. 그 이야기가 벌써 동우 귀에 들어간 건가.

"단장님."

그녀를 부르는 목소리가 낮게 가라앉아 있었다.

"무슨 말을 하려고 분위기 잡아?"

느슨하게 웃으며 묻자 동우의 턱이 빳빳하게 굳는다.

"요새 이상한 소문이 돕니다."

"그래?"

심각한 얼굴을 보니 예상했던 말을 들을 것 같았다. 동우에게는 끝내 들어가지 않길 바랐는데.

"아니죠? 그 소문 사실 아니죠?"

절박한 목소리에 입술을 떼기가 힘들어졌다.

"단장님!"

"지금이 아니더라도 언젠가는 떠나야 했어. 조금 시기가 앞당겨진 것뿐이라고 생각해 주면 안 될까?"

"시기가 조금 앞당겨졌다고 생각해 달라고요? 그런 표정으로요?"

그런 표정?

뻣뻣한 손바닥으로 얼굴을 쓸어내리는데 물기 어린 목소리가 귓가를 파고든다.

"지금 단장님 표정이 어떤 줄 아세요? 이곳 떠나기 싫은데 어쩔 수 없이 끌려 나가 억지로 울음 참는 얼굴이라고요……."

가슴이 무너진다는 게 저런 얼굴일까. 동우의 표정을 보고 있자니 그녀의 가슴도 들쑤셔진 기분인지라 눈을 한 번 감았다 떴다.

"동우야. 때로는 가지고 싶어도 놓아야 할 때가 있어. 고집부린다고 해결될 일이었으면 나도 이 자리 포기하지 않았을 거야."

"차라리 그만 놓아주시면 안 되겠습니까."

근심 어린 얼굴을 보며 슬며시 웃었다. 몰랐는데, 지금 보니 항상 걱정만 시키는 것 같아 입 안이 썼다.

"밥은 먹고 다녀?"

부쩍 날카로워진 턱선을 보며 화제를 돌리자 동우가 오히려 되물었다.

"단장님이야말로 밥은 챙겨 드시는 겁니까? 못 본 사이 더 말랐어요."

"잘 챙겨 먹으니까 걱정 마."

그거야말로 걱정할 게 못 됐다. 오히려 배가 부르도록 잘 먹어서 탈이지.

"정말이에요?"

의심의 눈초리에 하 전무가 옆에서 챙겨 주거든, 한마디 하자 수긍한 듯한 눈치다.

"당분간은 가게에서 지내실 거예요?"

"그래야지. 아무래도 집을 알아보려면 시간이 걸릴 테니까."

"……."

동우는 잠시 침묵했다. 생각에 잠긴 듯했다. 굳이 생각을 방해할 생각이 없었기에 짐을 마저 정리하고 가방 지퍼를 올릴 때였다.

"오늘 퇴원이시라면서요."

"그래서 짐 싸고 있었어."

"단장님만 괜찮으시다면 저희 집으로 오시는 건 어떠세요?"

단장이라는 직함이 없는 그녀가 다시 가게에 돌아가면 곱지 않은 시선이 따라붙을 것을 우려한 동우의 마음 씀씀이가 예뻤다. 기특해서 손을 뻗어 머리카락을 부벼 주었다.

"우리 동우, 내가 그렇게 걱정돼?"

"당연하죠. 그러니까 저희 집으로 오세요. 저 요리 잘합니다."

손까지 휘휘 저어 가며 어필하는 동우의 자세에 웃음이 새어 나갈 때였다.

"그건 곤란합니다."

문을 열고 들어온 하우인이 등받이에 걸린 카디건을 집었다.

"곤란하다뇨?"

동우가 묻자 그가 이정인의 몸에 겉옷을 걸친 뒤 단추를 잠그며 말했다.

"당분간은 제 집에서 지낼 거라서."

동우의 눈이 커졌다. 그 모습을 지켜보던 이정인의 눈도 커지자 웃음을 삼킨 그가 그녀의 머리카락을 귀 뒤로 넘겨 주며 말했다.

"고맙다는 말은 안 하셔도 됩니다."

"……."

"나중에 이자 쳐서 키스로 받을 거니까."

"……."

"참고로, 농담 아닙니다."

유례없는 그의 뻔뻔함에 동우는 할 말을 잃은 듯했다. 멍하니 그를 보다가 이내 눈을 깜빡이더니 이정인을 보며 눈으로 물었다. 정말 하 전무를 따라갈 거냐고.

"음……."

퇴원을 하면 우선 가게에 돌아가려고 했다. 다른 곳에 따로 집을 마련해 두지 않아서 갈 곳이 없었다. 그러나 동우의 말을 듣고 잠깐이면 신세를 좀 져 볼까 하는 마음이 든 것이다. 그런 찰나에 하우인이 저렇게 나오니 지금 조직에 몸 담고 있는 동우보단 하우인이 나을 거라는 생각이 들었다.

솔직히 말하자면 같은 공간에서 계속 자신을 걱정할 동우가 눈에 훤했다. 눈앞에 보이니 걱정할 것 같고 신경 쓰지 말라고 말해도 그걸 들을 동우가 아니다. 분명 전전긍긍하며 이정인을 살필 것이고 그렇게 되면 이쪽이 더 신경 쓰여서 불편할 것 같았다.

그런 면에서 하우인은 뭐랄까. 듬직한 면이 있었다. 걱정은 하되 그녀가 신경 쓸 정도로 얼굴에 티를 내는 법이 없었다. 알아서 적정선에서 마무리를 짓기 때문에 만날 때마다 마음이 편했다. 정도를 안다고 할까. 그녀를 걱정하는 마음은 둘 다 비슷하겠지만 한쪽은 그 감정을 표출해 내는 게 서툴렀고 다른 한쪽은 능숙했다. 그 차이가 편함과 불편함을 만들었다.

"스카프도 해요."

"음? 좀 답답한데?"

"날씨가 쌀쌀해져서 감기 걸립니다."

갑갑하다는 그녀의 말에 느슨하게 스카프를 목에 둘러 준 그가 짐이 담긴 가방을 들었다. 군말 없이 일어나 그의 옆에 선 이정인의 모습에 동우는 직감적으로 그녀가 하우인을 따라가려 한다는 걸 느꼈다.

"약은 챙겼습니까?"

"응, 가방 앞쪽에 넣었어."

들고 있던 가방 앞주머니에 약이 들었는지 확인한 그가 싱긋, 웃었다.

"잘했어요."

그의 칭찬에 이정인이 흠흠, 목을 가다듬며 고개를 돌렸다.

"다 챙겼으면 내려가죠. 고 비서가 병원 앞에서 대기 중입니다."

하우인은 그녀의 보호자처럼 굴었다. 아픈 이정인을 챙기는 게 당연하다는 행동이었다. 하지만 동우가 놀란 건 따로 있었다. 단장 또한 남자의 태도를 당연하다는 듯 받아들이고 있었다.

"동우야, 다음에 보자."

병실 밖으로 나가던 이정인이 고개를 돌리며 말했다. 손을 가볍게 흔들고 사라지는 단장과 하우인의 모습을 동우는 넋 놓고 바라볼 수밖에 없었다.

병원 앞에서 기다리고 있던 고 비서가 운전석에서 내리더니 하우인이 들고 있던 짐을 건네받으며 이정인을 향해 '퇴원 축하해요.' 하고 웃으면서 말했다. 트렁크에 짐을 실은 고 비서를 향해 이정인도 웃음으로 화답하며 자동차 문을 열었다.

"정말 괜찮겠어?"

뒷좌석에 올라탄 이정인이 옆자리에 앉은 하우인을 보며 물었다. 넌지시 가볍게 묻는 말투였지만 그 안에 수많은 고민이 지나갔다는 걸 알고 있다.

"이정인 씨라면 언제든지 환영입니다."

확고한 어투에 잠시 생각에 잠긴 그녀가 이내 고개를 끄덕이며 답했다.

"그럼, 집 구할 동안만 신세 좀 지마."

"집을 구하다뇨?"

"가게에 계속 머무를 수 없게 됐으니까."

"집에 비어 있는 방이 있습니다."

알고 있다. 저번에 한번 그의 집에서 깨어났을 때 집이 꽤 컸던 걸로 안다. 혼자 살기에는 넓기도 했고.

"아마, 계속 비어 있을 겁니다."

어차피 비어 있을 방이니 당분간 편히 지내라는 뜻으로 받아들인 그녀가 고맙다며 인사할 때였다.

"이미 고 비서가 가구도 채워 놨습니다. 취향에 맞을지는 모르겠습니다만……."

말을 늘어트린 그가 고개를 돌렸다. 허공에서 시선이 마주쳤다. 그가 이정인을 살피며 마저 말을 꺼냈다.

"돈 아까우니 이정인 씨가 그 방에서 지내세요."

그야 당분간은 그의 집에서 신세를 지게 되겠지만…… 돈 아까우니 그 방에서 지내라고?

곰곰이 말을 되짚어 보며 생각하던 그녀는 뒤늦게 그의 말뜻을 알아차리곤 묘한 얼굴로 변했다.

"같이 살면 불편할 텐데."

물론 이정인은 잠자리를 가리는 편이 아니라 괜찮지만 그는?

"같이 산 적도 없는데 그걸 어떻게 압니까."

그가 달래듯 부드럽게 말했다.

"꼭 시뮬레이션을 해 봐야 아는 건 아니지."

"그럼 해 볼까요?"

이정인이 바라보자 그가 눈매를 접으며 웃었다.

"같이 살면 불편한지, 안 불편한지."

요새 하우인의 시원한 눈매가 반달로 접히는 일이 많아졌다. 그녀의 사소한 반응에도 그는 헤프게 웃음을 내주었다. 그게 또 눈이 부셔서 멍하니 그 얼굴을 볼 때가 종종 있었다. 그럼 정신없이 바라보는 그녀의 눈빛을 귀신같이 알아차린 그가 한층 더 짙은 눈웃음을 지었다. 그럼 또 넋을 놓고 볼 수밖에 없는 거다.

"하 전무는……."

입 언저리에 닿은 그녀의 시선이 쑤욱 위로 올라왔다.

"원래 그렇게 웃어?"

"뭐가 말입니까?"

"이렇게 입꼬리 올리면서 웃을 때마다 살짝살짝 치아가 보이네."

"그야 다들 그렇게 웃……."

"예쁘게 웃네."

"……."

그녀를 내려다보던 그의 눈이 가늘어졌다. 이것도 괜찮고 저것도 상관없다 식이었던 이정인에게도 좋아하는 것이 몇 가지 있었다. 셔츠는 어두운 계열보단 흰색, 연한 파랑처럼 밝은 쪽. 음식은 빵이나 과자보단 밥과 떡 종류들. 술은 양주보단 보드카 정도. 날씨는 추운 날보단 더운 날.

그리고 그의 눈웃음.

그가 한 번 웃어 줄 때면 넋 놓고 바라보는 시선을 못 느꼈을 리없다. 처음에는 너무 빤히 본 건가 싶어 시선이 마주치면 그의 얼굴을 보다가도 슬쩍 고개를 돌리곤 했는데 이제는 눈에서 웃음기가 사라질 때까지 보곤 했던 것이다. 덕분에 그는 오랫동안 웃을 수밖에 없었다. 자신의 웃음에 이정인이 시선을 뺏길 동안 그 얼굴을 느긋하게 관망했다.

저 시선을 잡아 놓을 수만 있다면 눈매가 경련할 때까지 웃어 줄수 있었다.

"잠깐."

그가 그녀 쪽으로 몸을 완전히 돌리더니 손목을 잡아당겼다.

"가까이 와요."

키스하려고 하자 이정인이 고개를 슬쩍 틀었다.

어제 점심, 이로 자근자근 물며 키스를 하더니 성난 들소처럼 달려드는 바람에 기어이 입 속 점막이 찢어지고야 만 것이다.

"입 안이 얼얼해서 그래."

그제야 멈칫한 그가 이내 배부른 웃음을 지으며 손을 뻗었다.

"그러네. 지금 보니 입술도 부었네요."

엄지로 느리게 입술을 훑으며 물끄러미 응시하던 그가 마른침을 삼키며 웃었다. 목울대가 크게 율동했다.

"이정인 이렇게 보니 야하네."

나른하게 웃으며 말했다.

그러자 이정인이 그래? 하고 담담히 대꾸했다. 멋쩍은 기색도 없었다. 저 건조함이 사랑스러웠다. 미쳤다고 할지 모르겠지만.

"여깁니다."

하우인이 거실 맞은편에 있는 방문을 열었다. 전체적으로 블랙과 화이트로 배치된 집에서 그 방만이 고동색 원목 가구로 꾸며져 있었다. 거실이 대리석 바닥인 것과는 다르게 나무 소재를 이용한 바닥을 걸으며 방 안으로 들어섰다.

커다란 창문에서 쏟아져 나온 빛이 방 안을 밝혔다. 톤 다운된 원목 가구 때문에 마치 숲 속에 들어와 있는 듯한 느낌이다. 시각적인 효과 때문에 마음이 차분해졌다.

"어때요?"

뒤따라 들어온 그가 이정인의 동그란 어깨에 턱을 괴며 물었다.

"마음에 들었으면 좋겠는데."

"마음에는 들어."

어떻게 마음에 안 들 수가 있을까.

"당신 가게를 참고했어요. 화려한 것보단 깔끔한 나무 재질을 선호하는 것 같았으니까."

다시 한 번 내부를 둘러봤다. 한쪽 공간은 서재처럼 꾸며 놓았고 반대편은 아늑한 침실 분위기로 꾸며졌다. 상반된 둘의 분위기가 한방에 조화롭게 어우러졌다. 다만, 조화를 위해 하나로 통일된 원목 가구들이 비싸 보였다.

마음에는 드는데 쉽사리 기뻐하지 못하는 이유를 알아차린 그가 눈썹을 문지르며 말했다.

"나 돈 많습니다."

"……알아."

"어차피 빈방이라 한번 갈아엎으려고 했습니다. 그보다 배고프지 않아요?"

그러고 보니 벌써 12시다.

"밥이나 먹읍시다."


주변이 고요했다.

눈을 떠 보니 낯선 천장이 보였다. 그제야 여기가 하우인의 집이라는 걸 깨달았다. 아, 그러고 보니 어제 점심때 밥을 먹고 티브이를 보며 뒹굴뒹굴하다가 일 때문에 잠깐 밖에 나간 그가 퇴근할 때 사 가지고 온 음식으로 저녁을 때우고 사소한 이야기를 하다 잠이

든 것 같았다.

조금만 더 잘까.

아늑한 방 분위기가 잠을 몰고 왔다. 학교 가기 싫어 일어나지 않는 학생이 된 기분이다. 다시 눈을 감으려는데 누군가 방문을 정중하게 노크한 뒤 안으로 들어오는 인기척이 들렸다.

"전무님. 출근하실 시간입니다."

고 비서였다.

아무래도 아파트 밑에서 기다리고 기다리다가 내려오지 않는 그를 데리러 온 것까진 이해가 가는데. 왜 내 방에?

"알겠습니다. 곧 나가죠."

"밑에 대기하고 있겠습니다."

이정인이 눈을 뜨자 머리맡에서 그녀를 내려다보고 있던 그와 눈이 마주쳤다.

"깼습니까?"

그는 출근 준비를 마쳤는지 완벽한 슈트 차림이다.

"아, 응."

"아침은 같이 먹고 싶었는데. 오늘부터 회사에 출근해야 돼서요."

출근하기 전, 자는 얼굴이라도 한 번 보기 위해 방에 들어온 것 같았다. 헝클어진 그녀의 머리카락을 쓸어 넘기는 그의 손길이 부드러웠다.

"어, 그래? 어쩔 수 없지."

내심 같이 식사를 하고 싶었다는 눈치에 그가 픽, 바람 빠진 웃음을 냈다.

"서운해요?"

"뭐, 일 때문이니까."

좀 더 같이 있었으면 좋겠는데.

사실, 이 정도로 같이 붙어 있었다는 것도 고 비서는 놀라워했다. 일을 처리하는 속도가 빨라서 그렇지 안 그랬으면 어림없었다고.

"이정인 씨 입원하는 동안 미팅 건은 다 미뤄 둬서 한동안 바쁠 겁니다."

입원하는 내내 붙어 있다시피 했으니 그럴 만도 했다. 이정인이 수긍하듯 고개를 끄덕였다.

"그래도 되도록 빨리 들어오겠습니다. 저녁만은 같이 먹고 싶으니까."

"그래도 되겠어?"

바쁜 사람인데 이래도 되나? 싶은 얼굴이었지만 거절하는 법이 없었다. 노곤하게 웃은 그가 이정인의 뺨을 가볍게 두드리며 지나쳤다

"빨리 오겠습니다."

탁.

방문이 닫혔다.

이정인은 한동안 멍하니 앉아 있어야 했다. 뺨이 불에 덴 듯 뜨거워서. 시간이 지나자 천천히 뺨을 쓸어내렸다. 왜인지 목덜미가 화끈거려 입술을 안으로 말았다.

세상에 존재하는 다정함을 죄다 끌어온 듯한 그가 눈부셨다. 그래서였을까. 그가 나간 뒤에도 한참 동안 움직일 수가 없었다.

그가 다시 들어온 시간은 저녁 시간이었다. 제법 푸짐하게 밥을 먹은 뒤 방에 들어왔다. 바닥에 앉아 요즘 재미를 붙인 책을 읽는데 똑똑, 문을 두드리는 소리와 함께 방문이 열렸다.

"뭐 합니까."

서재에서 일을 하던 차림 그대로 하우인이 방에 들어왔다.

"책 읽고 있었어."

들고 있던 책을 흔들자 아, 이거 재밌죠. 하면서 그녀의 손에서 책을 빼내더니 책상 위에 올려 둔다. 고개를 젖혀 바라보는데 그가 나긋하게 웃었다.

"붕대 갑시다."

붕대를 갈아 준다고?

입원해 있을 땐 간호사들이 해 주던 일이었는데 병원이 아니니 그녀 스스로 해 볼 참이었다. 게다가 다친 곳은 등이었으나 손이 쉽게 닿을 수 있는 허리 부근의 위치인지라 혼자서도 충분히 붕대를 감을 수 있었다.

"붕대는?"

손을 내밀 때였다. 돌연 다리 사이에 이정인을 앉히고 뒤에서 뻗어 나온 손이 이정인의 윗 단추를 잡은 것은.

"붕대를 풀려면 단추를 풀어야 할 텐데."

"……."

"어떡할까요."

평소보다 낮은 목소리가 귓가를 휘감았다. 시선을 밑으로 내리자 새끼손가락보다 작은 단추를 잡고 있는 곧은 손이 보였다. 가게에서 일을 하다 보면 옷을 버리는 일이 있었는데 그때마다 동우나 철호가 있든 말든 신경 쓰지 않고 옷을 갈아입었었다. 기본적으로 가슴 부근은 항상 압박 붕대를 하고 있었고 다친 부위는 등이지만 위치는 허리 부근. 그쪽 붕대만 갈 거라면.

"내가 풀게."

손을 뻗는데 그대로 단추 하나가 풀렸다.

"제가 풀겠습니다."

"웃, 아니, 내가……!"

"가만있어요. 벗기기 힘드니까."

낮은 웃음소리가 머리맡에서 울렸다. 낯간지러움에 발이 곱아드는 사이 그가 빠르게 잠옷 단추를 풀었다. 양쪽으로 확 벌어진 잠옷 사이로 드러난 붕대에 그가 이정인의 어깨 너머로 불쑥 고개를 내밀었다.

"아픕니까?"

그가 허리 부근에 둘러진 붕대 매듭을 풀며 물었다.

"아니, 그건 아닌데."

그녀가 짧게 대꾸하는 사이 허리 부근의 붕대가 모두 풀어졌다. 그럼에도 가슴 부근에 붕대가 돌돌 둘러져 있자 처음엔 의아한 기색을 보이던 그도 곧, 그 붕대가 어떤 의미인지 알아챈 모양이었다.

"장부 넘겨줄 때 그곳에서 완전히 떠난 거 아닙니까?"

"그렇지."

"그럼 상관 없지 않나."

가슴에 압박 붕대를 동여맨 것에 대한 이야기였다. 이제부터 여자로서 살라는 뜻이기도 했다.

"그리고, 나는 이런 거 용납 못 합니다."

그가 가슴을 가리는 압박 붕대에 손가락을 걸어 그대로 밑으로 붕대를 끌어 내렸다.

"......!"

강한 힘에 끌려 내려간 붕대가 지익 밑으로 늘어지자 붕대에 숨겨졌던 봉긋한 가슴이 튀어나왔다. 너무 놀라 그대로 굳어 있는데 그가 가슴을 두른 붕대 매듭을 두 손으로 힘주어 끊었다.

"훨씬 낫네."

그녀의 상체가 무방비하게 드러났다.

"유두가 부었네."

"......."

"얼마나 하고 있었으면."

그가 보기도 싫다는 듯 붕대를 멀리 던졌다.

"핥아 주고 싶게."

안타까운 시선으로 음습하게 머물던 눈길이 거둬졌다. 자리에서 일어선 그가 밖으로 나가 새 붕대를 가져왔다. 이번에는 그녀의 뒤가 아닌 앞에 앉았다.

많이 아문 등의 상처를 확인한 뒤 돌돌 말아져 있는 붕대를 풀어 등으로 빙 두른 뒤 천천히 감기 시작했다. 조심스러운 손길로 붕대를 갈아 준 뒤 매듭을 짓고 벗겨 두었던 잠옷을 다시 갈아입혀 준다. 옷을 입혀 주는 손길은 담백했지만 그의 시선은 노골적이었다.

단추를 하나, 하나 잠글 때까지 가슴골에 머문 시선이 위로 올라왔다.

그대로 입술이 삼켜졌다. 입술을 벌리고 들어온 혀가 뜨거웠다. 그리고 상체가 뒤로 넘어갈 정도로 그는 거칠었다. 평소의 부드러운 키스가 아니었다. 손을 뻗어 단단한 그의 팔을 잡아도 부드럽게 변하지 않는다. 오히려 그녀의 손길에 자극받은 듯 거친 숨을 내쉬며 잡아먹을 듯 입술을 삼켰다.

"……웃."

한참 만에야 입술을 뗀 그가 서로의 숨결이 엉키자 다시 입술을 부딪치려고 했다. 그러나 번들거리는 입술은 끝내 그녀의 입에 닿지 못했다. 숨을 고르며 잠시 아래를 내려다보던 그가 자리를 박차고 일어났기 때문에.

"……쉬고 계세요. 전 마저 일을 끝내고 오겠습니다."

들어올 때처럼 빠른 속도로 방을 나간 그의 뒷모습을 보다가 어지럽게 늘어진 붕대를 정리한 이정인이 방문을 열고 나왔다. 그는 잠깐, 집에 들른 것 같았다. 마중이라도 할까 싶어 부어오른 입술을 손가락으로 톡톡, 두드리며 그가 있을 만한 방을 기웃거릴 때였다.

"……인."

어디선가 그의 목소리가 어렴풋이 들려왔다. 소리가 나는 곳으로 발길을 옮겨 마침내 도착한 종착지는 그의 방 안에 있는 욕실이었다. 그 안에서 들려오는 남자의 거친 숨소리. 한 걸음 더 다가가니 살짝 열린 욕실 문틈 사이로 근육 잡힌 등줄기가 보였다. 그리고 빨리 움직이는 단단한 손. 그가 손을 빠르게 움직일 때마다 어깨 근육이 꿈틀거렸다.

"……이정인."

탁탁탁탁, 소리가 점차 빨라지고 그의 팔뚝에 힘줄이 불거졌다.

"이정인…… 이정인…… 이정…… 훗!"

탄탄한 엉덩이 근육이 수축했다. 작게 입을 벌린 채 그가 고개를 뒤로 젖혔다.

"……하아."

절정을 맞이한 남자의 눈가가 나른해졌다. 후희를 즐기듯 노곤해진 얼굴. 가볍게 들썩이는 가슴. 몰아치는 사정감에 내뱉는 진한 숨소리. 그리고, 제 입술을 훑는 혀. 모든 게 자극적이었다. 파정한 뒤 거칠게 숨을 헐떡이다가 손에 묻은 정액을 물로 씻어 내고 돌아서던 그가 멈칫, 했다.

이정인이 문가에 서 있었다.

"……."

"어, 그게……."

이정인이 눈을 깜빡이며 어색한 공기를 가르고 말문을 열려고 할 때였다.

커다란 손에 손목이 잡히더니 주변이 한 바퀴 돌았다. 순식간에 욕실 벽에 등이 닿았다.

"다 봤습니까?"

"음…… 나는 훔쳐볼 생각이……."

"그래서, 다 봤어요?"

"뭐, 그렇지."

담담하게 말하는 이정인의 목덜미가 붉어졌다. 살짝, 혀끝을 대 보니 달았다. 입 속만 단 줄 알았는데 곧은 목선도 군침이 돈다. 혓바닥으로 짓누르다가 그대로 입 속에 넣고 혀로 잘근잘근 물며 핥아 주자 으응, 기분 좋은 소리를 낸다. 그대로 고개를 위로 올려 턱선을 빨아 당겼다. 살이 없는 곳임에도 불구하고 자꾸만 침이 고였다. 끊임없이 턱선을 핥았다. 이러다 혓바닥이 닳아 없어지는 게 아닐까 싶을 정도로.

그가 손을 뻗어 허리를 끌어안자 서로의 하체가 맞물렸다. 그와 동시에 턱 언저리를 맴돌던 축축한 혀가 이정인의 입술을 열고 들어왔다. 혀를 비비고 부드럽게 빨아들였다. 눅눅해진 이정인의 눈가가 야해서 견딜 수가 없었다. 끈끈하게 핥아 올리는 시선에 이정인의 떨림이 온몸으로 전달됐다.

이대로 안고 싶다.

그대로 있는 것만으로도, 숨 쉬는 것조차도 사랑스러운 이정인인데. 흐트러진 이정인은 얼마나 예쁠까.

머리를 직격하는 열기에 눈이 새빨갛게 변하는 그때.

"전무님. 안에 계십니까?"

밖에서 나는 익숙한 목소리에 이정인의 어깨가 움찔, 하는 게 느껴졌다.

똑똑똑.

"흠흠, 전무님?"

고 비서였다.

아랫입술을 쪽, 소리 나게 빨아 당기며 물러서자 이정인이 어깨를 들썩이며 거친 숨을 내쉰다.

뺨이 발갛게 변한 이정인.

"예쁘다."

예뻐서 다시 한 번 입술을 빨았다.

"전무님? 시간 다 됐습니다. 지금 아래로 내려가셔야 될 것 같은
데⋯⋯."

재촉하는 고 비서의 목소리에 아쉬운 듯 떨어졌다.

"어디 가?"

하아, 하아, 숨을 몰아쉬며 호흡을 가다듬은 이정인이 말간 눈으
로 물었다. 그 눈가에 입술을 묻었다.

"바이어들 미팅이 있습니다."

"아."

항상 회사 일로 바빴기 때문에 이정인은 별말은 하지 않았다. 대
신.

"언제 와?"

몇 시에 집에 도착하는지 물었다. 그게 또 예뻐 보여서 뺨을 쓰
다듬었다.

"오늘은 많이 늦을 겁니다. 제멋대로 미팅 시간을 바꿔 놔서 다
들 벼르고 있거든요."

"기다리고 있을게."

빨리 와, 라는 말보다 더 기뻤다. 자신의 집에서 얌전히 기다리
고 있는 이정인이라니. 흥분에 도취된 이성이 마비될 지경이다. 그
러나 곧 현실을 마주하게 됐다.

키스는 하지만 그 이상은 망설일 수밖에 없는 사이. 좀 더 명확
한 관계가 되고 싶다. 어쩌면 이정인은 이런 상태에 만족할지 모른
다. 처음 겪어 본 감정에 그저 같은 공간에 있는 것만으로도 안정
을 느끼고 편안하게 생각할 수도 있다. 지금까지 살아온 그녀의 척
박한 환경을 생각할 때 충분히 그럴 수 있었다.

그러나 하우인은 여기서 만족할 생각이 조금도 없었다.

조금 더 깊은 관계를 원했다. 그리고 종국에는 이정인이 자신만 바라보길 바랐다.

"어쩔래, 이정인."

앞으로 나는 눈에 뵈는 게 없을 것 같은데.

가을이 가고 추운 겨울이 다가오는데 유독 이번 겨울이 따뜻하다고 느껴졌다. 물론, 그만의 생각일 것이다. 하우인은 힐끗 소파 맞은편에 앉은 이정인을 보았다. 책을 보던 그녀가 시선을 느꼈는지 눈동자만 위로 굴린다. 입 모양으로 왜? 묻자 고개를 저으며 다시 서류를 훑었다.

평상시였다면 하우인은 서재에서 서류를 훑어보았을 것이다. 조용한 집 안에서도 서재는 특히 고요해서 일을 하기가 가장 적합한 장소인 데다가 집에서 가장 마음에 드는 공간이었기에 일의 능률도 좋았다. 그 모든 걸 포기하고 거실 소파에 앉아 서류를 보는 이유는 하나였다.

거실에는 이정인이 있었다.

집 안 모든 공간에서 유일하게 그녀가 출입을 하지 않는 곳이 서재였다. 일을 하는 공간이라는 것을 인식하고 있어서일 거다. 일을 할 동안만큼은 방해하고 싶지 않아 하는 그녀의 마음을 잘 안다.

잘 아는데.

한 번씩. 아니, 요즘 들어 종종 얼굴에 닿는 시선이 있다. 지금도 느껴지고 있었지만 어디까지나 겉모습은 아무렇지 않은 척, 서류를 들췄다. 언제부터였을까. 이정인이 자신을 관찰하기 시작한 게. 처음에는 착각인 줄 알았다. 눈웃음을 보여 줄 때를 빼곤 이정인은 그를 넋 놓고 쳐다보는 일이 없었다.

그런데, 이젠 눈웃음을 짓지 않아도 이정인의 시선이 달라붙었다. 아마, 그가 계속 서류를 보고 있다고 생각할 것이다. 그럼 힐끗거리며 마음껏 그의 얼굴을 보곤 했다. 그러다 다시 그가 고개를 슬쩍 들면 슬그머니 책 속으로 눈을 돌리는 거다. 몇 시간째 넘어갈 기미를 보이지 않는 책을.

식사 시간에도 예외는 없었다. 그가 특정 반찬을 여러 번 집어 먹으면 잘 먹네, 라며 관심을 보였다.

'좋아하는 편입니다.'
'그래?'

그 당시에는 무심히 넘기더니 똑같은 반찬이 아침, 점심, 저녁 빠지지 않고 올라오고 있었다. 며칠째 올라오는 반찬이 물리기는커녕 입에 바싹 당겼다.

도저히 서류에 집중이 안 된다. 읽고 있는 글자가 머릿속으로 들어오지 않아 대충 내용을 훑어본 뒤 서류를 테이블 위에 놔뒀다. 중요한 서류는 아니었다. 알고 있던 것을 고 비서가 더 보기 쉽게 간략하게 줄여 온 요약본이라 이미 알고 있던 내용이 태반이다. 결국 그는 책을 보는 척 연기하는 이정인을 불렀다.

"나갈까요?"

"지금?"

그녀가 오후 5시 반을 향해 달려가는 시계를 보며 물었다. 곧 있으면 저녁 식사 시간이다.

"당신과 갈 곳이 있습니다."

"어딘데?"

물어보면서도 이정인은 이미 책을 덮고 자리에서 일어났다.

"가 보면 알 겁니다."

그가 느리게 웃었다.


자동차는 백화점 앞에 세워졌다. 차에서 내리자마자 그의 손에 이끌려 간 곳은 4층 여성 의류 매장. 토요일이어서인지 백화점 내부는 사람이 바글바글했다. 특히 겨울옷을 사려고 나온 여성들이 많았다. 그 사이를 가르고 들어선 그가 이정인의 손목을 끌어당겼다.

"이건 어떻습니까?"

그가 매장 내부에 걸린 원피스를 하나 가지고 왔다. 회색과 검은색이 적절히 섞인 모직 원피스는 목 부분이 차이나 카라로 마무리되어 세련되면서도 독특한 분위기를 뽐내고 있었다. 그녀가 가만히 쳐다보고만 있자 그가 탈의실 문을 열었다.

"입고 나와 봐요."

얼떨결에 그가 골라 준 옷과 함께 탈의실에 들어온 이정인은 난감한 미소를 띠었다. 원피스를 입어 본 적이 언제였는지 기억나지도 않는다. 그리고 이제는 바지가 더 편하기도 했고. 몇 번이나 망설인 끝에 결국 걸치고 있던 옷을 벗고 원피스를 입었다.

'타이트한데.'

보기와는 달리 몸매가 드러난 원피스를 보는데 '아직 멀었습니까?' 문밖에서 하우인의 목소리가 들렸다. 조심스럽게 문을 열고 나오자 날카로운 시선이 아래서부터 위로 느리게 올라온다.

"안 되겠는데."

그가 심각한 어조로 중얼거렸다.

"다른 옷을 입어 보는 게 좋겠습니다."

"별론가?"

이만하면 나름 괜찮은 것 같은데.

"당신 너무 야해."

"뭐?"

도대체 어디가? 그런 눈빛으로 묻자 곧은 그의 손가락이 차이나 카라 부분을 느리게 문질렀다.

"여기 말입니다. 단정해서 카라 찢어 버리고 싶어지잖아."

"……금욕적이란 말이 이럴 때 쓰라고 있는 단어가 아닌 것 같은데."

이정인의 말에 피식, 웃은 그가 그녀의 등을 떠밀었다.

"벗어요."

"진짜 벗어?"

"그 옷은 안 됩니다."

강력한 어조에 군말 없이 벗고 다른 원피스로 갈아입어야 했다. 하우인은 생각보다 까다로운 안목을 가지고 있었다. 덕분에 이정인은 이리저리 끌려가며 가장 무난하고 기본적인 원피스 세 벌을 샀다. 이렇게 많이는 필요 없다고 했더니 곧 있으면 남태영 약혼식이니 그때 맞춰서 입고 가라는 바람에 더 놀라야 했다.

남태영 약혼식에 여자 차림으로 원피스를 입고 가게 될 거라고는 상상도 해 본 적 없다고 했더니 그럼 이제부터 상상해 보라는 답변이 날아왔다. 순간적으로 말문이 막힌 그녀를 이끌고 간 곳은 속옷 가게.

속옷 가게 직원은 20대 중반 여자로 붙임성도 있었고 싹싹했다.

"속옷 보러 오셨어요?"

친근하게 말을 붙이자 하우인이 고개를 끄덕였다.

"예."

"사이즈는 어떻게 되는지 아세요?"

여자 친구 속옷을 사러 왔다고 생각한 점원이 묻자 그가 바로 뒤에 서 있는 이정인의 가슴을 보며 입을 열었다.

"글쎄요. 한 손에 다 들어올 만큼 예쁜 사이즈이긴 합니다만."

요즘 티브이에 나오는 연예인들처럼 글래머스하기보단 아담했다. 그게 그렇게 예뻐 보이는 거다. 뚫을 듯 바라보는 뜨거운 시선에 이정인이 난처한 듯 눈꺼풀이 느리게 나풀거렸다.

"저분 속옷 구매하시는 거세요?"

그의 시선이 가만히 서 있는 이정인을 향해 있자 눈치 빠른 직원이 곧장 줄자를 들고 이정인 앞으로 갔다.

"잠시 치수 좀 잴게요."

이정인의 가슴에 줄자를 두르며 치수를 잰 직원이 매장 앞에 전시된 상품을 가져왔다.

"이건 어떠세요?"

직원이 가져온 브래지어는 기본 디자인에 스킨 색상으로 꽃 자수가 피어 있었다.

"요새 새로 나온 신상이에요. 안에 가슴을 받쳐 주는 패드 재질이 부드러움은 물론이고 가슴 모양을 교정하는 역할도 하고 있고요. 신축성이 있어서 착용하시기도 편하실 거예요."

친절한 여직원의 설명에 그가 고개를 끄덕이며 물었다.

"끄르기는 편합니까."

"아, 후크요? 요즘 건 흘러내리지 않게 짱짱하게 4단으로 나오는 편이에요."

"곤란한데."

"네?"

"아닙니다. 그걸로 포장해 주십시오."

그는 속전속결로 계산을 마쳤다. 계산뿐만이 아니다. 그 외 필요한 구두, 운동화, 집에서 편히 입을 잠옷 세트, 양말, 심지어는 귀걸이까지 사려고 하자 기어이 말려야 했다. 이 정도로 많이 사면 부담스럽다고. 필요한 게 있으면 그녀가 사겠다고 했지만 그는 들은 척도 하지 않았다. 결국 이정인이 손깍지를 끼고 달래고서야 집에 돌아올 수 있었다.

카페 안은 따뜻한 공기로 가득했다. 간밤에 비가 내려서 낮아진 온도에 사람들이 겉옷 주머니에 손을 넣고 길을 걷고 있는 걸 무심히 바라보던 이정인의 앞에 따뜻한 커피 한 잔이 밀려졌다.

"요즘 하 전무네 집에서 지내신다면서요?"

맞은편에 앉은 철호가 커피 한 모금을 마시며 물었다. 동우한테 들었다고 했다.

"어쩌다 보니 그렇게 됐어."

"불편하지 않으세요?"

불편, 이란 단어에 고개가 갸웃했다.

"그래도 생판 남의 집에 사는 거잖아요. 우리도 아니고."

아무렇지 않은 척 말을 뱉었지만 동우나 철호가 아닌 하 전무 집에서 지내는 게 내심 서운한 눈치였다. 음, 이정인이 애매하게 웃었다.

"아직까진 괜찮아."

솔직히, 앞으로 쭉 지내도 불편하지 않을 것이다. 그는 생각 이상으로 그녀에게 모든 걸 맞춰 주고 있었다. 거기서 불편함을 느낄 사람이 존재할까?

"몸은 좀 어떠세요?"

철호가 그녀의 안색을 살피며 물었다.

"어때 보여?"

"일단, 좋아 보이세요."

빈말이 아니었다. 실제로 병원에서 봤을 때보다 얼굴에 윤기가 돌고 무엇보다 표정이 밝았다.

"하 전무가 진짜 잘해 주나 보네요."

새삼 그녀를 살피던 철호가 중얼거렸다. 이정인은 부정하진 않았다. 그저 슬쩍 미소를 지었을 뿐이다. 따뜻한 커피를 마시며 오랜만에 철호와 이런저런 소소한 이야기를 하다 보니 날이 금세 어두워졌다. 평소라면 저녁 시간 전에 집에 들어갔겠지만 오늘은 하우인이 늦게까지 일이 잡혀 있어서 밤 12시에나 집에 들어온다고 연락이 왔었다.

　조금 늦게 들어가도 괜찮을 듯싶었다. 무엇보다 오랜만에 얼굴을 본 철호가 반갑기도 했고.

　그러다 문득 며칠 전 백화점에 있었던 일이 생각났다. 커피 잔을 내려놓은 그녀가 철호를 불렀다.

　"철호야."

　"네, 단장님."

　"나 어때 보여?"

　"어때 보이냐니요?"

　"음, 나 야해 보여?"

　"코, 콜록, 콜록."

　이쪽으로는 지식이 전무해서 물어본 말에 철호는 사레가 걸리고 말았다. 크게 기침을 몇 번 더 하고 나서야 겨우 진정을 하더니 이내 묘한 눈길을 준다.

　"갑자기 왜 그러세요."

　"아냐. 내가 괜한 말을 꺼냈어."

　그 물음이 사레 걸릴 정도인가, 싶어 이정인이 손을 내저을 때였다.

　"혹시……."

　설마 하는 심정으로 물었다.

　"하 전무가 뭐라 그랬어요?"

　"음, 뭐."

　어물쩍 넘어가려 하자 철호가 무슨 일이냐며 재촉했다.

　"뭐라 그랬는데요?"

처음엔 아무것도 아니라며 넘기려던 그녀도 철호가 끈질기게 다 그치자 어쩔 수 없다는 듯 입을 연다.

"나보고 야하다던데?"

"도대체 어디가요?"

순수하고 예쁜 게 아니라? 야하다니?

"얼마 전에 하 전무랑 같이 백화점에 갔었거든. 거기서 원피스 입었을 때 그랬지."

"원피스가 뭐, 목이 파이고 그랬어요?"

가슴골이 파인 그런 옷이었나 싶어 묻는데 이정인이 고개를 저었다.

"아니."

"그럼요?"

"너무 단정해서 찢어 버리고 싶다던데."

"……."

미친.

그러나 이어지는 이정인의 말에 철호는 입을 벌릴 수밖에 없었다.

"이상해. 그런 말을 들었는데도 싫어지는 게 아니라 점점 좋아지 니."

혼잣말인 듯 작게 중얼거렸지만 철호의 귀에는 똑똑히 들렸다. 오히려 그녀가 확성기에 대고 말한 양 크게 들리기까지 했다. 철호 는 아이고야, 신음을 삼키며 고개를 절레절레 흔들었다.

발정난 여우 새끼한테는 매가 약이라는데. 그가 좋다니. 이 일을 어찌할꼬.

그렇다고 서로 좋아 죽는데 둘 사이에 끼어들 생각은 전혀 없었다. 우선 상대방의 연애에는 끼어들지 말고 지켜보자는 동우와는 다른 의도지만. 그때 가게에서 보았던 하 전무의 진심을 믿어 보기로 했다. 하지만 그건 그거고 이건 이거라는 거다.

"단장님."

"왜?"

"혹시라도 하 전무가 고삐 풀리거든 저희 집으로 오세요."

"고삐가 풀리다니?"

"순간 맛이 갈 수 있죠. 그리고 단장님이 어련히 알아서 하시겠지만 제발 여우 새…… 무튼 여우 조심하시고요."

그가 할 수 있는 건 이런 것밖에 없었다.

"하 전무 괜찮은 사람이라니까."

이정인이 피식, 웃으며 커피를 마셨다.

물론, 단장은 이미 넘어간 것 같았지만.


적막한 어둠 속에 몸을 웅크리고 잠을 청하던 이정인은 언뜻 멀리서 삐삐삑, 도어록 비밀번호를 누르는 소리를 들었다. 사실, 꿈속을 헤매고 있었기에 진짜로 그 소리를 듣기는 한 건가 싶을 정도였다.

끼익, 현관문 열리는 소리와 함께 탁, 구두를 벗는 소리가 간결하게 들리더니 터벅터벅 대리석 바닥을 밟고 움직이는 게 느껴졌다. 고요한 움직임은 곧 이정인의 앞에서 멈췄다. 그제서야 단편적으로 오늘 있었던 일이 드문드문 머릿속을 헤집기 시작했다. 분명 철호와 저녁밥을 먹고 헤어진 후 거실 소파에서 그를 기다리며 책을 읽던 것까지는 기억이 나는데.

"잡니까?"

부드러운 저음이 귀를 간지럽혔다.

안 잔다고. 깨어 있다고 말해 주고 싶은데 잠이 덜 깼는지 손 하나 까딱할 힘이 없었다. 몽롱한 정신으로 눈을 뜨기 위해 힘을 줄 때였다. 부스럭거리는 소리와 함께 그의 손가락이 그녀의 머리카락을 부드럽게 헤집었다. 다정한 손길에 뒷목이 노곤해지는데 옆으로 묵직한 무게가 느껴졌다. 그가 이정인의 뒤에 몸을 눕힌 것 같았다.

이정인을 등 뒤에서 껴안아 허리에 손을 감은 그가 얼굴을 그녀의 목덜미에 파묻었다. 점점 더 선명해지는 정신 속에 맞닿은 체온보다 신경을 건드리는 게 있었다.

자세히 귀 기울이지 않으면 들리지도 않는, 작게 중얼거리는 목소리.

어둡게 가라앉은 밤도 듣지 못하게 철저하게 방어막을 두른 목소리가 점차 또렷하게 들렸다.

"……합니다. ……하합니다."

생일 축하합니다. 사랑하는, 에서 잠시 멈칫한 그가 다시 입술을 움직였다.

사랑하는 이정인, 생일 축하합니다.

너무 놀라면 숨이 멈출 수 있다는 걸 알았다. 오늘은 이정인의 생일이 아니다. 이수환 아들 이정인의 생일은 싱그러운 봄날. 그래서 아버지는 봄이 되면 더 쓸쓸해하지 않았던가. 같은 이름을 가졌지만 그는 봄에, 그녀는 추운 이맘쯤에 태어났다. 이 사실을 알고 있는 사람은 이수환 외에는 없을 거라고 생각했다.

왜냐면.

……생일 축하합니다.

 이수환 밑으로 들어간 뒤부터 진짜 생일을 챙긴 적이 없었으니까.

 감고 있는 두 눈이 뜨거워진다. 그가 모르게 조용히 숨을 삭였다.

 가슴이, 뻐근해졌다.

 그리고, 행복한 것 같다. 가게에 있을 때는 뒤돌아볼 수 없을 만큼 아무것도 안 보였는데 그곳을 빠져나오자 다른 세상이 보였다.

epilogue

 

남태영의 약혼식은 재벌 2세답게 화려함의 극치였다. 소소하게
준비하고 싶다고 말했던 그였지만 약혼녀의 입장도 생각하지 않을
수 없다고 했다. 게다가 둘 다 있을 만큼 있는 자제가 아니던가. 결
국 남태영은 좋은 게 좋은 거라며 시원하게 웃었다가 약혼식이 끝
나갈 무렵에는 녹초가 됐다.

처음에는 파릇파릇하게 웃더니 케이크도 자르고 선서도 하고 약
혼반지도 교환하고. 더군다나 약혼식 중간에 주례자의 말이 길어지
자 남태영은 혼이 나간 얼굴이었다.

사랑하는 사람과 함께 걸어가는데 왜 이리 해야 될게 많냐며 투
덜거리다가도 약혼녀 얼굴만 보면 기분 좋게 웃었다. 그 빠른 변화
에 이정인도 가볍게 웃었다.

"그보다 나 놀란 거 알아?"

남태영이 이정인의 머리부터 발끝까지 찬찬히 훑었다. 벌써 다섯 번째다.

"나도 좀 어색해."

"하긴, 원피스 얼마 만이야? 너 고등학교 때도 교복 바지 입고 다녔었잖아."

"아마 아주 어릴 때는 입었던 것 같기도 하고."

모직 재질의 하얀색 원피스를 내려다보며 기억을 더듬었지만 어렸을 때 일은 안개에 쌓인 것처럼 희미하다.

"그래도 이렇게 보니 이정인 여자여자하네."

"고맙다고 넙죽 받으면 되지?"

이정인이 가볍게 웃자 남태영이 자못 심각한 어조로 말했다.

"진짜 예뻐 너. 내 약혼녀 기죽일 만큼."

약혼식에 참석한 여자들 대부분이 가슴골이 파인 롱 드레스 형식이거나 짧은 미니스커트인 반면 이정인은 목폴라 형식으로 된 기본 스타일 원피스였는데 새하얀 원피스가 도자기처럼 매끈하고 뽀얀 이정인의 얼굴과 잘 어울려서 깨끗한 느낌이 들었다. 게다가 순한 눈매인 듯하나 자세히 살펴보면 눈을 느리게 나풀거리며 깜빡일 때마다 새초롬해지는 눈동자는 속절없이 빨려 들어가게 하는 힘이 있었다. 아무튼, 묘했다.

"그래서 하우인이 저렇게 노려보는 건가?"

약혼식장에 같이 들어온 이후로 하우인을 알아본 거래처, 바이어들. 거기에 그와 맺어 주고픈 딸이 있는 부사장, 사장 등등 이름 좀 들었다 싶은 사람들은 죄다 그에게 붙어 있거나 말 한 번 걸기 위해 그의 주위를 맴돌고 있었다. 거기에 평소에 어떻게든 인연을 만들어 보고 싶은데 말 한 번 트지 못한 사람들까지 우르르 그쪽으로 몰리니 이건 뭐, 피로연이 아니라 간부 회의 저리 가라였다.

그렇게 정신없이 사람들을 상대해 주던 하우인이 주변 남자들의 시선이 이정인에게 쏠려 있는 건 또 귀신같이 알아차려서 저렇게 주변을 주시하는 거다.

"주변 남자들 다 너 쳐다보는데?"

"그럴 리가."

이정인이 짧게 대꾸하며 살풋 웃었다. 농담이라고 생각한 모양이다.

"진짜야."

진심을 담아 말하면서도 남태영은 혀를 끌끌 찼다. 몇 년 전까지만 해도 하우인을 데려갈 여자는 참 피곤하겠다 싶었다. 저렇게 잘나고 멋있는 남자 때문에 눈 돌아간 주변 여자들의 시샘과 끊임없이 그에게 대시할 여자들에 대한 질투로 힘든 생활을 하지 않을까 예상했다. 여자의 마음이 넓고 착한 것과 이 감정은 별개였다.

그런데 세상 참 오래 살고 볼 일이다. 저, 하우인이 날선 눈빛으로 이정인 주변을 경계하는 모습이라니.

남태영은 새삼 둘을 번갈아 봤다. 처음엔 이상한 조합이라고 생각했다. 이정인과 하우인이라니. 심지어 연애에 관심은커녕 여자에 게조차 흥미를 내비치지 않는 저 하우인과 상대방에 대한 무관심이라면 저리 가라 할 이정인이?

그 당시에 하우인이 이정인에게 관심이 있다는 소리에 놀란 것도 잠시, 남태영은 얼마 가지 못할 거라고 생각했다. 왜냐면 그가 아는 이정인은 하우인 같은 남자에 대한 호감이 없었다. 실제로도 그랬고. 그랬는데, 어느 날 만난 이정인은 달라져 있었다. 평소의 모습은 그대로인데 유독 하우인에 대한 이야기가 나올 때는 따스한 애정의 눈빛을 보냈으니까.

이 정도 되자 그를 받아 준 이정인보다는 이정인의 마음을 잡은 하우인이 존경스러울 지경이었다. 얼핏 소문으로 듣기에는 그가 일에 치이는 와중에도 잠자는 시간을 줄이면서까지 이정인을 만나려고 했다니 말 다 했다.

그때, 저 멀리서 약혼녀가 손을 흔들며 남태영을 불렀다.

"야, 나 부른다. 맛있는 거 많이 먹고 가라. 조만간 시간 봐서 연락할게."

"그래."

손을 흔들며 반대편으로 걸어간 남태영이 시야에서 멀어지자 이정인은 지나가는 웨이터를 불렀다. 와인을 받아 든 뒤 홀짝이며 오랜만에 느껴보는 시끄러움을 관망하는데 유독 뒤쪽에서 웅성거리는 소리가 커졌다. 뒤를 돌아보자 사람들에게 둘러싸인 하우인이 보였다. 눈이 마주치자 이야기를 하던 이들에게 양해를 구한 뒤 한달음에 그녀 앞으로 달려왔다.

"옆에 있으라니까요."

주변을 휙, 매섭게 둘러본 그가 타박하듯 말했다.

"이것도 비즈니스의 연장선 아니었어?"

"방해되지 않으니까 옆에 있어도 됩니다."

그 말을 끝으로 그는 이정인을 옆에 끼고 데리고 다니기 시작했다. 일의 연장선인건 맞았다. 만나는 사람들마다 이번에 하게 될 계약에 대한 이야기를 나누거나 투자한 곳에 대한 매출, 주식 지분, 이번에 새로 뜨는 사업등 여러 분야에 대해 끊임없이 말이 돌았다. 그리고 종착지는 항상 이 물음으로 끝나곤 했다.

"하 전무, 결혼은 언제 할 건가?"

그럼 주변 사람들이 작정이라도 한 듯 말을 보탰다.

"언제까지 외모가 빛나는 줄 아나? 여자들 줄 설 때 가지 그래."

"강 사장 말이 맞어. 결혼도 다 때가 있어. 이 사람아."

그러면서 그의 옆에 선 자신을 힐끗 본다. 어떤 사인지 궁금한 눈치다. 호기심 어린 시선이 많아지자 방해될까 싶어 멀찍이 떨어지려고 할 때였다.

"참한 아가씨 있는데. 다리 좀 놔 줘?"

이정인에게 시선을 거둔 남자가 묻자 하우인이 고개를 저었다.

"마음만 받겠습니다."

정중한 거절에도 남자는 한 번 더 밀어붙였다.

"아직 누굴 만날 준비가 안 돼서 그래? 그러지 말고 한번 만나 봐. 내 딸이라서가 아니라 정말 참해. 누구 주기 아까울 정도라니까?"

밀어붙이는 듯한 남자의 태도에도 그는 느긋하게 웃었다.

"사랑하는 사람이 있습니다."

예상치 못한 답변에 주변이 찬물을 끼얹은 듯 조용해진다. 다른 곳은 음악에 맞춰 재잘거리는 목소리가 점점 높아지는데 유독 그의 주변만 냉랭한 기운이 퍼졌다. 먼저 정신을 차린 건 자신의 딸이 참하다고 말했던 남자였다.

"만나는 사람이 있었어? 그게 누군데?"

어느 집 자제냐며 몹시 궁금한 눈치에 그가 힐끗 이정인을 내려다보며 와인 잔을 흔들었다.

"지금은 말하기 곤란합니다."

"왜?"

"차였거든요."

와인을 한 모금 마신 뒤 느리게 웃으며 눈을 맞추는 그의 모습에 사레가 걸렸다. 콜록, 잔기침을 내뱉자 마디가 곧은 손이 입가를 부드럽게 닦아 준다.

"괜찮습니까?"

걱정스러운 목소리에 고개를 끄덕였다. 그래도 안 되겠는지 그녀의 턱을 부드럽게 잡아 올렸다. 꼼꼼하게 얼굴 구석구석 살핀 뒤에야 놓아주는가 싶더니 '잠시, 실례하겠습니다.' 말을 뱉으며 우르르 몰려 있는 무리에서 빠져나왔다.

한참 등 뒤로 따라오던 시선이 흩어질 때쯤이었을까.

"나갈까요?"

사람들의 눈길이 닿지 않는 외각으로 걷던 그가 걸음을 멈추고 물었다.

"둘이 빠져나가죠."

그가 한층 더 나긋하게 속삭였다.

"이 파티는 지루하니까."

그가 이정인의 손목을 검지로 느릿하게 쓸어내리며 속삭였다. 그만 집으로 돌아가자는 말뜻을 알아차린 이정인이 고개를 끄덕이다가, 그의 손목을 잡고 그대로 정원 뒤쪽을 향해 걸었다. 정문으로 향하지 않는 발걸음에 그는 의아한 듯했으나 순순히 따라왔다. 구석진 곳이라 사람들의 시야가 차단됐다. 나무에 몸을 가리고 선 이정인이 심호흡을 한 뒤 입을 열었다.

"나 하 전무 찬 적 없어."

나무에 편하게 등을 기대던 그의 어깨가 멈칫, 하더니 이내 눈동자가 밑으로 내려간다.

"그럼요?"

"대답을 안 했을 뿐이지."

생각할 시간이 좀 필요했던 일이라서……라고 말을 늘어트리는데 뺨에 뚫을 듯한 시선이 닿았다. 고개를 돌리자 눈이 마주쳤다. 집요하게 파헤치는 시선에는 집념이 느껴져 이정인은 웃고 말았다.

이 사람이라면 괜찮지 않을까.

어느 순간 자리 잡은 생각은 점점 더 커져 갔다. 그리고 문득 뒤 돌아봤을 땐.

이 사람이 아니면 안 될지도 모르겠다고 생각하는 자신을 발견했다.

"난 이정인 씨 옆이면 됩니다."

그녀는 사랑이 어떤 감정인지 감히 알지 못했다. 받아 본 적이 없어서 상상하기 어려웠다. 따뜻하다, 행복하다, 두근거린다, 설렌다, 내일이 기다려진다, 주워들은 말들로 그런가 보다 싶었다.

그런데 그는 그녀에게 알려 주려 하고 있다. 사랑이란 감정이 어떤 건지 그 자신도 모르면서 알려 주려 했다.

이정인, 그 단어이지 않을까.

사랑이 뭐라고 생각하냐는 질문에 그는 그렇게 말했다. 고민의 기색조차 없이 단숨에 그녀의 이름을 입에 담으며 웃었다.

아마, 이런 게 사랑이겠지 않냐고.

"난, 이런 감정이 처음이라 많이 서툴 수도 있어."

"저도 처음이니 상관없습니다."

"원래 변화에 빠르게 적응하는 편이 아니라 감정이 느리게 흘러갈 거야. 네가 많이 답답할지도 모르지."

같이 맞춰 가야 할 텐데, 혼자 뒤떨어질까 봐 걱정이 되긴 했다. 그런데 그는 그런 것 따위 별거 아니라는 듯 말했다.

"그것도 상관없습니다. 내가 먼저 가서 기다리고 있으면 되니까. 마중 나가겠습니다."

긴장한 기색이 역력한 그의 눈을 바라보며 미소 지었다. 애가 탄지 혀를 내밀어 바싹 마른 입술을 훔치면서도 그는 인내심 있게 말을 기다렸다.

"이런 나라도 괜찮다면."

"……"

"네 손, 잡아도 될까?"

쑥쓰러운듯 눈을 감고 입술을 부딪치는 이정인을 멍하니 바라봐야만 했다. 귓가가 위이잉 울렸다. 분명 이성적으로는 무슨 말을 했는지 인지했는데 미친 듯이 뛰는 가슴이 생각을 멈추게 만들었다.

이정인의 부끄러운 듯한 얼굴과 입가에 닿은 말캉한 감촉이 선명하게 느껴지는 순간 가슴이 뜨겁게 달아올랐다. 지글지글 끓는 열기에 머리가 타들어 가는 것만 같다. 그제야 현실이 눈앞에 펼쳐졌다. 손끝이 저릿했다.

"아…… 이정인."

야트막한 신음과 함께 그대로 목덜미를 끌어당겨 입을 맞췄다. 무작정 혀를 밀어 넣었다. 우악스러운 힘에 이정인이 뒤로 물러나며 주춤하는 게 보여도 멈출 수가 없었다. 그대로 있는 힘껏 안아 이마, 눈, 코, 뺨, 입술, 턱 보이는 대로 키스를 퍼부었다. 너무 달콤해서 머리가 이상해질 것 같다. 그런데도 멈추지 못했다. 브레이크가 고장 난 사람처럼 끊임없이 입을 맞추고 키스하고 빨고 핥았다.

이성이 마비되고 원초적인 감정만이 남아 새하얀 도화지의 여백처럼 깨끗한 이정인에게 달려들었다. 그러면서 드는 생각은 단 하나.

아, 이런 게 천국이지 않을까.


"다녀올게요."

구두 속으로 발을 밀어 넣은 하우인이 느리게 현관문 쪽으로 걸어갔다. 그러면서 자꾸 뒤를 돌아봤다. 헐렁한 티셔츠와 바지를 입은 이정인이 그를 배웅하기 위해 따라 나오기 때문이다. 매번 아침마다 반복되는 이 행위가 질리지 않았다. 떨어지지 않는 발걸음을 겨우 옮기고 출근하는 일은 아쉽기도 했지만 이렇게 뒤따라오는 이정인을 볼 때면 입가가 늘어지곤 했다. 평소와 마찬가지로 현관 앞까지 마중 나온 이정인의 뺨에 입술을 부빌 때였다.

"그러고 나가게?"

쪽, 아랫입술을 빨고 떨어지자 이정인이 물었다.

"뭐 묻었습니까?"

그가 시선을 느리게 밑으로 내리며 입고 있는 옷을 살피자 이정인이 등을 돌렸다. 드레스 룸으로 들어가는가 싶더니 나올 땐 폭신한 목도리가 손에 들려 있다.

"밖에 춥잖아."

손을 뻗어 목에 목도리를 둘러 주자 하우인이 무릎을 굽히고 고개를 숙여 주었다.

"그러고 입고 다니면 감기 걸려."

목에 돌돌 말아 매듭까지 야무지게 지어 주었다. 목에 두른 목도리를 내려다보던 그의 입가에 미소가 번졌다.

"이러니까 되게 기쁘네."

사실, 추위를 타는 편이 아니다. 캐시미어 코트 하나와 가죽 장갑이면 충분했다. 그러나 이정인의 성의를 사양할 마음은 조금도 없었다. 게다가 방금 전 그의 목에 목도리를 둘러 줄 때 살짝 입을 벌리고 집중하는 모습이 꽤 요염하기도 했고.

"다녀오겠습니다."

다시 한 번 인사를 하며 아쉬움을 달랜 그는 오늘도 집에 빨리 들어가기 위해 재빨리 스케줄을 머릿속으로 재배치시켜야 했다.


스케줄을 빡빡하게 잡아 점심시간도 없이 일을 마친 하우인이 서둘러 집 안으로 들어설 때였다. 내부에서 매콤하지만 침샘을 자극하는 맛있는 냄새가 났다. 보통 외식을 하거나 백반집에서 밥을 시켜 먹거나 시장에서 기본 반찬을 사다 먹었기에 후각을 자극하는 음식 냄새가 생소하면서도 기분 좋아 빠르게 거실을 가로질러 주방으로 들어섰다. 보글보글 끓는 무언가를 열심이 숟가락으로 젓는 이정인의 뒷모습이 보였다.

"뭐 해요? 맛있는 냄새가 나는데."

고개를 돌려 왔냐며 눈인사를 한 이정인의 시선이 다시 냄비 안으로 떨어졌다.

"닭볶음탕."

오목한 냄비 안에 보글보글 끓는 닭볶음탕이 꽤 그럴싸해 보인다.

"맛있을지는 모르겠어. 요리는 오랜만이라서."

다 됐는지 가스레인지 불을 끄고 한쪽에서 밥을 푸기 시작했다. 왠지 따뜻한 느낌이 들어 가슴이 꽉 조인다.

"나 주려고 만든 겁니까?"

식탁에 차려지는 저녁 밥상을 보며 묻자 나무 주걱을 든 이정인이 희미하게 웃었다.

"우선 내 사람에게는 잘하자는 주의야."

"……"

"밥 많이 먹을 거지?"

손을 뻗어 마른 몸을 뒤에서 와락 감싸 안으며 그녀의 뺨에 대고 그의 뺨을 비볐다. 품 안에 쏙 들어온 몸. 사랑스러워 죽을 것 같다.

"제가 전생에 착한 일을 많이 했나 봅니다."

허리를 더 세게 끌어안았다.

"이정인을 다 만나고."

가만히 품에 안겨 있던 그녀가 새초롬하게 웃으며 식탁으로 그를 끌었다. 닭볶음탕은 혓바닥에서 살살 녹았다. 식어도 맛있게 먹을 수 있을 정도로. 이정인이 만들어서 그런가 넌지시 말했더니 눈을 곱게 접으며 웃는다. 마치, 달이 웃는 듯했다.

닭볶음탕 국물까지 싹싹 긁어 먹은 뒤 식탁을 치우고 거실 소파에 앉은 그녀의 손목을 잡아 끌어 그의 무릎에 앉혔다. 이 자세를 불편해하던 그녀를 몇 번이나 달래고 나서야 자연스럽게 무릎에 앉힐 수 있게 됐다.

이정인의 마른 허리를 품 안으로 끌어당기며 단정한 그녀의 어깨에 턱을 괴고 그녀의 등과 자신의 상체를 틈 없이 맞물렸다. 그가 가장 좋아하는 자세 중 하나였다. 특히나 무릎에 올라온 무게감은 하루의 피로감을 씻게 만들었다.

"날씨가 선선해서 다행입니다."

"응?"

무슨 소리냐는 듯 이정인이 고개를 젖혔다. 손가락으로 그녀의 턱선을 느리게 문지르며 답했다.

"여름이었으면 덥다고 떨어지려고 했을 수도 있고."

마치 날씨가 더워지면 떨어질 거라 확신하는 말투에 그녀가 덤덤히 대꾸했다.

"음, 나 더위 안 탈걸?"

"살인적인 더위가 찾아오면 또 모르죠."

하우인은 한여름에도 이정인을 끌어안을 수 있었다. 더워서 땀이 나더라도 품에 안고 싶었다. 그렇지만 이정인은? 땀이 나면 붙어 있는 걸 싫어할 수도 있다.

"정 더우면 에어컨 켜든지."

"에어컨이 고장 나면?"

어이없는 질문인 걸 하우인 스스로도 인지하고 있었다.

"땀 나는 사람 싫어해?"

시선을 맞춘 그녀가 단정한 어투로 말했다.

"난 상관없는데."

"……."

"하 전무는 싫어?"

"아…… 이정인."

이정인은 어디까지 자신을 미치게 만들려는 걸까. 고개를 젖혀 자신을 올려다보는 말간 눈동자를 보며 천천히 입술을 내렸다. 혀를 내밀어 얄실한 입술 선을 따라 느리게 훑자 이정인의 속눈썹이 파르르 떨린다. 입술을 맞댄 채 꾹 힘을 주어 누르자 서로의 속눈썹이 엉켜들었다.

그와 동시에 입술을 가르고 들어간 축축한 혀가 입천장을 긁었다. 으웃, 이정인이 듣기 좋은 소리를 낸다. 몇 번이고 고개의 각도를 바꿔 가며 파고들었다. 혀뿌리까지 집어넣은 채 여린 점막을 느리게 애무하며 헐렁한 티셔츠 안으로 손을 집어넣고 등을 더듬었다.

"……브래지어 안 했습니까."

등 언저리를 맴도는 손길에 그녀가 '갑갑해서.' 라고 중얼거렸다.

"잘했어요."

이정인을 번쩍 안아 들었다. 빠른 발걸음으로 침실 문을 열고 침대 위에 그녀를 눕히며 눈꼬리만 접어 웃었다.

"하고 있었으면 브래지어 찢어 버릴 뻔했거든."

성급한 목소리와 함께 그의 고개가 아래로 떨어졌다. 티셔츠 사이로 솟은 돌기를 입 속에 담고 혓바닥으로 지그시 뭉갰다가 소리 나도록 빨았다.

"……웃."

축축한 입김이 얇은 천 사이로 느껴지자 이정인이 고개를 좌우로 흔들었다. 싫어서가 아니다. 발끝부터 올라오는 자극에 호흡이 거칠어졌다. 하아, 하아, 숨을 내쉬는데 그가 단번에 티셔츠를 벗겨 냈다. 맨몸이 드러나자 살갗이 쭈뼛 섰다.

"야하네, 이정인."

그가 침대 위에 방치되어 있는 그녀의 손목을 혀로 느리게 핥으며 눈꼬리를 접었다. 아까와는 또 다른 자극에 입 안에 신음이 고인다. 넓적한 혀가 손목 안쪽 살을 빨았다. 시각적인 효과에 눈앞이 새빨갛게 변할 것 같다. 신음을 삼킨 이정인이 손목을 핥는 야릇한 혀 놀림에 슬그머니 시선을 밑으로 내리기 무섭게 턱이 붙잡혔다.

"시선 맞춰요."

"그……."

"빨리."

고집스러운 말투에 머뭇머뭇 눈동자를 굴려 그를 바라보자 손가락으로 그녀의 턱을 밀어 올린 그가 나른하게 혀를 굴렸다. 그가 노골적인 시선을 보낼 때마다 아래에 힘이 들어갔다. 처음 느껴보는 자극에 거친 숨소리만 연신 내뱉는데 그의 고개가 가슴으로 향했다.

봉긋한 가슴을 부드럽게 쓸더니 손가락으로 솟아오른 돌기를 느리게 문질렀다. 작은 돌기가 그의 손길에 양옆으로 흔들리다, 그의 입 속으로 들어갔다. 아담한 가슴을 양껏 입에 집어넣고 혀를 굴리던 그가 우뚝 솟아 있는 돌기를 입술을 오므려 힘껏 빨았다. 달았다. 그리고 이정인의 살 냄새에 취할 것 같았다. 빨면 빨수록 머리가 몽롱해지고 있었다.

"으읏."

그의 혀가 집요하게 스칠 때마다 돌기가 꼿꼿해졌다. 등줄기가 뻣뻣해지는 감각에 이정인이 몸을 비틀었다. 가만가만 커다란 손이 그녀의 허리를 쓰다듬었다. 돌기를 입 속에 넣고 혓바닥으로 굴리고 짓누르며 애무하던 그가 허리, 배꼽, 허벅지를 따라 자잘한 입맞춤을 하며 내려왔다.

"엉덩이 들어."

낮게 잠긴 목소리에 이정인이 슬쩍 허리를 들자 하우인은 망설임 없이 바지를 벗겼다. 지금 바지를 찢지 않는 것만으로도 그가 엄청난 인내심을 모으고 있다는 걸 이정인은 알까.

손을 뻗어 한 손에 넉넉히 들어오는 발목을 잡고 발가락 사이에 혀를 집어넣어 부드럽게 애무하자 이정인이 몸을 바들바들 떨었다. 단아한 발바닥을 혀로 쓸어 주고 앙증맞은 복사뼈를 입 안에 넣고 굴렸다.

너무 달아서 아그작아그작 씹어 넘길 수 있을 것 같았다. 그대로 종아리를 타고 올라온 혓바닥이 뜨거웠다. 스치는 곳마다 화상을 입은 듯한 느낌에 그녀의 발가락이 굽어졌다.

허벅지 안쪽 여린 살에 입술이 닿자 이정인이 움찔, 떨었다. 예민한 곳에 그의 입김이 닿아 등골이 오싹했다. 혓바닥이 자취를 남기며 위로 올라왔다. 그가 은밀한 곳을 양손으로 벌리고 손가락 하나를 넣었다.

좁았다. 그리고 뜨거웠다. 손가락이 잡아 뜯기는 느낌에 마른침을 삼켜야 했다. 아래가 뻐근해지는 걸 느끼며 손가락 하나를 더 넣었다.

두 개로 늘어나자 으읏, 불편한 이물감에 그녀의 눈가가 파르르 떨렸다. 눈두덩에 입을 맞추며 손가락을 앞뒤로 넣었다 뺐다를 반복하며 손가락 하나를 더 넣었다. 빡빡했던 내부가 풀어졌는지 그 뒤로는 무리 없이 들어갔다.

느슨하게 풀어진 입구. 손가락을 느리게 빼자 그녀가 아웃, 신음을 흘렸다. 손가락 마디가 축축하게 젖었다. 시선을 맞추며 혓바닥으로 손가락을 핥자 그녀의 눈가가 확 붉어졌다.

"그, 그런 걸 왜 핥아."

"이정인, 맛있네."

"……으."

팔을 들어 얼굴을 가려 버리자 하우인은 그녀의 입술에 키스를 내리며 옷을 벗어 던졌다. 그는 이미 부풀어 형태를 갖춘 아래를 내려다보며 자조적으로 웃었다. 이미 한계다. 머리는 이성의 끈을 간신히 붙잡고 있을 뿐. 갈라진 끝에선 이미 하얀 액체가 질질 흘렀다. 휴지로 닦아 내고서 손을 뻗어 미리 준비해 둔 콘돔을 꺼내 귀두 끝부분에 고정한 뒤 그대로 씌웠다.

그녀의 다리를 벌리고 충분히 젖은 입구에 귀두 끝을 맞췄다. 그대로 밀어 넣자 양옆으로 벌어지는 느낌에 이정인이 발끝에 힘을 주었다. 그가 허벅지를 부드럽게 쓰다듬으며 느리게 삽입을 했다. 성기가 완전히 다 들어갔을 땐, 뜨거운 불덩이가 그의 머리로 직격했다.

"……하아."

뿌리 밑동까지 들어간 교접 부위를 뜨거운 눈길로 내려 보다가 느리게 허리를 움직였다.

그는 인내심이 없는 편이 아니었다. 오히려 평범한 사람들에 비해 인내심이 긴 편에 속했다. 그러나 그의 인내심도 이정인 앞에만 서면 얄팍해졌다. 아무 소용이 없었다.

"……아, 이정인."

허리를 움직일 때마다 핏줄이 돋을 정도로 힘이 들어간 그의 허벅지가 터질 듯 팽팽하게 부풀었다.

얼굴을 가리고 있는 이정인의 두 손목을 잡아 눌렀다. 그녀가 입을 벌리고 아, 홋, 고개를 뒤로 젖히며 느끼자 다급히 입술을 빨아 휘저으며 허리를 흔들었다. 빠른 속도에 입술이 어긋나도 더 강하게 밀어붙이며 기어코 입술을 질척하게 빨아들였다.

"……하아."

"……웃, 으홋, 으……."

그가 움직일 때마다 가파른 숨이 얼굴에 부딪쳤다. 그것조차 흥분이 되어 머리가 돌 지경이었다. 이정인의 손목을 잡아 목에 두르게 한 뒤 목덜미를 길게 핥았다.

빠듯하게 맞춘 교접 부위가 뭉근하게 비벼지자 이정인이 고개를 뒤로 젖히며 교성을 내뱉었다. 땀에 젖은 머리카락. 농익은 눈빛. 살짝 벌어진 입술. 모든 게 시야를 찔러 댔다.

찌걱, 찌걱, 찌걱.

한 치의 틈 없이 맞물린 은밀한 곳에서 새어 나간 소리가 점점 빨라졌다. 끝을 모르고 그녀의 몸속에 파고든 채 허리를 추켜올리던 그의 입에서 웃, 짧은 신음이 나오는 것과 동시에 거칠게 움직이던 허리가 깊숙이 치켜 올라갔다. 아랫배와 하체에 퍼지는 경련이 이정인에게도 느껴졌다. 몸을 깊게 묻으며 느리게 몇 번 더 추삽질을 한 그가 눈을 감은 채로 긴 숨을 내쉬었다.

사정감이 지나가자 몸이 나른해졌다. 느리게 그녀의 허리를 쓰다듬었다.

흐트러진 이정인은 애처로우면서도 고혹적이었다. 청순과 퇴폐의 경계를 오가는 얼굴을 넋 놓고 보다가 혀로 끈적하게 입술을 핥았다.

큰일이다.

시트에 뺨을 댄 채 헐떡이는 모습에 다시, 아래에 피가 몰리기 시작했다.

"긴장했어요?"

크고 단단한 손이 이정인의 손을 꽉 잡았다. 슈트 차림이던 평상시와는 다르게 가벼운 옷차림과 코트를 걸친 하우인의 시선이 뺨에 닿았다. 운전하던 고 비서가 백미러로 힐끗 이쪽을 살피는 게 느껴졌다.

"공진단 드릴까요?"

신호가 걸리자 자동차가 멈춘 틈을 타 고 비서가 뒷좌석으로 고개를 돌리고 물었다. 자못 비장해 보이기까지 하는 고 비서의 시선에 이정인이 살풋, 웃으며 고개를 저었다.

"괜찮아."

"그래도 이수환 씨 만나러 가는 길이잖아요."

그러니까 하나 드시는 게 어떠냐는 눈길을 보냈으나 뒤에서 울리는 클랙슨 소리에 고개를 돌린 고 비서가 다시 운전대를 잡았다.

아버지에게 연락이 온 건 일주일 전. 깜깜무소식이던 휴대폰에 문자 한 통이 날아왔었다. 주말에 시간이 되면 만나자는 짤막한 문자였다. 시간이 된다고 답을 보내니 이곳에서 만나자며 장소가 적힌 문자가 날아왔다.

분당.

아들 이정인이 묻혀 있는 묘지에서 보자는 문자를 어떻게 해석해야 하는 건지 알 수 없었다. 또 어떤 말을 듣게 될지 모르겠지만 이상하게 마음 한구석이 편안했다. 아마도 하우인 때문일지도.

며칠 전 아버지를 만나러 분당에 갔다 올 거라고 지나가듯 말했더니 그는 모든 스케줄을 조정해서 하루를 뺐다. 밤에 잠을 자는 시간까지 줄여 가며 일하는 모습에 그럴 필요는 없다고, 혼자 잠깐 만나고 오면 된다고 말렸더니 고개를 저으며 강경하게 나왔다. 같이 가 준다니 내색하지는 않았지만 솔직히, 든든했다.

차는 빠르게 도로를 달렸다. 창문에 비친 풍경을 구경하다 보니 어느새 약속 장소에 도착했다. 따라나서려는 고 비서와 그에게 기다리라고 한 뒤 잘 정돈된 길로 몸을 돌렸다. 눈이 녹아 축축해진 땅을 밟으며 주변을 둘러봤다. 이곳은 한 번 와 본 적이 있었다. 아주 어릴 적에.

가물가물한 기억을 더듬어 묘지 입구에 들어섰을 때, 멀리서 장신의 남자가 보였다. 조그마한 무덤 앞에 우뚝 서 있는 남자. 한눈에 아버지라는 걸 알았다. 천천히 다가가 옆에 섰다.

"······."

"할 말이 있어서 불렀다."

이수환의 시선은 여전히 무덤에 머물렀다. 이정인은 말씀하세요, 라고 말하는 대신 조용히 고개를 끄덕이며 그가 말하기를 기다렸다. 잠시간의 침묵이 흐르고 다시 그가 입을 열었을 땐 그의 목소리가 축축하게 젖어 있었다.

"아들에게 마지막으로 작별 인사를 하려는데 네가 생각나더구나. 정인이 네가 이 자리에 같이 있어 줬으면 해서 불렀다."

아들에게 마지막 인사?

생전 놓아주지 못했던 아들이 아니던가. 놀라서 보자 그는 말없이 눈물만 흘리셨다. 중간에 위로랍시고 말을 건넬 수 없었다. 몇십 년 동안 끝끝내 놓아주지 못한 아들.

"가서 잘 살아라."

그가 한쪽 무릎을 꿇어앉았다. 그러고선 손을 뻗어 빳빳한 풀들을 부드럽게 쓰다듬었다.

"엄마 속 썩이지 말고……."

돌연, 그가 정인을 향해 손짓했다. 이정인이 그의 옆에 한쪽 무릎을 꿇고 앉았다.

"이제 훨훨 보낼 수 있겠어."

중얼거린 그가 어릴 때 이후, 처음으로 미소를 지었다. 그가 다시 무덤으로 고개를 돌렸다.

"내가 너한테 말 못 한 게 하나 있다."

그는 별말을 하지 않았다. 단지 나란히 선 그녀의 손을 꽉 잡고서 무덤을 내려다봤다.

"아들아, 예쁘냐."

투박스러운 말투 속에는 애정이 담겨 있었다.

"내 딸이다."

순간, 목구멍으로 뜨거운 게 올라왔다. 말 못 할 감정이 휘몰아쳤다. 울컥, 솟구치는 감정을 간신히 삼키며 목소리를 가다듬었다. 처음으로 아들 앞에 자신을 떳떳하게 소개해 줬다.

"이정인이라고 합니다."

떨리는 손으로 옷을 단정하게 정리한 뒤 허리를 굽히며 인사했다.

나는 당신을 항상 부러워했다. 가끔 질투도 했다. 당신은 알까, 당신을 생각하는 아버지의 사랑이 깊다 못해 곪아 썩어 버렸다는 걸.

바닥에 닿은 무릎이 얼음장처럼 차가워질 때까지 아무 말도 하지 않았지만 전과는 다른 그의 애정이 눈에 보였다. 끝내 놓지 않은 그녀의 손을 쥔 그의 모습에 자꾸 눈앞이 흐려졌다. 그럴수록 부단히도 눈을 깜빡여 간신히 시야를 확보해야 했다. 한참 그대로 시간이 멈춘 것처럼 있었을까.

조금 더 있다 내려가겠다는 아버지의 어깨에 걸치고 있던 겉옷을 벗어 걸쳐 주고 먼저 밑으로 내려왔다. 자동차 앞에서 기다리던 고 비서가 산길에서 내려오는 이정인을 발견하곤 다가왔다.

"들어가세요. 추우실 텐데."

뒷좌석 문을 열어 줬지만 사양했다. 가슴이 진정되지 않았다.

너는 내 딸이다.

꿈인가 싶어 산길을 내려오면서도 몇 번이나 볼을 꼬집어야 했다. 뼛속까지 얼릴 정도로 차가운 겨울인데, 오랜 시간 무덤 앞에 있어 입술이 파랗게 질렸는데 가슴이 뜨거웠다. 말없이 옆에 선 하우인이 다가와 그녀를 품에 안았다.

"나는 하 전무에게 어떤 사람이야?"

그가 옅게 웃으며 그녀의 손목을 조심스럽게 잡아 올렸다. 손바닥을 간지럽히는 손글씨. 가만히 손바닥을 바라보다 조심스럽게 손을 오므렸다.

아름다운 사람.

고개를 젖히자 맑은 하늘이 보였다. 산허리 어디쯤 아들과 긴 작별을 고할 남자의 이름을 불렀다.

아버지, 보셨어요?

나를 소중하게 생각하는 사람이 있어요.

바로 옆에.

*—The end*

## 외전

### 1

"안 힘드세요?"

W HOTEL 앞에서 대기 중이던 이정인이 고개를 돌리자 파릇파릇 앳된 남자가 음료수를 건네며 물었다. 하우인의 경호원 중 한 명으로 한 달 정도 같이 일하는 중이었다.

"그다지. 너는?"

"저도 뭐 괜찮아요. 딱 봐도 팔팔하게 생겼잖아요."

자랑하듯 팔에 힘을 주며 힘자랑을 했다.

"운동했나 보네."

남들보다 유난히 발달한 근육 잡힌 팔을 내려다보며 물었다.

"네. 여, 여자들이 이런 거 좋아한다던데요?"

"그래?"

"네, 뭐."

남자가 머쓱하게 웃었다. 마치 철호를 보는 듯했다.

음료수 캔 뚜껑을 딴 뒤 한 모금 넘겼다. 탄산 특유의 톡 쏘는 맛이 입 안에 퍼졌다. 눈이 내렸지만 바람이 불지 않아서 체감 기온이 떨어지는 느낌은 없었다. 실제로 자동차 내부를 감싼 히터에 숨 막혀 밖에 나왔는데 그럭저럭 서 있어도 괜찮았던 것이다.

차가운 음료수를 마저 마시며 고개를 젖혀 앞에 우뚝 선 호텔을 바라봤다. 가지고 있는 건물과 지분만으로도 앞으로 살아가기에 그녀는 문제없겠지만 하루 종일 집에 있자니 몸이 쑤셨다.

멍하니 누워서 숨만 쉬는 게 고역으로 느껴질 줄은 몰랐다. 등을 두른 붕대를 풀고 나서도 할 일이 없어지자 오랜만에 가게에 가 볼까 싶은 찰나에 고 비서가 지나가듯 경호원 인력을 충원하는데 지원해 보지 않겠냐는 말에 덥석 알겠다고 고개를 끄덕이고 만 것이다.

일의 내용은 간단했다. 최우선 순위로 둘 것은 하우인의 안전한 경호. 이곳저곳 계약을 하다 보면 물밑 작업을 하는 경우가 있는데 그때 예기치 못한 상황이 발생할 수도 있고 혹시라도 앙심을 품은 사람들에 의한 공격으로부터 신변을 보호해야 하는 일이었다.

앙심을 품을 정도로 그가 못된 일을 하고 다니는 건 아니지 않느냐는 물음에 돈이 눈앞에서 왔다 갔다 하면 순간 눈에 뵈는 게 없어지는 사람들이 종종 나타난다며 고 비서가 어깨를 으쓱였었다. 이정인은 다 마신 빈 캔을 쓰레기통에 버린 뒤 손목 단을 걷어 시간을 확인했다.

큰 바늘과 작은 바늘이 숫자 6을 가리키고 있었다.

비즈니스 미팅을 위해 오후 2시에 들어갔으니 벌써 4시간째다. 옆에 서 있는 남자 말로는 이번 계약 건이 서로 입장 차이가 있어 시간이 좀 걸릴 거라고는 했었다.

"이것보다 더 오래 걸린 적도 있어?"

"말도 마요. 집에 못 들어간 적도 있다니까요?"

남자가 그때를 떠올린 듯 얼굴을 찡그렸지만 곧 무덤덤해진 걸 보니 이런 적이 한두 번이 아닌 모양이었다. 그녀가 한 달 동안 한 일은 대상자의 이동 경로를 확인하고 주위의 위험 요인들을 관찰하는 것. 마지막으로 각종 장비를 점검하고 휴대하여 경호 본부와 연락을 유지하는 게 끝이었다.

그러니까, 한 번도 날이 새는 일은 없었던 것이다.

"그래도 요즘은 괜찮은 것 같아요."

남자의 말에 이정인이 뭐가? 하고 물었다.

"날밤 새우는 거요. 무슨 일이 있어도 그날 끝내야 할 일이 있으면 마무리를 꼭 하고 가는 성격이시거든요."

"그랬어?"

"네. 그런데 요즘은 저녁 6시 땡 하면 집에 들어가시잖아요. 덕분에 저희들 퇴근 시간도 앞당겨졌고요. 사람이 너무 바뀌어서 우리들끼리 집에 우렁각시 숨겨 둔 거 아니냐고 우스갯소리까지 나왔다니까요."

"……."

"진짜 그런 거면 그 우렁각시, 전무님 집 밖으로 한 발자국도 못 움직이게 하자고 팔 걷어붙일 사람 많아요."

"……."

가만히 듣고 있던 이정인은 기분이 이상해져 슬쩍 고개를 돌렸다.

"근데 전무님 요새 좀 달라진 거 같지 않으세요?"

"달라지다니?"

"요즘 묘하게 기분도 좋아 보이시고."

글쎄, 그녀의 눈에는 평소와 똑같을 뿐인데, 생각하다가 귀에 꽂은 이물감이 익숙지 않아 이어 마이크를 다시 꽂을 때였다.

— 이정인 씨. 만년필 들고 34층으로 올라와요.

하우인이었다.

"아, 계약서에 사인하실 건가 봐요. 잘 해결됐나 보네요."

차에서 내릴 때 떨어트린 걸로 추정되는 그 만년필로만 계약서에 사인을 한다며 빨리 가라는 듯 남자가 그녀의 등을 가볍게 밀었다. 결국 호텔 로비를 가로질러 승강기를 타고 34층 버튼을 누르며 손에 쥔 만년필을 내려다봤다.

화려한 외관과 날렵한 촉이 꼭 그를 닮았다. 그리고 낯익었다. 잠시 내려다보던 그녀의 입에서 아, 짧은 음이 튀어나왔다. 이정인은 이 만년필을 한 번 본 적이 있었다.

동우가 노 대표 수하들에게 공격받은 날, 새벽에 그를 불렀다. 계약서 조항에 한 가지를 더 첨부하기 위해서. 그때 그가 안주머니에서 꺼낸 펜이 이 만년필이었다.

그땐 그와 이렇게 될 거라고 생각해 본 적도 없었는데.

사람 인생 한 치 앞도 알 수 없다더니.

빠르게 숫자가 올라가는 전광판을 보는데 입가에 미소가 번졌다. 요새 웃는 일이 많아졌다. 기분 좋은 변화였다.

띵.

전광판이 숫자 34에서 멈췄다. 문이 열리자 엘리베이터에서 빠져나왔다. 벽면 양옆에서 비추는 은은한 조명과 걸어갈 때마다 발바닥에서 느껴지는 폭신한 감촉이 아늑한 느낌을 만들었지만 복도를 걸어가는 몸은 무거웠다.

칼처럼 날카로운 흉기로부터 보호해 주는 방검 조끼는 물론 삼단봉, 가스총, 무전기까지 완전무장을 하고 다니는 것 때문에 몸이 느린 게 아니다. 몸에 거추장스럽게 뭘 소지하고 다니는 게 익숙지 않았지만 그렇다고 불편함을 느낄 정도는 아니라는 거다.

이 피로감은 말하기도 민망한 아래에서 올라오고 있었다. 이틀 전 잠자리에 들기 전 간단하게 마신 와인이 문제였다. 그날따라 분위기에 취했는지 그와 얕은 키스를 반복하다 결국 밤을 보냈다.

짐승 같은 체력에 아래가 뻐근해질 무렵 욕실로 들어간 그가 젖은 수건을 들고 나왔다. 괜찮다는데도 관계 후 아래를 닦아 주는 행동은 이제 당연한 것이 돼 버렸다.

그와 같이 보내는 밤은 좋았다. 문제는 다른 거랄까.

그녀가 조금만 다쳐도 단번에 표정이 굳으며 모든 것에 그녀를 일 순위로 두면서도, 잠자리만큼은 한 치의 양보가 없었다. 하다가 다리에 힘이 풀리고 그의 박자에 같이 따라가기가 힘이 들면 손을 들어 팽팽해진 그의 허벅지를 쓰다듬었다.

그만하자는 사인을 보내면 그는 움직임을 잠시 멈췄다가 부엌에 가서 마실 것과 과일을 간단하게 담아 온 뒤 그걸 입에 넣어 주며 그녀의 상태를 찬찬히 살폈다. 그러다 몸이 회복되면 귀신같이 눈치채고 다시 그녀의 위로 올라타 입술을 부딪쳐 오곤 했다.

결국 하우인과의 하룻밤을 이기지 못한 몸이 몸살을 치렀다. 다행이라면 그다음 날이 주말이라서 편히 쉴 수 있었다는 것이다. 그는 미안한 표정으로 이것저것 세심하게 챙겨 주고 손수 몸도 닦아

줬지만 섹스 시간을 줄이거나 사정 시간을 짧게 줄여 보겠다는 말
은 없었다.

건강하다는 증거겠지.

곰곰이 생각을 하다 도달한 결론에 고개를 끄덕이던 몸이 한순
간 끌어당겨졌다. 강한 힘에 그녀가 고개를 들자 입을 가르고 뜨거
운 살덩이가 밀려들어 왔다. 갑작스러운 침입에 놀란 이정인이 몸
을 비틀려다가 익숙한 얼굴에 천천히 입을 벌려 그를 받아들였다.
구석구석 여린 살을 농밀하게 비벼 대다가 혓바닥을 부드럽게 빨며
떨어진 그가 진한 숨을 내쉬었다.

"하아…… 살 것 같네."

이정이 복도 주변을 살폈다.

"여기서 이러면 안 되는 거 아니야?"

"왜 안 됩니까."

"누가 보면 어떡하려고?"

일하는 중. 그것도 중요한 계약을 앞두고 여자와 키스라니.

"누가 보면?"

빨고 핥아 번들거리는 그녀의 입술 선을 따라 움직이던 그의 눈
이 느리게 위로 올라왔다.

"누가 보면요."

서걱, 베일 것 같은 눈동자가 이정인을 다그쳤다.

"누가 봐도 난 상관없는데 말입니다."

"그게 아니라……."

"그게 아니면?"

"내 남자가 공과 사 구별 못 한다는 소리 듣게 하기 싫어서 그래."

내려다보던 그의 눈매가 천천히 접혔다. 같이 살게 되면서 알게 된 점이 있다. 이정인은 은근히 고지식했다. 그러나 그녀의 말 한마디에는 어떤 힘이 있었다. 특히나 무방비한 그의 가슴에 그녀의 말이 직격탄으로 날아올 때면 더 그렇다. 가슴이 속수무책으로 무너졌다.

"가서 마무리하고 와. 난 밑에서 대기하고 있을게."

손가락으로 밑을 가리키던 이정인이 만년필을 건네주고 등을 돌렸다. 달려가서 껴안고 싶은 마음을 달래며 만년필을 꽉 움켜쥐었다. 미지근한 온기와 함께 남아 있는 이정인의 체취가 느껴졌다.

계약을 잘 마무리하고 밖으로 나오던 하우인의 발걸음이 우뚝, 멈췄다. 패드로 내일 스케줄을 확인하던 고 비서의 시선이 자연스럽게 그를 따라 옮겨 갔다. 시선의 끝에는 반듯한 자세로 자동차 앞에 서 있는 이정인이 있었다.

"부를까요?"

멀리 서서 이정인을 훑어보는 그를 보며 물었다. 어차피 퇴근길이라 같이 합류해도 상관없다고 느낄 때쯤 의외의 말이 고 비서의 귓가에 들려왔다.

"아뇨."

안 부른다고?

"고지식한 이정인."

노곤하게 중얼거리며 피식, 바람 빠지는 웃음소리를 흘리며 그가 중간에 세워진 자동차 쪽으로 걸어갔다. 재빨리 뒷문을 열어 주었다. 그가 올라타자 문을 닫은 고 비서는 고개를 돌려 뒤차에 올라타는 이정인을 힐끔 바라보았다.

반듯한 검은색 슈트에 흰색 와이셔츠. 그곳에 일할 때도 비슷한 슈트 차림이었지만 검은색 넥타이까지 둘러맨 이정인에게서는 단정하면서도 묘한 분위기가 흘렀다. 그래서인지 이정인이 경호팀 팀장직을 맡았을 때만 해도 곱지 않던 시선들이 지금은 완전히 자취를 감췄다.

이정인을 환영하지 않았던 건 이유가 있었다. 차근차근 밑에서부터 올라간 게 아니었기에 낙하산이라는 소문이 파다했다. 틀린 말은 아니다. 그가 이정인을 꽂아 줬으니까. 하지만 그런 말들이 자취를 감춘 데는 이정인의 능력이 한몫했다.

그의 이동 경로를 확인하고 주위의 위험 요인들을 살피는 이정인의 관찰력과 일을 처리하는 속도는 정확했고 빨랐다. 마치, 이 일에 가장 적합한 인재를 보는 듯했다. 손색없는 그녀의 실력에도 불구하고 이정인은 내일부턴 외부가 아닌 본사 상황 조정실로 출근을 해야 했다. 일하는 내내 옆에 끼고 다니려던 하우인이 한순간 말을 바꿨기 때문이다.

운전대를 잡고 시동을 건 고 비서는 그 이유를 조금 알 것 같았다. 그가 데리고 다니는 경호원은 대부분은 실전에서 노련하기로 유명했다. 검도나 태권도, 합기도 등 자격증 개수로 뽑은 사람들이 아니었다. 즉, 위험한 일이 생겼을 때 제일 먼저 위험에 노출된다는 뜻이기도 했다. 보수가 높은 이유가 있었다.

혹시라도 그런 상황이 발생한다면 평소 이정인의 성격상 앞장서면 섰지 뒤로 물러설 성격은 아니라는 거다. 몸을 사리는 스타일이 아니었다. 그걸 하우인이 눈 뜨고 지켜볼 리가 만무했다. 시선이 닿는 거리에 서 있는 이정인의 단정한 모습을 못 보는 걸 아쉬워하면서도 데리고 다니지 않기로 결정을 내릴 수밖에 없었던 거다.

"어디 갑니까?"

묵묵히 운전을 하던 중 들려오는 소리에 고 비서가 백미러를 보자 그가 손가락을 들어 갓길을 가리키며 자동차를 멈추게 했다. 우선, 갓길에 차를 세우는데 휴대폰을 귀에 댄 채 그가 다시 입을 열었다.

"그런 건 밑에 애들 시키시면 됩니다."

운전대를 잡은 그대로 고 비서가 고개를 돌렸다. 옆 유리창으로 통화를 하며 본사 건물 안으로 들어가는 이정인의 뒷모습이 보였다. 뒤차에서 내리자마자 그에게 오지 않고 회사로 들어가는 걸 보고 그가 전화를 건 듯했다.

"기다리고 있겠습니다."

그걸로 통화가 끝이 났지만 그의 시선은 이정인을 삼킨 건물 입구에서 떨어질 줄을 몰랐다.


반납실에 도착하자 이정인은 소지하고 있던 것들을 테이블 위에 차례대로 내려놓았다. 하우인은 그런 것까지 직접 하냐며 다른 사람에게 넘기라고 했지만 오늘이 외부에서 일하는 마지막 시간이기도 했고. 마지막으로 휴대하고 있던 각종 장비를 점검한 뒤 반납하고 복도로 나올 때였다.

퇴근을 한 여사원들 세네 명 정도가 휴게실에서 커피를 마시며 간단한 이야기를 나누고 있었다. 간혹 일을 마치고 수다를 떠는 여사원들을 보는 일이 종종 있었기에 그런가 보다, 하고 엘리베이터 쪽으로 향하던 차였다. 발걸음이 멈춘 것은 그의 이름이 나왔기 때문이다.

"전무님이 직접 주워 주더라니까!"

베이지색 코트를 입은 여자의 손에는 립스틱이 있었다. 즉, 한 대리가 급히 복사를 해 오라며 재촉하는 바람에 서두르다 코너를 돌던 중 남자와 부딪쳐 뒤로 밀려 났는데 그때 치마 주머니 속에 있던 립스틱이 복도에 떨어졌다는 것이다.

고개를 드니 부딪친 남자는 하 전무였고 너무 놀라 눈만 깜빡이는데 빙글, 한 바퀴 돌아 그의 앞에 멈춘 립스틱을 그가 주워 주었다는 것.

"매너가 좋다던데 진짜였나 보네."

커피를 홀짝이며 대꾸해 주던 반대편 여자가 가방에서 거울을 꺼내 자신의 얼굴을 들여다보며 물었다.

"나도 물건 떨어트려 볼까? 연락처라든가?"

"전무님이 퍽이나 관심 가지시겠다."

둘의 이야기를 듣고 있던 여자가 고개를 내젓자 거울을 보던 여자가 목소리를 높였다.

"사람 인연이라는 게 모르는 거다, 너? 열 번 찍어 안 넘어가는 나무면 백 번 정도 찍으면 되지?"

"그럼. 그리고 나는 남자를 녹이는 최고의 무기가 있지."

거울을 보던 여자가 팔짱을 끼니 한 손에 넣어도 차고 넘칠 가슴이 보였다.

"가슴 큰 여자 안 좋아하는 남자 있어? 열에 아홉은 다 넘어간다?"

"글쎄? 워낙 여자에 관심 없으신 분으로 유명하시잖아."

"전무님은 남자 아니니?"

여자가 도도하게 고개를 치켜들었다. 이정인의 시선이 그녀의 가슴으로 향했다. 잘록한 허리라든가 풍만한 가슴이라든가. 남자들이 꽤 좋아하는 몸매를 확인한 이정인이 자신의 가슴을 내려다봤다. 아마 한 손에 잡힐 듯 아담한 크기.

그래서였을거다.

"대시해 볼까?"

그 말에 이렇게 대답한 것은.

"하 전무 애인 있어요."

"······."

"아마, 안 헤어질 겁니다. 둘이 좋아 죽거든요."


뒷좌석에 올라탄 이정인은 창밖으로 지나가는 풍경들을 보다가 옆에서 느껴지는 시선에 고개를 돌렸다.

"남자들은 가슴 큰 여자를 좋아한다던데."

그녀의 손가락 사이를 느리게 문지르다, 하나씩 잡아 깍지를 끼던 그가 고개를 들었다.

"너도 그래?"

"그런 건 왜 묻습니까?"

"궁금해서."

답을 바라는 눈빛에 하우인은 무난한 답을 골라 대꾸해 주었다.

"이왕이면 보기 좋은 게 좋겠죠."

큰 게 좋다는 거?

"어떡하냐. 난 작은데."

무덤덤하게 말한 이정인이 자신의 가슴을 내려다봤다. 어디에서 무슨 말을 들었는지 모르겠지만 다른 사람도 아니고 이정인이 저런 말을 하다니. 웃음이 터졌다.

"하하."

그가 눈꼬리까지 접으며 시원하게 웃었다.

"그렇게 말하면 그 작은 가슴에 흥분한 저는 뭐가 됩니까."

"그건 그러네."

순순히 끄덕이는 얼굴에 입을 맞추고 싶어졌다.


집에 돌아가자마자 밥을 먹고 시간이 남아 간단한 게임을 했다. 카드를 섞어 각각 10장씩 나눠 가진 다음 남은 카드는 바닥에 놓고서 그 옆에 카드 한 장을 뒤집어 놓는다. 그리고 순서를 정해 한 장씩 카드를 번갈아 가며 내는 건데 이때 내는 카드는 같은 모양이거나 같은 숫자여야 하고, 제일 먼저 자기 카드를 모두 없앤 사람이 이기는 간단한 카드 게임이었다.

문제는.

"억지로 져 주는 거지?"

이정인이 마지막 카드를 내며 물었다.

눈치 빠른 이정인. 왜 져 주는지 그 이유까지 알아차리면 좋으련만.

"이러면 내기가 안 되잖아."

좋은 카드를 쥐고 있으면서도 내지 않고 카드를 한 장 가져가긴 했지만 고지식한 이정인의 심기를 건드린 모양이다. 새침하게 올라간 눈꼬리에 간신히 웃음을 삼켜야 했다.

"내기 이기면 뭐 하려고 했습니까?"

"음, 그건 왜?"

"들어주고 싶으니까."

이런 내기가 아니더라도. 이 뜻을 알아차린 그녀의 뺨이 언뜻 붉어진 것 같았다.

"하 전무가 이기면 뭐 하려고 했는데?"

"궁금해요?"

이정인이 당연하다는 듯 고개를 끄덕였다.

"아침에 일어나서 섹스하기. 점심 먹고 섹스하기. 저녁 먹고 섹스하기."

이정인이 입을 벌리고 쳐다본다. 섹스, 라는 직접적인 단어에 놀란 듯싶었다.

"한번 하면 삼 일 동안 손도 못 대게 하니까."

카드를 정리하며 말하자 이정인이 곧장 대꾸했다.

"양심은 잘 계시지?"

그녀가 눈만 내려 그의 가슴 언저리 부근을 가리켰다. 자꾸 웃음이 나왔다. 그러나 그녀의 다음 말에 거짓말처럼 웃음이 뚝, 멈췄다.

"할 때 한두 번만 하는 건 어때?"

"……."

"아니면 시간을 좀 줄이는 것도 괜찮고."

"……."

"네 생각은 어때?"

"……슬슬 씻고 자야겠습니다. 시간이 벌써 이렇게 됐네요."

눈치를 보며 슬그머니 자리를 피하려는 모습에 웃음이 터졌다. 하고 나선 다음 날 생활이 힘들 정도로 허리나 아래가 욱씬거리긴 하지만 싫은 정도는 아니었다. 사랑을 나눌 때면 가슴이 꽉 차오르는 느낌이니까.

"하 전무."

자리를 피하려는 그를 부르자 못 들은 척을 한다.

"우인아."

"……!"

다정하게 이름을 불러 주니 멈칫, 한 그가 천천히 고개를 돌렸다. 이정인이 눈꼬리를 접으며 두 팔을 뻗었다.

"키스해 줘."

이정인의 말에 돌아온 그가 입술을 부딪쳤다. 망설임 없이 부딪친 축축한 혀가 입술을 열고 들어왔다. 거칠게 엉켜드는 혀가 따뜻한 입 안을 헤집었다. 성급함이 느껴지는 키스에 이정인의 몸이 뒤로 물러나자 단단한 손이 그녀의 등과 허리에 팔을 둘렀다.

이때까지만 해도 이정인은 몰랐다.

다음 날 출근한 부서에서 같이 일하게 될 동기가 그녀에게 한눈에 반할 줄은. 그래서 그녀의 곁을 맴돌며 뺨에 머리카락이 붙었다는 둥, 어깨에 먼지가 묻었다는 둥 하며 은근하게 스킨십을 하려고 하는 장면을 하필 하우인이 보게 될 줄은.

그리고 곧장 성큼성큼 다가가 이정인의 목덜미를 끌어당겨 진한 키스를 했다는 걸. 그 뒤로 쭉 하 전무의 애인이라는 꼬리표를 달고 관심을 한 몸에 받아야 할 거라는 사실을.

# 외전

## 2

바쁜 날들이 지나가고 모처럼 주말에 한가로운 오전을 보내고 있었다. 그가 맡은 카지노 건도 마무리 단계라고 했던가. 끝이 보이고 있었다. 일에 대해 이것저것 이야기하던 하우인이 돌연 화제를 돌렸다.

"그때 말입니다."

"그때라니?"

그녀의 허벅지를 베고 누운 그를 내려다보며 묻자 진중한 시선이 내려왔다.

"내가 당신 찾고 다녔을 때."

무슨 이야기를 할지 감이 안 와 그의 입술만 바라봤다.

"왜 말하지 않았습니까? 내가 찾던 여자가 당신이라는 사실을."

질문이 의외였다.

그리고, 이제 와서 그걸 궁금해하고 있었다는 게 놀라웠다.

"그건."

"그건?"

"솔직히 필사적으로 숨겨야겠다는 마음은 아니었어."

"흐음."

"그렇다고 내가 그 여자다, 라고 굳이 말해야 할 이유도 못 느꼈지."

왜냐면.

"다시 볼 사이는 아니라고 생각했거든."

스쳐 지나갈 인연일 줄 알았다. 그렇게 생각했었고. 사실, 누군가를 마음에 둘 여유가 없었다는 게 가장 정확한 표현일 것이다.

"내가 찾고 있다는 걸 알았는데도?"

"뭐, 그렇지."

"저와 얽히고 싶지 않았던 거군요."

"……음."

난처한 듯 턱을 긁적이던 그녀가 슬며시 그의 손등에 손을 겹쳤다.

"지금은 아니야."

그러고선 멋쩍은 듯 시선을 밑으로 늘어트린다.

아, 사랑스럽다.

눈을 깜빡일 때마다 속눈썹이 사뿐사뿐 움직인다. 그 묘한 율동이 시선을 사로잡았다. 가만히 올려다보다가 시선을 밑으로 미끄러트렸다. 반듯한 입술이 보이자 마른침을 삼켰다. 그대로 손을 뻗었다. 뒷덜미를 그대로 끌어당기자 주춤한 그녀가 순순히 따라왔다.

입술이 맞닿았다.

꾹 누르고만 있자 서로의 숨결이 얼굴에 부딪친다. 간지러운지 눈매를 늘어트리며 웃는 이정인을 보며 입술을 열고 혀를 집어넣자 눈을 감는 게 보였다. 혓바닥을 농밀하게 감싸며 비벼 주자 숨이 차는지 고개를 비틀려고 했다.

그는 몇 번이나 고개를 바꿔 가며 깊이 입을 맞췄다. 그즈음 부드럽게 목덜미를 쓸어내리던 단단한 손가락이 아래로 내려오는가 싶더니 얇은 티셔츠 안으로 들어갔다. 봉긋한 가슴이 잡히자 부드럽게 감싼 뒤 손가락으로 유독 튀어나온 돌기 부분을 느리게 굵었다.

"읏."

이정인의 입 속에서 꽉 막힌 신음이 터지자 입에 침이 고여 참기가 힘들었다. 그대로 이정인을 바닥에 눕혔다.

"지금?"

밝은 대낮에 이정인이 놀란 듯 물었다.

"지금."

평소와 달리 낮게 잠긴 목소리가 곧장 들렸다.

"여기서?"

사방이 확 트인 거실을 눈짓하며 이정인이 다시 물었다.

"여기서."

고개를 숙인 뒤 이로 티셔츠 끝자락을 물고 그녀와 시선을 맞춘 채 그대로 티셔츠를 위로 끌어 올렸다. 이정인의 눈가가 붉어졌다. 그녀는 의외로 시각적인 자극에 약했다.

가슴 위로 올라간 티셔츠. 새하얀 눈송이처럼 깨끗하고 눈부신 상체를 감상하다가 턱에 힘을 풀었다. 이로 물고 있던 티셔츠가 팔랑, 사뿐히 그녀의 목덜미 부근에 떨어졌다.

그녀의 가슴골로 입술을 가져갔다. 일부러 소리 나게 빨았다. 여린 살을 구석구석 농밀하게 비볐다. 이러면 이정인은 발끝을 힘주어 오므리며 못 견뎌 했다. 그 모습에 눈앞이 새카맣게 타들어 가는 것 같다. 더욱더 고개를 깊이 묻었다. 이정인의 살냄새.

마치, 그윽한 목련처럼 청초하면서도 마음을 동하게 만드는 음습함이 공존했다. 그는 이정인의 살결을 빨아들이며 눈을 감았다.

아, 할 수만 있다면 평생 이대로 한 몸처럼 붙어 있고 싶은 마음이었다.


하루를 더 빼 볼까.

월요일 아침 출근한 하우인은 이번 달 스케줄을 보며 고민했다. 주말을 껴서 1박 2일로 이정인과 함께 별장에 가서 오붓한 시간을 보내 볼까 계획 중이었으나 생각해 보니 이틀은 너무 짧았다.

"……님?"

주말에 둘이 집 안에서 지내는 것도 좋지만 평생 일만 하고 살았을 이정인에게 바깥바람을 쐬게 해 주고 싶은 마음이 컸다.

"……대표님?"

2박 3일을 뺄 수 없다면 가까운 곳으로 가 볼까.

빼곡한 스케줄을 바라보는 그의 눈이 가늘어질 때였다. 시야 안으로 파일 하나가 밀고 들어온다.

"투자받은 업체 목록입니다."

고 비서였다.

"두고 가세요."

파일을 넘겨 쓱 훑는데 띵, 문자가 왔다.

[알았어.]

이정인이다.

오늘 저녁은 먹고 들어가자고 문자를 보냈었다. 답을 보내기 위해 빠른 속도로 문자를 두드렸다.

[아래는 괜찮습니까.]

어젯밤, 지친 기색이 역력한 이정인을 붙잡고 놓아주지 않았던게 못내 맘에 걸렸다. 답장은 바로 왔다.

[괜찮아.]

[아프면 말해요.]

문자를 보내니 왜? 라는 답이 왔다.

[핥아 주게.]

그 뒤로 이정인은 답이 없었다. 한참 기다려도 답이 오지 않자 전화를 해 볼까 하다가 말았다. 부끄러워하는 것 같았다.

쑥스러워하는 이정인.

생각하니 웃음이 나와 눈을 감고 있자니 어젯밤, 이정인과의 키스가 떠올랐다. 촉촉하고 부드러운 이정인의 입 안은 남자를 환장하게 하는 질척함이 있었다.

'우……인아…… 훗.'

특히나 촉촉한 눈을 들어 올리며 젖은 입술이 벌어질 때면 절경이 따로 없었다.

그 생각만 하면 담배가 당겼다.

# 외전
## 고 비서의 시점

퇴근길에 집으로 돌아가려는 사람들로 도로는 꽉 막혔다. 7시를 향해 달려가는 시계를 보는데 뒷좌석에 앉아 있던 이정인이 주위를 두리번거리며 뭘 찾기 시작했다.

"휴지 있어?"

"왜요?"

옆에 앉아 있던 하우인이 이정인을 보며 물었다.

"사탕이 너무 달아서."

"뱉으려고?"

"어."

그녀가 주위를 두리번거리는데 돌연 깊숙이 들어온 손이 뒷목을 잡고 그대로 끌어당겼다.

"너, 뭐 하는……."

입술을 가르고 들어온 혓바닥이 이정인의 입 안에 맴돌던 사탕을 가로채 갔다. 반쯤 녹은 사탕 표면을 혓바닥으로 굴리던 그의 입이 열렸다.

"진짜 달달하네."

달달하다면서도 오독오독 사탕을 어금니로 잘게 부수어서 먹는다. 말문이 막혀 바라보자 그가 눈매를 늘어트리며 물었다.

"먹고 싶어요?"

"내 침 묻었을 텐데."

"응, 그래서 더 맛있네."

"……."

"사탕 하나 더 있어요?"

그가 단것을 좋아했던가?

주머니 속에 든 사탕을 꺼냈다.

"응, 여기."

"입으로 줘요."

그가 살짝 입을 벌렸다. 설마 저런 말을 할 줄은 몰랐다는 듯 멍하니 그를 바라보던 이정인이 사탕 껍질을 까서 그대로 알맹이를 입에 넣어 준다. 입으로 넣어 주지 않는 것을 타박하듯 그가 입을 열었다.

"이정인, 매정하네."

사탕을 혓바닥으로 굴리던 남자의 시원한 눈매가 반달로 접혔다.

신호가 바뀌자 운전대를 잡은 고 비서는 이정인의 입술을 지분거리는 그의 모습을 끝으로 백미러에 향했던 시선을 거뒀다.

그렇게 좋을까.

연애를 하는 것도 사람과 사람이 만나는 일이라 서로의 감정이 부딪치다 보면 피곤해질 때가 있었다. 그건 시간이 지날수록 심해지면 심해졌지 덜하진 않을 텐데. 서로에 대해 알아 가는 과정은 설렘을 주기도 하지만 서로의 밑바닥까지 모두 알게 됐을 땐, 그때부턴 상대방에 대한 배려와 이해의 문제라고 생각했다. 그 생각이 서로 비슷하다면 같이 갈 것이고 그렇지 않다면 헤어지는 것이라고 생각했다.

풋풋함, 설렘, 두근거림, 이 모든 감정들은 시간이 지나면 좋은 쪽이든 나쁜 쪽이든 어떤 식으로든 변할 것이다. 함께한다는 게 마냥 좋지만은 않을 것이다. 서로의 다름을 인정하는 것과는 별개의 문제라고 생각했다. 그러니 둘의 관계도 언젠간 끝이 찾아올 수 있다. 남녀 사이는 아무도 모르는 거니까. 그렇게 생각했었는데.

이정인과 하우인의 관계는 이상했다. 일방적으로 하우인이 이정인에게 대부분 맞춰 주고 있었다. 한쪽이 일방적으로 배려하고 희생하는 관계. 이 관계는 오래가지 못한다. 누군가가 계속 주는 것에 익숙해지면 상대방의 배려와 희생이 어느 날부턴 당연하다고 생각되기 마련이다. 그는 이정인에게 필요 이상으로 오냐오냐하고 있었다.

다행이라면 이정인은 정도를 아는 여자였다. 잠깐 눈을 붙일 시간도 모자라면서 기어코 이정인을 보러 집까지 달려가면 그녀는 일에 파묻혀 지낸 그를 잡고 말을 하기보다는 침대로 데려가 눕혔다. 그러고선 그의 옆에 몸을 누이며 조금이라도 잠을 자게 했다.

평소 식사를 자주 거르는 그를 위해 대부분의 미팅은 일식집이나 한정식집으로 잡아 놓지만 예상치 못하게 시간이 빠듯할 땐 밥을 거를 때가 있었다. 그럴 때면 눈치가 귀신같이 빠른 이정인이 새벽부터 주방으로 달려가 도시락을 쌌다. 도시락 내용물은 한정되어 있었다. 차에서 이동하는 시간이 많기 때문에 한입에 쏙 넣고 먹을 수 있는 주먹밥이었다.

크기는 다 제각각이었고 김도 듬성듬성 붙어 있었다. 당장 초등학생이 만든 것 같은 서툰 솜씨에도 그는 한참이나 그것을 바라보더니 휴대폰을 꺼내 사진까지 찍었다. 그러고는 뿌듯한 미소를 걸치고선 그중 가장 작은 주먹밥 하나를 고 비서에게 내밀었다.

'이정인 씨가 만들어 준 겁니다.'

자랑하는 듯한 모습에 되레 고 비서의 기분이 이상해졌다. 한입 먹던 고 비서는 그대로 주먹밥을 삼켜야 했다. 소금 간이 조금 더 들어갔는지 짰다. 그렇다고 못 먹을 정도는 아니지만 그렇다고 엄청 맛있어하며 아껴 먹을 맛도 아니라는 거다. 입 안에 맴도는 짭조름한 맛을 느끼면서 뒤를 돌아보자 하우인은 느리게 맛을 음미하듯 천천히 꼭꼭 씹고 있었다.

'좀 짜지 않으세요?'

고 비서가 물었다.

'이 정도면 적당합니다.'

평소에 간을 싱겁게 먹는 그였다. 이정인 씨가 해 줘서 다 맛있다는 건가. 하긴…… 평소 그가 이정인에게 하는 행실을 떠올리면서 고개를 끄덕였다.

그는 평소에도 이정인에게 불만을 가진 적이 없었다. 어떻게 사람이 저럴 수 있을까 싶을 정도로.

이정인도 딱히 흠을 찾을 만한 여자가 아니었지만 그의 애정은 도가 지나칠 때가 많았다. 보는 사람이 숨 막힐 정도의 애정을 의외로 이정인은 꾸역꾸역 잘 삼켰다. 하우인은 이정인에 한해서는 화를 내는 법이 없었고 오히려 녹을 듯 다정하게 굴었다. 그러니 이정인 입장에서도 서로 싸울 일이 없는 것이다. 애정을 차곡차곡 쌓기만 하는 중이랄까. 이럴 때 보면 둘이 생각보다 잘 맞는다는 생각이 들 정도였다.

하지만 그런 하우인도 이것에서만큼은 배려나 희생을 하지 않았다.

이정인이 다른 남자에게 눈길을 10초 이상만 줘도 금세 사나운 분위기를 풍겼다. 그러나 이정인이 고개를 젖혀 눈을 맞추고 웃어주면 언제 그랬냐는 듯 얌전해졌다. 그런데 누군가 이정인의 외모에 홀려 힐끗 곁눈질이라도 하면 그런 시선은 귀신같이 알아채서 공공장소임에도 이정인의 목덜미를 끌어당겨 혀뿌리까지 집어넣으며 깊은 키스를 퍼붓곤 했다. 그러고선 그녀의 어깨 너머로 놀란 남자의 모습을 보고 나서야 배부른 듯 진한 웃음을 짓는 것이다.

키스를 할 땐 대부분 예고가 없었다. 차 안에서, 길을 걸을 때, 사방이 확 트인 공원에서. 사람들의 무수히 많은 눈에도 남자는 거리킬 게 없는 듯했다. 시도 때도 없이 입을 맞췄다. 원래 남의 시선을 신경 쓰는 타입은 아니었다.

문제는 이정인이다. 보통 한두 번이야 그렇다 치고 넘어가겠지만 시도 때도 없이 시간과 장소를 가리지 않고 달려드는 그를 흘길 만도 한데 이정인은 그것에 대해선 걸고넘어지는 법이 없었다. 오히려 입 안을 헤집어 헐게만 하지 않으면 상관없다는 식이었다.

고 비서는 그제야 이정인의 성격을 간과했다는 걸 깨달았다. 무덤덤하기로는 이정인도 하우인 못지않았다. 그런 이정인도 그가 이성을 잃고 격렬하게 밀어붙일 때면 딱 이 한마디만 했다.

'숨 좀 쉬자.'

천생연분.

이 단어는 분명 하우인과 이정인을 위해 만든 단어가 틀림없었다.

# 작가 후기

작년에 쓰기 시작한 글이 책으로 나오게 되다니 꿈만 같아요. 이 글이 세상에 나올 수 있도록 도와주신 출판사분들께 감사의 인사를 전합니다.

처음 이 글을 구상했을 때가 떠오르네요. 원래 시놉은 하우인과 남우기업 회장의 머리싸움이었습니다. 노 대표는 사실, 하우인이 심어 놓은 사람이었고요. 하 전무는 남우그룹 스파이였습니다.

그런데 막상 그렇게 쓰려고 하니 사건 중심 전개라 안 그래도 무뚝뚝하고 주변에 관심 없는 이정인과 하우인인데 둘이 엮어질 이야기가 줄어들게 되더라고요.

고민 끝에 방향을 완전히 틀어 하우인과 이정인, 둘에게 초점을 잡고 대신 카지노 사업에 대한 노 대표의 몰락을 두리뭉실하게 쓰게 됐습니다.

강하고 시크한 여주를 그리고 싶었고 여주에게 존댓말을 쓰는 연하남이지만 어른스러운 남주, 둘의 감정 변화에 치중했는데 잘 표현됐는지 모르겠습니다.

'그래, 불어라 바람. 죽는 날까지 기꺼이 흔들려 줄 테니.'

작가 황경신의 『생각이 나서』에 나오는 구절입니다. 연재하는 동안 무척 즐거웠습니다. 특히 정인이와 우인이가 사랑을 완성해 가는 모습을 보며 사랑이라는 단어를 자주 떠올렸습니다.

피아니스트 이루마 씨 3집 앨범에 보면 「인디고」라는 곡이 있습니다. 이 곡은 이루마 씨가 사랑을 남색(indigo)으로 표현해 보고 싶어서 만든 곡이라고 합니다.

사랑에도 여러 가지 색이 존재한다는데, 둘의 사랑에도 색이 존재한다면 맑은 회색빛일 거라고 생각했어요.

당신의 사랑은, 어떤 색깔인가요?